U0398897

# 路翎全集

第九卷

书信 1939—1994

致胡风
致余明英
致友人
致机构

复旦大学出版社

本集获复旦大学“985工程”三期整体推进人文社会科学研究项目和
上海文化发展基金会资助出版，为国家社科基金项目（22BZW134）中期成果

晚年路翎(右)探望病中的胡风

1984年底参加作代会的朋友们与胡风、梅志夫妇合影，前排左起徐放、贾植芳、胡风、梅志、冀汸，后排左起曾卓、路翎、绿原、牛汉，李辉摄

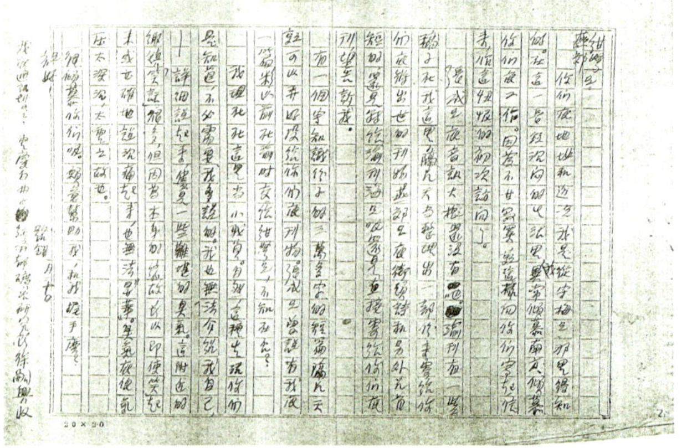

路翎致聂绀弩、彭燕郊书信手迹

晓风编《胡风路翎文学书简》书影

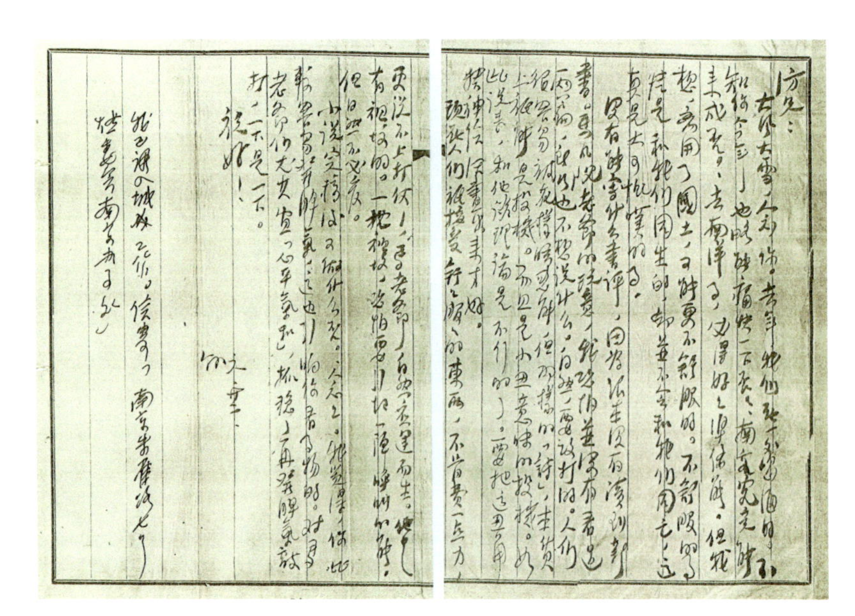

路翎致冀汸书信手迹

# 目 录

本卷书信除收信人(及家人)提供及多种途径辑佚所得外,主要采自以下出版物:

1.《路翎书信集》,路翎著,张以英编,漓江出版社,1989年;

2.《胡风、路翎来往书信选》,胡风、路翎著,晓风辑注,《新文学史料》1991年第3期,1992年第1、2期;

3.《胡风路翎文学书简》,胡风、路翎著,晓风编,安徽文艺出版社,1994年;

4.《致胡风书信全编》,路翎著,徐绍羽整理,大象出版社,2004年;

5.《路翎致友人书信》,路翎著,《新文学史料》2004年第4期。

全书按收信人分类,依写作时间先后编排;各版本中的异文有手稿可供比对的以手稿为准,此外原则上以初出版本为准,后出版本中内容有增加的予以补录;原信中隐去的内容标记为××;原编者(供稿人)注格式不一,做了整理和校订,其中重出互见者、较易检得的人物事件和对内容的研究性注释等酌情删除;新增注释标为“编注”。

# 致胡风

## (1) 1939年4月24日[①]自重庆[②]

胡风先生：

我的名字和东西，对于您，对于《七月》，还很生疏吧！

《七月》在抗战以来的文艺岗位上所建的纪录是可佩的，当然，我们希望它更充实地战斗下去，它可以为我们做更多的事——凭着它以前的历史和先生们今后的努力！

用我的东西介绍我自己吧：——我还是一个稚气的青年人，迫近文艺不过一年多，以前所写过的东西很少，这篇《妈妈的苦难》是最近写的——人当然不能批评他自己的作品，而母亲对于最坏的孩子也是爱护的！

意思是一贯的；但这题目却似乎不适当，似乎嫌轻，——假如够得发表的资格，请不客气地修改它！这只算做我学习的一个路碑罢了，假如对于《七月》有什么“妨碍”的话，请不发表吧！那么，请你寄回来！

专此即颂

时绥

流烽草上

四、二十四日

---

① 这是现存的路翎给胡风的第一封信。此时，胡风在重庆编文艺刊物《七月》，并任中华全国文艺界抗敌协会研究部主任及复旦大学教授等职。

② 每封信的信头标题为编者所拟，下同。

暂时通讯址：重庆化龙桥李子坝冯家院徐烽收。

## （2）1939年7月28日自重庆

七月社：

前两个月寄上有一篇《妈妈的苦难》的短篇，后来作者离开重庆了，地址不定，故未能写信奉告，现不知《妈妈的苦难》是否收到或退回遗失，盼告知。

《钢铁是怎样炼成的？》是一篇较长的诗：说它是叙事诗是不妥当的。朋友们劝我寄《七月》因为至少可以得到一点指示，鼓起了相当的勇气："寄吧"。

我希望能得到回信，而且指示我。

流烽敬上

七月二十八日

临时通讯址：重庆两路口三民主义青年团中央团部宣传队徐嗣兴收。

## （3）1939年8月26日自重庆

胡风先生：

我知道你很忙。或许你要对这件事感到讨厌与麻烦：我又把稿子寄给你。

半个月前接到庄涌[①]先生的对于我底诗的意见，我很感激，我曾经回信给他，但我并没接到他的回信。而且说是要把我的稿子退回，但我也并未收到。

我是这样想：我这地方的信袋也许会没有底吧！

祈求你告诉我。而且以后写信的时候请用私人的名字，这样或许可以好些。

---

① 庄涌（1919—2015），七月派诗人，有诗集《突围令》，收入《七月诗丛》。

纪念两个朋友，我写《沙明》，我想在沙明这精悍的朋友身上找到希望，所以，我的题目便用《沙明》，但是我不能克服内心的矛盾，我一直到现在还不能给我的东西下一个“结论”。这，我想，你是可以告诉我的吧！

我的东西很丑，我的东西受过不少评价，但我却没有从那些“评价”得到过什么。现在，我爱好《七月》，我把我底东西再不怕丑地拿出来。我不能说什么。

我只能这样说：我在这“地方”很苦痛，我在夜里面写，我写几乎人家认不识的字，而且，我时常恐惧着我背后有一个影子……。我很“丑”，但是我愿意把我的灵魂挖出来……。我希望同情。

我很感激于庄涌给我的信。再说一遍，你得指示我，你不会使我失望。通讯址：重庆两路口三民主义青年团宣传队徐嗣兴收。

原谅我的冒昧与潦草。

祝好。

流烽敬上

八月二十六日

## (4) 1939 年 9 月 11 日自重庆

胡风先生：

寄来的稿子收到了。谢谢你的指示。

《妈妈的苦难》，写的时候原就没有决定重心，写到后来已经没有办法了。不发表的好。

我以前没有写过长诗，这次还是朋友怂恿的，给《七月》也是朋友鼓励的。庄涌指出我“模仿艾青”，这也许是对的。我自己原就没有想到“自己的线条与构图”，我想我应该努力。

庄涌现在怎样？我给他一封信他就一直没回我。我也说到他底诗，我说“格调有些浮泛”（这里面有轻松的成份），对吗？希望你代我致意他，而且把意思告诉我。

前一个星期曾寄上（北碚华中图书公司转）《沙明》的稿子一篇，不知可看到否，我曾在附信里给你说："我很苦痛我落在这个环境里……我把我底东西交给《七月》。我不能说什么……"那一些太"情感"的话，希望你谅解。

最近预备到前方去，但是又苦无路径，只和几个朋友在筹划。你能告诉我有什么路径吗？我希望再有一个"作家访问团"那样的组织。

又要说到通讯问题，下次来信请写"重庆两路口两浮支路82号"好了。

盼望回信。

祝

好

流烽敬草

九、十一

## (5) 1939年9月28日自重庆

胡风先生：

寄上《"要塞"退出以后》一篇。对于这篇东西我想解释一下：

这里所写的要塞是福山要塞，而那些××，××是江阴、昆山……一些地方。实在情形，这个要塞是这样陷落的。但这并不重要。我拿出我的勇气来写这个青年底"经纪人"。我正视性格。

实在我碰到这样一个很豪气很随便的商人。他现在也还在重庆。他在福山战斗过，但我写出来却不同了；我底人物死去了——这或许是在创作过程上掺入一种想象的因素吧。但这却也是基于"环境"的，在里面我发生许多矛盾，老实说，我也并没有将这些矛盾统一地克服……这个人物写成这样而且死去了。也许是没有写出来吧。

我跑过福山，我那时候去找一个朋友……"要塞"是不许上去的。好容易我在那里走过两小时便下来了，后来便“逃了”，一逃就是几千里。我在后方又遇到那朋友，他便叙给我一些片零的故事……

金宝伍那样一个人也许在某种场合对“战斗”有益吧。而且当然不会是汉奸。我们不应该轻易地将人推到敌人底营垒里去。金宝伍之被沈三宝杀死是因为沈三宝底变态的心情……

（但我憎恨金宝伍）

沈三宝有自己商人底想奴隶底舒适，游离……那些缺点。但因为眼界大了（一个转运的商人），而且年青。所以沈三宝不贪婪与猥琐……到要塞上来是一时年青的兴奋。战役打到一败，狼狈起来，但是当“行动”真的落下来的时候却也是一块很好的料……最后，终于在自己游离的缺点上发生误会了（可以说“跌跤”了）……

这样“完了”也许是沉重的；但作者却感到轻松，因为作者在着手的时候就对这个人物孕育着希望……

我自己这样解释似乎很含混。……我等待你给我的指示。

《沙明》收到了。寄回来我便又发现许多缺点……这篇东西假若真不行也寄回来吧。我垦殖我自己底环境。敌后方，有机会我还是要去的，我现在正在进行。不可知的脱离生活的罗曼的幻梦我要抛弃它。

盼你回信……

祝好！

流烽

九月二十八日

通讯址：两路口两浮支路八十二号徐嗣兴。

## （6）1939 年 10 月 20 日自重庆

胡风先生：

前半个月寄的《“要塞”退出以后》大概收到了，希望你的指示。

这几天我们忙演戏，青年剧社《夜光杯》。起先又是“戏剧节”，忙得心绪非常之乱；而忙的忙了，出风头的做官的大抵还是出风头……不过总的题目是“征募寒衣”，一切吵嘴拌舌大磨小擦统统由这个名义担当；有腰包的全满了，该“红”的全“红”了，而“寒衣”，我们底将士们啊……

昨天周先生逝世三周年纪念，我和两个朋友去，“一园”是九点半，听到一位先生“黑格尔……现实……”的讲演，听到朗诵“走近十月的河边，他停息了……”的绀弩先生的诗，听到连续的拍掌，后来就跟着挤出来了，在街上怎么很清晰地看到招展在屋檐上的国旗，心里一动，问身边的朋友“是纪念鲁迅先生挂国旗吧！”回答是“做你的梦，是欢送……”我没有听清楚了，反正我们这时候应该先欢送活人才对；死的，忘掉，算了吧，但不知怎么心就变得非常之沉重……

周先生死了，跟了别人的叫喊我也叫喊过，而且因此我曾感到一种虚荣落到我身上；但这次我没有一句话了，这次我才真实地意识到我们是怎样一种的“奴隶的行列”，我这么想：“在奴隶的行列前一个年老的高大的背影倒下了，因了他像魔鬼般兴奋，像钢铁般坚强，像火样热烈，像塞笳哀凉的最后的歌唱，创伤的奴隶全起来了——起来了，但要向更远的途程走去，我们必须争取这行列的更广漠的群众——争取这群众意识战线上的胜利；为这高大背影争取衷心悬挂的一面国旗，千万面国旗……”

“用死人的尸首来卖钱是值得悲哀的”，周先生说过这样的话；但我们同时代就没有这样的情形了吗？……我们不是还看到自己营垒里的纠葛、阴谋，而以死人的名义来做标帜的吗？……我们不是还可以听到敌人底小丑似的冷嘲热讽吗？我们的苦难并不比先生在时轻些，而被先生踏开去的一切新的旧伪人的鬼的妨碍我们底路的玩意却因我们底松懈而重归猖狂起来了……

我自己这样写，我有年青的爱和憎，我底心是沉重的。

也是这样黑色的夜晚，我离开一个地方，这地方是四川的一个县份，我离开那里一年了，我在那里出刊过一个叫做《哨兵》的周刊，我们一直出到六十七期，但后来我离开了，自己的朋友向自己身上抛着泥污，我也遭受敌人从身后射来的毒箭，我走了他们便说我“软弱”，而他们底启事便登出来了“哨兵与×等×等无涉……”现在他们来信商量叫我复刊——我自然怀念我自己培植的园地，但是我的确已经没有勇气了；甚么××党，甚么“活动”——我需要“鼓励”，但这在那地方是没有的，而泥污、毒箭……

现在，对着一样黑色的夜色晚，我在想念。

胡风先生，你将告诉我应攻应退或者应守呢？

很忙，很怠倦，写一千字就给岔了四次，而且随便抓着一枝笔便写起来了，你当然可以原谅我底草率。

有空，我一定写点东西，而且努力使它像样，希望你的指示。

顺祝好！

流烽敬上<br>十月二十日夜

通讯址：两路口两浮支路八十二号徐嗣兴。

## (7) 1939 年 11 月 9 日自重庆

胡风先生：

前次给你的信收到了吧。《七月》怎样了，怀念得很。

我一直呆在这个地方，这个地方的青年人一向是很平安的。因此我就也很平安——老实说吧感到一点昏沉，但最痛苦的还是：寒冷的寂寞。

很多朋友告诉我，“你好像很久期待什么？”但究竟期待什么我自己也不知道——仿佛有点幸灾乐祸吧：寒冷的寂寞的年青的生命感到惊恐起来了，于是期望“翻”一下子；期待热闹，期待兴奋的歌唱，弟兄底旗帜，仇敌底毒箭……

但是一切都没有：仿佛敌人已不再进攻了，我们底弟兄已昏沉地睡去了，自己也是昏沉的——因此仿佛"自己"已久不存在了。

但自己却不曾有真正的平安。因为这"期待"总的像有什么事要发生——自己就一直苦痛着。

也就是这样，自己每天跑来跑去，转来转去就一直没有写成一篇东西。

而胆子也就变小了，不敢"瞎"说，也不敢提笔了——我需要鼓励，我需要一切朋友们底鼓励。

我等待你来信，等待《七月》的消息……

很忙吧，但我总期待你在百忙之中的一封信—— 我很想写一点东西，我很想在昏睡群里叫一声，希望你底帮助。

庄涌没信来。想同黑丁、曾克[①]们一同再到山西去，但又无期，目前只有随着公便转成渝线了。(我们预备去成都嘉定一带，月内出发，两月返渝)——返来山城将是春天了，借着春天，走吧，的确，因不能等待寂寞的咬嚼了。春将是热烈的啊！

我在试验自己：是不是能再用热情创作我底东西，我企图在去蓉以前拿出一篇东西来。期待你，期待《七月》的消息！

(《"要塞"退出以后》收到没有？)

好！

流烽敬草

十一月九日

渝两路口两浮支路八十二号徐嗣兴。

## (8) 1940年2月21日自重庆

胡风先生：

回重庆半个月了，"俗"忙；"公"忙，一眨眼，还是两手空空，

---

① "黑丁"即于黑丁(1913—2001)，作家；曾克(1917—2009)，女，作家。

半个月就像半天那么过去的。——先还有个想头，想整理一路的几首小诗，想……后来就想也免想。自己也觉得对不住自己，一往远处想更觉得对不住自己。但是怎样呢？一眨眼，半个月就是那么过去的。

今天就下了决心要写，结果，想起来给你写信了，写成功，接到你发给"两浮支路"的信。怎么一来，就把刚写的那一堆"牢骚"撕了。——《要塞退出以后》能发表我自己自然很高兴，但自己总希望能写出更好的东西来，自己是愿意向上的，愿意在自己底路上向理想大飞跃……

但是，在艰苦落下来的时候，在荒凉的路上的时候，自己就觉得"寂寞"与"孤独"……。在中国，像我这样困苦在"年青"里，困苦在"生活"里的人一定很多吧，而且，是我们底同志一定很多吧，然而因为个人的或是社会的一些关系，我们很疏远，我们很少是连成心灵底铁的一环而发挥不可抗拒的集体的力量。我们是散漫的。

我，半年内想先到西安或肤施再转新疆去，你能够在那方面给我找些关系吗？能够介绍我有什么团体到那里去吗？你现在住不住重庆或是什么时候来重庆，我想找你一见。

我还是在那个团体，被"官们"及"官们"的"奴才"们目为非常之坏，因此，自己也颇感痛苦，但是不管它，先有个安定地方整理一下自己底东西再说罢。

名字我也曾想到，只是想来想去，别的也一样仿佛不好。自己纪念两个朋友，就用"路翎"罢——如若排好版，就不必麻烦了。

祝

好

嗣兴

二、二十一

通讯址：两路口遗爱祠32号徐嗣兴

## (9) 1940年2月29日自重庆

胡风先生：

见到你[1]，心里很欢喜：在战斗的长路上人时常感到少量或多量的寂寞与孤独，但在见到能理解自己的人的时候，即使是彼此望一眼罢，心里就感到温暖了。

你很忙，但我非常痛心于我自己底空闲，时常是什么事都没有做的，心里则愈来愈惶乱了。“年青”的总要“惶乱”呢，因而想“跑”；但一切却又不如所想的那样好，就是：到处都是一样，到处都是这些人。而随人而生的各种花样则到处丛生——自己在“年青”的惑乱里败北不止一次了，但路是必然要走的，要走，勇气必须有。……

马上就有罪名了，他们要演一个“趣剧”(?)(能叫上司笑的)。我就不在意地对一个“演员”说了一两句“角色……生活……性格”，马上有人听去了，马上就有“挑拨……工作”的罪名暗中传递。大概两个钟点以后“处长”要找去“特别谈话”的，谈话更好，我们看谁谈胜吧！只是自己愈觉得非很快离开此地不可了。离开何往？这倒是要考虑的。育才我想去。乡下或许可以“医”一“医”自己，只是还有一件事要麻烦你。

就是：还有一位女同志想去——我们是从前在一起工作而最近在这里遇到的。人总要求知向上，而且人总是向往好的一面，但是各人对“好”的观点不同，因而她在这里就受尽了欺负……这里的朋友只会“媒婆”样说“热心”的话，一次要你这样，你不，二次要你那样，你不(她们指定她要同某某“长”谈恋爱，她们……)——就对你攻击，现在更好了，“屈指一算”……她们来千方百计地引诱了——我很替一个“能够正确地走向世界”的女孩子底环境寒心……然而她在“向上的欲望”上是很器重我的，

---

① “见到你”指1940年2月路翎到胡风的住所重庆两路口，第一次与胡风见面。

我问她育才你去不？“一定去”——那有什么办法呢，就麻烦你吧，育才那里要不要女同志？如果可以一举两得的话，就也请你跟陶行知先生介绍一下罢，她的名字叫李世玙，她可以做一些事，而且也就可以学习了。

我想立刻就做点事，写一点什么，但是总困难，说不定今天“处长”谈话就要有“老谱新翻”的花样了。呆着看吧。

祝好！

嗣兴

二月二十九日

## （10）1940年3月9日自重庆

胡风先生：

想找你，又怕你下乡了。

在“懒”里支配时间，想写点东西，的确是相当困难的；心里存着依赖，春天里，的确又是太好了。于是写了几个字心里就安慰地想：“今天可以写了点了。”于是今天就过去了。不是这里喊那里叫，就是太阳照得心里痒……而且还打老鼠赶麻雀呢！——坐在床上翻来翻去的，翻得纸要破了，一万个字也没写起来……

想写我周围的一些人。怕写得太露骨又怕写得太乱，失望吗，但又写下去了，写好了寄你看罢。

城市里可憎恶。假如你在乡下，我想，春天在乡下该多好呢，那山、那嘉陵江、老树皮也会吹出香气的……但是人却在任何地方都喜欢不起来了——我是说真的欢喜，是我们想追往的真的欢喜……

噪杂而乱，写不下去了，——问候嘉陵江吧。《七月》怎么还未出呢？你在城里的话我一定又来城里了，说不定就来找你了，而且把文章写好带来给你。

重庆村你是不是常住？我急急想下乡，育才怎样？上次给你的信收到没有？望你回信。

祝春天好！

嗣兴

三月九日

## (11) 1940年3月15日自重庆

胡风先生：

早上找你，你出去了。你明天下乡，又没法见着你，还是给你写信吧！

论理说，我还不应该这样“老气”；但心里是着实这样“响”着的。多么没办法的事啊，自己时常是小孩子样顽着笑着的——近来沉默就多些了，心里郁结连着郁结，斗争连着斗争。谁知道会怎样呢？唉唉，在时间面前远还没有强者；“强者”也只能如下的这样站起来的：就是建设自己心灵底永久。

自己就得着“狂妄”的罪名，跟中年人谈话，他们要谈“体系”……“规则”，而他们的“规则”……“体系”是“各自为政”“互不相干”的一个又一个的独立物——总之，他们已经在这里面生活得很好很安全了。他们还非常之关心地叫你也跟他们一样。但那是不可能的呀！于是自己就挨着热骂。热骂是很适合生命生长的。冷嘲有时候叫人想起乌云之对于星星，但星星要在这之间强健而不动摇自己，就也可以挣扎而挥洒得更光亮了。但到底这样的强健者在世界上还属少有。那么，就会因怀疑自己底光亮而忘掉自己罢——可怕可怕呀，我憎恨！

于是就连热骂底“一阵风”也拒绝了，就是这样，要保全一个自己，于是我对他们说，我现在想“知道”我自己——但非常之悲哀的是，他们不知道这叫什么解释，说：“似而非的，你自己，你住到梁山里去？”

我就用不着说话了。

这里我写了一万五千多字。

自己很克制自己一阵。《“青年人啊……”的故事》底环境就是我底周围。自己就这么向他看了一下，看了一下：要这一切趋向必然地灭亡，还得一个相当的时期，而这又并不是朦胧的等待。比方：现在的“救亡工作者”已不如战争刚一展开时热情了，现在是战斗冷静的艰苦阶段，有些人就因怀疑而背叛了。这里是一群背叛的东西，是一群开始的时候也狂热过的，而现在因为内心的空洞而必然被丢弃的东西（这里面还有他们社会的，意识形态的，教养的，人底内心破坏的因素）。假如这里要讴歌，这就是与讴歌旧中国灭亡同一类的——但为什么他们要灭亡还得一个相当的时期呢？

这就是：代替古中国的“新人类”还得在炮火里锤炼，新生的还不够强健——新生的已经发生了。

这就是：他们这一群还多量地在各个环境里存在，而且繁衍他们底种子。

固然有的还不那么单纯，还良心地望一望自己及其他。但良心很快地就被那赎罪的自我安慰掩盖了。

他们有的人也很苦痛吧——但那由它去吧，在这地方不能滥用半分同情。而憎恨、憎恨、憎恨是伟大的。

于是我就在这里面找寻一个“向上的”，“发生的”，希望的代表者。

我就在后面着力地写“俞为”这个人。

但不如我理想的那样。而实在也是的：我们底时代底“新生者”还很少有可以直起来的类型。胚胎是胚胎了……而俞为，这是一个“不单纯”的干净的人物。——

这个人物不应该在这一群里担负改良底任务，实在，“改良”也是不存在的。他是可以成为“发生的”，但还需要“战斗”与“血”——

其他的，剥开他的假面皮，由他去吧——会自己灭亡的。

但都不能轻视这种无意识的敌人啊！

我是说：我们要更着力地追附“新生的”……（我还对吴惠光

那个人同情了一下子；就因为他睁一睁眼：但那是无力的）。

在这里就实在地证明着：夜还长，战斗还要更艰苦——据说这些人物是在时代的“尖端”上存在的；这不叫我们底战斗者们可耻吗？

假如在这里的是一群小商人小官僚的代表者，也好些了。最使人吃惊的就是他们也同样地做着教导人民的工作——他们有一些技术，这就同歌舞团的提琴师有技术一样。但他们却非常之毒害地向人说：“艺术、灵感……”

我们底战斗者们啊，使新的站立起来吧，向他们攻击吧。枪击他们，而且消灭他们的种子……

但我非常苦痛的是我不能把他们整理得较好。没有什么故事的线索，也没有固定的重要人物。展开一些人和一些日常生活的节目就是了……自己觉得有些地方混杂；找几个朋友读了它一遍，但这也似乎不是读的东西。我需要知道你底意见。就寄给你吧。发表，也许检查底“木章子”就不会被通过的。很多地方写得含糊，提到就带过去了，也为的是怕落一个：破坏“抗战建国”的罪名（时尚的。就叫“统一战线”罢，最近就有人说：太暴露很了，会破坏“统一战线”……这“太暴露很了”到底是什么意思呢？）——但我想，设若是这样的基底，这房子是盖不成的。我就不想容它“木章子”的假面皮。都毁灭它，毁灭它呀。然后再建造不很好吗？

当然我绝不想回避我底一切创作上的未成熟点。你可以帮助我的，能发表还是不能发表，都“杀”它一下子，这“杀”对于目前的我，是教养。

你来信还称我“先生”，叫我非常不安。自己时常骄傲自己还是孩子呢，于是也就非常愿意跟孩子在一起。

你一定很忙。谈话里你没有给我说出对我底东西的意见来。你能在空闲的时候多在纸上给我写一点吗？

写这封信期间又把《“青年人啊……”的故事》读了几遍，于是乎信就一而再，再而三地搁下来了。这期间又经过两天了。你大概还在乡下。春雨，雀儿在滴水的枝干上叫，令人胸脯里非常惧惊不安。你在乡下，踏着黄泥，还打着雨伞，好啊……

接到稿子请示知我，来渝时定请告知。《七月》还安好？但是又脱期了——想想啊，人多么不行啊，明天接着今天是不会脱期的，而即使是黑夜也不愿对白昼让步。

我，尽可能地作点事罢，不让自己在年轻里滑跌跤。

育才的事，劳你分神。

祝好！

小弟嗣兴

三月十五日

这一题目不太好，你底意见如何？

稿子潦草，有多少甚至自己难认的字，希谅。

明信片画秽了。我已去信成都，还了价。

未回信。大概不成。

## （12）1940年4月15日自重庆

胡风先生：

感觉很惭愧，对于《突围令》，我不能再认识得怎样深一点。而且有许多说不出的意思我不知道怎样用语句来安排。希望你帮我修改一下或告诉我一下你底意见。纵然我这篇不行，我们也得注意于这诗集，不使她遭受痛苦的沉默，而使大家更进一步。你当然明了我底意思。这篇短字，如其修改一下可以发出去的话，我想，《七月》上面不大好。你能介绍到《文学日报》或《战线》一类的地方去最好。

我原并不因私人对作者的同情来写这篇东西，但假如这里面有一点同情的话呢，那是万不得已。实在，我并没有见过庄涌。

而且，原先是预备写给《文群》或什么地方的，所以写得太含糊而短了。

我想“唱歌”，但在这两个字不能内在地成为物质的力量以前，我很痛苦。有一天叫出来就好了。而且我厌恶空漠的抒情了。在马雅可夫斯基的声音前，我复杂地感到痉挛，所以，目前，我不再希望我底诗能发表，那太可怜。

我脱离这里以后或许要好些，我一定努力写点东西了。匆忙，就再谈罢。

顺便说一句《“青年人啊……”的故事》我想太含糊杂乱。你看了以后务请细细地告诉我，因为在这上面有我一段生活。

好！

路翎

四月十五日

通讯地址暂时还是原地罢

## （13）1940年4月20日自重庆

胡风先生：

我来到乡下了。近来神经异常地浸在焦燥的火酒里。对上码头，坐船，检查（他们检去了我一本《联共党史》，我笑笑）……感到异常悲愤。这里乡下（山谷里，煤矿里）在建设，但穷苦的生命永远穷苦，这建设也等着毁灭罢，我想；我在看法捷耶夫的书。

在千厮门遇到陶行知、贺绿汀，我那同学也要去育才。我，家里放我，要我多休息些时。也罢，半个月以后再去罢。《七月》怎样，《评〈突围令〉》如何，望示知。

你给我的信件，直接寄“遗爱祠卅二号李露玲”罢，她会转我的，这里信址尚渺茫，并且会遗失。

匆匆祝好！

嗣兴

四月二十日于文星镇

## （14）1940 年 5 月 1 日自重庆

胡风先生：

去育才魏东明那里玩了一天多。那里很好，等魏东明来信我就可以去了（最多一个半星期）。在东明那里看到你给他底信。说庄涌在等他回信，庄涌现在怎样了，不知怎么心里有些牵念。再者东明说，艾青也要到育才去。

到文星镇一个多星期写了一万多字底关于矿工底文章[①]。本预备就寄你的，但一想，对于这事还是不草率的好，因为，对于矿工们底现在及将来，抓起笔的人是有非常重大的责任的——我写了一个沉郁的进步的中年工人和一个农民（自然，是刚巧放下黑土来抓起煤屑的），农民最后“可怜地”死了。中年工人对于自己们底生活强烈地感到“要知道！”在旧传统里及“生物学”上的弱点上朦胧地挣扎着。这挣扎的痕迹将指示一条“新的道路”……这必然，但是仿佛还艰苦与久远。

我很苦恼不能正确知道现在的一个进步的工人是怎样的在生长。而在较落后的这里又该怎样？我几乎把一个工人写成知识分子甚至“诗人（?）”地在出现着。——还有，对于矿上的许多事物需要虚构……这里，就似乎更有所谓“责任”了。

等到育才以后再确定寄你罢！

听说你要到白庙子[②]来玩，看看煤矿，如果来的话，来找我好了，矿洞就在我们后面。你到文星场后峰岩东站下车。问“刘家双硐楼”——离车站只十丈远——找我。

五月八号以内我还不得去育才。

你给我底信件改寄育才魏东明转我罢。

---

① “关于矿工的文章”即路翎短篇小说《黑色子孙之一》。

② 路翎继父的工作地点在白庙子。

祝好！

嗣兴

五月一日

## （15）1940年5月15日自重庆

胡风先生：

我还没有去成育才，不知道什么缘故，魏东明半个月没有来信。这对我是颇不利的：我底家是一个破碎的家，而我，又困苦在恋爱里。（刚接东明来信：育才缩减经费，我、庄涌都不得去。我颇想跑远，你能介绍我一点工作吗？）

带着不同的调子我第二次来这山里，前一次是当"学生"，这一次是孤单了。山依然是那样的山，在晚上也一样烧起叫人从眼里涌出泪来的篝火。自然，它们是不会因为人底哭泣与欢笑而有改变的；而也唯有它们底不变，才衬出人们底无常。唉唉，多少人在它们底下唱过歌和流过泪了，我也一样。

而以后呢——大踏步走过去是战士底英雄行为；我现在居然徘徊在记忆底荒凉的废墟上……又将是"唉唉？"

前面总是要去的；只是，怕弱小的自己死亡在这苦痛的现实里，摔倒在这黑暗的鸿沟中罢。

但也惟有这"死亡"与"摔倒"，才能使将来更美丽，而人们更勇敢，我想。

目前我们的民族战争陷在一个昏沉的平静里，帝国主义们在另一块土里抓破胸膛踢断腿地厮打起来了。摆在中国面前的路只有一条，这平静，在预感来日的更大的斗争——文艺应该在这一阶段里更有力地武装自己。以前有理由嚷："作家被炫惑于新激变过来的现实，作家没有熟悉它。"现在呢，这应该不成为理由了罢。现在，一切新的种子应该向更深广的现实层吸取养分而强健自己，被"炫惑"了的作家们也应该冷静地向现实剖解——从各种典型的创造来构成完美的图画，这是所谓“大众化”的唯一的路。

我这么想，我也愿意这么做。我写了两篇短小说（跟你说过有一篇写矿工的，第二篇[1]也写了工人）——但这工作弄得我很焦燥。显然失败。再细细看一遍，就寄来给你。

又禁不住写了几首短诗，先就附给你，这些东西显然是不可能发表的——因为它们总在琐碎地说着一个人自己，但第一，希望你告诉我对它们底意见。

告诉过你了，最近很不安宁，唉唉。

你忙吧，《七月》该出版了。

祝好！

我底通讯处：

“北碚文星场后峰岩经济部矿冶研究所张济东转”[2]

你就给我来信，好吗？

嗣兴

五月十五日晨

## (16) 1940年5月16日自重庆

胡风先生：

痛心之余整理了在生活倾覆以后所写的两篇文章，里面也许连错字还是很多的罢。我在焦躁与不安里写着它们，这里人物底形象，糅和着我酸心的悲苦。它们是怎样呢，啊，我不能知道，它们——是和它们底作者是一样的——我怎么说好啊。

在《黑色子孙之一》里，是两个矿工。农民出身的金承德是不大看得起“矿工”的，想望着几亩田，和别的工人一样闹，信着神祇……

---

① “第二篇”即路翎短篇小说《家》。

② 张济东是路翎的继父，他在矿冶研究所工作。

后来，糊涂地死亡了——这种悲剧在落后的这些地方是非常之多的。再一个工头石二，是以金承德底朋友关系而出现的。老工人，受过日本人的欺，沉郁而苦恼，想向知道得更多的，糊涂生活，死亡……以外的路上走，几次在自己底传统根性上挣扎，而最后，他为金承德底死亡流出激动的泪——那是对于本身生活的强烈的激动。

《家》写了一个“动物的个人主义”的地主，贪婪，造作，“生物欲望”底机器，为了金钱，又可怜地计算着，觉得自己底享受是尽责任……再一个东北人（锅炉工），假如生底痛苦使他更理解生的话，他可以是一个“英雄”。因为，他在汗污的生活里昏倦了——除此以外，他是一块生铁一样有“好”的根性的。至于那个河南人，动摇、苦楚地嘲笑自己……

他们全都没有了“家”——还要留恋呢……

我没有办法再找什么“工作”。育才去不成，魏东明大概告诉你了。工作周围大抵有墙壁在。“亦歌亦舞”的“工作”，我这个小生命是吃不消的。她们说我“家底责任”很大，担负两个姓的薪火，乖乖，怪不得要取“嗣兴”了……教我什么正宗的市侩哲学，叫我写一笔好小字，拿几十钱一个月……啊哈，几十块钱，你在这苦楚的古国是怎样的悲剧啊。

我底路是早就决定的了。但是，站在这些分裂点上，我很痛哭了几次。我还很懦弱。

但我也觉得自己还坚强。

希望你来信给我——因为会给我不少活气的。你能介绍我一个工作即“吃饭”的地方吗？我等着。

我底那个学音乐的朋友被胡然教授们看得起，介绍到中华交响乐团去工作了。而且每星期两次单独授他声乐——只是，不要弄得“西洋化”才好。

我怎么又跟你说起这些来，算了吧，牢骚在中国真是“牢”里面的“骚气”一样的多的。

庄涌怎样呢？我们没有见过的朋友。

盼你接到稿子以后的回信。

在这里，我只有埋头创作罢！

祝平安！

路翎

五月十六日

通讯址：北碚文星场后峰岩经济部矿冶研究所张济东转徐嗣兴。

## (17) 1940年5月22日自重庆

胡风先生：

前两次连续发的信和两篇文章大概收到了罢。这里附寄的是两篇短文，能用就发表，不能用就扔掉。——想写出生活底各个面来，这是颇不易的。这几天用长江中游底大溃败写出一篇东西，感到自己想象非常枯索。

我底状况，前两信都用那些连我自己也不高兴的调子述了。但我想你能谅解我的。

对于时代，对于我自己，我底要求相当大。但自己首先就不行了——以致常失望。但我不愿意自己灰心。没有的写了，再见。

大轰炸里，屠杀者群的翼子底下，你平安罢。

今天我看见空中英雄的战斗，很激奋。

路翎

五月二十二日晚

## (18) 1940年6月3日自重庆

胡风先生：

我又来育才了。[1] 现在就是跟何剑薰先生住在一起，在这跳

---

① “我又来育才了”，经胡风介绍来陶行知办的育才学校。

蚤非常之多但寂静悲哀的尼庵里面。前些日子——现在也许还是罢——我很苦恼、伤心……记得在文星场前后写给你底几封信都是非常可憎的情调的，原来我底生活和我自己都很平凡，抵不上别的有强壮手臂的人，或者竟如屠格涅夫说的“马车底第五个轮子”。——我竟然还舍弃不了那些知识分子的可悲的习气，这很不好不是？而且我又年青，容易摔倒，你底话我是很相信的，但愿能够做得到。

我知道你很忙，假如拿些滥污的稿子来花费你可贵的时间，那几乎可说是一种罪恶。我底《黑色子孙之一》、《家》又都寄给你了，那里面还有很多——或者整个不妥的地方，使我很觉不安。最近写的关于长江中游一带溃败的一篇东西，我一定再仔细弄一弄，能在我自己底真正的努力下向你得到一点安慰，那是最好的。

在一年内，我有一点小小的计划，是的，计划写十个短篇，好好地看一看书，可能的话，在《七月》上出版一本小书。但那都不关紧要，我还得自己不断地努力。

何先生底态度我非常钦佩，但在文学的观点上，或许跟我有些不同。在育才还安宁，只是自己底心上还可悲地不静，竟或苦痛。黄桷树炸了……那天想去看一看，又不知道地址，不知你家平安也否。《七月》这一期我看到了，那印的比乡下还坏——啊，我不能这样说，那上面正有你底心血了。是的，这就是“奋斗”的结果，还得奋斗。

至于庄涌，魏东明说：如若一定要来，可以先从附近保育院设法。……我还不大清楚，总之，有一些周折罢了。

我底《“青年人啊……”的故事》和另外一些乱文章，不必寄还，代为烧掉罢，谢谢你。我愿从火堆上跨一步过去，担荷生命给我底任务。

太阳在溪谷里流着明亮的波浪，而且有烧焚一切的气焰，夏天已经来了，希望心上不再冷。

原谅我一切可憎的冒昧，我敬爱你。

好！

嗣兴

六月三日

## (19) 1940年6月23自重庆

胡风先生：

托艾青先生带来的信和钱收到了。实在不好意思得很——谢谢你。

何先生和我还谈得来。魏先生和他夫人因去西北之故，故离育才。目前的生活，在我，可以算是“安静”了，倘不然，就是钻到土里去，怕也是难满足罢。

还只能看一看书。在文星场还写了一篇东西。题材是关于长江中游的溃败的……最近大概可能改好，改好以后，再寄你。

敬祝平安！

嗣兴

六月二十三日

（庄涌怎样了？）

## (20) 1940年7月24日自重庆

胡风先生：

好久没有给你信了。我们这屋子里，连太阳都照偏了，季节是在慢慢变换着的。

而人却不知道能不能走上几步去？还是停滞着的呢？

我近来为了一些可以说是无聊的事，弄得很苦恼。但这事却又是无法摆脱的。明明知道，人，是受着愚弄的啊。

剑薰他说不预备再在文学组了，或者走，或者先教普通课。这事大抵有一些我所不愿意闻问的可嫌恶的原因。他来北碚，不知找了你没有。据艾青的谈吐，大概你是知道的。

至于我，似乎暂时还得在这里呆着。

我写一点小说，写诗…… 仔细看一看，确是一点成就也没有的，连对得起这些时间也谈不上。

《七月》还能挣扎出来吗？（我问得不算无知罢，我是很苦的）你近来生活怎样？如若住在北碚附近，八月初我可以来看看你。这里是正放暑假了。盼你来信。

祝好！

（听谣传说穆木天君附逆，确不确？）

嗣兴<br>七月二十四日

（庄涌怎样？）

## (21) 1940年8月25日自重庆

胡风先生：

我回文星场来了，一到就害疟疾一类的病，因而很苦恼，今天稍稍好一点，得以写封信给你。

我底祖母病重，她看我在外面很不正经，而且愈发瘦弱，就要我回来——也还有一点另外的原因，所以我回来了。事情做得自己也朦胧，然而竟做了：就是我预备离开育才。

在育才是可以看书写作的，然而却又没有写出什么来……艾青，我们不大谈什么，他仅仅问我："写诗？""也写一点。"我回答；"发表过没有？""没有。""你最爱读谁的诗？"——"我最不爱读'自己'的诗。"我想回答，然而没有，因为我在他面前还很羞羞答答哩！

其实，《北方》那时候，他底诗我最爱，至于到了《火把》差不多我也可以写出来，所以不能像小孩子爱纸人那么去爱了。最要紧的他一点也不把别人放在眼里。

那天一从那里回去，就出了纰漏，为的是何剑薰在教室里

"不穿裤子"的这一句话。我好奇,就问了何,他于是质问了陆维特,何的说话一点也不留情,艾青当时也在那里,被质问的一方永远陪笑,艾青则和解……这事情是很滑稽的,其实呢,何剑薰却未必"进步"到不穿裤子。

而他们晓得这话是我传出来的……

陆维特还在说我是青年团哪,什么哪,我想找他谈谈,这次去告别,同艾青也没法谈谈,只是我说话对没有熟悉的对象恐怕说不出来。

同时,我是个又暴乱又脆弱,并且犹豫着的性格。

我底那几篇文章不知你看了没有,那里面养分一定是很少的,而且又写得草率。要你花上那么些时间看,真是不过意得很。这次假若回来定了,有一间清静的小楼住,可以写写了罢。只是又少书看。这只不过要到育才去拿,或托你帮忙到复旦去借了。

身体衰弱,写不得久,涂得乱七八糟,望你原谅。

祝好!

嗣兴

八月二十五日

我的通讯址:白庙子矿冶研究所张济东转。

去育才时(九月初)当来看你。

## (22) 1940 年 9 月 11 日自重庆

胡风先生:

我一直打摆子,摆来摆去有半个月以上。育才我已去过,那天下大雨,没有能拢你那里,回来时又带着东西。如若身体好,有空的话,我就来看你,或者下个月我还要去育才。

陶行知将出国,贺绿汀或将赴福建,章泯[1]他们全班人马闹

---

① 章泯(1906—1975),音乐家。

意见要离开，艾青听说得了苏联访问团的通知，不知确不确，他去很好——我以为，因为在我们这幽谷里，连唱的方法和对象也将要摸不到了……很记挂你，不知你去不去，我希望你去——给我们新的血液罢。

我的走开育才还是自己的原因——我是，就是别人驱逐我，我也不知道呢，育才的命运已很可悲。[①] 何剑薰不在文学组了，文学组连艾青还有四个人……

通货膨胀，法币跌落，吃“米”开始艰苦了。大概这才知道了“抗”——“战”是啥子。

我还摆不了苦恼，现在是住在家中，为了吃饭，也将开始“就职”当小公务员。这对以前年轻人的浪漫时间，真是不堪设想。然而生活就是这样。打击，打击，打击……到洼地里来了。

渴望掺合着悲伤——这东西甜一会又辣一会，不会在舌头上久留——这是今天在这地面上理想主义底本质。我现在觉着向前走，同时，就感到自己停留、空虚、彷徨。

我写着，这你是知道的，很苦闷。

痛，发烧，顺笔乱画，算是又发一次牢骚。不再写了，望你写几句给我。

祝好！

嗣兴

九月十一日

通讯址：白庙子经济部矿冶研究所张济东转。

## (23) 1940年10月27日自重庆

胡风先生：

今天晚上还剩下足够写一封信的时间，我想起来给你写几句。

那天，鲁迅先生逝世四周年纪念日，曾经拿起笔来写并且想

---

① 1940年9月，路翎离开育才。

向你讨一张先生的木刻像,以便使我争取写作;并且写作得亲切些——我这房间也的确需要这么一张东西。后来那信我只写了一半就丢了,因为一时激动,也回想不出写了什么,但是木刻像依然要。

你大概去了重庆,因为好像看见报上:文协开会,有你的报告等等。并且又听说在北碚成立了"文艺讲习所"。不知详情究竟如何。如若有一个星期日"讲习"的话,我也想来玩玩。再附带要问的是,《七月》的苦命如何?

我又开始写关于矿工的短篇。连写不写得出来都一点把握都没有,我还写了一点诗,想过些时候结集一下,寄给你先看看。在《大公报》上有一个叫黄华沛的,摆出批评家的雄姿招展着马克思、新美学等的旗帜,着实地攻打了田间一下。我看了一遍,引起兴致来了——这家伙的一切论点是可疑的,并且其基本调不"善"。本想寄给你看看,附带写一点我的意见,但是现在报纸弄丢了,并且不记得哪一天,我想你也许看过。

我在今天,对田间的诗幻想还存在得多些,其余的诗人有时是叫人寒心的。我以为田间底诗,假若——这是应该的——再向现实的形象前进,他就会从今天的形式上升,而获得可观的成就,因为正如你所说,田间是诗人中摆脱知识分子习气的第一人——而我们今天其他的诗人,连艾青在内,大都意识或非意识地使用着布尔乔亚的,并且在某一限度内是布尔乔亚底罗曼蒂克——固然它在现阶段的战斗上是也有血肉底依附——的意识形态。而田间则前进了一步。

这所以田间在今日被"反动"——田间在今日跳出了"他们"的激动范围以外,但这并不能证明田间为无感动的东西。

我在这里天天办公,当一名小雇员,天天翻账簿,所以真正"自由"的时间,只有晚上了。[①]

---

① 1940年10月,路翎到经济部矿冶研究所北碚管理处任小职员。

我想北去，看明春有无办法。

重庆，如今是一个老死了的蜗牛。它底光泽引诱着贪食的雀子。……然而我们却不能是美味的养料。

最近因为时间罢，也懒，所以做不出一点来。这是苦恼的事。连写信都忙，给你写得太潦草，灯油完了。

祝好！

嗣兴

十月二十七日

## （24）1940年11月7日自重庆

风兄：

今天接到何剑薰底信，他没有来北碚，他回川北保宁去了。要走五百多里路，信是在一百里的途中发给我的，特此报告你，不知你接到了他底信没有。

我近日身体坏透，病见好了，但头总是轰轰然。而且一想到"今天怕要发病罢"，就急得不得了。每天我只能在晚上写三四千字，假若一病就要中断，真苦。

你的论文的那一部分我看过了。[①] 我觉得它必定会解决所有的人对这一问题底惶惑。问题一开展，他们就混乱万分。那样下去，怕每一个作家都想去写"送郎送到大门口"不可了。

不知道你最近去重庆不，隔十天我来。

祝好！

嗣兴

十一月七日

---

① "你的论文"应为下信提到的《论民族形式问题的提出和争点》，即《论民族形式问题》。

## (25) 1940 年 11 月 14 日自重庆

风兄：

我底《矿工》没有写成。这些日子过得很惭愧。近几天才从《矿工》上歪出来。写了九千字的一篇《何绍德被捕了》。内容是一个溃兵做矿工，又跟随一个女人啰嗦，结果被捕……这么一回事。我一点故事也找不出来，这一回感到是司汤达影响我。昨天才开始写一篇《米》[1]，那是偶然的触动，不知能不能写出来。

在写《何绍德被捕了》的半途，感到自己的一切全是虚妄与荒谬；完全用失败的意识写下去了。因而想到在你那里的两篇东西——在那两篇之后我还另写了一篇“长江……”的战斗故事——我简直想向你拿回来，因为我感到它们的组成一部分是不必要的罗曼蒂克；而且它们的形成以至于产生是极不妥当的。现在是这样：《家》盼你寄回来；《黑色子孙之一》如果还有可能的话，转到《蜀道》去换钱，假若终究不行，也盼你寄回来。我一定要重新弄一弄，试试看罢。

过几天，当能把以上说的那篇东西寄给你。你帮助我得正确。因为我是并没有严谨过的：文字，标点……

我不能说我没有虚荣心，但那究竟是不成的，最近我的创作环境非常不好，比写那两篇东西还要差些，这一是身体，二是恋爱，三是生活动摇。

我在找一些工人底类型，在笔记里录一些材料。此外写一点诗。最近还寄给《新华日报》几首。

关于《大公报》的那篇文章，本想写一点意见，但是又觉得关于诗人们的材料还不够。这是一件非常难的事，得罪人可以，犯了毛病可要不得，以后再看罢。

---

① 《米》是路翎的短篇小说，曾寄给胡风，后丢失。

盼你给我信，告诉我何日在家，我可以摘[择]一个星期来。①假若你能替我找到一点书——巴尔扎克的、妥斯托耶夫斯基的以及苏联的一些小说：《士敏土》《一周间》《对马》……我都非常需要，真的，先谢谢你。

你的《论民族形式问题的提出和争点》可不可以找一份给我。

祝好！

嗣兴

十一月十四日

（来信请写：白庙子经济部矿冶研究所张济东转。要快几天）

## (26) 1940年11月19日自重庆

风兄：

这里两篇短小说《何绍德被捕了》及《米》。

前一篇写了一星期，差不多写了一小半又改写，半途还遭遇了使我苦恼的障碍。它底结束比预期的来得早；我感觉得，我从形势铺张上前进了一步。这里的一个人物“何绍德”也许还很模糊；至少是并没有突进到更深的一点。

《米》只写了半天。这完全是由于主题底契机。头天晚上得了一些素材很愤怒，于是画下了这一题目，它孕育了一夜，第二天顺利地产生了。

我并不同情这里面的角色，只有一份怜悯给与“收发员”。我底愤怒：他需要翻砂工人底粗拳头。所以末尾插进这一个“闹场”。

这两篇东西已经给对于文学有兴趣的一个工厂朋友和一个小学女教师读过了，他们说“《米》好”。

希望你“批评”一下，真的。它们如果不能发表，就算了罢。

《何绍德被捕了》里的“租客制”，他们贡献意见说要“注”一下，你看出如何？如要注，就是：“旧的小矿产，由许多租客组成，

① 本句中的“星期”或指周末。

他们领有工人,租有矿道,每天拿自己和矿道所产的煤底一半,他们多半是一些地主……”

我以为,我在作品里已说得差不多了。

祝好!

嗣兴

十一月十九日

## (27) 1940年12月9日自重庆

风兄:

托田春先生带了信和《祖父底职业》的稿子给你,知道你不在家。你底孩子说你前天到重庆去了。我底病今天好了,但是心里面异样得很。

不知你何日回碚? 前回寄给你的《何绍德被捕了》和《米》,不知收到没有? 昨天,我那朋友是把我的信和稿子搁在桌子上的,不知你看到否?

大概你是以为我上个星期日来(十一月二十九日)。我也没有说清楚。我是指这个星期日的(昨天),哪知又害了病。烦得我不宁,我很惶急,事实上,我底时间不自由。

这个星期日要是不生病就来。大概不会生病了,但又不知你回来了没有。

不管找不找你,你看到这纸,就给我一信吧。

嗣兴

十二月九日

## (28) 40年×月自重庆①

风兄:

本来预备星期日(廿四日)来找你的。但是在之前的两天就

---

① 此信没注明月、日,现根据内容排在此处。

生了病，一直到今天（星期一）还没有好。稿子和信本来预备带给你，现在只好付邮。

我预备写一个长篇写一个老财主家庭底溃灭——他底儿子、“新时代”等等。以后来详告你，请你给我意见。

盼来信。我身体一好就先跑来找你。

兴

## （29）1941年2月2日自重庆

风兄：

今天把《财主底孩子》[1]带到你家里，没有遇到你，所以想在这里跟你零碎地说一说。

我是在写这一代的青年人（是布尔乔亚底知识分子）；他们底悲哀，底情热，底挣扎。我自己和蒋纯祖一同苦痛，一同兴奋，一同嫌恶自己和爱着自己。我太熟知它了。它假若真的，完完全全地变成我自己，这对我底创作就成了一个妨碍。我克服着。在整篇的东西快结束的时候，我底精神紧张得要炸裂，我病着。这里不是创作本身的问题，而是社会底、生活底本身的问题了。我们要走哪一条路，这是决定了的，绝对决定了的。这一条路是如何的艰苦，艰苦，也是知道的、了解的。但是要怎样去完成呢？就是说，要怎样在心理上和行动上克服自己呢？怎样解脱自己呢？我狂喜和哭泣，写着。在思想上我尽了最大的努力；因为这一切对我太重要了。但是我苦于没有能力表现，有几章我撕了又重写，但是仍然失望。

我底人物每一分钟都苦恼我，兴奋我，在梦里也扰缠我，我于是多么渴望着把它写成呵。现在呢，是写成了，同时，也仿佛幻灭了。我咀嚼着苦涩的希望。

它也许并不像一篇小说（我简直越来越不懂什么是“小说”了，

① 即《财主底儿女们》的初稿。

或者说，我从来不曾懂得它）——或许是一篇拙劣之中最拙劣的小说。前一部，是一个家庭底故事激动了我。这种家庭底命运，在我自己，是非常感到亲切的。于是，我找到了一个典型，一个在封建与半殖民地的环境里被压溃的，在生活底空虚里长成的优柔、苦恼、无能的人。这是中国资产阶级底特质，它底发展是畸形的，不完全的。它是苍白、贫血或者是歇斯底里的。它底孩子们，必须在与它底产生同时就反叛起来。反叛是到来了，而且反叛得更深刻了。但是这在蒋纯祖这里才得到某一部分的完成。而他底哥哥，就是那个优柔、无能的人，他是在畸形里被牺牲了。无数的生命变得苍白，在那个时候（这可以大概说是五·四——九·一八），无数的花不能结子就萎谢了。土壤是肥沃的，把根伸得深一点就好了。于是，他底弟弟，简直可以说是幸福的，他反叛了和向前飞跑了。

第二部就是写的这：写的挣扎，对生活的认识，对自己底一切劣质的斗争。写的蒋纯祖，一个从浪漫的理想主义向前发展的青年人。

第二部和前一部就是这样联系着的：蒋纯祖从那种家庭里出来，前一部的角色是他底哥哥。

这联系，从要求故事一方面看来是不够的，而且结构似乎也稍嫌薄弱。

至于朱谷良，这机器工人，后来的游击队支队长——这是被作为一个完成了的人，一个英雄在写着的。在最后一章里他底出现似乎很匆促，并且没有再发展一点。但是我已想不出方法来再发展一点了。

以上是我底琐碎的对这篇东西的解释。其实，解释是不必要的。这里就是人类的弱点：总想替自己辩解一下，或者简直是向自己辩解一下，让好胜的一个自己胜利。

今天跑得很疲乏。这些日子来我总有些疲乏。我底心境有时候很不好。生活底烦琐，恋爱的不死的幻影的扰缠，使我焦灼而愤怒，这里的生活很黯澹。过年，唱三天戏，拜拜菩萨，就又预约了下一年的辛酸的血。多少人“死”了。死还要继续下去；活也是还要继续下去。那么，斗争罢！

斗争，比方我自己心理上的斗争，它是凄凉而残酷的。

好了，不写下去了。就此祝

好

嗣兴

二、二

望你在看了这篇东西后给我一封信。我当然希望它能出版。其次的问题就是，我并没有留底稿，那么，给检查官扣了就完帐了。不过，我想他们在吃饭之余是也要慈悲一下的。……

## (30) 1941 年 2 月 17 日自重庆

风兄：

局势愈来愈怕人了，蹲在这里我感到非常非常地惶恐。面对着这将要到来的灾害，我能够做些什么呢？我写了一点点东西，又写得那样对谁都无味；那样坏。我实在是不能有一点点宽恕自己的；对自己，我需要愤怒！

书很难出版，由它去罢。这是算不了什么事的。况且我不能知道究竟那一部东西够不够格出版。你对我费的心力我是衷心感激的。那一天你把稿费拿给我，我是多么地觉得羞惭，多么地不好受。

你底身体恢复健康了吗？

我怕我活不久。这想头真是离奇的，不可思议的，但是的确是这样。我底身体在这样的年纪就这么坏，……或许正因为想活的欲望是这样强烈，所以在这阴霾里便常常想到死，使自己战栗了罢。以前在恋爱里我抢着过日子，仿佛年青只有那一瞬间就要消逝了……现在也这样。那些时候，我就预感到我底恋爱底不幸（或者，毋宁是幸福），现在也是这样。有什么东西或者就要把我底生命和生活夺走了，那时候我就要在阴暗潮湿的地下嫉妒着别人了罢。

你一定不高兴听我这些话……总之，这些想法是十分无聊的，人只要每一分钟工作着，这就得了。这些话假若给了你什么不愉快，那么，原谅我底无知罢。

我没有父亲，我不知道他是什么样的人：长子或是矮子，快乐的或是愁苦的。他在我一两岁的时候就死去了。我只知道他姓赵（这个姓在祭祖的日子我家里就默默地记起它来。在母亲和祖母，她们是忌讳它的，它也使我感到痛苦）。这里的家是我母亲底后一个丈夫，他是一个公务员，是精神上的赤贫者，有小情感：愤怒、暴躁和慨叹。

我简直一点也不愿意提起这些，在小学的时候，我就有绰号叫"拖油瓶"，我底童年是在压抑、神经质、对世界的不可解的爱和憎恨里度过的，匆匆地度过的。我在心理上和生理上都很早熟，悲哀是那么不可分解地压着我底少年时代，压着我底恋爱，我现在二十岁。

够了，以上算是写自传，这也是一件无聊的事。总之，我知道你颇理解我，所以说了。

这个星期不想来北碚，还有两个短东西弄好了就寄来给你。你底《民族形式》的论文在出单本的时候想再读一遍。对于五四传统和现实主义底肯定，对于民间形式底拜物情绪的批判，这是绝对需要的。读了你底论文，我觉得很满足。

"五四"是进步资产阶级底斗争传统。今天，民族战争在实质上也是资产阶级民主的。在新的"人"从现实里被创造出来的时候，文艺底形式自然也跟着改变。在这里我有一个问题问你，就是：中国底民族战争是资产阶级的，它底本质是不是正在改变或是将要改变呢？在这一变质过程里，是不是对五四传统底蜕变呢？（这就是：在民族战争这一范围内的变化，它底变质是否将突破民族战争这一形态？）

这几天，我仍然读《安娜……》，我多么喜欢康斯坦丁·列文！

祝

健康和平安

嗣兴

二月十七日

## (31) 1941年2月19日自重庆

风兄：

先寄上《祖父底职业》。

我是当做一首短短的小诗在写着它的，在它里面，自然装不下更多的东西。遵照你给我的指示，十五岁的孩子被发展了一些。这短短的“诗”大体上说，我写得颇愉快。

《米》，很讨厌。我现在发现这是一篇拙劣的东西；而且我对什么东西的嫌恶之感是十倍地加强了；这一来，就是写出来，也是不会通过审查的。因为我憎恶，我就要暴露——尽我底能力赤裸裸地暴露，当然，这结果就会弄出危险的东西来。

所以，《米》是暂时写不出来了。过两天再看吧。

前信收到没有？你底身体当然是完全健康了。这两天天气又好起来，春天就要来了。当太阳灿烂的时候，我底痛苦的回忆也就不会再刺伤我了。

我真是烦心得很，我生怕邮寄也会把稿子失落。

(……被删)①

我多么盼望你给我信！

祝好！

嗣兴

二月十九日夜

---

① 原件如此。

## (32) 1941年3月17日自重庆

胡风兄：

《财主底孩子们》今天开始修改；本来想重写的，但是勇气不够。就是这样，要改写的地方非常之多了。我从重庆底那一章起始……我决定不使朱谷良再遇着蒋纯祖了：那除了牵强之外不会加重小说底氛围的。我并且预备在末尾加一章，尽情地展开重庆……重庆是以前的南京，现在它和以前的南京简直没有差异了。我们是冀待着另一种性质(！)底出现的。大概这性质……不久就要出现了。

关于在上海出版的事，我想麻烦是非常多的，最主要的就是恐怕连稿子也寄不到。如若时间允许的话，我想抄一份留下来。至于那几个短篇《何绍德被捕了》……留着的还是第一次写的底子；如若审查先生不留情，那就相当的麻烦。他们一定是主张写工人的就是异端的。

真的，我不知道我是否大大地烦扰了你。我是很无知的哩……我现在也没法知道我底作品是否有一点可取的地方，我近来正为这大大地惶恐着。我没有办法不冀求你扶帮我，你对我底态度给我不少的鼓励，而且使我欢喜，我必须使你知道，我是有着很多缺点的。我要求你对我永远地公正和坦白，我自己非常蛮撞，我希望你不宽纵我。

关于庄涌底找职业的事，我回来打听了一下。这地方所需要的只是一些办事务的，比方：打算盘等等。并且找门路很困难，只是不知道他愿意不愿意，假若愿意的话，我想也许可以有办法。

拿来的那个《评田间底诗》，本来想有空写一篇短文。只是觉得材料不够，并且自己知道得太少，所以很难动手。

不写下去了，祝你好！

嗣兴

三月十七日晚

## (33) 1941年4月14日自重庆

风兄：

昨天来你那里时忘记和你说了：《黑色子孙之一》我没有底稿。这篇东西送审是很没有把握的。并且，我重读它的时候，觉得它是那样坏：形象底刻板和机械；表现用语底狭窄和有些地方显出的形式疲乏……我希望你替我斟酌一下罢。我是很无能的。“章华云”[1]，不知它能否接近了“积极”的主题。这一切，希望下次我来看你的时候你告诉我，最好是写信给我，好吗？

长篇已经算弄好了。[2] 我现在非常厌恶这篇东西，并且对它感到惶恐。不过，它里面有着我底哭泣和我底喜悦，这倒是真的。现在唯一使我想念它的地方也只在这里。……改是难以改得好的，但是重写，目前又没有这勇气。

倘使它能够寄到上海出版，我是很高兴的。我并且秘密地希望着能把它编在“七月丛书”里……如若不能，希望你也告诉我，我应该努力。

我最近生活得要坏些。只有你知道我精神上的负荷是多么重的。我是一个坏性格，除却痛苦，我是再不会得到别的的。我已经能够清晰地给自己描绘我将来的路是怎样的路了。不会错的，怎样的荒凉啊！

你们最近生活得好吗？再谈。

祝好！

嗣兴

四月十四日下午

---

① 《章华云》后改名《青春的祝福》，且《青春的祝福》为路翎第一部短篇小说集名，1945年3月由重庆南天出版社初版。

② 1941年4月，路翎的长篇小说《财主底儿女们》初稿完成。1941年5月，胡风赴香港时准备将此作品介绍香港发表。12月，因太平洋战争爆发，原稿丢失。

## (34) 1942年3月15日自重庆

成兄[1]：

好的，你回来了。[2] 我终于又能够写信给你，确信你依然健在，依然坚韧地呼吸了。但惭愧的是我们；在这几个月里，除了徒然地焦虑，在个人底生活洼地里打滚外，我们做了些什么呢？替你做了些什么呢？

好的，再来罢。——我现在就写我希望怎样再来。

在桂林，有较好的出版条件，但桂林有人在干；重庆，条件坏，所以没有人干，但干是必需的。如若重庆也能够活的话，你预备怎样呢？

我是说，假若今度兄[3]筹划的青鸟能够飞起来的话，在重庆有一个营垒不是更好么？

但艰难的确很多。除去吃饭问题不算：渝刊取消了出版证[4]，要几乎从新下手；"官"多；印刷条件劣；书店老板滑……

而且，你……夫人和孩子呢？还在岛上么？因此，你奔走得狼狈，是并无欢乐可言的。但得到了消息的我们，是多么欢乐呀！前些时，根据一个无耻的谣言推断，我以为你从曹白那里走过去了，但现在你又回到内地来了。[5]

但内地的艰苦是枯涩的，而且灰尘满天，易于令人疲乏。

在奔命里，你一定瘦了许多了罢。然而，人有什么理由不相信，在打击之后，你底心越发健旺呢。前个月，就有人在报屁股

---

① "皖南事变"后，为抗议国民党背信弃义，胡风接党的指示，于1941年5月离开重庆赴香港，在香港时化名"张成"。

② 香港沦陷后，胡风在地下党及东江游击队帮助下脱险，于1942年3月回到桂林。

③ "今度兄"即聂绀弩(1903—1986)，曾用名萧今度，作家。以下信中的"三耳兄""度"，亦指聂绀弩。当时，他正在桂林编辑《力报》等。

④ 重庆的《七月》因过期，被吊销了登记证。

⑤ 当时，反动报刊《良心话》曾造谣说"胡风附逆"，路翎由此推断胡风也许到解放区去了。曹白(1914—2007)此时在新四军里。

上做诗,伤悼“多胡须的”“从北碚飘乌篷船来的”成兄了,唉唉,但你却一定活着。那是一种“该打病”的可怜的患者,要是我是报屁股编辑,就一定要他退回稿费的。

我近来写得迟缓些,用守梅兄[1]的话说,是蜗牛底一步又一步。改写后的《谷》,在今度兄那里,想你已见到了。这使我惶恐。另外,有一篇写地主等的《棺材》在海兄[2]那里。正在写的,是一个七、八万字的中篇[3]。长篇,中断了。

但以后会再来的。——决不挟尾巴窜窜而逃!

再谈吧。不应该使你疲劳的。但望你跟我们写详细点。

问今度兄,一个友人从合川寄的另一份《谷》,收到否?

握手!

宁[4]

三月十五日

燕郊兄[5]好!

## (35) 1942年3月30日自重庆

成兄:

我前天到重庆来的,昨天见到了你给圣门兄的信。你说及我的话,我完全接受。

无论怎样说,我对自己做得太不够。因为矛盾得厉害,我会

---

① “守梅兄”即陈守梅,阿垅(1907—1967),诗人,评论家,又名S.M、亦门、圣门、师穆等。以下信中的“梅兄”“门兄”“穆兄”,均指阿垅。1955年因“胡风反革命集团案”被判刑十二年。1967年3月,病死狱中。

② “海兄”即欧阳凡海(1912—1970),原名方海春,作家。当时,他正在重庆任《新华日报》编辑兼《群众》编委。

③ 即路翎的中篇小说《饥饿的郭素娥》,原名《恋爱的小屋》。1943年3月南天出版社桂林初版。

④ “宁”为路翎曾用名。

⑤ “燕郊兄”即诗人彭燕郊(1920—2008),原名陈德矩。当时,他正在桂林编辑《半月新诗》。以下信中的“皎”,亦指彭燕郊。

时常很疲弱的。而这类矛盾的向坏的一面的发展，疲弱，我真切地感到，会成为我底致命伤。你知道，我尚未曾经历到大的社会事变哩。

你对我的期待，我不能辜负的。或许能够不辜负罢。但目前我并不觉得我不被理解；理解我的，知道我底致命的弱点的，不是有你们在么？而那些家伙，我是鄙视的。

拥护你底态度！不管我自己怎样惶恐，拥护你底态度！而且我立意改变我底方法走路！

渝刊不能出，即预备把《棺材》从海那里拿来寄给你。《谷》，前信因为怕你疲劳，没有提及，这次则请你从三耳兄那里拿来看。海兄底批评里有几句话，也抄给你。假若有任何一点不安的地方，你告诉我，我就决定不拿它给读者。

> 林底性格发展是模糊的，带有个人英雄主义底色彩。他克服弱点的努力，也完全是单独的内心工作。这可能使别人得到另一种解释，以为他的精神是代表一个精神意志，甚至野心家的胜利。而这种思想，就是目下"战国"[1]的思想……

我自己底解释，可能别样些。但我不想告诉你。主要的，是盼你告诉我，这种"个人的英雄主义"在作品里，应该怎样处置(作者底态度)。因为在最近写的下层人民的中篇里，我又接触到它了。

回去后，想当能接到你底信。那时再详说罢。

最后，昨天我们意外地买到了一本《呼吸》[2]，呼吸了一晚上。你底坚强是动人的，不过，我们颇为担心。

---

① "战国"指当时的一种刊物《战国策》。

② 《呼吸》指曹白的报告文学集，由胡风在武汉编入《七月文丛》，1941年在上海初版。

握手！

宁

三月三十日

## (36) 1942年4月5日自重庆

成兄：

和梅兄一道寄给你的信谅已收到了。

现在，我要竭力做到在写的时候慎重，但我底力量小，难以站在外面去冷冷地观看，所以，最后的取决，要交给你。《儿子们》下半年再重写。目前先完成中篇；短篇集，在中篇完成后再寄来。《章华云》和《破灭》（都要重写）都加进去，但《卸煤台下》恐怕不成。

中篇现在题名《饥饿的郭素娥》，触到新旧交替的下层社会现实，怕犯忌的地方太多，不能用。但也不能管；这还只是开始，以后要做的，一定还要辛辣些的。我对林伟奇不冷酷，不安静，不揶揄，这是我失败的地方；以后写到"他"的时候，就要照着这么做。

以前，是想吃一点甜的东西的，但这半年不这么想了。慢慢地走，是唯一的方法。软弱，现在一时克服不了。在生活多多的变动以后，这些当会克服的罢。下半年我要离开这里——不管这里怎么适宜写作。

我们底能力不够，心意每每歪曲，所以你感到孤单罢。比起庞大的黑海来，我们是小小的，站在岛屿底峰巅的你，就因此感到孤单罢。敌人存在的时候，幻灭就不能出现，米盖朗琪罗底雕像（我记不清了）不是在相反的一面证明了这一点么？

我在这里，外表的生活也还算安静：有小楼，有电灯，有几本书……。但这就是我底全部么？看吧，昨天夜里刮了那么大的风，古旧的积尘飞扬，灯光闪烁，小楼就几乎要倒下来，把我葬在里面。今天冷雨，风到别处去了，但它还会再来。还会再来！

剑兄处，我即去信。他怕已有信给你了。

去重庆，等了海两天，但他生病，没有进城来。在他那里的一篇《棺材》，已托梅兄拿来寄给你。积存的诗稿①，我给了《诗垦地》②第三集几首。你以为如何？剑兄在江北县悦来场崇敬中学。

握手！

翎

四月五日

## (37) 1942 年 4 月 21 日自重庆

成兄：

守梅兄在信里，说你还是不安，来渝后，要看这“不安”如何解决。但看来信，知道大抵上已解决了。所以我高兴。

但直率地说，高兴还有它底另一面，就是担忧。现在(从信里)我悟到你所以说孤单的理由了。你怀疑真的能有人爱你，起先我以为不然，但现在觉得也是真的。因为爱并不是站在彼峰抛过来的球……。这样的球，在以前，我是很多的。但现在我憎恶它。

中篇已经写成了，现在在扩，在失望，在痛恨，在犹豫。来渝时再给你罢。短篇集，因为要凑数，丢了的不忍让他丢，所以还不知哪一天弄得好。《铁的子弟兵》③，可惜，寄了，还有后寄到的一小部份。你底论文，我曾打开了看过，现在就寄。邹绿芷④，现大概还在育才。《儿子们》无底稿，以后再说。

最近，看了守梅兄底《南京》⑤。我说不出什么意见。但我以

---

① 指胡风到香港前留在聂绀弩夫人周颖处的《七月》杂志稿件。

② 《诗垦地》，复旦大学学生诗刊，由邹荻帆等人在北碚校区创办。

③ 《铁的子弟兵》为田间的长诗。这些稿子均在战乱中遗失了。

④ 邹绿芷(1914—1986)，诗人，翻译家。

⑤ 《南京》，为阿垅记叙南京大屠杀的报告体小说，1939 年在中华全国文艺界抗敌协会举办的长篇小说征文中获一等奖。1987 年改名《南京血祭》，由人民文学出版社出版。

为，脱离了社会生活，市民生活，人民生活——至少，军队开拔生活，来直接写战争，是一个吃力不讨好的尝试。所以它没有主人公，没有彼此底联结。南京，除了它是瑰丽的古城，可敬的中国底首都以外，也并不知道它底真实的生活内容。而这是重要的。

你觉得怎样？

希望你最近来渝。不久，我就可以再见到你了。那是小小的快乐呢。

祝好。

兴

四月二十一日

## （38）1942年4月30日自重庆

成兄：

寄给你的那篇论文，是普通挂号，因为信差回来说，白庙子不知道印刷品航空，他就这么寄了。我近来也很少能到北碚去，所以没有自己寄。大约你还没有收到，在焦急罢。所以我这么告诉你。实在歉疚。寄给××的诗稿也是同样的情形。

近几天，又在对自己愤愤然。这并非表示自己有自觉，会进步。不是的！的确沉痛得很，因为突然想到，别人在流血，在死亡，我却在作小说，捕捉字句。正在重写《章华云》。我必须先告诉你，我嫌恶这篇东西。但既然嫌恶，又为什么要写呢？无他，对过去不能猝然脱离也。觉得不写不能安心，但写呢，又是那样软的题材，陈腐的主题。总之，我落在不可救药的两难里了。这刑罚大约还要十天才能完结！

现在，在又写这样的东西的时候，感情和思想差不多和以前完全不同了；才觉得对人民形象追求的重要。但完成了的中篇，里面又有那么多的"？"，它们天天向我叫喊，要求解答；自然，我在解答，但稍一不慎就滑开去，弄得天地昏茫，自己也不知道究竟在哪里了。

都决定你来渝时交给你，由你看。但你什么时候来渝呢？燕郊说你又一时不得来了。

这里，是悲苦和穷困的海洋，但也有不可思议的力，所以我在这里，是好的。我告诉你一件事，非常之琐小，就是，我已看见主人公们在接近新的读物了，诸如《野草》。这在我比一个春天还要欢喜，但一面也就替自己恐惧。……因为，我是不甘心自己被摔在道旁，看着车子轰然远去的。

这里的天气忽晴忽阴，一下非穿上大衣不可，一下又热得要赤膊。桂林底天气不知怎样，要热些罢？而且不仅天气，还有人。在我这小楼对面，住着一个工厂高等职员底家庭，这家庭，你当可在中篇里大概见到。前晚，他们底祖母之类的一个老太婆要死了，于是全家冷然，工人大批大批地来，下属也大批大批地来，佣人在门口低声急叫。今天，自然，老太婆还是“要死了”，但他们却全家热起来，打牌的大打其牌，唱京戏的大唱其京戏。要死的怎么能抓住“要活”的呢？

我祖母就[曾]发议论，跟我讲孝行的故事，说我们底姨夫怎样三天三夜跪在床面前，用怎样的声音喊。而且形容那声音。我战栗。

报纸上的小消息，说是景宋先生被敌人捉去，极刑拷打，双目已经失明了。他们为什么要拷打她呢？为什么？自然，未被敌人拷打过的青年有如我者，是光会这么问，也回答不出来的。但多么惨痛啊！……又有一个消息，说“五四”非法定纪念日，又非“青年节”，禁止纪念。我在青年团的时候，是曾奉命跟队参加过这个“青年节”的，怎么现在又不是的呢？什么时候取消的呢？为什么？天晓得！但多么滑稽啊！嘻嘻！

读到你底诗《乱离草》。[下略]。

问候梅先生！

祝好！

兴<br>四月三十日夜

## (39) 1942年5月11日自重庆

成兄：

糟得很，诗稿寄出了。有田底五首(?)和钿底一首。这里还有一点点，其中有《子弟兵》底印出来的前半，即寄你。这些都不一定是以后收到的，新的也很少。给《诗垦地》而由他们印出来的，我预备要一份寄你。×那里，你能否拿来看？

这是我底糊涂，也怪我根性太劣。错已经铸成了——请原谅我。

论文收到否？后一信收到否？

我即将离开此地，到南泉去暂时蹲着。是和所里的恶狗打了架；他压我，我回击，我伤了脑壳，他伤了眼角，一起滚蛋。这是很痛快的。两天后即走。自然，对这地域，我是相当依恋的。

就可以见到圣门了。以后给我的信请也寄到他那里。

中篇已抄好，但尚未动手校改。走之前若能弄好，就到重庆寄，否则，要挨半个月。短篇集写好了《章华云》，现在立意重写《卸煤台下》，所以一时也不能寄。

脑壳上的伤还未好稳，精神也不好，暂不写了。你看来是颇不安的，从信，我也体味到一种于我说是苦楚的东西，不过我说不出来。

安定后当再给你信。《谷》不知怎样了？稿费你留下。

祝好，M先生[1]好。

嗣兴

五月十一日

---

① “M先生”即梅志(屠玘华)。以下信中的“屠先生”，亦指梅志。

## (40) 1942 年 5 月 12 日自重庆

成兄：

另卷寄上中篇及诗稿。

离开这里了，今天去煤场上转了一圈，看望生命们。现在觉得，如能自己好，有多样的能力，久蹲在这里是极不错的。但可惜，打破头，要走了。以后有机会当再来住，不仅是为了写作。

“郭素娥”，不是内在地压碎在旧社会里的女人，我企图“浪漫地”寻求的，是人民底原始的强力，个性底积极解放。但我也许迷惑于强悍，蒙蔽了古国底根本一面，像在鲁迅先生底作品里所显现的。我只是竭力扰动，想在作品里“革”生活底“命”。事实[也]许并不如此——“郭素娥”会沉下去，暂时地又转成“卖淫”的麻木，自私的昏倦……

张振山，似乎写得有些机械。写成后觉得，却无大办法了。稿子抄得相当乱，不清楚——本来并没有料到会即将滚蛋的；急急赶成，又要多花你底时间了。可羞！

能印的时候，还是盼你写几句在前头。①

月后当能弄好短[篇]集。

祝好，M 先生好！

嗣兴

五月十二日

记得×兄来信里曾有说，要诗稿，你已同意，而且渝刊难恢复，你暂不得来渝。当时没有想一想，就寄了。惭愧之至！

《谷》底第八节第四行：“山谷底夜生活将要开始的时候，‘山谷’里便闪亮着一种……”，第二个‘山谷’为‘松林’之误。请你更正一下。再，有许多地方代名词用得太多太可嫌，也请你替我修改。

---

① 1942 年 6 月，胡风为《饥饿的郭素娥》写序《一个女人和一个世界》。

## (41) 1942年5月30日自重庆

成兄：

我并没有流浪。倒了一点小霉，现在到政治学校图书馆来当助理员了。[1] 南泉这个地方你想必来过，风景相当好，但也并不好玩。虽然是大学，我却只好望着别人读书。可惜的程度，你当更能想见。

《章华云》已改写好了，但尚未能动手抄。那个祝福我是保留了的，而且添加了实在的梦幻。现在在重弄《卸煤台下》。除了感觉到学得不够外，还体味到一种别离所爱的惆怅，因此就写得更疑虑。仿佛跑到这温泉来，把那瀑布的感觉全“温”尽了似的。

这么说，集子要至少一月才能弄好了。你什么时候来重庆？

诗稿的事，悔不悔原也难说。一直有着一个把一切看得太简单的坏习惯；一直为它所苦。但好在也能从中逐日学到一点东西。给《诗垦地》的，他们已零散地发表了一些（还有一个报纸副刊），但从不告诉我，仿佛没有这回事似地，使我颇难交差。据说第三集可以有稿费，我也不知道。已托了一个朋友去问了。我和他们本少接触，去过两回，碰到的大抵是哈哈哈，烦了。

昨天下雨，但依然沉闷。夜里疲倦地穿过园子的时候，看到淡白色的栀子花。这是惆怅的花，仿佛即使淡素而又淡素的愿望，总不能给它实现似的。常常在作品里读到的素馨花，不知是不是这一类。那香气悠远，可爱，迷人……。环着这办公室的，是优柔的法国梧桐们，正在静静地滴着水。通过它们，我想寻见那些花。但猛抬头，却瞧见那蒙在云雾里，以多毛的肩肩着倔强的碉堡的山峰了。你也曾知道，这里曾是有名的匪区吗？但现在却开着“素馨花”了，素白色的，和在水里溃烂下去的年青的槐树们。

以后有机会，我要多给你描写这里的风景。

---

① 经舒芜介绍，路翎此时到南温泉国民党中央政治学校图书馆当助理员。

总之，我到这里来了。而且时常仿佛很安静，不似在后峰岩时的焦苦。甚至安然地欣赏起栀子花的香气来。对这安然，我实在有点怕。只有那么一点点资本，花完了，该怎么办呢？

我底伤都好了，谢谢你。你们底生活是怎样的呢？有人说你买地种菜，从事生产事业了。这真有趣。但果真种菜，也不错。那油绿色的、朴素的收获呀！

握手，M先生好！

嗣兴

五月三十日

信寄：重庆南温泉中央政治学校方管转

## (42) 1942年6月17—18日自重庆

成兄：

圣门来信，说你没有提及何时来，但看样子，还要待一些时日。到这里来以后，渐渐沉没，情绪不能独立，因此对于所发生的事，将要发生的事，没有一个明晰点的概念。你为什么要耽搁呢？事情没有了？路难走？处境不好？穷？……

但假若不来了，那么，就有了不来的打算。那打算该是怎样呢？

偶然想到，你们底生活，该是颇困难的罢。在桂林蹲了好几个月了，有什么职务没有？再加上工作底困难和失望，实在令人难于忍受。但希望捡我们可以出点力的告诉我们。一定啊！

所有的出版的事进行得怎样了？

上信曾给你写这里的风光，但这次不写了。校庆的时候蒋校长曾来，后来友人泄露一件小事，说那些美丽的花和青春的树都是临时插的，他一走就凋谢了。但我没有看到，我所看到的，是山林的沉默的绿色。但不知你所种的"青菜"有这样的颜色否？

也时常懒懒地去坐茶馆，谈女人。晚上提灯笼从沿溪的"花溪路"走回来，颇有趣的。事情并不十分忙，可以时常有书翻翻。

集子才整理了一半。

要吃饭了，下次写。

祝健康。

嗣兴

六月十七日

刚才又接圣门信，提及今度要他把《谷》印单本入丛书，问我同意否？他底丛书是不是另是一个？我底意思是全部编成集子交你，所以不想同意。

还有，他要稿，另有几篇未发表的稿子是否可以在集子未出之前先交他？——对集子有否妨碍？

另卷寄上一个朋友[1]（他现在还在白庙子）写的《平价米》，盼你看过给意见。

十八日又及

## (43) 1942年6月23日自重庆

成兄：

我大概没有资格到伊甸园里去当侍者；把"万念全消"当做一味，现在还不行。但今天下大雷雨了，伊甸园里水倾注到路上来，把我冲到沟里去；一直到现在腿上还粘湿，发烧。这是什么味？

你大概秋天来了。刊，来了能弄么？前天我在这里合作社碰到那位北碚华中姓张的，在里面当职员；他大声问及你，使我吓了一跳。此人很客气，勤快，但不知究竟怎样？

梅兄生病，到山洞养去了。他似乎在沉默——人能嗅出那是伤痕在天阴里发痛。剑兄在悦来场教书，拿三个教员的薪水（一千二），忙得晚上都点灯上课；家累重，学期要结束了，他曾声言不再教书，回家吃红薯，现在不知怎样。他行动"诡秘"，事前

---

① "一个朋友"即化铁（1925—2013），诗人，原名刘德馨，其诗集《暴雷雨岸然轰轰而至》，由胡风编入《七月诗丛》。后多处称"小刘""刘"。

不告诉人的；很耽心他。

《诗垦地》三集，梅兄处有，他讲要寄你。那里面有我给他的诗，曾向他们要，他们却寄来了原稿；说是寄一本给我，但一直没见；说是有稿费，也一直没见。《半月新诗》上我介绍了一个朋友的译诗，但也不知有否稿费，你知道吗？

三耳，彭，我还没有去信。前信曾告你三耳要把《谷》印单本的事。他底丛书怎样弄的？

我没有同意。也许这很不妥，因为在你未来，没有编集子的意思的时候我曾提议过；但不管了。刊是已通过了。稿费为什么拿给我呢？叫人狼狈！

预备暑假后弄《儿子们》，残稿是没有的，但现在期待又大了些，实在了些。若可能，我想插两章写汪精卫到京前后的南京。

《郭》里面的那些不够的人物大都是由临时的印象做成的，也没有在写的时候追索。能扬弃他底性格的人，我一直没想到，倒想了破灭之类的别的方法，终于还是用了“精神意志”。这是由于无力布置环境来否定他，由于糊涂的、小观念的“爱”。望把你底二千字寄我。

寄的白庙子一个朋友写的《平价米》收到否？他年青，生气勃勃，有大的抱负。那文章是开始。望提意见。

握手，M先生好！

嗣兴<br>六月二十三日晚

## (44) 1942年7月3日自重庆

成兄：

另卷寄上集子。因为自己抄，抄的时候又改，还是弄得不整齐。而且因为左抄右抄，情绪不好的缘故，对它颇为痛恶。抛出来了，又要化你底功夫。

《序》收到了。明天进城，带给圣门看去。意见没有的，但对你底话，实在有些着慌。人不能够在生活里每一瞬间都不沉没啊。沉没自然不要紧，但永远冒不出来却可悲。我已经痛切地看到过好多例子了！一曲短歌之后，不见踪迹，留下给后来者的，是茫茫的泥沼。

并不觉得晦，但这也许是我首先能领悟那暗示。集子，分成两辑，是以题材为定准，并没特别的意义。看过，也盼写一点。头几篇太浅薄了。

题名《卸煤台下》，如何？编的次序，你看着更动一下罢。《谷》，由你收入，这里不寄。

前次寄的一个朋友的《平价米》，收到否？

今天很热，很晴朗，有风，比昨天的苦闷相悦人些。不大出去玩。不过昨天黄昏和朋友到花溪瀑布下洗脚，睡觉去了。那瀑布强力，美丽，那在上面奔跑，狂歌的游泳青年们也强力，美丽。但不强也不美，却特有“风趣”(?)的，是那用捕虫网在狂泻的水流下接鱼的破衣服少年。他起先叉腿站着，不说一句话，忿怒地把网子击过去，不成，后来蹲下来，不说一句话，忿怒地射过网子去，还是不成；仅仅有一条鱼触着了网边，但还是跑掉了。但他无表情，沉默，仿佛知道了这瀑布，这世界底秘密似的，人不能不尊敬他底失败。

好，无风景可写了。下次多谈。握手！

嗣兴

七月三日

## (45) 1942年7月11日自重庆

成兄：

我们已开始放暑假了，每天有一下午的休息，游泳，喝茶。不大到游泳池去，花溪的水，那瀑布和石堤是可爱的，虽然从市镇，从人类底脚下流来，不怎么洁净。今天就躺在瀑布上颇久，体会那水流底软而重的打击；天干燥，晴朗，有薄云，像失去的理想——但这是贵族生活啊！黄昏以至夜的花溪里，有女郎底赤脚和歌唱；茶馆如市集，树荫下开留声机，高谈人生。我是流落到这里面来了。雇小船晚上归来，想听见另外的声音，看见另外的光，但没有。

热极，浑身出汗。昨天曾经在山坡上看见一个“活死骸”，那无法描写，是可怕的，但就在它底下的屋子前，却坐着安然歇凉的美貌主妇……。

这决不是说我已看出了这桃源底秘密。那虽然动人，却是陈腐的思想，滚开吧。我只是告诉你，那脏臭的骸骨还没有死(上帝不让它死！)，那年青的妇人依然美丽——最后，那山巅上，碉堡旁的农人底悲凉而尖利的歌声依然一次又一次地投击过来，使人突然在暑热里凝住，感到奇妙的背脊寒凉。

就是这样的过活。难于再做工，似乎简直成了一个高鼻子的贵族了。但《儿子们》要再写起来。有时倒十分宽恕自己底懒散和糊涂，因为，想，假若醒一点，就会得到更多的。但这是危险的方法，不能用，万万再用不得。

现在，是离去了那些歌唱和赤脚，在这小办公室里流汗。桃源底夜已经来了，想着没落和成长……。

你一定要那样眨着眼睛微笑地想着我还是这一步。但无法啊。

短[篇]集收到没有？前回寄的那个朋友的《平价米》收到没有？

圣门兄，他底同居的朋友若考取陆大，他就可以在伟大的城市里占一个笼，动手打南京了。这回到重庆去见到了他，说及×、×，感到人格分裂底难解，这他原是难解的。请吃了西餐。

剑兄下期还在原处，他底八百多页东西八月上旬可寄出，现在买了复写纸，请学生抄。

那农人底歌声又在山上起来了。……

祝好，M先生好！

嗣兴

七月十一日夜

## (46) 1942 年 8 月 8 日自重庆

成兄：

七月二十三日信昨天才收到。书通过，简直是上帝底恩赐。原稿和抄的有些出入，不能用，现在去信托剑兄把另一份寄你，那是离开后峰岩时带到他那里去的。

《儿子们》已动手，恐怕要扩大至四十万字。现在已至八万，在财主家族、儿童和妇女底命运，南京、上海、苏州之间乱跑，时而觉得得到一些，时而又觉得闷气。第二部份，关于火辣的青年命运，现在有了一些新材料，但问题近于严重，还没有决定是否要加进去。这，面说才行，等你来重庆。

《卸煤台下》，结尾是抒情似的，低回的。《棺材》等你觉得怎样？

在这里的生活，逐渐沉闷起来了。暑热又使精神疲劳，很难"战胜自己"。周围，暂时得到的，是平静的园林，缓而甜的男低音歌唱，钢琴声；走出一、两百米，就是男男女女，女女男男，纵欲的世界。——电线杆上贴着"不酗酒，不赌博，不纵欲"的标语；久旱无雨，绿色的花溪发臭。美国人也把看似开明解放，其实是荒纵的生活图画贴到我们中国男女底眼前来。另一面，是栉比的木屋，狭的笼，污秽，昏倦，灰黄。

但别样的，谢上帝，也还能够看到。……

守梅兄和另一个朋友前天来玩，今早才走。但也没有什么可玩的。坐在茶馆里的时候，无聊得难以忍受。

听他说，彭要离开《力报》。那些诗怎样了？三耳底丛刊，望寄两本给我们——是不是还在打牌！

钱，径直寄给白庙子矿冶研究所刘德馨转。兑款邮局是北碚。

祝好。

嗣兴

八月八日

## (47) 1942年8月15日自重庆

成兄：

《死人复活的时候》[1]收到了。

“复活”比“死”与“活”更难，一个人一生大概只能有一次。像我，就自以为“复活”了很多次，到后来一想，原来是既没有死也没有活。不死不活。但请你不要把我对自己的感想联想到你底文章上面去，正相反，对于你底经验和呼声，我是抱着极大的尊敬和亲切的。打狗打得痛快！

那里面的L不知是不是说的我。“却一定活着”，我仿佛对你说过。假若是，现在想起来，的确傻得可笑，简直就是“好人不会死”的情感。相信好人不会死的人是有福的，但我说那话，只是欺骗自己呀！本来么，在战争和其他的灾难中死去的人究竟是少数，世界上还有这么多大摇大摆的人！

编的，我觉得不很充实。聂底回忆“五四”，事实虽然确系那样，但那态度，却有点近于犬儒主义。

《儿子们》已至十万多字，五分之一的样子。若能靠上帝保佑，平安无事，明年春天是可以拿得出来的。

这里的风景没有可写的了。前些时中央组织部在这里办女子夏令讲习会，来了一些大大小小的女人，但现在她们走了。演了什么捉汉奸的名字叫做《堕落性瓦斯》的戏送了行之后，景象就有些寂寞似的。但秋天来了，虫们幸福地辛苦地鸣叫着……。天凉些，或许可以得到另一种情调罢。注意外部注意得颇吃力，有时就盼望能强烈地回复自己。固然，这不一定是好的。

偷懒，请假写东西。有时又恨恨地诅咒起来，觉得自己不应该如此活。但怎样活呢？明天星期，预备到附近的镇市上去玩。

---

① 《死人复活的时候》为《山水文艺丛刊》第一辑，以胡风这篇杂文为刊名，并收入了路翎的中篇小说《谷》。

附给你一个朋友的两首诗。

好！

嗣兴<br>八月十五日

## (48) 1942 年 8 月 18 日自重庆

成兄：

8 月 10 日的信收到。曾经给了两信，并附两首诗。收到否？

地址是白庙子那个朋友，也不见得稳当。……

《台下》，预备多想想，改改看。不见得会成功的，——所以，以后还得到山里去。

昨天到离这里十五里的江边一个镇上去玩。一个人也不认识，住小旅馆，胡吃，颇有趣的。尤其看见了浩荡的江流，丰裕的东爪农场，十几里毛茸茸的丘陵。是收割的时日，田野里很热闹，在黄昏的空明光线里，有儿童似的狂喜。——给你的附诗的信，就是在那里发的。

这里天已略凉了，夜晚偶尔得到秋天的情调。但你们那里还是那么热。唉……

很会骂人，像骂自己一样。时常觉得可笑。但还是骂……

忙。再谈。祝健康！

宁<br>八月十八日

## (49) 1942 年 9 月 1 日自重庆

成兄：

钱收到了，只是票根未到，那个朋友还没有取出。谢谢你。给你的几封信，并在其中一封附了两首诗，收到没有？下次若寄钱，请直接寄我(来信也不用写“转”了)，兑取邮局是南温泉。似乎你在给守梅的信里提了另外的办法，现不知怎样了？

本来早该回信的，但等着你底信，迟延了下来。

近来，假若有较善良[1]的时间，便花在《儿子们》里。这仿佛是一个路途不短的航行，要遭遇些什么，终点是怎样的等问题，着实令我兴奋而焦灼。相当扩大，现在到了第一部一半的样子，准备写热河战争，中国兵，汤玉麟将军等。……结局颇迢遥了。但不管它。但这也是一种偏颇的沉湎，或许要招致某种失败罢。

比方，现在写信，除了谈自己以外，就不能谈别的。

天凉些了，你何时来？昨天夜里兴奋失眠，想到开辟、打架、复仇、事情底展开等等。但愿别人不要抛弃我啊，但愿不要抛弃自己啊，我想。这是幼稚的，但在照在床上的黄色、微冷的月光下，却经历到奇怪的内心印象。这是不能说明的、儿童的感觉，希望你不要笑。醒来，白天里，还是要荷着丑陋的脸的。

生活很呆板，面孔渐渐看熟了，也就无趣味。今天暑假完结了，明天就要开始成天办公，坐得发冷汗。但我底上司还是有趣的人，他要写《教授千秋》，曾经无意中说出伟大的真理，比方：陶希圣比我们少抗战一年。

你近来怎样？来信总匆匆，没有提及的。

"后峰岩"暂不能去了。但《煤台》末一节还是要重弄的。现在，《儿子们》累了我！

另卷寄上莫利哀底《乔治但丁》，是一个朋友译的。这剧本似乎很出名，比方，欧洲底讽喻曰："你愿意如此的，乔治但丁！"但我们底口味较不同。不知能不能拿出去。莫利哀被伟大的中国人捧之久矣，亦忘之久矣，需要真实地知道才好，我想。不知王了一[2]底全集里译过了没有？如可，请转《文学译报》或别的。

以上一段，写出来一看，很像近来的书广告。但我……是确

---

① 此处1994年安徽文艺出版社《胡风路翎文学书简》作"善良"，2004年大象出版社《致胡风书信全编》作"充裕"，兹从初出。——编注

② "王了一"即翻译家王力，译有《莫里哀全集》等。

实如此想的。

夜深，狗吠，山峰在繁星下屹立，作深黑色。蚱蜢跳在纸上，吃了我一惊。

握手！

嗣兴

九月一日

## (50) 1942年9月4日自重庆

成兄：

八月二十三日信收到。这两天伙食团派采买，早上天亮就跑起，加以气压低，很疲乏；但心情却奇怪地紧张，甚至在深夜欲睡的时候还因紧张而朦胧，一点清新也感不到。昨天(？——连日子也记不清了！)发信给你，还说很顺利，其实，近几天精神是异常困难的。莫名其妙地焦急，觉得混乱、混乱。纯朴也许还能有一点，但调子，尤其是现在写的这一部，却无味。又急于结束，生活别的去。固然知道这是不好的，应该慢慢来，一步一步。一步一步呀！

化铁，就是转钱的那个刘德馨君，很年轻，差不多才17岁。生气蓬勃，相当刚强。现在离开矿冶所，到沙坪坝中央工业学校读书去了，但一定读不长的。《平价米》他没有补，说在想别的，不高兴那个；小说里，也颇有新的东西的。

M寄来了《无弦琴》。唉，这位"极苦的"先生！[①] 但似乎量少，还有一些没有编入(比方《答蝶——赠》)，是不是"情歌"另有一本？

回复诸问题的信收到否？昨日寄了译稿《乔治但丁》，收到否？重庆情形我一点也不知道，看报纸，知道雾季要到了，戏剧界很快乐。又看到了你底"散文诗"，而已而已！……你若不能

---

① 即"吉诃德"先生的谐音，对阿垅的戏称，《无弦琴》是他的诗集。

来，也就只有拉倒了。日常生活总要过，“复活”决非骗自己，攻巴士底仅黎明数小时耳。没有现成的小东西。——夜，外面好大的干风啊！……！

握手！

嗣兴

九月四日

## (51) 1942年9月17日自重庆

成兄：

十三日信收到。近来我情况恶劣：久旱、炎热和沙漠底干枯沉默一直拖到秋天，气候使人病，又被小虫爬得满身疮疤；这是一种美丽的、有毒的虫，医生都不知道它底名字。在溪畔和荒地里繁衍，晚上则绕灯光爬行。所以，晚上连看书也不能。

我或许是好的，平安的，因为[多]年来学会了用各种方式笑；但的确还是劣，有时觉得嗅到了尸体底气味，仿佛死去了似的。这个荒诞的、昏沉的脑袋……能产生出什么来呢？这几天就很焦急，负担愈重，就愈难镇定也。

写信很少，没有几个朋友。过去的昏睡在遗忘中，将来的还不知道——也不过是这样罢！是夜底安息的静寂呼喊我想起这些来的，不然，也就没有什么可跟你写了。

花梯已入学，暂时没有什么，你底意见已告诉他了（他自己是以为《母亲》一首新颖些的，所以这首，发表时就改化铁罢）。他对门兄底有些地方不爱，门兄对他底（以前几首），也说不大了解，虽然爱。他是从田间开始的——照文豪们底说法——单纯而跳跃；不过在《暴雷雨……》里，已经表露了屏息的急剧。他将是不可缓和的；困难恐怕也就在这里。希望在拖沓而狭小的生活里不失去这才好。比方现在的诗人们，曾经嘹亮过的，对于主题底开拓、情绪底播种和收获等等，简直没有做什么。注解古诗和大卖ABC的倒有不少。

门兄底诗，我觉得有些地方艰涩，读者在理解句子的时候就要失去了情调。其次，他底形象法有些地方很不一般，这也似乎和普遍的感情基调脱离。这大概是由于他底强劲跃得过高的缘故罢。他最近打摆子，又怀念战火里的老母弱弟，曾云"世界、国家、身，没有一件可以使我微笑的"——或有机会去重庆看他。

你还是决定来！走向沙漠自然不愉快，但或许有另一种心情的。——最初的理想者之一、单纯的加利利人在走向耶路撒冷的时候，就有这种心情。……

"少女"二字颇令我痛苦，但我们是终于下海的！希望在编集的时候删掉。

书名，我也想不出。《黑色的图画与青春》怎样？甚至想到了《黑死病与青春》……。但，这是无稽的，还是由你决定罢。不过我现在不痴心地存心画黑画了，有时也装上点金色的，这你将在《儿子们》里见到。它已进至二十五万，但还遥远。

［下略］

握手！

翎

九、十七

《卸……》是不是给《人世间》送审了？

## (52) 1942 年 10 月 2 日自重庆

成兄：

曾进城，会到圣门，他说他底老爷曾警告他不要到不该到的地方去，不要接触不该接触的人，而他回说，他既不嫖又不赌。[①] ……据探听，事情大概没有什么了不起。因为除了不满意他没有和他们敲着锣鼓一同过市，不满意他底忧愁外，他是既没

---

① 此时，阿垅在国民党军事委员会的军令部工作，因接近革命青年参加革命活动，被国民党怀疑。

有去什么，也没有接触什么的。别人的诬蔑可以不理，可以回击，只要自己没有偷过东西——你不知道，我到这里来就被别人造谣说以前曾偷过东西。

这都是伤感情的事。但没有别的办法。……

我颇好，但不愉快。久未接信，不知你怎样，刊怎样，书等等怎样，以及你来与不来？

握手！

翎

十、二

## (53) 1942年10月15日自重庆

成兄：

信写得短少，是因为多半的时间在忙，找寻生活方式，剩下来的时间、精神就散漫了。但等你底信等得很焦急。今天接到了，不管有些什么消息，都感到喜悦。

《约翰·克利斯朵夫》，没有读过，不知是谁的作品？然而我也有一种理想主义，洗礼的，或生活底童年幸福，这是我把《儿子们》放到滚动的多面的生活里去之后发生的、它们底生活显得美，小孩底装束和喊叫使我幸福——这就是我底理想主义。别人写他们底一面，判断他们没落，那空气沉闷，不像生活；我写他们多面，知道他们将来如何，觉得美。教条家不会愿意这样的——我预备挨打。

你来，我给你的礼物，就是它的第一部。

生意失败，很不幸。很多精力要白化了。

重庆的事情，我一点也不知道。两天后又有机会进城，看看圣门。也许可以看到戏。这里连日阴雨，双十节演出了《玉堂春》。老槲树飘落了叶子，但窗外的弯屈的、圆润的法国梧桐还在抽新芽。……有些人幸福，有些人不幸，生活继续；在人家还没有敲到我底头的时候，我带着各种心情走路。现实主义容许各种心情，对么？最近读了《战争与和平》和《野百合花》。

曾经生小病，大概不会再生了。

彭君现怎样？有几首友人的译诗在他那里，不知他如何处置了。《乔治但丁》看了没有？

盼能把《克利斯朵夫》带给我们。盼尽可能带一点书给我们。

握手！

宁

十月十五日

## （54）1942年10月22日自重庆

成兄：

因邮局公布加价，故赶急写信——其实，是没有什么事的。

四天前去渝一趟，和圣门同看了夏衍底《法西斯细菌》。他底病已暂时静止，母亲也有了信息，但极狼狈。他在写《为人子者》的短文，说自己从母亲学得寒冷，是寒冷的花。……我近日有新的烦恼，似乎很疲劳，做工不卖力。曾问：是不是动摇了呢？——没有回答；扰乱的沉默很不可爱，像扰乱的喧哗一样。

看到困难了。这是，在山岩面前垂头，让工具倒下；力不够。逃亡的可能使我战栗。以前糊涂，什么东西都抓，现在要抓的是更多，但吃力、喘气。有时候被泥泞的旷野所骇，想去生活别的。但天啊，仁惠的上帝，这是不可能的！

我说得很不、很不清楚，但你明白；你们相信我便是帮助我！在旷野里点灯走夜路，吸取血汗，睡在草秸上，有时粗声唱歌。不是很好么？但阳光和肤浅的花草，不也是同样“好”么？——让魔鬼抓他去罢！

我现在在伊甸园里，但心在别处；有时且无处可寄托。在绘画前发怒，战悸，逃开去，第二天又重来。画是画的“菜园”，颜色令人疲劳，漆黑处有好的，但人进不去。

别人在吵，还没有下办公，写得乱极，但愿你能明白。我要——如若我胜利，那才是沉痛的事啊！——跟着竹杆前进的。

附上译诗一首，看给哪里。

货物怎样，发还了没有？

握手！

嗣兴

十月二十二日

## (55) 1942 年 11 月 13 日自重庆

爱甫[①]兄：

信收到，但那么短。心情真有那么劣么？

你说本月内来，那么，《章小姐》就不能够寄了。我每次抄，总要更动，时间又少，三四万字怕要花两个星期……。但我先动手再说，在重庆交给你也是一样的。

在重庆跑书店，你几月来零碎发表的文章都读到了。很震动我——你底深邃的愤怒，沉重的心愿啊……《如果还活着》，太贵，是站在书店里看的，和圣门一起；走出书店，近黄昏了，笑了一笑，就变得忧郁起来，接着就因乱想而疲劳。人沉在生活里，沉，沉，就会忘记身外的东西的。我就是这样。应该想一想。

看样子，那些"坛"上大概很演的有一些戏罢。我就想到，假如像我这样地被压在那里，会闹出怎样的笑话，或者说，悲剧。近来，想象那些同类的人物，像我一样自以为是的人物，就会感到难堪的羞恶。因此，更爱身边的，和就在几丈外扒着泥的，或过去的平凡者。朴素的受苦，无渲染的生存，是必要的罢。于是就替自己发明了理想的刷新和生存底另外建立——这并不是逃避同种类者，逃避"战斗"，而是"呼吸第一"。也就

① "爱甫"为胡风的另一化名。以下信中的"荒兄"(即高荒，为胡风另一笔名)、"F"、"胖子"，均指胡风。

是如你所说，先做一个人，永远是一个“人”，不需要是作家，也不需是诗人。

我要“逃”开的，爱甫兄，让人海埋葬我，该是幸福的事罢：在旷野里憔悴，比在坛上变成枯萎的花，要好得多呢！这大概不致于是变种的虚无主义……虽然不完全正确，然而在我，为了战胜自己底弱点，就只有如是想了。你以为如何？

〔中略〕

我起初以为人们都比我伟大，想象我这样的家伙，是不会被他们采撷的（以前我想被他们采撷）。但现在，我被动手采撷了，而且成为装饰，闪着“罗曼谛克”的光。但现在，我感到难堪的羞恶。

我也不能因此而自喜自嘲。单纯的人们，人，是一个庄严的令名，我将走近人。

近来或许比较沉静些，但极怕因此而变麻木。这里的境界不属于我，不像在后峰岩，我有一个小楼，可以自得。这里，坐着写，是要被外面的空气压迫的。心境很难真正地透明、肃穆，这是写作极需要的。

剑兄听说又闹脾气，带着人马离开原地了，预备在别的地方找工作。很叫人忧郁。（给你的附诗的信收到否？）

握手！

翎

十一月十三日

## (56) 1942年11月21日自重庆

爱甫兄：

另卷寄上小说稿，已改名，不知你以为妥不妥？

今天廿一，寄到约月底。怕你正动身，故盼你能托胡危舟先生，请他在你不在的时候就留存下来。这封信，我想要快些的。

抄得很懊恼，再抄，就吃不消了；希望这次不再挨打。

前两信收到否？

握手！

翎

十一月二十一日

（我这个纸好看吗？）

## （57）1943年2月8日自重庆

晓谷兄：

钱收到。这样的关心，令人不安。

长信是去渝前颇久就收到的，回了长信，没有收到，大概地名弄错了。这里附上签名式。恐怕来不及了。其实你可以随便代写一下的。

去后峰岩住了十余天，住得颇无聊，无熟人，只到处看看。回来时风雪里绝江路，宿小镇，后来又在重庆看了戏，今早才到家，颇疲乏了。

你大概三月初旬可到。似乎有很多话谈，不过见了面，又总是说不出什么来的。然而看看，你平安回来了。

祝好！

弟嗣兴

二月八日

## （58）1943年4月25日自重庆

晓谷兄：

另卷寄上短篇。这个题目似乎□了些。原来的题目是《乡下的新识》或《爱情》。《乡下的新识》是巴尔扎克式，也爱的，但主要的并非写新识。你选定罢。但那两句诗却望保留。

想你心境亦不佳。以我底年龄和阅历，以文学底虚荣，颇苦于真正理解你之难。更苦于真爱之不易。常以此自责，惶惶索求何处是真的生活，真的光明——真能爱你们，而不掺杂文学活动底虚荣。

你对我底苦心我颇能领悟。我说过骄傲无知的话，热情，朋友底闲谈，言语底恶行。但我决不自视太高。和你们一同，我看见并感到古人和来者的。

这篇短东西自觉略比以前高些，盼你底意见。

……

在此地正被视为奇怪的东西，因为不和他们一处玩。有各种猜测，糟糕得很。不知能否安静地弄好长篇第一部。

不知下乡了没有？暑假当到乡下来玩的。祝健康！

兴

四月二十五日

## (59) 1943年5月13日自重庆

晓谷兄：

你说的关于作品的话，想了一下。文句上的毛病，那起源是由于对熟悉的字句的暧昧的反感；常常觉得它们不适合情绪。关于创作方法，那第一节底不和谐是受了事件来源底限制，开始时好像对这篇东西并无大的追求。叙述底摒弃等等，则生根于近来的某些倾向里：以为要尊重读者底想象力，以为作者不需多说话，以为作者要宽大，使读者自己去明白那些未显露的内容，等等。现在想了一想，觉得这也是偏颇的；精神深邃高远的人当不会意识这些问题。

写实主义底所谓内容，常常只是罗列事实和追寻外部的刺激：以情感为精神。因此，写实主义全无高度的组织气魄。我底反抗是去年动手写长篇时开始的。长篇不知怎样，但这个短篇里，我是企图获得一个中心的内容：用力在主要的东西上面，而不使作者碎裂。但也许正因为回避了次要的东西，主要的东西就没有生辉了。这是的确的。你底意见是不是这样？似乎变成了形式的追求。很可恶呢。有些恐惧——这中间是不是有某种危机？望一定告诉我。

这次看到你很快乐，说不出什么理由。《人与文学》[1]是一本庄严的书。

跑到荣誉座里去领受了不荣誉的处罚，狼狈得很。这些事情总偏偏落在我头上！对《复活》这本东西，是想从它领会到恐惧或近乎恐惧的东西的，但这次失望了。戏院里的混乱令人战栗。

[中略]

但要平静下来，把破碎了的东西拼凑起来，琢磨它，喂蚊蚋，写小字，吃平价米……。

望来信，使我明白你底心境。暑天到公路边来看你们，好吗？

祝

好

宁

五月十三日

叙述底摒弃会使所表现的一般化，其次，作者底较深沉的感情由所谓含蓄而逃亡了，是不是？

## (60) 1943年6月13日—14日自重庆

晓谷兄：

这些日子可以说已经安静了。

但进行还是很慢的。写了三章后又得重写。经过了一些时间，你所指给我底那些毛病我大概已“清算”了，由此明白了怠忽底可怕。以后想先带几章给你看看。至于那个短篇，好多地方

---

① 《人与文学》为胡风的译文集，于1943年由南天出版社出版。

是因了当时全部力量都在长篇里，开头时懒懒地——这是多么可恶的错失呀！望你留下它，我以后重写。

我底道德上还充满着危险，最可怕是怠忽，有时是傲慢。我总和你有一些纠缠。老实说，这些纠缠是很苦的，但无疑地是必需的，因为它们使我进步。近来所做的，是对自己底过去的重新认识。同时也无情地发现了周围的人们底空虚和丑恶，和自己底某些沦落；看吧，以前我是怀抱着怎样糊涂的梦想。对过去的认识是必需的。我以前是多少被怪梦和呆梦蒙蔽了。

剑薰攻击了我几次，因为我声明要攻击他，他就先来了。他底这种"先来了"是很出名的。他攻击我在做祈祷，梦想普渡众生。他说我除了失恋一次和打破脑瓜一个以外就别无所知；因此天天做好梦，还要做"诗"。云云云云。但你知道，不会是如此简单的。而且和作品里的人物打架是大可不必的。——这位先生最近家里又发生不幸了，他说要学学古诗人底派头，也做"诗"，但是"古诗"。但你知道，其实是并不如此简单的。

我处在这种生活里，渐渐和别的疏隔了，新的又少见到——只在周围发现了丑恶，这丑恶把我都卷进去了。这些人们！这里是"山中方七日，世上已千年"，很吃力，很吃力。

近来看了两本关于目前这个黑暗的欧洲的书，获益不少。昨天看了电影，一是《沙漠大捷》。炮火雄壮而猛烈；他们底兄弟倒下了，他们从他身上走过，还吹着一种奇怪的土乐器；坦克车在前进，充分地是帝国的情绪。有时感到它是很可亲的。但又因那个倒下的"他们底人"感到不安。守梅所说的妇人之仁当然不好，问：为什么要有战争？这也太愚笨，至少是太古典。但总该有个解释的，那种帝国情绪。

另一部卡通片则是帝国底女性的一面了，或者说是"理想主义"。色彩很伟大，我从未见过。是说一个小孩，生下来被人把玩具都踢跑了，就在人腿里乱钻，终于跑出，开始梦想，遇见了跳舞的——在浓绿的背景里跳舞的红黄色的小天使们。后来起了风暴，摧毁一切。而小主人公和风暴抗争，迎风暴逆行(表现得很动人)，在取到一支蜡烛前死了。天在落雪，远处有动人的合唱。静穆的、浓绿色的场面。于是白翅女神轻轻下降，抱起他底灵魂，在歌唱声和雪花中翩翩飞上天。就是如此简单——真是英国人!

我们中国则有狐狸之类的故事呀！我不知道哪一种好些。但给小谷先生[①]看看，是都适宜的吧。

夜深，放枪了——怕有匪，要回宿舍，再见再见!

祝

好

嗣兴

十三日

我们这里夜里是时常要放枪的。上星期有个夜里放了一百多发——其实是什么也没有；警察是非常的无用。

你们底乡下怎样？是要安静得多吧。至少比城里好些，我想。就此住下来了。跑了两年，又回来了，很对得起“祖国”和“良心”的。

十四日晨

## (61) 1943年6月27日自重庆[②]

晓谷兄：

下乡后未见来信，不知安排得怎样了，念念。

昨天收到圣门寄的刊物。除了后面的长篇连载，都看了。其中《高等学校》记得在哪里看见过，在那个译文里，似乎这里译的“妻子”有译作老婆的：最后一句是“老婆是谁发明的?”印象颇

---

① “小谷先生”即胡风的长子张晓谷，时年八岁。

② 此信原判为1942年，未写月份，现订为1943年6月。——编注

深。看见这里是“妻子”就觉得有点减色。

[《康天刚》][1]写得很动人。觉得有些像梅里美的东西，当然，梅里美要冷酷得多。是歌咏英雄的东西，动人，但好像缺少生活底真理。最后的一景[2]，我想，前面既未说出和那个团体的实在的纠葛，突然的肯定是有些梗人的。[康]天刚——二十年的孤独流浪，最后要自杀时那个心理不会这样简单的。假若他在发现人参后对人参采取很冷的态度，而下去看它——于是他想着世界，想着更高的东西，而倒下，然后让伙伴们发现他，在悬崖下歌咏他，在“二等甲”旁歌咏他，而他透明地看着他们，看着人参听着歌声，想着更高的东西，死去……那悲剧性是更高的，对人生的肯定也是更强的。最好的是，在伙伴们认为他是“神仙”时——很可能的——他默默地看着他们，离开世界。

[《睡处》]，于我们是非常亲切的东西。看见这样的东西就又觉得我们的生活是强的了。而其中出现的那位女子底面影非常动人，特别因为我常常疏忽这种面影，这种真理。突然觉得我弄成荒谬的了，想了很久，这文章表现了正直的、倔强的、最可爱的是，顽强而且嘲讽的深沉的灵魂。

[《狐皮》]，据他自己说，是写完。那么就写他自己也未了知。但表现得淡了一点，也抽象。

[《棺材》]呢，我的热乱的毛病又使我头痛了。要像正人君子们所说的，“不及于乱”才好。

最后，排版很令人局促，一打开来便是脚搁肩上，“不留余地”了。但这是没法的事。因为高兴，昨天失眠乱想。现在把这乱想记一点给你看看。

望来信。

---

① 应为骆宾基的短篇小说《乡亲——康天刚》。这篇小说与信中提及的《高等学校》（犹太作家S·阿雷乞木著、文颖译）、《睡处》（竹可语）、《狐皮》（何剑薰）、《棺材》（路翎）等同刊于《文学报》新第1卷第1期（1943年5月10日）。

② 应为“章”。——编注

祝好！

嗣兴

二十七日

## (62) 1943年7月7日自重庆

晓谷兄：

信收到了。这几天生病，又整天买平价米，卖平价米，买布，卖布，还要抽签，弄得昏昏。我想全中国公务员底生活现在大概都是这样的。整天看到一些讨厌的嘴脸，他们居然来做中间人，公开地剥削我了；有两次我简直要吵架或砸过玻璃杯去！真是穷途末路！看见那些嘴脸就要觉得世界灰暗。因此也懂得了何以剑薰会那样。我会变成一个现实主义者的！

有时心情极冷酷。并用这冷酷去伤害友人，以为快意。这两天思虑到这，痛苦得很。

你底心情我还不能完全理解。我也想把这个海洋一口喝光的，但现在还是慢慢地爬。我真想要看得更多，因此打得更凶。

守梅来信，说"生活计划完全粉碎了"，几个月后要跑开。他发现了"三五年来毫无所获"，这在我们的地上生活的中途真是可怕的事。你能替他想一个什么办法么？他希望打仗去，但又希望安居乐业。

听说剑兄要离开，或已跑掉了。没有接到他底信。我在这里发瘟。

我们十三号放假。但守梅说要二十日后才有空。来之前当告诉你。

望多来信。在这里，一天不接到外面的信，就简直糊涂起来，没有力气了！

祝好。

嗣兴

七月七日夜

## (63) 1943年7月15日自重庆

晓谷兄：

假若没有什么特别的事，我们就八月初来赖家桥玩。望你月底进城时告诉圣门怎样找法。

近来害消化不良病，没精打采得很。怕这个热天不能做什么事了。

……

前次曾梦见你挑担子卖豆腐干，有人追你，你送我两块，挑着担子逃跑了。昨天梦见你以画像为职业，被良心和流氓侮辱，同上警察局。我坐在房里看守着画像，画像表情起来了。后来我就和人打架。出门时又遇见鬼。夜里，有红灯，鬼们列队而行。

病着，有厌恶的心情。进城看到《青年文艺》上你给死者作的题记，那样短；觉得自己有罪，非常苦恼。

校里要裁人，饭碗有些动摇。

尤其最近做不下事去，非常讨厌。只写了二十万字，第一部的二分之一的样子。

看到圣门。他底神色是非常的颓唐，非常忧郁，并且非常温柔。能够使他做下事来才好。

祝健康！

兴

十五日

## (64) 1943年8月16日自重庆

晓谷兄：

归来甚乏。

到后峰岩后，便到三十里外的乡场去转了一趟，住了一夜。乡下情况，甚为险恶，民不聊生。江北县大路上兵士化为匪，无所不为，我们就耽心被劫。关舍不用，合川罢市。江、巴、璧、合四县与北碚争夺土地，势将宣战。天下可谓太平矣。

在诗人们那里玩了一天。没有话谈，晚上谈了天上的星……

方管已找了朱声[1]，停下预备去看看。对于他底那首诗（告别什么一个朋友的）里的对生活的态度，我们都嫌恶。看了管兄的文字[2]，盼写点意见来。

我底“势将提到结婚”的这件事，现在还引起颇多的惶惑。这也是一个战争。你底看法如何？告诉我。

我还一直未和守梅谈，觉得不好说似的。

再谈！盼来信！

祝安好！

嗣兴上

八月十六日

## (65) 1943年9月2日自重庆

晓谷兄：

这两天身体也不适，但又不到睡倒的程度，不知是什么病。

剑兄已和精益闹开，来信说要落荒而去了。他非要去得远，这大概是心情使然的。我们相当的不安。

见到朱声，并在一起呆了两个晚上。觉得他是很忠厚的人，但也仅此而已。他有着“文章千古事”之类的观念，认识相当多的人，都保留着批评。好像是要傲然独行的。他说你底看诗，是感觉主义的。

---

① “朱声”即方然（1919—1966），曾在《希望》等刊上发表杂文，评论和诗，后在成都主编进步文艺刊物《呼吸》，1966年含冤去世。后多处称“声兄”“方兄”“朱兄”“亦之”。

② 指舒芜5月9日带给胡风的论文《论“体系”》及托路翎于8月5日带去的《论因果》《论存在》《文法哲学引论》。——编注

从他底谈话里猜测，那篇告别某一个朋友的诗，是指大杀戮家张振业的。此人——据说现在有神经病！

我底事，我是很了然的，并不欺骗自己。对方也有你所说的那样的理想。但还不是那样的人物。况且她底环境不佳，有些混蛋知道我，转而攻击了。把成都《新民报》的大文也抄录而呈献了。不知怎样会流布得如此之广。

而且，为着合法的手续，和管兄们有着某些斗争。他说，假若我要变成公式主义的话，即用平凡的做法的话，他是要抄一百本金刚经以赞功德的。如此！所以，合法的手续大约是要采取的——但不知在什么时候！

圣门有偈曰：

花到头边酒到唇，不簪不饮不为春。
人生最是平凡甚，渗透平凡也圣神。

使我颇为发窘。

祝好。

嗣兴

九月二日下午

我觉得，你底意见实在是沉重得很。

我总要实在地估量，怎样才不伤损我底事情。在这个上面，我是决不能妥协一点的。

谢谢你谢谢你！

## (66) 1943 年 9 月 25 日自重庆

晓谷兄：

想你已返乡了。

提笔了好多次，但总没有写下去的时间和气力。接连的生着病和疮，胃病到今天都没有好。

我自己的事，现在因为精神差，摸不着头脑了。也就因为不着实处，而有些怀疑。看来我还欠痛苦的债，还欠思索的债。我看你其实不会如老方[①]所传达的，打消你底意见的。我也甘愿恐惧，承受你所打开的局面。所以我总要告诉你以我底真实，或使你从这些话里面明白我底真实。近来是怀疑、痛苦，而激怒！和一切虚伪战争！

这种生活已损坏了我底健康了！前天精神好转，感到周围有什么颤动的，新鲜的东西，但当时并不注意，只在又病起来的时候，才想起这个，才想起当时是浪费了生命，至少是没有能尽力享受生命：阳光、空气，活泼的情绪与思想。

长篇还在继续写，十一月前可以弄好第一部。假若不能写，我便不会再蹲在这里了！外面的一切，除进城外，是无法知道的。因此总是说讽刺话：防御自己。小刘已经攻击我了，说是“不可饶恕的态度”！

和老方星期日谈谈话，是唯一的快乐。

听说大元帅就职要大赦，未知确否？

祝安好！

兴

九月二十五日

## (67) 1943年10月2日自重庆

晓谷兄：

今天略安宁，想到可以跟你详细写一点了。

刚才，做完了事，我看到一个小的青虫非常疾速地飞过灯焰，落在桌上死了。但我这个“看到”是虚伪的还是真实的？——我自己这样问。于是突然想到给你写信。

我要说我内心底不安和苦恼，希望你回答我，同意我或不同

---

① “老方”（方管）即舒芜。

意我，使我感到我还不孤独。

剑薰久未来信，因为精神坏，也没有写信给他。前几天突然发现他对我存着颇深的猜忌，很激动地写了一封信，由守梅转给他。前次进城时，在守梅处见到他，当时很快乐，却碰了他一个冷壁。随后便和他说笑话，并且互相“讽刺”了——像每次一样。但回来后，总觉得不安，圣门沉默着。小刘责我以不可饶恕。——我觉得我底周围形成了一个看不见的、可怕的墙壁，好久漠然地苦恼着。方兄从城里归来，谈天谈到这个，于是明白了。

我想我要攻击这个墙壁，否则就灭亡。但我找不到着力处。我攻击我自己和一切我最亲近最爱的，在我自己里面找到了着力处。我应该是很诚实的，然而我常常虚伪。我常常假造爱情——从我底弱点出发。我从不假造仇恨——从我底弱点出发。我攻击了，于是我发现我并无最亲近的，最爱的，我是孤独的。剥脱了虚伪之后，我就显得冷酷和利己，而倔强地站在人间。我借助虚伪的观念确认我自己是看清道路的，于是我现在看不见道路。我只知道有一个大的东西在运转。我底周围是墙壁，同时我也是别人底墙壁。

我好像有一切使我前进的条件，好像所需要的只是——不是信任，不是同情，而是对这些条件的证实。有一个时期我觉得是有了证实了，然而现在，我连这些条件都要丧失。我是到了生死存亡关头，站在黑暗中。

剑薰大概是觉得我出了名，因出了名而有了“爱人”。他大概又得到对他底哲学的一证实，而冷齿。我和他底观念是不同的，这中间的斗争化为笑语和幽默。我看出来，这便是危险之所在。圣门是温厚待人的，不批评也无赞同，但有凄然的眼光——他不给出什么证实来，这便是我底不安之所在。小刘，因为某些缘故，很愿意为我一战，现在看出我是沉没了——沉没在小小的生活里：写作、读书、办公、谈恋爱、说讽刺话，觉得不可饶恕。这是很好的。但他太性急了一点，帮助了这个长城底完成，使我很苦。我简直无法和他打仗。

我漠然不安,有时激怒。这都是我所亲近的。我怀疑到我底一切是否虚伪——现在还未解决。但我觉得,有对象在,总可战争,比得到一点假的糖果而沾沾自喜好得多。我以前是太容易动心了。

我觉得我底世界是陷落了一大块了。我暂时不想补救它。我只求决不妥协!假若我大部份是对的——因为大家说,在这个人间,只能如此生活——我便有了立脚点,可以在生命的范围以内把自己举起来抗争。一切世俗决不采取,我要听凭我底心。

我不想得到什么。我从未躲藏过。我好久便在努力不给别人造成长城。我所信仰的,是在我们之间不应该有距离,不是抽象的,而是要勇气,要证实。在这个上面,你所做的努力我是深深感到的。也便是这个缘故,我向你如此说话,而不怕被误解。

你或许以为我看得不宽。但我现在是经不起这种损失了。我所要求的,是全或无——虽然是疯话。

我有时颇有单纯的、不敬的外貌,有时喜欢用自己能够抓得住的真实来掩藏虚伪。

暂时停住吧。想你已回乡。望回信。

祝安好。

兴

十月二日夜

## (68) 1943 年 10 月 18 日自重庆

晓谷兄:

接到你的信后,曾进城。两星期前寄你的一信,不知收到否?

剑兄来信,要我把他的信也寄给你看看。在管兄那里,托他寄了。进城时曾到剑兄处喝酒,谈了一些闲话。我底不安,见到他底面就没有了,觉得惭愧。我底精神颇不平衡,是因为近来突然感到孤独的缘故。

写给你的那长信里,有一些过于抽象的话,也过于夸张,好像弹那种孤独的琴，弹得颇得意似的。我是掩饰了我底真实的罪恶：自私与偏狭。现在说出来了，但说出来也不是就原谅得了的。——真不知怎样说好，总之，照旧下去，是可怕的。总想拿别人来养活自己，是可怕的。

剑兄大概不会因为我那封信而苦恼怀疑起来吧。我原是要把我那封信也给你看的，好像我很有理。现在他寄给你，却使我不安起来了。但也决不想掩饰。

作品上面，第一部快完结，有了怀疑。先是小小的，以为写下去就可以克服。但现在扩大了，怀疑到根本的东西。所以这几天很苦，挟着稿子跑来跑去，时而写半页，时而写两行。加以胃病又发，一塌糊涂。

小刘那责备，和他谈过，他说是因为不合他底情绪，没有得到他所要的东西的缘故。那么，我要努力给他他所要的。

不知你近来怎样？没有看到文章，也没有听到你自己说。好像有一片可以填补想象的空隙，但想象又使我很不安。

在这里，逐渐沉下去，竟至于除掉自己底心还在跳动外，感不到另外的什么了。有时以为写写东西，读几本书，吃一口饭，安分守己，还不错的。但侮辱一到来，就汗流浃背，无以对付，觉得苟且而生终不是办法了。

我底魂魄，是在夜里漂流而踌躇的。做着好梦和恶梦。

望来信。

祝安好。

嗣兴

十月十八日晚

## （69）1943年10月29日自重庆

晓谷兄：

得信甚喜。我近来已学会不少东西了，你所说的，正是我在学习的。认识各个大革命和人类文化史，也就是认识个人的生活。“文化底怀疑”很蛊惑我——但不久就可以弄清楚了罢。作品进行还顺利，第一部只差一章。

这件事粗告段落后，就想写点积极点的东西，关于这些先生们怀念故乡的或关于草野生活的人们的。“杏花春雨江南”的空气颇令我有所感触。江南那样“柔媚”么？为什么，七年来，没有江南底英雄的变质展现？只有诸般公式结合着“怀念故乡”！

我们欢迎你和剑兄一路来南泉玩两天！他是说好十一月十二日来。

很觉得沉闷。希望你们都来玩。还是不大明白你的情况——见面时详谈罢。管兄的批评文字“墨子”已写成，有五万多字。

圣门未来信，不知改得怎样了。

祝安好！

嗣兴

十月二十九日

## (70) 1943年11月26日自重庆

晓谷兄：

管兄之文，犹豫很久，终于改写了。他怕寄递不妥，预备下月进城带给你；一面把以前的《墨经字义疏正》带给陈君[1]看看。得一知音者，甚为欢喜。我是对古东西怎么也不行的。

《蜗牛》[2]已改写，改得并不多。还没有考虑怎样交给你。再看吧。今天开始弄第二部[3]，但身体有些不行，做一点便中止了。

因为生病，近来每天晚上都去吃面，直到把钱吃光。并且，因为生病，有一些颇讨厌的奇想了。但另一面，那种亡命之徒的

---

① “陈君”即陈家康，此时在重庆中共办事处工作，为周恩来秘书之一。

② 《蜗牛》指路翎的中篇小说《蜗牛在荆棘上》，后载于1944年5月15日《文学创作》第三卷第一期。

③ “第二部”即重写《财主底儿女们》下部。

感觉，是逐渐增强。亡命之徒自然是不好的，但想休息休息，毕竟也是奇想之类。

我晚上做事的地方，时有问题，颇扰乱。今天早上给它取了一个名字，叫做“书狱”。即书底监牢是也。

长篇看否？[①] 告诉我你底看法，俾第二部留心。

祝安好！

嗣兴

十一月二十六日

## (71) 1943年12月23日自重庆

晓谷兄：

你是在过一种奔忙的生活，我在这里，阴郁下来，未曾感到居然有这样的生活存在，所以仔细一想，就为那种夺目的光彩眩晕。

我底处境是颇不愉快的。虽然我明知道我不能有别样的处境，虽然有时我极不敢和任何人调换的我底处境。我底前辈曾经遇到，未曾遇到，以及曾经解决，未能解决的问题，我都要解决，或企图解决。

我在这里，是受着“社会教育”。我立刻便憎恶起来，不愿再去发现，在那些颗心里，还有着另外的什么了！

听说又有《希望》。

管兄说长篇你已看了一点，开头有些问题。中间大概也有些问题。那么，看完后我再略微改一改。

想你已回乡，再进城时，不知我能否来！

祝好！

嗣兴

十二月二十三日夜

---

① 重写《财主底儿女们》上部完成。

## (72) 1944年1月17日自重庆

晓谷兄：

梅兄要我们寄信告诉你，他已至山洞，通讯址是：山洞陆大二十期陈守梅。他说进去后专心修学养病，立志戒烟，并且一时少写信。他们三月间就要南下小游了，可以买一点便宜货。

我们近来颇窘了，所以未必能到北碚去。我底家已搬下山来了，所以以后就很难有机会到后峰岩去玩。

前回附在管兄信后面写了几句，很怕你为我所说的那个"辉煌"而不快。不知你这些天心情怎样？

剑兄说要来玩。他仍然在焦头烂额地奔跑，非打胜不可。又说要办出版社，又说要办中学。看来，安静地做一点事，弄一点实实在在的成绩出来，于他是一种需要了，不然恐怕会不可收拾……你以为怎样？小刘来了信，很中了忧伤的毒似的，有大的颓唐。雄心压得太重了，生活又如此的阴沉。在城里，看到袁莱[①]那个小孩子，就称他为"小自由主义"；同时又看到另一个孩子，乡下出身，严肃、恭敬，而猛烈，这个时代有多少条路啊！我渐渐看清楚周围的生活了，但我自己底问题却难以解决。几时再详谈吧。

管兄文如何？你何时进城？

祝好！

嗣兴

一月十七日

① "袁莱"即袁伯康，路翎友人，此时在读书生活出版社任店员。以下信中的"小袁""袁兄"，亦指袁伯康。

## (73) 1944年3月10日自重庆

晓谷兄：

这次没有来成。在城里，你想得到那种生活，闹得异常昏乱。闹得我有极强的做坏事的欲望，极强的悔恨的苦恼，终于是昏沉了。回来的时候，天气极好，清醒了。

一直在想着"结婚"一类的问题。我的对方用大量的消息来和目前的环境斗争：恐怕不是斗争，而是放弃了。用更高的虚荣来和一般的虚荣斗争，是一件坏事，但用消沉来斗争，则有些可怕。我怕她没有力量忍受下去了，而忍受本身，就非常可怕。目前我们底女子她们"心里的力量"是什么？有几个能有"人类的、社会的"力量？

我要做下去看。除了根本的东西，别的我都得忍受。我觉得我们男子有时候是极残忍的。

剑兄底情形，你大略知道了。目前他要出版"说教者"。我觉得很忧虑，并且很歉疚。梅兄底来信很模糊。小刘身体甚坏。

管兄带给你的东西，你看如何？如需分成两部，第八章就算是第三部第一章。

我底生活环境好像逐渐有些不利，暑后我可能到北碚做事去。

祝好！

嗣兴

三月十日

## (74) 1944年3月17日自重庆

谷兄：

附上梅兄的信。一点都不知道是怎样的一回事(旁：大体上是关于恋爱的)并附上小袁的两首诗：他说要到桂林去了。

梅兄从未提过“事实”，这回我写信去，仍然企图使他说一点。

听管兄说你现在很有些不安，究竟是怎样的情形呢？我现在只是接触着一般的生活，不知怎样对于文化有些厌倦。欧洲式的厌倦是一种，那是旧的，在我们是虚伪的；新的呢，我想：多半还是虚伪的，因为道路总是道路，而且没有一个人走的道路。我不过觉得，我们现在的所谓文化，对我造成了极坏的效果：我觉得这真是一种危险。文化，大都是官僚式的，差不多一律都害着贫血病！

和管兄有些辩论。我承认我简直有着恶意。我想多读一点东西，否则就差不多要变成野蛮人了。野蛮倒不可怕，可怕的是假野蛮。

又不知怎样说了。你究竟怎样了？

祝好！

兴

三月十七日

前面信收到否？

## (75) 1944年3月23日自重庆

晓谷兄：

你的信收到了。所说的“和平主义”，猜不出来，是指什么；文坛的最近的中伤，也猜不出来是什么。望你来信提一提，因为这实在是需要了解的。

前天偶然看到书店底书目，把长篇排列进去了，并且加了一段颇为恼火的广告语。看了以后，觉得有些不安，终于很难受。是这样的：没有卷到灵魂的和掮客们底风波里去，本来还有一点所谓精神自由，看了这个广告，便连这一点点也消失了。我怕底下的东西要散乱，终至于虚伪起来了。

直到现在，我还不明白我究竟写了一些什么，以及究竟为什么而写作。最近看纪德底书，他是写给他底后代的，他有权利［力］如此。但问题究竟不是这样。最近常常觉得，生活得好，才是神圣的义务，我生活得一点也不好。

有时候心里有东西如闪电，那些文化，那些灵魂，对我不存在。于是我想猛烈地轰击他们——愈猛烈就愈好。但我究竟是“现实”的人，一切就突然地不可收拾了。我很想到荒野里去，虽然只是想想而已。我现在还看不出我底工作底价值，我认为它只对我自己有价值，而这是可耻的，有些荒唐的。现在大家都说人民，大家都变得悠哉了，大家肉麻地贴着艺术、文化等东西，大家都摆出架势来了。我不懂得何以这些专家这样的无能；在他们里面，我想，我是太容易取胜了。大家将要共吃一桌肥肉。我不懂得，何以他们比我还要不行。我很能自知，对我底年龄，生活，爱情……

那么，这一切还有什么价值？假如我像闪电般通过，假如我爆炸在城墙上连同自己把一切炸得粉碎，我便能爱自己一点点了。其次，假如我是追求光荣的话，证明了我比蛆虫们高一等，我就可以发出嗡嗡声飞到绿头苍蝇们一起去了！又其次，假如我觉得有一种生活是美丽而纯洁的，我就带着“良心”之类的那一大堆东西回去了，但那大概是娶一个老婆，挣钱，在“市民们”里面跑来跑去！

大概我只有踏得更紧一点。“世故”和“实际”我现在都明白！我觉得，那个未来在我底前面战栗着——我总要冲上去！那时候再肯定吧！但必须现在判断！

扰乱得很！你大概什么时候下乡？

祝好！

嗣兴

三月二十三日

## （76）1944年3月31日自重庆

晓谷兄：

得梅兄信，说是“婚礼时再告”，有些惊喜。

给鸿基兄[1]写了一封信：我觉得他底东西是好的，四年前我在一个展览会里看到，很感动，现在还记得。

你大概在挤八股了。下月是否来呢？望来玩玩罢。

我在观察自己，有时热情，多半非常的冷。我觉得，我底所谓理想，只是一种把一切搅得不可收拾，以便从实际脱开，或在实际上面跌死的糊涂的力量而已。我迅速地钻到天上，虚无缥缈，为了迅速地下坠——诗人说，像流星一般——跌得血肉模糊。

尽量地这样"游戏"罢，好得很！

祝好！

宁

三月三十一日

## (77) 1944年4月23日自重庆

晓谷兄：

已经来了两天了，住在变得阔气起来的家里，成了大少爷了。明后天即可到黄桷树去。

已经接触了这里的各方面。仅仅昨天一天内，便见到了这里的形形色色，他底核心和深处。气象是很壮丽的，但恐怕难以吃得消。这里是管理煤炭的，和"后峰岩"以另一样的方式来往。像盘一样，是政府统购统销，所以，就有大的排场和捉拿走私的事业。听说是在夜里拿着铁棒在江边守着……但我大概不干这个，但也许要参加这个。

有戏，就有票送来，所以昨天看了《此恨绵绵》。露天的场子，第四幕的时候来了雷雨，就逃到台上去了。于是，台上的人们就表露出"戏剧春秋"的精神来了。但雨愈下愈大，大家都逃散。今天骑马去北泉游泳。有玩的，还要去玩。

夜里听到后峰岩底火车叫。心里惊动。要去玩一玩的罢。

---

① "鸿基兄"即卢鸿基，雕塑家。

还不知道黄桷树那边是什么样子，有好的房间住没有。不然就糟了。

去了南泉没有？管兄如何？

周围喧闹，写得凌乱。信寄北碚天津路三十七号。

祝安好！

嗣兴

四月二十三日

## (78) 1944年5月8日自重庆

晓谷兄：

下午大风，飞砂走石；入晚大雨，寒凉有如深秋。为写作而心绪不宁，颇觉苦恼；为爱情而蒙受祝福，深感温甜。是为序。

已经到黄桷树来十天了。[①] 东西还差两章，现在又碰在石头上。大概20号以前，可以弄成，那左右要进城，看看守梅兄和他底新娘，并且到你那里走一走。是为订婚的事情。

这里很热闹，有时，那场面，有如长江大河。但很难吃得消：弄得有些糊涂了。又多了几个认识我的人，有一个，充满了浅薄的虚荣，非常可厌——实在毫无办法。袁莱跑来玩了一次，把我看得像神仙一样；我觉得那些"诗人"是把他弄得乱七八糟了。碰见了现代化的生活姿态，在它面前，突然也自觉可怜。又碰见了投机的、愚笨的英雄，互以冷漠为礼。他们提防我，我也提防他们。但都是好人呢。

汸兄[②]很耿直。然而我觉得有些观念化。

身体复元了没有？

祝好。

嗣兴

五月八日夜

---

① 此时，路翎到燃料管理处任办事员。

② "汸兄"即冀汸(1920—2013)，原名陈性忠，七月派诗人。

吕荧[1]底“天才与伟大”，我有些不满意。我觉得，比方在人民等等的说法上，有公式主义。对诗人本人，除了“天才”与“伟大”以外好像并未看见什么。我觉得诗人是以奥涅金展示他自己底悲剧的，把自己底一些性质和主要的苦恼给了欧根了。

## (79) 1944年5月13日自重庆

晓谷兄：

今天我结束了我底《英雄们》[2]。并不快乐：反而有些忧郁。晚上在大学旁边和大家喝茶，谈谈笑话，觉得我上封信给你写的见解，是有些傲慢的。我还需要很多、很多的东西。目前我底内心状态有些险恶。

十八天内写了十三万字。差不多每天都整天地写——从来没有这样猛烈地写过。关于“我们这一代”，我有了一点成绩，但很使我自己歉疚。你看了，就会知道的。

我大约十六七号以后就进城，中间要扰你那里。不知妨碍你底事情不。以后的信，可以寄到“北碚黄桷树中山路六十六号燃料管理处办公处”。

你底身体康复了没有？

我希望我底一切不致于引起你底烦恼。如有意见，望告诉我——我现在觉得有些迫切了。

祝好。

嗣兴

五月十三日夜

---

① 吕荧(1915—1969)，原名何佶，文艺理论家，美学家，翻译家。“文革”中受迫害去世。

② 即《财主底儿女们》第二部重写完成。

## (80) 1944年5月25日自重庆

晓谷兄：

寄上化铁诗一首。

我玩了十天，今天才得安定。但又嫌寂寞，因为旧的事情做完了，新的还未开始。

在城只留了一天，什么地方都没有去。不知圣门兄有信息否？

集股[①]的事，城里尚不确定：白君已发了信出去了，如顺利，几万块钱可以有的。你这两天也许进城去了。不知预备什么时候来此一游？

我最近预备看些书。在"心理"上讲，预备休息一下。

祝好！

嗣兴

五月二十五日

## (81) 1944年6月15日—17日自重庆

晓谷兄：

我兜了一个圈子，刘、周那里和剑兄那里都去了。在梅兄底"巢"里，留了几个钟点。想他们已经到你这里来了吧。

回来后心情阴郁。今天开始看稿子，头痛得很；晚上已经把郭绍清的那一节改写了。还要改的，是第一章底最后，第三章底那个宴会，等等。

我留意到了你底沉重的、疲乏的样子。走开的时候，我很觉得凄怆似的。我底东西费了你这么多的精力——但我说这个，又只是废话。

---

① "集股"，胡风正为南天出版社（后为"希望社"）募股集资。

你大概很寂寞吧！啊，多么寂寞啊！

翎

六月十五日夜

这信，今天才发。稿子，十天以内，一定可以弄好的，又。

十七日下午

## (82) 1944年7月1日自重庆

晓谷兄：

我又玩了很多天。先是余来，其次是刘，周来，昨午江洪暴发，汽轮停航，今晨刘、周兄搭汽车走了。

东西还差三、四章没有看，预备下星期四左右带给你，不知你那时在家否？望来信告诉我。

这里的差事一时一时地动荡，现在又动荡。但大概没有什么。不过，最近强烈地觉得，已经不可能有和这里的家庭环境之类溶和的希望了。就是说，是带着流浪的心情住在这里了。原来也是如此的，但最近特别如此。

就是因为这种流浪的心情，有时有些幸灾乐祸似的。

祝好。

嗣兴

七月一日

## (83) 1944年7月6日自重庆

晓谷兄：

晚上，落雨了。除了雨声以外，我底周围还有谈话声和笑声，但我心里很“安静”。一个从遥远的湖北逃来的，刚刚找到职业就被裁掉的人，住在我这房里，现在他大概睡着了。昨天晚上，隔壁店家的年青的夫妇办了离婚手续，各人打了手印以后，就放了一两串爆竹。现在，他们大概也各自安眠了罢。

这里，也裁掉了一个人，因此我以后就要忙一些，而且要失去一部分自由。但现在，略略有着“放弃”的心情，所以不大以这些为意。实在说，有时倒还颇快乐的——这快乐的原因，颇难探索。大概是变得下贱了罢。

从你的关于写作时的武装的话，不相干地想到：我们都是带着什么一种武装到这个世界上来的。迅速地被戳破，又迅速地缝补。到了最后，恐怕就满身破烂地挂着残盔破甲了罢。如果这一副破烂的披挂，连同着长枪瘦马，还能够交到将来的人们底手里，就该是幸福的了罢。“儿郎们，前进！”

接到了梅兄的信，关于苦恼的。

祝你们健康，安好！

嗣兴

七月六日夜

## (84) 1944年7月14日自重庆

晓谷兄：

从你那里回来以后，放了一个星期的“假”，差不多整天睡觉。现在又把中断了的那篇继续了起来，完成了草稿，题名为《罗仁厚小传》[①]。因为是小传，就题文曰：“这个小传，记述我们世界上的一个无能的、卑贱的人，他底身世、生活、恋爱和死亡。有许多节目，因为事实上的困难的缘故，都付阙如。”另外，想写一篇生活报告一类的东西，题目是《记某城“欢迎入营壮丁大会”》。还有些想写的，但怕难得实现，说来无意思了。

梅兄来短信说，《时事新报》副刊的那些家伙来吃他了。不知是怎么回事。前回来信，托汸兄找中学文凭，因为他底张小姐[②]要进大学。但恐怕难以找得到。

---

① 《罗仁厚小传》即小说《罗大斗底一生》。

② “张小姐”指阿垅妻张瑞。

我这里近来非常的吵闹，这也就是跑去睡觉的原因。现在房里住着两个人，这个好人，他时常要和我摆一下龙门，而且还一定要我把我写在纸上的字念给他听，不然，他就站在你旁边，看着你。我在这里以沉默著名，自己也觉得差不多变成哑叭了，所以有时想大叫。晚上和办公处的人们喝喝茶，有时有矿商、船夫、流氓在座；但我没有多大力气和他们搅。

刚才开抽屉，找到了一根破烟，所以还继续写下去。

我底“未婚妻”，虽然近来没有提了，还是在闹着那个“伟大、渺小”的问题，所以我也在闹着这个问题。这个世界上，有许多事情，是在“理性”的范围之外的，它们看来似乎永远不能解决。那些坑坑谷谷，真是令人胆寒。不过，我还是要跳进去——不是带着勇气，而是带着一大堆悲伤的思想。人家说，唯不愿或不敢正视现实的人，才有这一类悲伤的思想，就是小资产阶级是也。我确实有这个毛病。然而，站在有些孤独的地位上的个人，要正视什么，是困难的。有时候，似乎是除了妥协以外别无出路。我们唯盼望国家民族早些复兴！

在有些人，比方说，背负十字架，是容易的，伸手向别人乞讨，却难。

这时代，有些人喜欢演悲剧，他们喜欢“演”也。聪明的女人的悲剧，在热烈荣华的空气里上演着，她们自己却一点也不觉得，这我也见到过。大半的新青年，对世界，对自己，认识得都很浅薄，然而每个人都能够自得其乐。他们极容易地便飞到天才的高峰上去了。对这个，我是一向都非常羡慕的。有时候，看着他们，我也颇为自得其乐起来了。我想到，有一个警察躲在帽子下面抽烟，发现别人在看他，向别人望了一眼，就不由地笑起来了，好像说：“看吧，我在抽烟哩！”

管兄大约日内就要来玩了。他前回来信说，顺便演一演“甘露寺”。这还是我那回说的，就是要大教授“赔了夫人又折兵”也。

祝你们好，那匹小黄毛也好！

兴

七月十四日夜

## (85) 1944年7月30日自重庆

晓谷兄：

未得信，甚念。

管兄在这里玩了四天。最后一天在顾君家住，走时没有见到面。我和他谈得很多，但多半是弹旧调子——两个人对彼此的题目非常地熟悉。他昨天来信说，我的东西已经由他交给黄老先生了。

我准备下月十五号的样子结婚……我准备在镇上的一个土财主的中学兼一点课。谈了一下，听说是"慈善事业"，就想退却，然而却立刻就被拉去代暑假补习班的课：明天就上课。① 情形还未摸得清，然而大概是很"慈善"的。

梅兄听到了剑兄底关于"名"的问题，写了一封沉痛的信给我。我回信时心情有些不同，提到剑兄喜欢今天的京派，即纪德之类，就攻击了纪德。但其实我并不懂，而纪德先生是无辜的。梅兄来了长信——我把他激得非常痛苦了。

你近来怎样？

祝好！

嗣兴

七月三十日

## (86) 1944年8月3日自重庆

晓谷兄：

前信收到没有？

我决定十五日结婚。梅兄来信，说一定来，这样我便也想请你来玩。如果屠先生也能来就最好。

---

① 1944年7月底，路翎到黄桷镇中学兼课一学期。

我告诉梅兄，要他十五号来，十六号在这里玩一天。我们没有“仪式”之类，家人也不多，几十分钟就可以和他们散场了。

来时，到北碚天津路三十七号找我。

望来信！

祝好！

嗣兴

八月三日晨

一定来罢，没有什么妨碍的。

## (87) 1944年8[①]月30日自重庆

晓谷兄：

天凉了，想你在城里要好些。

我生着小病了。虽然是小病，却证明体质已经很坏。整天只忙着“家”事，有时还闹问题。现在又耽心将来能否做出事来。我曾想象自己是一个单纯地做工的人，但现在不这样简单了。

我久欲向谁表白我底庞杂的感情，我觉得，这对我自己也是一种检讨，但总又收缩着。有时似乎枯涸了。

小刘又病了，现在住在小龙坎的家里，心境似很悲沉，并且愈发神经过敏了。说是下半年要回夔府去。

原兄曾来信说要动身。后小袁来信说去不成了，不知是怎样的事情。

看到了批评管兄的“问题”的文章。然而那是形式主义的，且是无“心”的作者。

祝好。

嗣兴

九月三十日

---

① 本信原判为9月，今考1944年8月。8月24日至9月13日胡风在重庆城区，9月13日至10月16日在赖家桥，故订为8月。——编注

## (88) 1944 年 9 月 12 日自重庆

晓谷兄：

信都收到。但不知究竟回乡了没有。我立意来玩，望写信邀梅兄，再给我信。最近写了一篇四千字的小说，还想写点极短的。书评恐怕写不出来了，因为没有读到什么书。小刘的那首诗，是不是《暴雷雨》？

明英[1]已回渝，曾要她来找你的，恐怕没有来。我发了一个多星期的烧，住在北碚，狼狈已极。先以为是伤寒，后来又没有什么，医生则称之为瘟邪发烧；我是不怀好心的，确信他是吊着我要骗我的钱。现在已好了，但消化不良，仍然不适，累不得似的。这里的中学已开课了，每周十一小时，累得发昏。但夜晚宿于新居中，寂静异常，颇为可喜。前夜有一老鼠自米口袋跃出，被我恰好关在门缝中，欣赏颇久之后，用小板凳击毙。"残酷"真是颇有"趣"的事也。

稿，如来得及，我想自己带来。

祝好！

嗣兴

九月十二日

## (89) 1944 年 9 月 28 日自重庆

晓谷兄：

信收到。已经在重写后面的部分，看来很难，先前是因了身心交疲而疏忽了的。热情的压伤，表示不能深入对象。这样子，当然不发表；但二号以前难得赶成；身体不适，耽心会生病。如

---

① 明英，即余明英，1944 年 8 月 15 日与路翎结婚。此时在重庆城里的中央通讯社工作。

可留空白，我当在你进城时寄给你，望告知何时进城。我想三万字总够了的。

天热得可以，教书又耽误事情，真伤脑筋。

守梅送我的东西，甚华丽，上面绣着龙呀什么的，令人脸红。

祝好！

嗣兴

九月二十八日上午

## (90) 1944[①] 年 9 月 29 日自重庆

谷兄：

已改好。[②] 但怕你已进城，故不寄，望告何时进城，我就寄到城里去。有两万五千字以上的样子。

这主题的工作极难拟的，我显得很吃力。但也许对象本身本来是平易的，不过我还没有达到那一点而已。改写时很觉得失望，觉得自己只是想发表一下，弄点稿费而已。

丢开它，就满足地忘记了，一钻进去，就碰到了很多苦闷的问题。人物的发展里面，似乎作者底主观成分过重。然而假若不这样子，我就又不会写它了。

你看究竟怎样罢。

小猫底命运如何了[③]。《抗战文艺》上有一篇《小猫之死》[④]，有趣得很。

祝安好！

嗣兴

九月二十九日夜

---

① 此信原判为 1945 年，现订为 1944 年。——编注

② 指《罗大斗底一生》。——编注

③ 1944 年 9 月 28 日，胡风家的小猫去世。——编注

④ 《小猫的死》，绿川英子著，乔译，刊于《抗战文艺》第 9 卷第 3、4 期合刊(1949 年 9 月)。——编注

## (91) 1944年10月6日自重庆

谷兄：

信到，但是糟得很，中秋明英来，东西我已交她带进城去了。

现在怎样办？恐怕也需要对着看的，那么，你交稿时，就留下篇幅罢。如可能，我望你进城后去对一对。但不知你不在时交到那里去，会不会遗失。

它是两天赶成的，现在我对它懊丧得很。

小刘来信，冷冷数句，云十日后即将成行，也不说要到哪里去。诗的事，更没有提。

你何时进城？也许我会进城的！

祝好！

嗣兴

十月六日晨

## (92) 1944年10月31日自重庆

晓谷兄：

蓝天兄来过，知道了你在城里的情形。他说你上星期三就要下乡的，不知现在在乡否？

近来颇不安。首先是生活迫人，气压愈来愈低，其次是"不甘寂寞"。每天下午街头痴站，东张西望，可笑而又无聊。邻家死人，另外的邻家蜂拥去看，议论纷纷；邻家嫁人，另外的邻家也蜂拥去看，议论纷纷。死人嫁人都有哭声，同样的鞭炮和锣声，令我死活难辨，堕入迷茫。幸而这巷子里的"舆论"很自由。

中篇在改，五万字。

管兄来信，已去白沙了。小刘则仍回歇台子。他的诗你收到未？

石君[1]的两篇书评写好了，在我这里。

信今晨收到。

望来信。祝安好！

嗣兴

十月三十一日夜

## (93) 1944年11[2]月3日自重庆

哓谷兄：

写了一下，看要得否？

我昨天回来的，不知你哪天下了乡。昨天上午曾至守梅处一转，但他的门锁着，门上一大堆条子。

寒假时，如可能，当各处走一走。

祝安康！

翎

秋天三日

## (94) 1944年11月8日自重庆

谷兄：

信到。我曾于三日匆匆进城，五号归来。

中篇已改好，这东西，主要的是用来批评个人主义的。所以对管兄的东西我有了很大的兴趣。

我的东西，以及石君的东西，几天内就可寄到乡下去。不知你什么时候回乡？管兄之稿，如方便，我想来取，顺便也玩玩。泻兄也想来的。但如果你事忙，就先把管兄的稿寄来好了。

管兄来信，住"无双室"中，要做副教授了。

---

① "石君"即石怀池（東衣人），复旦学生。以下信中的"東君"，亦指石怀池。

② 此信原未定写作月份，现据内容订为11月。——编注

碧兄职业未成，大概已在城里见到你了。我这里，也想再进行一下看。

在城情形怎样？事情有麻烦否？

南天的收据望再寄一本来，白鲁要。

祝好！

嗣兴

十一月八日

## (95) 1944年11月8日自重庆

谷兄：

另卷寄上中篇，先前的两个短的，及石君底稿子。另有一两个短的，待改后寄来。也许还可以写一两个。想到的颇多。

中篇不知你看有问题没有？题名不知可不可以，如有碍，则还有两个题目：(一) 我们时代的男女，(二) 段云和张星朋底生活、追求、幻灭。但都不大好。

石君的稿子，原则上是的，但繁缛了。不直接地、单纯地说，而援引着学问的根源。看起来不爽快似的。

不知你何时回乡。望来信。

祝安好！

嗣兴

十一月八日夜

## (96) 1944年11月15日自重庆

谷兄：

寄上三则小的。一共六则，如可列队出来，就题名为“有希望的人们”罢；但这里面，并不全系“有希望的人们”如“王家老太婆”就是。那么，就叫做“《立此存照》小说集”也行。或者你再取罢。

前寄的中篇等收到否?

不知你现在是否回乡了。事情如何,望来信。

我们这“寒村”里,近来更为骚扰了。近几个晚上,每晚上都有妇女们底哭声,有的是吵架,有的是死人。昨晚,寂静中猛烈地敲棺材,使我极为不安。但弄惯了,也就不大在乎了。

教课,也打起别人底手心来了。不建立“权威”,实在毫无法了。所以也就不大想干下去了。

这以后,仍写短的。如可能,也写短论。

祝好!

翎

十一月十五日夜

## (97) 1944 年 12 月 7 日自重庆

谷兄:

白鲁兄已经回来,我还没有见到。石君仍说要写的书评也到今天还没有写出。此地人心极浮动了,所接到的信,也是谈着这浮动的。小刘曰:“巍巍乎二百万人口之皇城,想届时当有一番盛况也。”大家都在猜度究竟是怎样的“盛况”,也在心里各作着打算。天又如此的冷,这样一扰乱,我就已经好几天不能做事了。我现在真是变得“沉重”得很。

屠先生的病,该好了罢?你们那乡下冷起来,恐怕是更要清淡的。而且,你恐怕要忙着烧饭一类的事情了罢。

我在改写那中篇。重新展开来,也改变了人物。但仍然很难。我觉得,这样的东西,该要在以后的时日来做的;现在做,大半会僵硬着,不死不活的。不过又没法撒手。

我觉得,那在室内热烈地讲着的故事,尤其,那低低地唱着的“美丽”的歌,已经被外面的街上的大队的车辆的轰震的声音打断了。应该有歌唱合着这车辆的行进的节拍的,那首先就得要让大家打开门,跑出去。不过,一旦门打开了,有些人,恐怕我也在内，会跑不出去的，——他们跑不动。

黄昏的时候，冷得很，草草写这信，祝你们安好！

翎

十二月七日

## (98) 1944 年 12 月 11 日自重庆

谷兄：

梅兄来信，说到你那里玩了。

寄上《意在就急》一篇。

屠先生的病，不知好了没有？

祝安好！

嗣兴

十二月十一日

信收到。这两天战局似好转了些，人心也就“不动”了。如能寄短论，当随时寄来。

## (99) 1944 年 12 月 11 日自重庆

谷兄：

寄上一个短论，但似乎很空洞。

战局略好转，我又“苟安”了。我们是被播弄着的乱世的小民；挨了两下打，给一块糖吃，就歌功颂德了。

我仍然在写长的，它活起来了。写成后，就一定看需要做别的。

蓝天来信，到中央气象局工作了，而且准备参加第二十七届集团结婚。登记表上，要填我和余明英做介绍人。指定要我送一个“文化要人”写的条幅。真是令人啼笑皆非。不知可否找郭先生写一个，题几句莺莺燕燕的诗。

这里的生意，看样子是做不成了。

祝安好!

嗣兴

十二月十一日夜

## (100) 1944年12月17日自重庆

晓谷兄:

信都收到的。前日曾在复旦图书馆见到五十年代[1]寄的《希望》的广告。这里的人们,似乎都难突破他们的圈子。

前寄的《意在就急》,原来是《病在就急》的字样,我写错了。如果让他"病",似乎他的求饶的理由要多些的。我想,如不恰当,这篇东西就不要罢。他是"病",我却弄成"意",是我的错了。顺便想到:有一些人,对于这样的东西,是也要放在"学问"的秤上来称的。他们的思想,如他们的生活一样地飘浮着,令人很不耐烦。对于小说及小说作法,我实在觉得腻了。鲁迅先生曾说过,知道了电影制法之后,对于电影反而冷淡起来了,我就在这里也有这样的感觉。我认为只要不是混蛋和糊涂虫,都应该直写人生;花巧愈少愈好。

我在写点杂记:散文夹着杂感。名之曰《苦寒村杂记》。日来实在寒冷也。但对于为某些少爷所喜的这"苦寒"二字,也想感想一点。中篇,结束的地方又陷于苦难。人物活了,但生活空气不强。

明英昨晚来了,可以玩六七天。

情形究竟如何,望来信。《郭》,暂不要,但想要两本《棘源草》。

管兄文,沩兄尚未看完。几天后可寄去。

祝好!

嗣兴

十二月十七日

---

① "五十年代"即"五十年代出版社"。

## (101) 1944 年 12[①] 月 20 日自重庆

谷兄：

寄上《谈娼妓文学》。这完全是拿出结论来的东西了，对于作品的具体的分析和理论的检讨，是没有的。但我想也不需这些，对于"娼妓文学"，不知你觉得如何？

沥兄和石君都说要写一两篇，大约五号以前可以给寄来的。

我在重写中篇，因为，不弄清楚，就不安心。

做生意，日益困难了。这里，军人，官僚，都来了，大家抢。不知蓝天[②]安定了没有？

白鲁募的，说有四万元，即可收到。沥兄在校中有一万元可以收到。白鲁三号以后要进城，可以会到你的。买纸的事可以托托他。

祝安好！

嗣兴

二十日

## (102) 1944 年 12 月 24 日自重庆

谷兄：

职业已动摇。主任和稽核打了架，辞了职，于是"亲""朋"们都将做鸟兽散。

我留在这里，最多只能有两个月的时间。大概小孩是要在这里出生的。生后，预备由他去，因为我自己尚可有为。明英的职业，无论如何不能丢掉的。

我想在渝郊谋一个可以做点事的工作；不然就在城里也行，但现在尚无头绪。否则的话，只有走远点了。也想走得更远。

---

① 此信原未定写作月份，现据内容订为 12 月。——编注

② 即李蓝天，又名秦淮碧，路翎友人。以下信中的"碧兄""天兄"，均指李蓝天。

情形怎样了，什么时候回乡，望来信。

祝福！

嗣兴<br>圣诞前夜

## （103）1944年12月25日自重庆

谷兄：

信收到。关于剑兄的那篇东西，我曾写了一点意见去，一直没有接到回信。看了他这信，有些不安，这不安的范围又颇广泛。我曾说过，他不会接受意见的；然而，在能说的方面，又非坚持不可——不然成什么工作呢？这真是无可奈何的事。剑兄“入世”甚深，所逞强者，是在于他的“浮世”的力量。他的作风从来都是单纯的，故这回有这类似“大文豪”的作风了。这样的做法，实在是把写作当成一己的东西了，其最高的境界，是在于取悦自己。

不过，他是深受刺激的，这只是初步的反应。应该能够引起他底彻底的思索来的。这样，就要好些了。

目前的困难真不知怎样度过。四面都“此路不通”的时候，“自掘坟墓”，让某种空虚来嘲笑这些“此路不通”，倒是一种法子。奈何者，有的人们，是会从这一法子得到英雄的境界的，所以，真的“此路不通”，倒是未必有的罢——焦头烂额地活下去！

我大概要“失业”了，所以颇不安。

白鲁兄那里，就去谈谈看，前回说，已去催了，要等几天。

不知回乡了没有？

祝好！

嗣兴<br>十二月二十五日

## （104）1944[1]年12月28日自重庆

谷兄：

返乡否，念念。

觉得目前情况昏沉，出版社及刊物非坚持不可。固然“书生之见”无大作用，总可以借新生者竖一面旗帜。而且我们自信在应该的时候，拿起“枪”来，是不会比别人差的。读前信，觉得你的心情似乎非常沉重。你走得甚远，觉得孤零罢。

在目前，举起鲜明的目标来，是最要紧的，否则，少许的努力，落入大海洋中。这目标要明快，而且煽动。使混蛋们不能出头。

我好，祝你们好，祝事情顺利！

嗣兴

十二月二十八日夜

## （105）1945年1月12日自重庆

谷兄：

寄上书评一篇。

几篇小说，改好即寄上。《希望》，数十本的样子，北碚已卖空。大家觉得比先前的力量高。汸兄说，周谷城在读《论主观》。然而，汸兄还是念着他底简单的问题，我似乎难于使他懂得我底问题。也许我需要更多地了解他们的。

这篇书评，有欲言未尽处。主要的是关于巴金底“文化情调”的一面。我以为这都是粉饰市侩的，有人会以为求之太高的罢，然而不！

祝好！

嗣兴

十二日夜

---

① 此信原判为1945年，现据内容订为1944年。——编注

## (106) 1945年1月14日自重庆

谷兄：

寄上《人权》。就是用管兄底信做材料的那篇。这次可轮到我用他来做模特儿了，但也不尽然的。内容甚少，有铺张之嫌，你看看罢。

写这信时，附近有锣鼓声，老鼠在屋椽上尖叫而奔窜。

梅兄来过了没有？

祝好！

翎

十四日夜

## (107) 1945年1月15日自重庆

谷兄：

另卷寄上《我们时代的英雄》。

这东西棘手得很。看了两遍之后，觉得糟了。然而，暂时没有勇气重写，又没有勇气丢掉。就只有寄给你看再说。一般的社会性格和精神，就是所谓人民的，我能够做一些，然而，对于这种非一般社会性格的小知识份子，我却常常一点法子都没有。但是，又极其愿望抓住他们，使他们变成我的"殖民地"。费了不少的力，成绩却如此！

《流浪汉》已写就，改好寄来。

明英下月初就要生产，差不多恰在年关的时候。我大约月底就要进城接她。现在，对这件事，怀着莫名其妙的激动，焦急地等待着它底结束。

祝好！

嗣兴

一月十五日夜

## (108) 1945年1月17日自重庆

谷兄：

来了一个“朋友”，用他底“英雄”的世界威胁着我。陪着他转。但这恰好能给我自己做一个试验。我还是颇有毛病的。刚才他睡去了。我翻箱子，读了我所留下来的你以前的来信，看见了力量和血痕斑驳的道路。

我颇想写一写我自己的心情。一年来，我们常见面；但我对你，反而不能如先前似的想象得更多。生活得平淡下来，这周围的世界上，有一些东西，就常常被忽略了。我也不十分知道我自己。有时候，我的生活里面，每天都有狂风暴雨，有时候却昏沉、慵懒、偷巧。

……

在以前的那个“伊甸园”里，对于身边的一切，我是憎恶而嘲弄的，这嘲弄有时就泼到管兄身上去了。临走以前，我在朦胧的月色下爬上山坡，望着“园”里的灯火，和那一条开着“惆怅的白色花”的溪流；我告诉自己说：对于这一片土地，我毫无感情。于是我的心得到欢畅。但在这村里住着，我却不觉地对它发生了深挚的感情，虽然这里的人们，我只认识几个。

我私心地念着我底那个未来和“最后的一分钟”。住到这里来，有些东西底嘴脸我已全然看穿了，因而我常常地就不大耽心我的命运。我相信我知道生活，感觉到一切生与死，于是我坦然，欢笑，度过了一些好的时间。

不过，我还一点都不毒辣。现在，孩子快要生了，欠缺这个，恐怕难以生活的罢。我确实耽心我将被压毁。我并不觉得我是做了荒唐的事情的，因为我强烈地需要生活。但是，在这个可怜的时代，能杀才能生，我又怀着一个下着大的赌注的辛辣的思想。

写不下去了。不知你何时进城？寄的东西，收到了没有？

祝好！

嗣兴

元月十七日

## （109）1945年1月22日自重庆

谷兄：

明英已来此，我不进城了。

前信是一时的乱想：那些幽灵，又跑出来了。

……

这两天我的办公处里移交，先前的人走了两个，剩我一个了。来了的两个，有一个年青的，非常的讨厌，大约他们也讨厌我的罢。看样子，难得久留。虽然并无什么委屈，却非常的不舒服。我想：呆住，直到请我滚蛋时为止。

原则性，我知道的。我也决不会想到有什么时候能放下剑来话旧，如果我真是还能拿着剑的话。

《英雄》，吃力的。的确有些发霉，近来在洗涤这霉气。

但近来是在注意着生活上的一些实际的问题了，不能清爽，也就不安。

祝安好，望来信！

翎

元月二十二日夜

## （110）1945年2月1日自重庆

谷兄：

我已换了一个上司，情形颇为冷酷：现在要干外勤的工作，每天跑码头、煤场、发运煤船。几天来，弄得身心疲乏了，一点事都没有做。

管兄不知来城了没有？此地，汸兄们，要开个晚会谈谈《论主观》。如有空，我想去听听。又读了一遍，划下了一些以为是弱点的地方，如果官僚们写来，我就也想写一点，以为防御或攻击。但目前的生活确实不舒服，窘迫中，这工作又非得敷衍下去不可。我现在每天接触各样的人们，拥有一个不小的世界，但无奈，自己已经“疲”了似的。

骆君[1]果然断了肋骨么？

祝大吉大利！

何时返乡，沩兄要来的。

翎

二月一日

## （111）1945年2月13日自重庆

谷兄：

信到。肃仪兄[2]曾预备沿渝碚路跑一跑，后来来不成了，现在又被派做押运员押煤船下重庆——他是为了饭碗问题。我也是为了饭碗的问题，十天来已经陷入可怕的忙乱。这里改了“组”，城里闹煤荒，来了命令要抢运，我就干着这抢的工作了，真能是强盗也好，无赖都是小丑。就在写这信的现在，两个“主任”坐在这里，对我发着命令。这之前，却是两个矿商坐在这里，用各样的姿态吵闹着。

好了，现在他们滚了，我可以安静地写信。十来天，从早晨到晚上九点钟，都要各处乱跑、乱吵、乱说，染着一身臭气——这里并非鸣清高，实在是臭气也。不过，对于自己，也有所得，然而无奈却做不出事来了——对面邻家，来了拜年的人，在那里互相恭喜——每晚回去，坐在桌前，所剩下的只是困惫、疲劳。可诅咒的困惫、疲劳。如此下去，不消几个月，我底生机就会完全被压死的。

---

① “骆君”即骆宾基(1917—1994)，作家。

② 指化铁友人谢肃仪。后多处称“谢兄”。——编注

明英已经过江去住了，就要生的。我目前尚不缺钱。昨天是除夕，过几天去又过江来，为了公事，然后又过江去，和小孩子们打麻将，打得快要睡着了，不知怎么就非常的不舒服。

沩兄，一个星期未见到，不知他怎样，座谈会，也不知开成了没有。

"主任"可能来了——就这样停止。本星期六、日，只要有一点可能，我就来的。不然要闷煞了。

祝安好！

翎

二月十三日上午

## （112）1945年2月19日自重庆

谷兄：

我带着昏倦来，觉着清醒。离开这大的旋涡整整百夜，现在又投了进来。这将是一个不小的仗，我将用每日的自学，记录这个战役。

我尚未见到小孩[①]，最初是不明了，后来是突然的明了，直到此刻，我心里是兴奋的热情和奇异的冷淡的混合。

假如这次不来，你们对于文化斗争所感到的东西我就一时不会感到。即在此刻也仍然觉得有些生疏，但我已经明白，我相信，读完你的"性格"，就要好些了。

王松君来一信，说筹款十万元，要自己办出版社，要你编丛书。想你已知道了。可否要他加进南天来？不过，他们是很现实地着手的，正如现在的一切人一样，所以，恐怕很难。

祝好！

翎

二月十九日

苏华来信，说马琴君来了信，他的稿费充作南天股本。另外

---

① 1945年2月，路翎的大女儿绍羽出生。

的，还要等。

## (113) 1945年2月25日自重庆

谷兄：

今天病了似的，不舒服。

现在在和上司争斗，力求晚上不做工。但他是无理可讲的，自负的，想升官的家伙。今天就跑开了，不知明天会不会挨骂。

然而厌恶、厌恶。嗅到死尸的，腐臭的气息，不能做事。

听到沩兄说，他们有同学从城里来，听北辰说，碧野等人看到了《希望》第二期的原稿。不知是怎样偷到的。也许是为了这缘故，那位浪漫派才给你写那样的信罢。

镇上在耍龙灯，非常的热闹。以至于我这房子的周围一个人也没有了，非常的静。

管兄进城了没有？

祝好！

翎

二月二十五日

## (114) 1945年3月2日自重庆

谷兄：

进城否，念念。前信到否？

写上书评一则，偷着空写，原想写详细一点的，现在却又毫无力气了。明英仍未出院。小孩前天生病：发烧，到今天都不知好了没有，医院里不准看见的。

焦灼、憎恶，因为不能做事。

蓝天来信，要来北碚住着做生意，所说的生意，我又一点都不懂。但大概仍想在煤炭里打滚罢。

王松说有一中篇在你处，你看了没有？

祝好！

翎

三月二日

## （115）1945年3月5日自重庆

谷兄：

信收到，前次所说的，乃是林辰，据说是鲁迅先生的学生的。北辰者，原来是北碚一家皮鞋店的名字也，不知怎样的就弄错了。汸兄所知道的，也尽于此。《希望》上有“骂”浪漫派的文章，大家都似乎知道了。汸兄的同学们之间，不知怎样的，有知道那写书评的就是我，大约避讳是不成的了，然而我是不怕鬼的。

我所怕的，是目前的这烂泥坑。昏乱中无事做，听了两场名提琴家的音乐会，于是厌恶之至。对这对那都厌恶之至。这怕是非常有毒的罢。

现在不上晚班了，希望能做起事来。小孩病已好了，但明英仍未出院。现在的办法是在两路口附近找一女仆，能带小孩住的，由明英自己去喂奶去。然而不知能否找得到。找不到就真有点糟。

谢兄已“吹”了。现仍住家里。托我问你，崔君处有法子否？但或许蓝天可把职业让给他的。

你们进城了，一切好吗？望来信。

祝安好！

翎

三月五日

## （116）1945年3月13日自重庆

谷兄：

不知道回乡了没有？寄城里的信，收到否？“浪漫派”的事情，不知究竟是怎样？还有就是谢兄的职业问题，他此刻真是异常为难的。

蓝天兄来信，说是出版社的房子加了价。我想一定还有别的麻烦的——不知道你怎样地在挨着。我们大家都能尽一点力才好，可是，像我这样的情形，却简直成了拖累。

小孩的问题大概可以解决了：交给这里的一个亲戚带养，每月出几个钱。因为，太小了，没有乳简直是不行的。我的生活，比前些时要好，能写一点了，虽然写得不好。不过，办公所之类的地方混久了，确实令人麻木，这是很糟的。不能从嘈杂混乱中抽出身来的时候，常常的，连自己的声音也听不见。那些市侩们，就是这样地爱着机会和形式和教条的罢。

四川话说"要把言语拿顺"。没有这样的言语的人们，自然是拿不顺，也听不顺的。那位写春暖花开——的小文豪，目前在此地的学府里公开演讲，据沩兄说，全是"技巧论"，然而听众一致赞美。这就是说，他已经拿顺了语言了。

可是我却想用些法子使他们感到百事都不顺遂——但事实上这也不值一提。我们的感觉与他们的逐日地远离，也就与另一面逐日地接近，这是值得高兴的事罢。

至于像我的这种情形，沉在这种生活里面，作为对于这无聊而又无谓的一切的个人的抵抗，苍凉的感觉，是不时地要跑出来的。总要更进几步，才能健旺罢。以前我曾经反对过什么知识的，但现在却分清楚了，真的人生知识，真的全知，才能是创造的行动的力量的泉源。

望来信。祝你们安好。

嗣兴

三月十三日黄昏

## （117）1945年3月29日自重庆

谷兄：

快信到。天兄是十天以前来的，不知他是否又要来。

我已去信他，说明这一点，但怕他更生误解。困难的是，对于我们的工作，对于那远景和那热情，他并无感觉。

不知究竟是怎样的事情，甚念。这次来时问了他，他说，做生意了，赚了十万，出版社、许太太、他自己，各得三分之一。看样子对于做生意极专心，谈到了他的爱人要生小孩，颇为担心钱；一面也非常的恍惚。自此没有能和他多说话。

谢兄已到沙坪坝去了。

祝好！

翎

三月二十九日

## (118) 1945年4月5日自重庆

谷兄：

我在做一点东西，是关于下层社会的个人主义的。又是一套精神武装，但说来又并不新颖，不过我还不能确知它究竟是什么。常常是一团歪曲，迷乱，以至于弄得很苦。

每日的生活又单调起来，除了多了小孩的一点点"事物"以外——时常去看一看。我有时觉得，生活在这个镇上，没有一个人和我的感情相同，我是十分孤独的。我的心，似乎日益沉重。不至于疲劳，就是托天之福了。

甚挂念你们的情形。是否有机会来北碚？望来信。

祝安好！

嗣兴

四月五日

## (119) 1945年4月11日自重庆

谷兄：

你又进城了罢。

今晚写了这篇[①]，整个觉得很痛苦。除了文词的不觉的夸张以外，我觉得这都是我对于罗曼·罗兰的诚实话——至少在近来是如此。里面有暗示的批评，我自己也不能感觉得更明显似的。我似乎有这样的心愿：竭力把罗兰拖到我的这平凡的生活里来，让他受苦。我的生活突然使我觉得凄凉。此外，还有对于"纪念大众"们的厌恶之感，也是从这生活出发的。

望你告诉我你看了这文字以后怎样想法罢！

滂兄们的学校里有两篇谈主观的，一篇说是法西斯，一篇说得不知所云——也许是我没有看明白。

祝好！

嗣兴

四月十一日

## （120）1945年4月18日自重庆

谷兄：

在写一篇东西，大致不会半途而废了。这是两个月来第一次站住，真可谓不容易。昨夜雷雨，今晨又雷雨，而且夹着冰雹，大风呼呼，好久没有见到上帝的这一套了，而且花色齐全；我的房子几乎要倒下来，各处都漏水。下午天晴了，被派到白庙子一带去做什么，沿着山道归来。这山道多么美丽啊！人走在里面就梦想、渴望。不禁非常的惋惜，你们没有能闻到那潮湿的、浓郁的花香，看到苍鹰捉麻雀，山谷，以及诸如此类的东西。

这一年荒废了多少时间啊！恐怕还要荒废下去的吧！

看到广告了。[②] 竭尽了南天的一切资源和你们底一切劳力吧！如果不深信这是有益的事，谁来做这个呢？但我所尽的力是多么微小啊，而且几几乎全是为自己。

---

① 指路翎的评论文《认识罗曼·罗兰》(署名冰菱)。

② 指《希望》上登的《财主底儿女们》的广告。第一部于1945年11月在重庆初版。

不知来不来北碚了？不知一切如何？如不来，进城的时候，丢两本书在两路口。稿子(第二部)看了，也可丢给她，让她带来。

沩兄前天在这里严厉地批评女人，大概是对恋爱反动起来了——这也是可喜的事。

罗斯福死去了，怕要对民主的人士底心情产生复杂的影响。

祝好！

嗣兴

四月十八日夜

## (121) 1945年5月8日自重庆

谷兄：

来信因为写了“北碚中山路”的缘故，今天才转来。以后就直接写“北碚黄桷树燃料管理处办公处”吧，我们的办公室已经迁到老邮局址的对门来了，门前是一个炭市。

明英来了，要十号才回去，她说，你找她看戏的那天，她是在的，在楼上，佣人却回了不在。她下来已经迟了。

×君直接跑到出版社拿书的事，我觉得是要不得的。我要明英以后不这样干，以免引起别人的坏感情。

关于孤独，我是总在与自己斗争的。我相信没有任何人感到这个，除了你。但我在你的面前是不隐瞒的，实在说，是有点软弱的。但近来我这个窟并不如从前安定了。几天前，《坦白人自述》的作者[1]和《早醒记》的作者[2]到沩兄们那边去讲了一点演，由束君介绍认识，晚上就到我这里坐了几个钟点，谈的是文学。他们似乎，觉得我是一颗珍珠——为什么被埋藏着呢？而对于我，是□□[3]我看清了文学家们底情形。我以为痛快。

---

① 骆宾基。

② 聂绀弩。

③ 疑为“使得”。——编注

另外，自力书店的老板，以及育才的住在此地的一个学生，向我这里的两个同事宣扬了一下；昨天他们就硬要我承认，不得开交了。说是今天要到我家里参观云。我仍在与他们胡扯，但大概无法再想了。

短篇仍差一点点，长篇还未看。但在风雨的夜晚看了蒋纯祖最后的那些节，重新被它擒回去了，有两天不能想到正在做的事。

祝好！

嗣兴

五月八日

## (122) 1945[①] 年 5 月 11 日自重庆

谷兄：

另卷写上短篇。[②] 费了不小的力气，但写成后却不舒服。但也不知道究竟为什么不舒服。总之是希望表明人生深处的复杂的斗争吧，但我却和它一同复杂下去了。对于那一直到最后的没有解答的东西，感觉到一点痛苦。我觉得我已经失去了先前的单纯和热烈了。

望你尽快地告诉我你的意见，和对于我所说的这个意思的意见。

不知你已经回乡了没有？[③] 刊，[④]为何还不见出来！

祝安好！

嗣兴

五月十一日午

---

① 此信原判为 1944 年，现订为 1945 年。——编注

② 即《王兴发夫妇》。——编注

③ 胡风 1945 年 5 月 19 日回乡。——编注

④ 《希望》第一集第二期于 1945 年 5 月 15 日出版。——编注

## (123) 1945[1] 年 5 月 18 日自重庆

谷兄：

来信接到了。稿子已经看好，涂得多，但没有力气加写，或整个节目地改写。写了一篇短短的序[2]，但似乎有点“傲慢不逊”，望你写一篇[3]罢。另外还有管兄的学生的文字，要一同带来给你。近来心情又迫切。对于“知识分子”的回顾，使我看见了，以我底生活和基础的飘摇——我并不是说需求安定——以我底对于实际生活的软弱，我底情形恐怕是要非常糟的。

短篇不知收到了没有？[4]

汸兄在害牙齿，开了刀，痛苦得很。他底东西写成，我看了，说了反对的意见。但怕他会苦恼的，因为，寄托了希望，也丢失了时间。

在目前的“坛”上，文学不会有出路的了。失了精神上的最可贵的东西而生活着的人们，不知道人生底目的的人们，压着一切年青的力量，真是可怕得很。看到了《哨》上面的大文豪的读书笔记，他竟然也在读书的，真是从来没有想到。[5] 前天，在街上碰到了刚从城里归来的那位胖胖的，红润的，善良而羞怯的先生，他是来买煤炭烧的，提着一大堆东西，仿佛是鸡蛋和什么吧——假如能感到他的善良，而大笑起来的话，恐怕是很好的心情罢。

祝你们好！

嗣兴

五月十八日

---

① 此信原判为 1944 年，现订为 1945 年。——编注

② 1945 年 5 月 16 日，路翎作《财主底儿女们·题记》。——编注

③ 1945 年 7 月 3 日，胡风作《财主底儿女们·序》。——编注

④ 即《王兴发夫妇》。——编注

⑤ 重庆《文哨》1945 年第 1 卷第 1 期(5 月 4 日)发表了茅盾《读书杂记》，其中评论了碧野《肥沃的土地》、姚雪垠《戎马恋》《春暖花开的时候》，可参考路翎同月发表的《谈“色情文学”》。——编注

## （124）1945年6月15日自重庆

谷兄：

信收到。书评，要写写看。就去找那些书来，但《乡村》[①]却难于找到了。

对于那难耐的沉闷，这两天狂暴了起来，但恐怕又只得再低下头去了。我常常找到一些对于“现在”，对于自己，是复杂、拖累、困难的题目，怀起野心来，结果是不愉快和精神衰退。这以后我要认真地开始，着眼于全体的、胜任的东西了。我想开辟一座园林，呼吸新鲜的空气。但这时候人们很需要生之颓唐和客观主义，原来颓唐也可以投机的。这些日子，沩兄们那里为坏消息而不安；没有一个是安静的。我又为人们的颓唐而狂暴不安。心里充满了诅咒，是难得生活的。

短篇已经重写了，困苦地透露了一点点新鲜——仍然不好。隔些时给你看吧。但不知你觉得《夫妇》[②]如何？

小刘的题目，不知是怎样的？

曾经因为无故的高兴，回信给管兄说，猜到他是在恋爱了。但他提出了抗议——虽然完全不像抗议。这一来我又弄糟了，会推着他去恋爱起来的。

前回带来的两篇小说，都有点东西，都不大好。预备再看看，或者寄回去。

祝好！

翎

六月十五日

---

① 《乡村》指萧军的《八月的乡村》。

② 《夫妇》即路翎的短篇小说《王兴发夫妇》。

## (125) 1945年7月3日自重庆

谷兄：

信到。同时接管兄来信，他已接到你的信了，他说原是只想托你向什么书店设法，但怕有“上坛”的嫌疑，所以索性公开说出。他想，在什么书店里用方管之名，做“国学”的事情。此刻他那里黄教授又与人大吵一架，辞了，所以看来蹲不下去，又想到文史社去。

但看来是如此的，一面虽然是现实的情形，一面却是精神的问题。人活在这个世上，只要不在或某一点上娇生惯养，是不会谋不到“生”的。他就是在某些点上娇惯了的。但正因了这样的情形，现在看来是愈益痛苦了。他原不该把那个地方看成“学界”的。

汸兄事，可在七月底以前的。那时他们有人进城，可看怎样交付法。昨天曾寄来束君一文，也是为了钱，看什么地方可用，月底前可否交付。但看来是困难的。汸兄另有小说一篇，不好得很，并且五万字，隔两天要寄来。但恐怕没有地方可介绍了吧。他是在抓另一种教条，否则倒可以写得比较朴素的。

目前正在写一篇，是关于乡下的妇女的精神和命运的。这写好了，就看着写点短的。本来，因为这样的东西倒受了一些仁兄们底“赞美”了，我就不禁有点惶惑起来，所以听了小刘底意见倒觉得轻松。

而且这些时热得发昏，懒惰而愚笨。生活着，大家都被缚在这一块巨大的岩石上！

祝好！

嗣兴

七月三日晚

## （126）1945年7月6日自重庆

谷兄：

寄上序和《草鞋》。今晨寄的《棋逢敌手》以及以前寄的束君的论文不知收到了没有？

读了序，是激动了很久的。[1] 各处乱跑一阵才回来了，这才能安定下来，写了短东西。你的肯定对于我是一个激励，但又将是一种不小的负荷罢。不过，无论如何，人是不当再回到过去的了，我要和它告别。

你要在哪里先发表呢？我有一点猜疑：那些英雄们看了不会大叫大跳，甚至于去破坏它底印成，去捣毁么？

附上管兄两信，他要我寄给你。

又，上次的那评春花之文，市侩主义写成市"脍"是不是错了。

祝好！

嗣兴

七月六日夜

## （127）1945年7月9日自重庆

谷兄：

寄上《魔鬼的舞蹈》[2]。算是和这个压迫我的现实开一个小小的玩笑。但写得有点不整饬吧。

进城望来信，祝好！

嗣兴

七月九日

---

① 1945年7月3日，胡风为《财主底女儿们》写序言《青春底诗》。

② 《魔鬼的舞蹈》即路翎短篇小说《英雄的舞蹈》。

## (128) 1945年8[1]月3日自重庆

谷兄：

短稿收到否？附上元兄[2]底两信和诗。从这诗，我也觉得一种深重的压抑和近乎冷嘲的阴沉的情感。

他是以为你已经搬了家，寄我转的。

我在挣持着，听见这个大地的什么微弱的内心的声音了。但又觉得荒唐。我前些时是被厌恶压倒了的。但此刻窗外有胡琴，两个黑头同声吼唱着，先前还有一个姨太太尖叫着。我底房里杂乱、肮脏、堆积、污秽，但我竟然不想到改进它。我这周围每一个人都快乐，他们不想改进他们底洞穴。夏天了，到处都是粪便和腥臭——但冬天就会来的，冻死一切！

祝你们好！

嗣兴

十一月三日夜

元兄要一本《混乱》。[3]

## (129) 1945年9月13日自重庆[4]

谷兄：

信收到。天晴了，不知已经搬家了否？

近日仍写短的，不过情形总不甚好。你说的祝福以后的东西，较长的有六个，其中四个没有发表的在你那里，共约十七万

---

① 此信原判为1942年11月，现订为1945年8月。胡风1945年8月8日日记："得路翎信，并转来绿原信"。——编注

② "元兄"疑指绿原(1922—2009)，原名刘仁甫，又名周树藩、周遂凡、刘半九。诗人，翻译家。后多处称"原兄""周""周树凡"。

③ 胡风《在混乱里面》出版于1945年4月。——编注

④ 此信原判为1946年自南京，现据内容订为1945年自重庆。——编注

字，这大约可以成一集的罢。小的约有二十个，八万字的样子，以后再有另集了。我是这样想的，你觉得如何？

第二部到上海去印，我觉得很好；可以省一点现款下来以便周转的。

刊三期如何？念念。

祝好！

嗣兴

九月十三日

## （130）1945年9月22日自重庆

谷兄：

管兄进城曾有信约我，他大概已经回去了，想你也已经搬了罢。

这几天在混乱的匆忙中度过，现在又寂寞下来，有很多人在街头追逐一个疯子。我的这办公处又换主任，要移交了。我也许仍能混下去。

各事如何了，甚念。

祝好！

嗣兴

九月二十二日下午

## （131）1945年9月25日自重庆

谷兄：

天气仍然如此之热。

信收到了。《荆棘》[1]是那样的。所以变成那样，实在是生活里的苦恼的问题了，主要是被什么一种东西重重地压着。

---

① 《荆棘》即路翎的中篇小说《蜗牛在荆棘上》。

现在更痛地碰着了这个题目。我仍要试着写这些于我是沉重的东西，而那些短的，我是觉得没有什么的。又在写！开始又很吃力：不好。我不知会弄成怎样，对于一般的都觉得怀疑，不明瞭。我想这些生活、工作的结果将对于我有大的影响。但现在看来又是走岔了。我想要打开它的。

这两天忙着办移交。看什么时候能进城来玩吧，很想来的。这里的生活实在有点讨厌了。

嗣兴

九月二十五日

## (132) 1945[①] 年 10 月 5 日自重庆

谷兄：

这些时天气阴冷了起来。时间在寂寞中过去，但也习惯了。在写一篇东西：当兵的乡人逃亡了几年之后回到故乡来，他底家庭已经被别人蚕蚀，毁去了。他先是在绝望中用个人的盲目的方法斗争，后来走入了流氓的社会，反而觉得并无所谓绝望。成了一个赌棍和酒徒。但终于清醒过来，看清楚了嫁给了别人的他底善良的女人，又走掉了。

我要用点力气。我知道要怎样才可以写好它。但目前用力是困难的，感觉被塞闭了似的，总是不新鲜。听不到响动，看不见真实的面貌，没有鼓舞，就有这么困难。[②]

除了我的事情以外，我还得关心家里面的种种。我总提防着会有坏的事情要到来，因此常常不安。

但你们近来怎样呢？祝好！

嗣兴

十月五日上午

---

① 此信原判为 1944 年，现订为 1945 年。——编注

② 1945 年 10 月，路翎作《王炳全底道路》。——编注

## (133) 1945年10月10日自重庆

谷兄：

记不得得信后复过没有了。但今晚还早，周围很安静了，还是写写信吧。

《文艺杂志》，这里已看到了。那小说真是不好的，那样的一种痛苦而朦胧的感觉。但接着写的这几篇，也同样有这个感觉。好久以来，写着，失却了以前的愉快的心安了。这是因为“经验”得多了，受着记忆底压迫罢。在生活里面不能决定地取胜的，在作品里面自然也不能。现在渐渐地没有了那种幻想的勇气。不过，所需要的，倒是现实的勇气。生活真是灰冷的，也没有能够和你相碰相击以激出火花来的人。我希望，第一，不能好好地行动，就不说胡话，第二，认真地做事，第三，做一个现代的中国人。

但，“做一个中国人”却是要付出不小的代价的。

我底职业看来仍然能够混下去。

刚才听见墙边有什么一个虫叫，去捉虫，没有捉到，但因此，这信也写不下去了。

祝好！

嗣兴

双十节

## (134) 1945年10月30日自重庆

谷兄：

今晚甚早，无事可做，就想写写信了。

回来后，曾与沥兄底几个较熟的朋友谈了一次天，昨天又谈了一次。因了逯登泰君[1]底热情，我头一次几乎相信我底话是有

---

① 逯登泰，复旦学生报《文艺信》编者，路翎友人。

一点效果的，但昨天就忽然地明白是碰了壁。我击不破沥兄底那个顽固的、公式与常识的堡垒。对着那样的单纯的情况，我底意见就忽然显得是一大堆花花绿绿的东西了。而另外的人们，是一击就破了，结果却很少相干，他们觉得我这是很深刻的“理论”。我原来想有点作为的，同时不甘寂寞，虽然我原就明白，对于这些人们的这样的环境，是绝无办法可想的。我觉得是叫喊于生人之间，而生人报以惶惑的钦佩，使我忽然惊奇于我自己的花花绿绿的空想。昨夜我就想，对于这样的情形，你是熟悉的吧。我也就推想到，不知你去叫喊了没有。

我是很够受的，因这个而受了打击，觉得沉痛。但我现在已经安然了。

昨夜邻家失窃。我睡着，恍惚地听见女人底悲痛的喊叫，恍惚地听明白，她们已经去报了官，去追捕了。恍惚地听见是追回来了，但同时那失窃的女人们又被认为反而窃去了小偷在另一处偷来的手电。那个官，和她们愤怒地吵着，她们就悲痛地叫着。一直到天亮，我起来一看，那个官，原来是一个已经吃醉了的，穿得破破烂烂的保长。怎样奇妙的纠缠不清啊！

不知管兄来了没有？三期见报，但此地书店都要死了的样子，未见得会到，所以望寄一本来。

祝好！

嗣兴

十月三十日

## （135）1945年11月11日自重庆

谷兄：

寄上《蜗牛》。只有这一份，如果你那里有《文学创作》三卷一期，望替我留着，以免失落了无法可想。

不知管兄的谈天如何了，我想恐怕是没有结果的。在这阴沉中，做点事也很难。近来我们的主任生病，我要负一点责任，钱和账，以及煤炭等等，颇有焦头烂额之感。所幸的是我的一个同事是一个快活的天才，每天都能敲到吃喝，我也就毫不客气地跟着吃喝。募股事，汸兄要等些时才能进行一点。我这里，本来是想搞一搞那些炭老板们的，但我的那位快活的同事似颇有见识，使我一时无从去干。

汸兄只匆匆地见面。他这个星期来在忙着为死者打官司，奔波得狼狈之至。结果刑事部分被告可能无罪（尚未判决）；民事部分，法院里要几十万的诉讼费才接。这简直是开玩笑了。所以汸兄异常愤激。

这真的是开玩笑了。据有经验的人谈，有钱者和法律用的是“冷”的方法。现在果然已经冷得结冰了，而悲愤的汸兄，是打不破这冰的。

南天不知清债了没有？真的能脱开事务才好。书，不知出来了没有？

祝好！

嗣兴

十一月十一日

## （136）1945年12月8日自重庆

谷兄：

奔回来两天了。但也许又要找新的麻烦的。

现在我是直面着我置身在内的这种纷纭的、堕落的生活。先前的一些甜美的想头忽然的没有了，所有的只是这样一种悲伤的阴郁。我正在忙忙地写下这悲伤的阴郁来，可是在这样的“时代”，这的确要遭到“人和神的共同的愤怒”的。

从这里面夺取生路是不容易的。和“庸俗”战争——一下子就使你精疲力竭了。

我看汸兄底情形也是不太好的。那样的苦恼着，因此什么也不能做。

祝好！

嗣兴<br>十二月八日

## （137）1945年12月28日自重庆

谷兄：

前信收到很久了，曾给你写了信，但又忘了发。熟悉了我四周的混乱之后，我就稍稍振奋了一点。不过情绪总不太安定，大一点的东西拿不起来似的。

汸兄底情形如常。近来好像活泼了一点。

□□案[①]宣判了，罚那位陈老板大洋五万元。这数目真有趣之至。汸兄是参与这官司的，所以昨天又愤激了一阵，晚上找了一位长头发的教授来喝酒，听长头发教授讲种种问题，倒是颇有趣的。

登泰兄给我看了你对他的意见。他为此很警惕的，常常问我："淡淡的"、"单纯"、"温顺"等等怎样实际解释。他是那样健康、单纯的人，在这种生活里经历了苦恼了。

我的这机关大约还有两个月就要正寝，而且未必有遣散费。已经托人去想另外的法子，但实际上恐怕不易的。好在还有时间，等着看。

不知你们如何？甚念。书，汸兄昨天算了一下，校内实际卖出了六本，校外两本。真是可怜得很。

望来信。祝好！

嗣兴<br>十二月二十八日

---

① 指1945年7月20日导致石怀池等三位复旦学生和几位农人溺亡的从夏坝到北碚的嘉陵江交通船倾覆案，该船为复旦大学所有，管理人为穿军服、挂国民党少将军衔的复旦大学体育教授陈昺德。——编注

## (138) 1945年12月31日自重庆

谷兄：

明天是一九四六年了。时间是这么简单地奔驰过去了。祝你们新年快乐吧——总应该这样的祝贺一下的。

今晚曾去各处一走，但一个人也没有遇着。地上是泥泞的，镇上有炒辣椒的烟气，叫喊声，唱戏声，各色的人们，夏坝有来来往往的愉快的大学生，有唱洋歌声，说“你先去，我就来”声，而且江的两岸在一团薄雾之中，有着灯火。这样一走就觉得这个世界到底是不小的，而我和这一切也是有着联系的了。

但是一回来仍然是呆坐着了。

管兄来信要我到他那里去玩。但我怎么能去呢？我现在连玩的情绪都没有了，这就是一九四五年的成绩。我但愿生存在荒土之间，带着顽强的心。

不知你们如何？

祝好！

嗣兴

十二月三十一日

一首小诗，给你看看，袁伯康君要到你这里来拿一本《儿女们》。

## (139) 1946年1月7日自重庆

谷兄：

信到。在现在，这样的状况是，要写信，总感到无话可说似的。前几天见到“空洞的话”，坐在火边读了，觉得很沉郁的，迷迷糊糊地想着这几十年来的这一批人和那一大堆人，结果报纸掉在火堆里烧了，看见纸灰飞上屋顶去，我觉得这倒是给过去的英雄们的一个祭奠，忽然地就打起瞌睡来睡着了。是这样的心情。

实在说，对于上海我是憎恶的。我觉得我没有理由要到那里去。多时以来住在这个小市场上，颇经历了一些东西，虽然想跑掉，但实际上却无从谈起，所以很淡漠。好像只是苟安了的样子——奴隶的心就是这样的。

如果这里维持不久，我预备找事，或教书的。

你们要走了，好的。我在这里还可以做一点事，虽然只是对自己做。

又见到“特刊”[1]。大家都不觉得有什么道理。

祝好！

嗣兴

一月七日夜

## (140) 1946年2月6日自重庆

谷兄：

过年时玩了几天，终于不欢而散。现在就有了一种收拾残局的感觉，并且不知道是否能收拾得下来。

在城里的时候也没有能和你说什么，剑薰底情形使我很苦恼。走时匆匆，预约户的单张也忘了向你拿。想你仍是在忙乱之中，但也许已经能够成行了。你走后我会在这地方觉得孤单的，况且我自己底生活业已把我推入一个难受的孤单之中。

现在我还不能确定，不过我设想我会慢慢地援助自己的。对于个人的快乐和“幸福”我已不再期望，如果能站立得住，当是更大的力量支持着我。生命可以是不灭的，我将完成我的责任。

以我的年龄而走入如此的荒凉，我自己是觉得惊异的。但这是好的，一切是真实的。

我向你说了感伤的话罢。你将远行，这一段生活算是结束了。[2] 我希望几个月之后就能见到你，那时有新的话题。

---

① “特刊”即《中原·文艺杂志·希望·文哨联合特刊》。

② 1946年2月25日，胡风与妻儿由重庆回上海。

祝安好！

嗣兴

二月六日晨

## （141）1946年3月18日自重庆

谷兄：

信收到。最近我从原来的地方搬到办公室来住了，住处较好，并且方便，如能平静，当可以较好地做一点事的。散文写了这一篇，但不像什么，又无题目，寄来你看看吧。另附上德馨兄一信。

听说京沪地带一般生活极昂贵，那么，真是很困难了。最近明英有机会带小孩乘飞机走。我想，如她走了我仍能跟她们社里走的话，就让她先走。不过这要一定可靠才行。

祝好！

嗣兴

三月十八日夜

## （142）1946年3月25日自重庆

谷兄：

在写一中篇，约有七万字吧，所以短的一时不写了。这是写一个骗子，在朝山敬香的行程中，怎样欺骗那些女人们的。但太阴惨了又不能写，于是不免忽然地调皮起来。前两天倒是充满了这调皮的"诗情"的，今天却又颇不舒服。

我这机关，听说改组在即，也许发遣散费，也许干脆请滚，也许要把我调一调。总之，我底这一片天下快要没有了。怎么办，也只有到那时再说。但因此也就略一回想：这两年来，压在阴惨的现实之中，没有能发出什么欢笑的，也是真实的声音来。这回呢，却又是在用模拟的调皮讨伐"骗子"了——但又不能不承认他是连枪炮都杀不死的。

明英一时走不走，还在犹豫。和我一同走，我是较便利的。但听说南京一带的“生活”贵得不得了，因此就存在着畏惧，觉得倒不如在嘉陵江两岸荡来荡去的好。但荡来荡去，昨天就看到了上海来的各种小报了。沥兄气愤地说：“上海还不是这样坏！去又有什么用呢！真吃不消呀！”我想，这也的确是的。有几十几百的读者，好像“献金”一样，在那里挤着，推着，抢那些小报看。我也挤着，推着，抢了几份看了一下。

我想：这就是上海。于是想，你们正是在这挤着，推着的中间吧！

如方便，再版的刊和书盼寄点来看看。有什么可看的新书，也盼寄点来。

祝好！

嗣兴

三月二十五日夜

## (143) 1946年4月4日自重庆

谷兄：

……

我今天跟一位老板到山里去过“山王天子”生日去了，又经过宏大的后峰岩。我仍然走着这条路，在山里穿行，不，是坐在滑杆上在山里穿行。玩了有四个钟点，看老板们为地皮、水沟等等吵架，看矿工在煤炭炉子边上烤饭团吃。这种饭团不知你们见过没有，是煮了以后，在布里包紧成一个碗大的扁扁的球，再去蒸热的，每人一个，烤了吃，据说是可以吃到锅巴。

我是昏沉的，并不如前些年，一切显得在我底脚下震动了。现在，一切是竖成了一个强固的壁垒，在我底四周。我不知道我可以从哪里着手打出去。

还能做一点事，算是好的。你们底一切如何了？在报上见到了两节“离渝前 × 日记”。

祝好！

嗣兴<br>四月四日夜

## （144）1946年4月12日自重庆

谷兄：

信收到。已去信约了守梅，他说二十号左右来玩玩，那么我就不去了。现在，我这里是一个人，颇难走开的。但如果他不能来，我当仍然要去，明英决定就在二十号以前带孩子乘机先走。[①]犹豫了颇久之后，终于决定要她走，只得走了。于是我的问题就颇为麻烦，看样子怕要留在这个四川了吧。但也只有过着再看。

几篇较长的东西，都没有改好。短的，预备多一点再寄。但看报，是航空不收印刷品了——但也不能管它，还是过着再看吧。

你们那边，不知弄出一点点结果来了没有？我这里已经有跳蚤在咬，蚊子已开始唱歌，耗子们仍旧在奔驰。但昨夜对面院子里的槐花香透了空气而流来，并且朦胧的月光下有杜鹃底柔和、短促的歌叫声。那一刹那间，世界是异常的完整，美好。我躺着而觉得很是"幸福"。你听：又是这样的叫声！但现在是白天里，原来是我窗下的一个滑佚叫了一声而醒来了。人们说，一个燕子不能造成春天，我却想，一个燕子一定能造成春天的！

你们是在"春天"里生活吗？你们好吗？

嗣兴<br>四月十二日

① 1946年4月20日，余明英带女儿随机关由重庆先回南京。

## (145) 1946年5月5日自重庆

谷兄：

三日信到。遣散费即日可拿，预备明天去城里打听一下交通工具，希望至迟二十号以前能动身。

因此短的不能写了。前曾接城内何君来信，给了他一篇短的。桂林那边则一直没有寄去。这些时是忙乱，只写了那六万字的中篇。

守梅回去后曾来信，说他是无法了，人的力气已经用尽了。我觉得不知怎样是好。走之前大约不能去看他了。

杜君的信，要回的。不过关于自己的介绍却无法写；所要的材料也是没有。现在人是在混乱的逆流中，对于这种热情是要觉得苦恼和惭愧的。

希望不久可以见到你们。

祝好！

嗣兴

五月五日夜

三联书店的钱寄来了。

## (146) 1946年5月8日自重庆

谷兄：

转上小刘的信。不知他是怎样听了你说的关于他的话的，也许是守梅谈起的吧！

守梅的岳母死了，想已知道。我在收拾，等待，预备离开这神圣的四川，但不知道走前能否见到守梅一次。

好！

嗣兴

五月八日

## （147）1946年5月27日自南京

谷兄：

今天到了南京，一路好像逃难，乱七八糟。本来明英这里有住处的，但现在情况已经改变，什么也不行了。今天暂且和同行的朋友[①]住在他们的男宿舍里。预备明天出去找找可能的熟人等等。

希望暂时有一个地方住。工作这边也想法子问问。如无法，想到上海来跑一趟。有头绪否，盼即来信告知，信寄南京中山东路七十二号中央社余明英转。

祝好！

嗣兴

五月二十七日

## （148）1946年6月1日自南京

谷兄：

信到，望把找你们的走法告诉我，我想隔几天来走一趟。钱我暂时不需要，不必寄了。

旅途上没有想到要记一点什么，因为时时都似乎是在拼命或将要拼命。自然想凭记忆写一点的，但这里没有住处，无论在明英的宿舍里，或是我住的他们男宿舍里，有人一来我就得走开。而且这两天是连一点思想也没有了。这也隔两天再看吧，小说有一篇，但需要再看一看。

有一点急燥，但也有一点“乐天知命”，这发瘟的大城于我是极好的教育。

---

① 殷振民，冀汸的友人。

祝好！

嗣兴

六月一日

## (149) 1946年6月6日自南京

谷兄：

告诉找法的信收到。但大约还有几天才能来，因为这里一切尚未定。我想就在这里找到工作住下来再说，因为现在来上海，既难以生活，也不能多做什么。而且恐怕短时间内也难得做什么的，但住在这里，难以看到书刊，接触不到这一面的东西，是一件伤脑筋的事情。

工作在找着，都说要等机会"找找看"。至于住处，中央社可能有宿舍，有一个熟人处可能有房子，不过都还没有头绪，目前仍然住在中央社的男宿舍里。

因此，没有写字的地方，旅途上东西凭记忆在茶馆里写成了，但恐怕潦草凌乱得要命。来时带给你吧。

得管兄信，说是也准备下来了。

匆忙，祝好！

嗣兴

六月六日

## (150) 1946年6月20日自南京

谷兄：

事情仍无头绪，仍在进行，仍在卑污与混乱的感觉中。每天只能跑去，因此连做事的念头都没有，也没有可以思索的闲暇。好的只是麻木，因此饭反而比以前多吃了。

见你很疲乏，觉得不安。在这普遍的堕落中，工作是特别困苦的。我所渴望的是真正负荷历史的那样的人民，在四川的时候似乎迫近了这个，但到了这里，这种感觉，曾是有力的，变得缥渺了。因此我得努力，没有这样的感觉是什么都做不出来的。

管兄来信说，预备从西北公路下来了。说是生活发生了“某种问题”，不知他究竟指什么。

二期印出否？望寄我一本。

祝你们安好！

嗣兴

六月二十日

## （151）1946年6月24日自南京

谷兄：

前信想收到。

我这里仍没有结果，但明英已搬到一个如小盒子一般的“亭子间”来，没有别人同住，我可以不必在烈日下面乱跑，有心情的时候还可以写上几千字了。现在就藏在这里面给你写信。

本想写一关于农民的短东西的，因为在四川时已有了原稿。但写起来，又牵到地主上面去了。很多东西涌了出来，写短的似乎很可惜，但也许根本写不下去。

带给你的两篇，不知如何？长的好像要坏些。

中信局事不知如何？这里如终于无法，只好还是到上海来了。但头痛得很！

祝好！

嗣兴

六月二十四日

梅兄来信，顺见习的便去了成都。

## （152）1946年6月29日自南京

谷兄：

同行来的朋友来信说，上海南市他的一个朋友处有一间房子，我如去住没有问题。但尚不知实际情形是怎样的。

如果然可以住，我预备先来了再说。你以为怎样？这边是一切无结果，仅是目前能草草地写几个字了，可恼之至！望你来信。

祝好！

翎

六月二十九日

## （153）1946年7月5日自南京

谷兄：

来信都收到。上海方面的房子，说是并无条件，是借住性质，只能住两三个月，所以不行了。现在这里有了一间房子，除了本身不十分好以外，还是西晒，不过，在这无法可想的情形下，还是预备住进去再说。我现在心情是如此：我在这"文武百官"的城市里飘荡了一个多月，现在又不得不在这万恶不赦的丑恶的小市民中间挤一点空隙，以图自己的生存了。但如果住下来，职业无着，会是很讨厌的。暂时如果只能靠稿费来生活的话，我又觉得很不安。

这是又要增加你底麻烦的。我在这犹豫不决的情形下觉得很苦恼。但实际情形都无法可想，我只有走着看了。

你们的病好了没有？念念。

祝平安！

嗣兴

七月五日

## （154）1946年7月10日自南京

谷兄：

前信说有一房子可租，现在又闹翻了。所以仍然等着，不安之中，事情是不能做得好的，况且现在希望写得好的是一个长篇的内容，不安静更是不行。

但今天却突然有兴致，和德馨兄骑着破脚踏车到明孝陵及中山墓玩去了，在西瓜地里吃了一个半熟的西瓜。这城市是所谓政治中心，但你所能看到的只是淫乐和苦难的两面。淫乐者自然不关心“政治”的，苦难者也只能关心每天的粮食。你的病如何了？甚念。

好！

嗣兴

七月十日

## （155）1946年7月18日自南京

谷兄：

似乎久未得信了，前次的信又说在生病，因此甚为挂念。我在这状况下已习惯，因此暂时平安。现在，因为暑天那人家带得不好，小孩已带到了明英的宿舍里来，由一个佣人跟着带。我的弟妹都已动身，但还未能到，家里则来信说就要动身，是坐车子。真不知七十岁的老太婆怎么坐法。

我每天能偷安闲写一点点。中午，宿舍里都午睡了，我写；晚上，她担班去了，我也可以写，但因为这是女宿舍，这间房子又只有一丈长三尺宽，加以小孩来了会闹，我是十一点钟左右非得走开的，所以还是做不了什么。讨厌的是又是在写长的了，是写“新式的地主”，充分地写起来，非二十万字以上不可的。

小说集等等，本想弄弄的，但现在看出来，安定下来以前恐怕弄不成了。

汸兄来信，已跟着学校动身了，是由成都走。

三期不知出了没有？

祝好！

嗣兴

七月十八日

## (156) 1946年7月20日自南京

谷兄：

信收到。寄上短的两则[①]。

这里很骚闹，一时弄不出什么来似的。集子，有机会当编好。

寄来的那篇书评很使我感动，但不知是谁写的。

祝好！

嗣兴

七月二十日

## (157) 1946年7月22日自南京

谷兄：

另卷寄上短篇集[②]。是照着大概的内容编排，而不照着写作时间前后编排的(虽然有些篇内是提到时间，有着时间性的)，不知你觉得如何。内缺《求爱》和《老的和小的》，上信已经寄给你了。还有一两篇手里没有，大约散失了。后记一篇，本来是随便写的，但一写就充满了火气和辣味。你觉得要不得的话，就撕去算了。

另外有六个长一点的。不知怎么编法。如果两篇算一本，则(一)《罗大斗底一生》、《王兴发》(二)《两个流浪汉》、《破灭》(三)《王炳全》、《程登富》，每本约六七万字。

小孩已带回来自己带，雇了一个女工，前信告诉你没有？两天前这女工跑掉了，一时又找不到新的，于是焦头烂额之至，一时是什么事也不能做了。

---

① "短的两则"即短篇小说《求爱》、《老的和小的》。

② "短篇集"即《求爱》。

又，短集的名字取不出来。取其中一篇，生意眼些的，当是《英雄与美人》（用这名字的怕很多了）《俏皮的女人》或《英雄的舞蹈》。由你选取择罢。约八万字的样子。

祝安好！

嗣兴

七月二十二日

## （158）1946年7月26日自南京

谷兄：

寄上《孤独者》一篇。生活不安，改了又改，故字迹颇潦草。

但这都是旧式的内容，已经成熟了的，或者烂透了的内容，新的内容是艰难得多多的，因此在这种“打游击”的生活里写不下先前说的那长篇了。一时之内，都预备写短小的，并把集子编好。前寄的两篇短稿及短集收到否？

小孩吵闹不堪，雇人又雇不到合适的，因此又把她送到原来的那人家去了。这一番经历真是很不舒服的。

现在是“打游击”，但也茫茫然，不知道究竟在等待什么。

你们都好否？三期印了没有？望来信。

祝好！

嗣兴

七月二十六日

## （159）1946年8月14日自南京

谷兄：

三期并未收到，不知何故。也许是失落了，也许是寄来被别人拿去了。

另寄上《重逢》、《高利贷》两篇。

生活不能安定。依然是毫无头绪。今日为“胜利”一周年，飞机在天上飞,摇翅膀,散传单。但人们是出奇地冷淡。

祝安好!

嗣兴

八月十四日

## (160) 1946年8月28日自南京

谷兄:

信到德馨兄这里已经几天了。[1] 寄来的钱收到。《孤独者》那一篇不要了,算了吧。成都声兄处曾将《高利贷》抄了一份寄去。这里又有几篇短的,隔几天当先寄给你看看。在疲倦和不安中,做一点事都是困难的,有时候就什么也捕捉不到。没有书看。上海的几份报都可以看到。到处都是窒息和混乱,情形可谓坏透了吧,艺术之类,怕真也是没有什么用的;能够有一点力量就一点力量地用于紧张的战斗自然是好的,但现在却怕要连一点点立足的地方都没有了。刊如果夭折了,真会是很不幸的事。

我也还是只能做着这种事,现在唯希望有一天能够不做这个,仍然想写长一点的,但看情形似乎没有可能。等我家里来——大约不久会来——或者可以找到一个职业,但现在的"职业"就等于卖身。明英这些时在病着,身体坏下去了。我应该早一点弄安定了才好。

上海方面,如有安身的头绪,还是望你留意一下。

祝安好!

嗣兴

八月二十八日夜

---

① 路翎到南京后一直没有住处,暂时住在化铁机关的宿舍里。

## (161) 1946 年 9 月 5 日自南京

谷兄：

八月卅日信见到，三期则仍未到，但我已在德馨兄处看过了。这里写了七篇短的，隔天当先另卷寄上三篇。

附照片一张，还是离开四川前照的，似乎“漂亮”了一点，活像一个少爷。

黄君①处有空当去看看。

常住德馨兄处，做事稍勤，但也还是只能写短的。我家里大约已到汉口，那么不久可到了。无书可读，有时变得非常愚笨，明英身体欠佳，但或者我又要做父亲了。真是莫名其妙的事。所以最近非得把生活弄定不可。

这些时很是挂念你。上海的情形坏透了，不知你的处境如何，终于会弄到怎样。文学老爷们底擂台继续摆下去了，被他们底花枪弄乱，被他们底黑气窒息的，当不在少数。我很关切那在先前还显得有一点理想和热力的人们。这本来应该是一个英雄的时代，但现在却连幼苗都被摧残了。你的工作比什么都重要，因而也比什么都困难罢。

祝你们好，我常在你们底身边！

嗣兴

九月五日

## (162) 1946 年 9 月 16 日自南京

谷兄：

信和报收到了，写信多次都不成。我家里到了②，挤在他们

---

① “黄君”即黄若海，剧作家、演员。当时，他为南京戏剧专科学校附属剧团团长。

② 1946 年 9 月，路翎的祖母、父母全家由重庆回到南京。

那机关的宿舍里,我也跟着奔波了一阵,但我的事情暂时还是没有头绪。于是又在等着,心情疲劳之至。

到南京匆匆已经近四个月,想起来真是恼火得很。

前寄的两卷东西,共计七个短的,不知收到了没有?《全集》预备要一部,但不知现在是不是迟了。

祝好!

嗣兴

九月十六日

南通不知究竟如何?但看看形势,大约是去不得的罢?

## (163) 1946年9月26日自南京

晓谷兄:

前信及所寄稿子两卷共七篇不知收到否?你们的情形如何?念念。

我家中已来。但我的事情仍要等待,毫无明显的头绪。天气凉了,但心情愈发坏下来。现在才真的觉得有点"前途茫茫"了。尽管有很多的时间,却只能玩玩纸牌。

刊不知还能出否?前天德馨兄的一个喜欢订刊物的同事就写了信到投资公司质问,说是既收了钱,为什么不寄东西来云。今天狂风冷雨,逯登泰兄突然从青海来了,长胖了许多。和德馨兄三个人一道到鸡鸣寺去喝茶,说到青海的情形,说那里也乱得很,本来不预备出来的……望来信。

祝好!

嗣兴

九月二十六日夜

## (164) 1946年10月27日自南京

晓谷兄:

前两天余先生[①]汇来的十万元收到。刊四期也收到，而且念完了。两篇翻译的文字实在太好了。管兄的论文，题目似乎大了点，因此显得没有十分写出来。方然的文字，虽然喜于讥刺的锋芒，却恶于有些油滑——这大约他仍是抱着所谓“超然”的态度的缘故。北方的小说是极好的！

我没有能做事。德馨兄处将住不下去，月底后将搬到一个亲戚家去。职业，据说隔一两个月总可以有点办法云。

祝好！

植芳兄[②]好！

嗣兴

十月二十七日

## （165）1946年11月2日自南京

谷兄：

今天搬到一个亲戚家来住，本来以为可以做事，但看样子却是比以前更不行。长此以往，人要发病似的，真不知如何是好了。

况且，又能做什么样呢？心里浮动得很。这里是南京旧式的房子，静倒是非常静的，大约只有夜晚是我的。

我们又要有孩子了，但较远的事，且不去想它，听凭命运的摆布罢。我如还有力量、信仰，我当竭尽一切，以求不辜负这个历史的。

信仍寄明英处。《传奇》[③]不知登完了没有。缺七、二十、二十四及二十八以后。其中有两个十六，是印错了。

又，大公报上的那篇《饶恕》，没有留下来，不知能否托编者

---

① “余先生”疑为俞先生（俞鸿模），海燕书店经理。

② “植芳兄”即贾植芳（1915—2008），作家，教授。

③ 《传奇》即路翎中篇小说《嘉陵江畔的传奇》，连载于1946年9月8日—11月11日上海《联合日报晚刊》“夕拾”副刊。

找到。

你的事情及植芳兄的事情如何了？甚念。刊不知有了一点办法没有？发行得太不行了，南京有几家书店应该有的，却没有到。

祝好！

嗣兴

十一月二日夜

## (166) 1946年11月12日自南京

谷兄：

信到。呢子就要了，大约可以做衣服的罢。

近来在做一点事。写一个中篇，老实的自耕农的，也许有较好的成绩。《呼吸》不知见到否？觉得不很整齐，方然的一些小把戏简直要不得。但既然守梅在弄，稿子还是寄去。

祝好！

嗣兴

十一月十二日

## (167) 1946年11月22日自南京

谷兄：

夜深人静，想写几个字。汇款和信收到，《传奇》即可寄上。正在写的一篇有七八万字，写一个自耕农的精神上和物质上的破灭的。觉得可以写得好。《传奇》前面一部分写得很劣，但也只好望着它了。

梅兄来信，说到方然的种种老爷派头。“老头的安心法”云云，其实是用刊物在交际，我也看得很明白的。但既然梅兄在弄，东西还是寄去。

局势不知要怎样变化，也不知道生活会怎样。现在知道有些被当做“暂时”的东西，原是非常恒久的，也必须要以很久的力来对付——虽然真是困难。无论怎样，总要做下去的，首先自然是非活下去不可。

祝好！

嗣兴

十一月二十二日

## (168) 1946 年 12 月 7 日自南京

谷兄：

前寄的《传奇》不知收到没有。我的东西已经完成，十万多字，另外还有两个短的，隔些时一起给你。

我父亲接了上海燃料管理委员会会计主任的差了，我大约可以到上海来混一些时。但我目前是希望在南京的。如我到上海了，小孩和明春明英生产的事情，真不知如何是好。

《求爱》出了，望寄两本给我。除了手边的东西以外，还有《罗大斗》那几篇，预备编起来，至少是换一点钱。但不知目前有肯出的地方没有？

看到南京《新民报》上载着《重逢》，是割碎了的，没有见完全，不知是怎么回事。

守梅来信，跟“超然”闹得极不舒服，二期以后不弄了。不弄也好，免得让别人玩花样！又，小刘接到剑兄编的丛刊《查学》，东刺西刺的，不知也寄给你了没有。重庆的报上登了广告，说：“这都是被编辑先生和检查老爷摔进字纸篓及可能摔进字纸篓的作品。如有好奇的，这就是一本。定价八百元。贵乎哉？不贵也！”

贵乎哉？不贵也！是剑兄的得意手笔吧。

最近如何？想念。

祝好！

嗣兴

十二月七日夜

## (169) 1946 年 12 月 14 日自南京

谷兄：

看完了《克利斯朵夫》。头脑胀痛，心情激荡，但天气又冷得使人发颤，连笔都抓不稳。我还记得这部东西是你在桂林来信向我和守梅说及的。今天毕竟把它吞下去了！它太强了，说句笑话，对于我们时代的神经衰弱的人们怕没有多少好处！

生命原是如此壮大的！我对于我周围的庸劣和悲苦换了一副眼睛来看了，人们能够在一下子得到无数的兄弟，但我不知道这种力量能支持多久。然而世界总是在扩大，这毕竟是好的！

你的来信收到了。单张却还未收到。昨天去找了黄若海，他们正在排戏，所以只坐了一下。他说募一点股，自印《希望》如何呢？他可以弄一点钱的。隔两天当再去看看他。

房子的事情，是楼上的房客要钱，还是房东要？怎么会这么多！植芳兄近来怎样？也念念着的。

祝好！

嗣兴

十二月十四日夜

## (170) 1946 年 12 月 20 日自南京

谷兄：

书和单张都收到。每次的书都是你忙的，这次大约又是你校对和设计的吧。我得到这一份喜悦，但我实在非常不安。我总能在你底宽宏的人格中照出我自己来，实在说，我底每一次的努力和进取都是从你来的。你底精神无时不笼罩着我，但在我想要说的时候，却又说不出什么来了。

《克利斯朵夫》里引用了亨特尔底临终的话：一切存在都是善，我相信这个！我常常感到在现代中国底一切伟大的结合，那斗争的力量将是不朽的。你是和这一代坚强地结合着的。一切废物都会消失的，你底引导和搏斗的力量那时就会显露出来。

挂念着你底生活！是怎样的生活！不能做事是多么苦恼啊！

昨天到若海兄那边去玩，谈了大半天，也看了他底剧本《祖父》。你看过的罢。迷人的东西！但他底力量似乎是在于静静地抒情，激动的矛盾是抓不好的。所以那里面的那个女孩子和孩子们就没有发展！多么可惜！

我在为“职业”问题烦恼着。如果当了公务员，就比不得黄桷树的清闲了，自己怕什么样事都不能做了。到上海来呢，除了“公务员”外，自己还没有一个必要的住处！若海兄提到到他们剧团里挂个编导的名和编《新民报》副刊两件事。他说那位交际花不想干了。团里的玩意儿，那一群人，我有点“怕”，副刊呢，我想，如果每天编，重于“趣味”，是编不成的。一星期一两次，文艺的，或者可以试试。如果去弄，那就暂时不干公务员了，但又不知人事关系如何。他说去找交际花谈谈。但不知你觉得如何呢？望一定告诉我。当公务员也有沉默的好处的。

祝好！

呢子和《全集》都放在你那里再说吧。

嗣兴

十二月二十日

## （171）1946年12月25日自南京

谷兄：

信到，关于副刊之类的问题，现在自然作罢了。原来是当作解决生活的办法考虑的，现在这边的职业已经没有问题，是在燃料管理委员会南京办事处，说是下月二号就可以到差云。那么，当成了公务员了，而且又是“煤炭”。真是命里注定的样子。

这以后的计划是：弄一间房子。上海是要来的，不过要慢慢地等，看样子起码要到明英生产以后。所谓过渡，实在也很难说，看这样子，什么时候不是过渡呢？我的目的是想多写一点东西。我总想有机会能够实际地和你们一道做一点事。但在这难堪的时间里，写一点都是困难的，别的更谈不到了。在这茫茫的大城市里，我要住到哪里去呢？真不知上帝会赐给我怎样的好邻人！

这时候我倒真也指望那洋鬼子能帮一点忙，发一点财，使我们的事情能够稍微顺利一点。给我们在上海弄到一点房子，把出版社搞起来。我多么渴望分担你的工作。我要慢慢地磨练。我要和“英雄们”慢慢地磨。一个是沈从文之流，一个是出洋的那位老公。在他们底桃花源里慢慢地淋下水去，使老鼠们都湿淋淋的，见不得人。你当然知道，和这个社会厮磨，是几十年、几百年的事情。多少人都淹没了。但不要紧，我们底将来会胜利的。我寻求这个将来已经很久，现在它在我底心里逐渐明确。我现在才感激地想到，我还年轻，我还不曾知道疲乏的滋味，我还有时间。

你底和那流氓房客的无谓的战争结束了，但愿是结束了。无谓的事情是比什么都可怕的。上一次到上海来，看见你困苦地坐在那里，我真不知道要怎样才好。愿上帝祝福我们！今天是圣诞节，但有几个人想到那生在马槽里的孩子？愿上帝祝福他们！你底工作，是抚养我们底可怜的孤儿。他将长大、成人，站得住！

落雨了……我真也不能说出我底心情来。在这个大城市里，从前是过的狭小、幻想的生活，现在却见得多了。我常常在外面乱跑。的确，不是在走路，而是在跑。

今天寄了一卷东西，一共六篇，最好能成一本。订是订成了两份的。一共十六万字的样子，两本就每本八万字。人名录，最初是打在左边了，因为看见有的书是右边，后来两本打在右边。这是一点小糟糕。另外，那些纸张也的确是讨厌的，一弄就模糊。

祝好！

嗣兴

十二月二十五日夜

刊禁了，怎样是好？

竹可羽在杨树浦。听逯登泰说，他们约定每星期谈一次，先从你底和雪峰的论文谈起云。

## （172）1947年1月9日自南京

晓谷兄：

昨天开始到这边来了。[1] 是城外河边的一个煤栈里，和黄桷树差不多，只是屋子太小，住了三个人，怕很难自己做一点事。如果真是这样，那就糟透了。信也可以寄“南京汉中门外二道埂经济部石城桥煤栈”。

前寄的短集不知收到了没有？

祝好！

嗣兴

一月九日

## （173）1947年1月12日自南京

谷兄：

德馨兄稿一篇，请转植芳兄。

祝好！

嗣兴

一月十二日

## （174）1947年1月13日自南京

谷兄：

信收到。非常挂念你底眼病。你们底生活近来怎样呢？是在困苦中罢。我既然暂时有了职业，生活可以维持，《求爱》如能

---

① 1947年1月，路翎到经济部燃料管理委员会南京办事处任业务科办事员。

有版税，你们支去用罢。我这里待遇比一般机关要稍好一点，在明英生产以前，都还可以有多余的。年关过后很想来上海看看你们，但还不知有没有机会。

在这边，是能做自己底事的，我也安心，盼你勿念。也许不久要调我到别处去，那情形就又不知道了。不过我是很会争取的。比如说吧，到这里来的第二天，我就开始做自己的事，并且取得“合法的权利”了。我要设法让老板不调我去坐办公室。

现在至少已不再奔波和焦头烂额了。这半年来，你替我担了多少心，我是知道的。主要的是，训练自己在任何环境中都来写几个字，真是有点不容易。

望来信告诉我眼病等如何了。希望见到你们呢。

祝好！

嗣兴

一月十三日

## （175）1947年1月28日自南京

谷兄：

我已被调到城内坐办公室，呜呼！这是第一天来，住是住在“会馆”的宿舍里，又变成“哀兵”的样子了。“会馆”里连桌子都没有一张，真不知如何搞法。明英生产还有两个月，房子还没有找到。

来信收到了，管兄说下月十八九号来玩。

信寄“南京朱雀路七号燃委会南京办事处”。

祝平安！

植芳兄寄来《青光》[1]收到。不知我前些时（半月前）直接寄报馆的《 □ 前数日记》收到否？

嗣兴

一月二十八日

---

① 《青光》即上海《时事新报》的文艺周刊。

## (176) 1947年1月29日自南京

谷兄：

《人性》篇，给植芳兄，看了可否？还是拖长到五千字了，实在没有法子。

前信谅到。此办公室终日嘈杂，却又没有什么事办，只是终日对着报表出神。晚上做事还可以的，不过比城外还不方便。

你上面的流氓是要旧历二月一日才搬么？

祝平安！

嗣兴

一月二十九日

## (177) 1947年1月30日自南京

谷兄：

昨寄一短稿，想先到。若海兄给我的洋博士的一篇公式和点菜单，现在给你看看。上上篇也是这一类的东西，题目是爱国主义什么的，让我弄丢了。看看也是有趣的。我想，我们的理解他们，实较他们的理解我们远甚。在世界上，我们是仍然笼罩在黑暗的古国幽灵之下的。

昨夜与若海兄谈天。他也极关怀你的。

科长要我算账了，再写吧。

祝好！

嗣兴

一月三十日

## (178) 1947年2月18日自南京

晓谷兄：

梅志兄给明英的信收到，汸兄昨日来，也说了你们的事情。这真是黑暗至极。但听汸兄说，你还预备回去一趟的。我为这个也颇担心。既是那样的黑暗，回去恐怕是不妥的，而且和爪牙们纠缠起来，也很难有结果。从“上面”罢，“上面”的力气有时也实在达不到那错综复杂的爪牙。结果你就将面对“虚无”的黑暗，恰如从来所面对的一样。这情形的可恶可憎，有时倒甚于自己底被杀吧。那至少是确切的“来往”，不是虚无的。

《儿女们》的事情，已问过黄若海，书借到一本（我的一本被一个旧同学拖走了），即交给他。他说认识一两个印厂，去问问看。但是要打好了底版到上海来印吧？

我们的房子已租到，只是还未住进去。那些地点，跑起来也有些不方便。各样的杂事也是令人头痛的，管兄原说十五号左右来，这两天在等着他。不知他是否也接到了你们的信，不预备来了。如来，看他们的情形——就预备在南京玩玩。好在这里还有几个人可以谈天的。

短稿一时未必能写。前寄一短稿请给植芳兄的未知收到否？现在是两个较长的在压着我，有空就要改的。祝你们平安。如无空，就不必回信的。

祝你们平安！

嗣兴

二月十八日

## （179）1947年3月5日自南京

谷兄：

来信收到。管兄桐城地址没有留下，所以预备寄信到徐州去。昨天他的来信没有提及是否再走安庆下来，只说十二号左右离开，那么大约经蚌埠直接回徐了。因为这边的路据说非常不好走。

我已搬了房子，这些日子在昏沉的奔波中，一篇几万字的东西改了几个月还在半途，而且似乎失去了原先的情绪了。现在先要努力把它找回来。短的没有新的，有一篇旧写的《在铁链中》还浅显，完整，但又有一万字了，预备明天改好，寄上。前寄的《人性》不知收到没有？

明英大约月底或月初生产，讨厌的是此地的医院永远客满，最近中央医院且挂牌不收产妇，真不知如何是好。我将更为忙乱起来，也真不知如何是好。

祝好！

嗣兴

三月五日

管兄处已写一信至桐城探交。

若海兄刚送来估价单，有老五号。等着回音，你看这价钱行否？预付七成就是一百九十万了。

## （180）1947年3月13日自南京

谷兄：

寄明英转汸兄的书收到。以后有信件请寄我，如信面上的地址。因为她不久要请生产假了。

前信寄上的估价单不知觉得如何？重庆如真的只要四千元，实在是便宜的；不过邮寄很靠不住，现在听说又要检查，麻烦之至。如有便人带就好了。又，前寄的《在铁链中》不知收到了没有？近来没有写短的。

《青光》听说已不出，不知植芳兄近来怎样。

常和若海兄谈谈，因此起了写剧本的念头。似乎抓到一点什么了。但目前自然无法写出来，若海兄在写一点短的小说。在戏剧界，实在还没有遇到像他似的朴实而充满感觉的人，他好像是很特殊的，第一是认真。我的住所离他颇近，也是在门西。

看看上海报纸副刊上有流氓们在跳舞，称兄道弟，说着十年或二十年以前的官话道白，真是常常要战栗起来的。你还是在那样的无物之阵的包围中。凡是真诚的心，总是在受苦，并且在这样的世界上显得促然的，但人类之所以生存、发展下去，实在还是因了这样的人们底存在。那些流氓们，别的地方倒不可怕，可怕的就正是使人觉得人生的丑恶，而在机械的反应下麻痹下去！人们必得有多少好的感觉和爱！但他们是在毒害着它！

生活困苦起来了。你们是在怎样地支持着啊！

祝好！

嗣兴

三月十三日

又，如方便请寄几本《求爱》和《蜗牛》来。

## (181) 1947年4月3日自南京

谷兄：

近未得信，甚念。若海兄已寄上印件，不知看情形能行否？如决定要在这边印，我们当去详细地弄清楚那印厂底实际情形。它现在是在催着若海兄，看起来，再耽搁下去，局势、物价等等变化也会影响这笔生意的。

几个月来，写了两篇十万字的东西，关于乡村和农人的人格的。到南京已近一年，过得真快的样子。明英这几天就要分娩了，现在是在为医院的事情伤脑筋。官僚医院和富豪医院实在是可怕的东西。

在报上读到《一九四四——》，觉得重压。我们总一天一天地走近那个目标，但障碍却更多了。文学上的荒芜似乎也正是有志的人们底胜利，他们已不属于这荒芜，他们沉静着。你看见那老头子的樱桃树之类的王八旦文章吧。汸兄直接给他写了一封信去，轰了一顿。但沉默也是同样“愉快”的。愈是这样的人们低落、胡混下去的时候，愈是时代在高升起来。

今天大风，满街都是灰砂。昨夜归去，急走在街道上，灯光很暗，天却特别地深蓝——你觉得，这是很美、很好的不是？我们如能工作，是不必要任何保证的！

寄来的书收到了。苦于没有书读。海燕的《幽谷百合》等望他能各给我一本。不知行否？

前寄的《在铁链中》不知收到没有？

祝

好

翎

四月三日

## （182）1947年4月7日自南京

谷兄：

信及款均收到。

书的事情，这样说是决定在重庆印了。① 是不是就告诉若海兄退去这里的关系？我想最好是托那人一起带去，因为分章寄，失落了一章就麻烦。你决定罢。明英产后，当能来玩两天的。

巴氏书寄的两本收到。但我还很想看《百合》，听说那是很好的东西，是不是？

房子既出来，你们大约能稍安一点了。我主张大大地修理一下，而且愈奢侈越好。但梅志兄的身体，照你说的情形，却颇使我们担忧的。这些年是过于劳苦了罢，什么时候能够好好地休息啊。

祝好！

嗣兴

四月七日

## （183）1947年4月16日自南京

谷兄：

---

① “书的事情”指《财主底儿女们》下部。

明英十四日在市立医院生一女孩，都安好。[1] 我本月下旬或下月可来沪一走。

书大约决定在渝印了吧。

文协由汸兄转给我和管兄入会的单子，管兄填来了，马马虎虎的，现寄给你，看有给他们的必要否。因为我觉得，“免失联络”这话倒还对。我则还没有填，无从填起似的。

在试着写一剧本。大约会失败的吧。但写完是一定要写完的。

你们近来稍安否？

祝好！

嗣兴

四月十六日

## （184）1947年4月23日自南京

晓谷兄：

信到。如无临时事故，我当下星期五，即五月二日来。管兄处当去信问他。钱不必寄了。

明英颇好。已出院，现忙着找佣人。只是住处不好，很不快。目前写了一个剧本，改正后即给你看，但这次大约不能带来了。

祝好！

嗣兴

四月二十三日

## （185）1947年4月28日自南京

晓谷兄：

得管兄信，“突然决定到北平去玩一趟，看人，并预找事。五

---

① 1947年4月，路翎的二女儿徐朗出生。

月一日由此通行飞往，约留一周回来。因此上海不能去了，请代告谷兄”。那么，如能来，我就一个人来。

写了剧本。若海兄知道了，就一定拿去看了，而且决定在六月里面上演。他底热诚是很高的，因此我必得勤奋，且更慎重，好好地改一改。目前还真是有点困难，因为孩子闹着，晚上时间精力都少。我自信这剧本内容不坏的，但搬上舞台，我却一些也不懂，甚至难以想像。现在约好了到上海来以前给他们改好第一幕。我很想你能先看到，给我意见。一切责任都是怎样的沉重和愉快啊！

祝好！

嗣兴

四月二十八日

那张单子填了，但又不知怎样寄，且沩兄不填，故无法转，再说罢。管兄那张，倒是我寄你的，也因为无法寄。

## （186）1947年5月7—9日自南京

晓谷兄：

回来看到你几天前寄的信。剧本下星期一开始排。我将尽力多争取一点。果然不错，万家宝君听说了，要约我本星期日“玩玩”。预备去“玩玩”，但对这样的伪君子，是不能说什么话的罢，我也总不会使他们“愉快”的。

抄好了，即寄你一份。你看看，给予意见，排的时候还来得及的。此外，不知你看过后能写一篇东西否？[①] 他们预备出一个小的特刊，报纸上发表或自印。也希望到上海来演的。

祝

安好！

翎

五月七日

---

① 后胡风写了《为〈云雀〉上演写的》一文。

梅志兄的身体，和你的眼睛，都好些否？甚念。

九日发

## （187）1947年5月15日自南京

谷兄：

昨遇若海兄见到你的信。几天前曾和他们谈了一次，结果还实在，现在只是担心一两个演员的能力：还是要开排后才能完全看出来的。这剧本没有让导演施展花样的机会，所以导演可能只是一个名义！这样倒好。剧本大约今天可抄好，已请他们寄你一份。

本来我只是在写作里感到兴趣，对上演毫无期望的，因此最初也不积极。谈了一次，觉得大概还不会怎样失败，自然应该多参与一点，可是恐怕坏也就坏在"不完全失败"上面，因为另一套东西会在演员们无法的时候跑出来支持舞台的。这另一套东西应该全无。新的作风的实在情形究竟如何，没有谁有把握，听若海兄说，大家的心情都颇紧张的。你看了剧本，给予意见吧。

万才子会见了，无聊透顶！所以也颇懊恼，当时还想和他谈什么，谈了一点，一定会叫他不舒服的，使那样一位君子不舒服，真是罪过罪过。

下部，稿已寄渝否？物价如此涨，更困难了吧。

祝好！

嗣兴

五月十五日

## （188）1947年5月19日自南京

晓谷兄：

信收到。昨日到若海兄处，剧本他们昨天才完全抄好，说今天寄你。这两天他们在自己念词，数日内开始排演，预备下月半上演，如剧场那时无问题的话。现在从前的那剧场涨价到八十万一天，但他们还有些关系的。我预备一星期后去看看排戏，上演前数天要求彩排。

万才子，那一点倒是对他做到的，因为遇到那样和气的人，想得非常和气，那天，还敬陪了很久，听他对人谈美国戏剧，发出尽义务的声音来。至于他究竟怎样想，我却不能完全猜到了。

有刘念渠在北平办剧刊，听说剧本要拿去发表。我想不给他。我是想能在复刊的时候发表。

希望你们能到南京来玩玩。换换空气，是的确的。

祝好！

嗣兴

五月十九日

德馨告诉我，原兄来信，守梅兄即将下来了，大约廿一日可到南京。

## （189）1947年5月23日自南京

晓谷兄：

守梅二十一日到此，下星期一，二十六日可来沪。

若海兄寄的剧本收到否？

祝好！

嗣兴

五月二十三日

梅兄拟北行，心情似孤注。我还没跟他好好谈过。你觉得如何？

## （190）1947年5月26日自南京

晓谷兄：

信收到。对于剧本的意见，还没有完全理解。缺乏外部的、环境的事件底进展,这一点我是感觉到的,我原以为那主要的内容可以表现这个了,为了迅速地达到中心起见,那些就没有多写。人物性格的社会事件的立脚点,我原来是觉得,这些人物底这样存在,本身是表现了社会内容的。这里所写的没有直接通过社会事件,而是通过内部的、生活的事件。这个通过的内容是否也能解答社会内容?就是从这些人物底生活,人们能否感觉到他们在社会上是怎样的角色?我觉得这是可能的,然而"高蹈"了一点,这里,人生态度表现了环境态度,而不是环境态度表现了人生态度。一开始就拿出主要内容来,是被对材料的诗意的感情妨碍了结果。

你觉得我底这说法是否能成立?在这一点上,这剧本能否就以这样的内容为目的?

他们预备下月二十号左右演,请了孙坚白来帮忙,近两天就可以到。我想尽可能地改改看。但望你再给我信,告诉我对我的看法的意见。

再有,剧本的表现方式太集中了,这是使很多东西缺乏展开或出场原因。分场的办法,我有这种感觉的,那一定是可以的。

祝好!

嗣兴

五月二十六日

守梅明日来沪。

## (191) 1947年5月29日自南京

谷兄:

剧本改了一万字左右,大约是,第一幕第一场的部分,第二幕第一场的部分,第三幕第一场,及第四幕老人的上场等。主要地改成了,王品群被介绍到学校里来教书,一面自己发展了另外的关系,兼了一个副刊编辑,刚到学校一个月,就出风头地要发动学生,之目的要打通学校的董事会,企图推倒原校长,李和周不高兴他的这作风，陈则附和他。但事情发生起来，失败了，学校要开除闹事的学生，他却一声不响了，所有的后果都由李和周给他承担了起来，李和周是不得不卷进这件事里面去的。

这样改一改，环境可以确切地设定，事件的发展也有外部的形势了。“倾吐”的东西，也删去了一点点。但改起来，总是有很多牵连，不痛快的。看排演的时候再能感觉到什么罢。

改了的，也要他们寄你一份。还希望你的文字给他们特刊。

梅兄已来上海了吧？

望来信说你的意见。

祝好！

嗣兴

五月二十九日

廿八日信收到。现在这样改法，我想大致和你底意见差不多了。我本来是太容易忽略外部事件的。可以写篇东西否？又。

## （192）1947年6月2日自南京

谷兄：

前信到否？剧稿还无法寄你，因为他们只重改了四五份。隔些天当可以的。孙坚白已来。看来是诚实的演员。但对于这剧本，我现在却颇空洞地觉着不安。

你能写点文字给他们的特刊否？我非常希望你写的。他们现在预定二十号上演。

梅兄事如何？念念。

我们几天后要搬家了，所以这几天颇乱。同时，上下办公跑下来，人就疲劳了。搬了家，当想做点事。

祝好！

嗣兴

六月二日

## (193) 1947年6月4日自南京

谷兄：

梅兄来，知一切。声兄之事颇出意外，“下部”稿恐怕也将丢失了罢。真是无可奈何的。

剧改后，仅与若海兄谈谈，剧团本身无反响，大约是给什么就接受什么样的样子。那位导演是空虚而油滑的。整个的剧团，看出来是一种冷的、难堪的生活，大家都有如旧式的地主。若海兄在那里面走一点是很困难的。

剧稿要隔两天才能寄你。也许来不及。但还望你的文字，并望你下旬来走走，上演日期是二十一号到二十六号。

现在挂虑凡兄，继续有信否？

祝好！

嗣兴

六月四日

## (194) 1947年6月14日自南京

晓谷兄：

若海兄见到你给他的信。剧本只有这样的带着它底残缺上演了。南京只有固定的少数观众，此外，“宣传”争取一些。修正大约他们要贴本的，因为最近剧团的经费相对地减少了。

这个戏剧界，如果有每戏必看的义务，又如果对它负着内心的责任的话，是会令人苦恼的。但有时候，看着那空洞和沦落，人也会觉得快意。要使情形逐渐地好起来，需要物质条件，好的组织，坚决的宣战和多量的这种快意的罢。如果这戏到上海来演，遭到吹嘘是必然的，因为这是“抢饭碗”的举动。但我想，英雄们也未必能对它说出所以然来。因此我们不怕失败，将来一定会胜利的。

你说还在踌躇，我们希望你们一定来。你们可以在这里住住、玩玩，怎么会骚扰呢。我搬了家，也安定些了。望你一定来罢。

“宣传”，现在大约是找电影院放幻灯片，在《新民报》副刊上登几篇文章。此外就是做一点广告了。所以你的文字是需要的。

若海兄或者十六号左右来上海一趟，送他的太太、孩子会合他的从美国回来的恋人回广东。如来沪，当会来接你们的。

祝好！

嗣兴

六月十四日

## (195) 1947年6月17日自南京

谷兄：

若海兄并未去沪，信和文已看到。文字，对作为读者的观众自然是必需的，对于那些看客自然是有和没有等于一样。我也写了一点点，态度似乎凶了一点，但还是写了，就是因为上面的理由。所以一切不管它。沩兄们写了的，但都没有说到你所说的关于内容的那一点；另外几篇，作为介绍是嫌琐碎了，预备发表一下。

望你们节前能来。到这里来过“节”！[①] 以后来，似乎迟了。南京到上海的车是方便的。这五月天，即使下雨也是一阵阵的，毫不碍事，总之，就是如此，你们来罢。

祝好！

嗣兴

六月十七日

① 1947年6月21日至28日，胡风从上海到南京参加了路翎剧本《云雀》的演出活动。

## (196) 1947 年 7 月 2 日自南京

晓谷兄：

信收到。给他们的信不知你写成了没有？这两天和若海兄没有能谈什么，昨天见了面，提起来，他只是说：这次的戏，只是没有搞好。以前，还是你在这里的时候，他偶然地说道，他觉得现在根本就用不着恨那一批无聊的家伙；又说，他底心情很悲凉。我看这些时来他是颇浑沌地觉得沉重，又说不出什么来，好像也很疲乏，有时候就愤恨。

对于戏剧界的人们，他是恨透了的，昨天说到要去看《小城故事》（因为剧院里他值日）他就恨恨地说，要穿得吊儿郎当地，穿起中装裤褂来去，侮辱他们一下。果然就穿了这样的衣服，但后来却长久地沉默着。

他底在写的两个剧本也重压着他。在心情上，一时看不出什么鲜明的东西来。看来，十几年的戏剧界的生活，是把他苦恼透了吧。

我想做起事来了。屋子里杂乱，要好好地防御一下才行。

管兄来信，说要六号来京，住下来等他的未婚妻来一同回家。说是要等六七天的样子。

祝好！

嗣兴

七月二日

## (197) 1947 年 7 月 17 日自南京[①]

荒兄：

梅兄的心情，恐怕没有什么办法。主要的自然还是先安定

---

① 此信原判为 1950 年自北京，今订为 1947 年自南京。——编注

下来。老是歌唱着同样的调子，自己也会厌倦的，总得听听别的声音，看看别样的生活的罢。在这个时代，能够越过自己底死尸前进的，才是真正的人。“欢乐”总还在我们底心中，但它底味道却是相当悲苦的。好在我们虽然孤单，却不是无告的。即使在荒野中我们也看得见人群。

管兄的事情，说起来就很困难的。他有那种“十八世纪”的浪漫主义和漠不关心的讥嘲。这些都是用来保护他底陶醉的。所以，听他底话，总觉得不真实，并且没有内容。原是很单纯的性格，却不知怎样变成了这样了。这次见面，他大约不会愉快，这是没有办法的事。如果对于恋爱应该给予祝福，那祝福也应该给予真纯的、刚勇的、沉默的心的！

你的“流浪”过去了罢！

嗣兴

七月十七日夜

## （198）1947年7月28日自南京

谷兄：

管兄已去，但却弄得我们有些神经过敏，即使是他底一些不明显的话和动作，也要想到不相干的地方去。回此后，慌慌张张地恋爱，一面又大谈其工作，使我们很不满，所以一直到现在还在谈论他。大约你对他谈过你信上说的“被选中了”之类的话罢，看他底语气，他却觉得这是你给他的一个新发现，帮助了他底“自给自足”的味道。那就是“我们被人依靠了，你看有多了不起！”的味道。听起来，是有点战栗的，所以我就拼命地跟他“胡说”了一通，也希望一直“胡说”下去，不谈任何“问题”了。

梅兄在此，精神还好。二三日后就来上海的。

我不大接触你所说的“选中”的人们，这以前也不十分注意，但经你提及，我才想到一些事。有一些交往，比方登泰们，是以个人的朋友来看的。这回演戏，想到一封信，你是看了的：通了几封信之后，他们几个人[1]就要见面，前个星期天来了，谈了一个钟点的样子。没有增加什么了解，但又好像能够谈通的，大约就是你所说的这种心情罢。都是单纯的人，有两个是在职业里面。但过于单纯了，有时候也是很难耐的，在我，一方面固然不欲使人失望，一方面却是觉得无法可想，所以只好把真实说出来。

我现在是住在这货真价实的"杂院"中，小市民的臭味这次是压迫得很重了。这是极难共同生活的东西，现在是一方面想忘掉这些，一方面又想看得更多一些：应该有很多东西的。总之，如果继续在简单的厌恶中生活，是很坏的。

我们这机关看样子要换长官，所以守梅的事很难。究竟会搞成怎样，是还不知道的。

祝好！

嗣兴

七月二十八日

所谓"不是无告的"，应该不是指各别的人们。是这个历史，这个国度使我们觉得如此。各别的人们，是客观上的强大的存在的构成者，也同时会是主观上的那么脆弱的一种东西的。

剧，就准备改了。

我们办公室已经搬家，来信寄红庙四号或南京大悲巷雍园十号。

## (199) 1947年8月6日自南京

谷兄：

这些时写些短的，还想写下去，以后就预备弄剧本了。秋天的时候，预备把去年写的两个东西扩张，重写。常常有很多感觉，所以非好好弄不可。为难的是生活较以前噪杂些，开始做一点事颇不容易。

---

① 欧阳庄和朋友吴人雄、许京鲸，他们三人曾一起编文艺刊物《蚂蚁小集》。

若海兄的《祖父》寄你了吧。我还只看了一场第四幕，但觉得，先前所说的，“乐观的力量”并没有能在那结尾里表现出来，反而显得平和，显出思想内容原来的“小康”的形势来了，这是很可惜的。我底意思原来是，祖父并不是容易被击倒的，他底生活是辛辣的；在第四幕里，他将明白和孩子们底分裂，而打击他们，又怜恤他们，送他们滚蛋！他们在主观上强不强又是一个问题，主要的是他们即使很弱，总之是去过别一种生活了，是代表新的东西的。祖父受到极大的创伤，但立刻站了起来；特别因为有所爱的孙女等等在，悲凉地站了起来；在悲凉中欢笑，而意识着失去的一切，这是力量。但若海兄却在这里面犹豫。他太溺爱他底人物了，不能在社会和历史底压力下撕裂他们！看来，思想内容的东西，对于他是艰难的。我已经和他谈了，并且在这一点上竭力地描述着。我们似乎已共同地看见了那一幅图画。他说要重写第四幕，我希望这能写出来。

不知你看了没有，觉得如何？

下半年到上海来演的事，看来不大行。他们的校长老爷现在在玩新花样，不想弄这些。冼群是一个恶劣的角色！

前信收到否？信可寄“南京大悲巷雍园十号”或“红庙四号”。

再，《人性》的剪报我没有弄到，可以找到否？

祝好！

嗣兴

八月六日夜

## (200) 1947年8月12日自南京

谷兄：

来信收到，短的，隔两天捡两篇寄来，现在在改《云雀》，也许可以比先前实在些。

若梅[海]兄恐怕是那样。问题也许还要深些。我对《祖父》第一次说的意见影响了他这次的改，这次就希望说得更详尽。

假如真的妨碍了他呢，我因此颇觉得不安。

多少年来，你在你底孤独的进行中接应了后来的人们，但即使这后来的人们，也逐渐地在波涛中变相零落。你付出的代价是很明白的，但看看情形，人们似乎觉得你自然地有这种做他们的依靠和垫脚石的义务。现在的有些在周围打转的人们，恐怕在□里面就抱着这样的心思。看出这个来，诚然是要觉得可怕的。如果真的是全或无，这些东西是只配得到憎恶。但看来也只能零零落落地周旋下去。这些人们，多少地也做了点什么，让他们去罢，从你底沉痛的心里，不是也能从他们感想到大地的进展和呼吸么？这个社会里，人与人之间的存在恐怕也只能是这样的！

祝好！

嗣兴

八月十二日

剪报并信收到。

## (201) 1947年8月22日自南京

晓谷兄：

来信收到，这些天我们这机关里换主子，办移交，忙碌而混乱，加以不断的欢宴，没有法子静下来。剧本已改好，再看看就请他们剧团的人抄两份，短的本预备寄的，但如需多抄一份，就得隔两天了。

馨兄已经和他们机关里的科长，原来的守梅的朋友谈了，答应了一个位置，编编气象日刊之类。已给守梅去信，想就可以来的。

你给若梅[海]的信也见到。登记证的事，他亲去找找人看。前看《大公报》上有登记新刊的消息，大约不大能实现罢？

前次听梅兄说《儿女们》已排好，正在打纸版，不知现在如何了。声兄处我接到一信，是说乡下生活枯索，要书看的。并提到管兄已有喜帖给他，就要结婚。但我们还没有接到管兄的来信，看起来，似乎也颇了解我们底心情的。

天气也许就可以凉下来了。但却未必能多做一点事情，小孩们总是吵得人发昏。我们这屋子里的声音是昼夜不断的，现在就有打牌声、木板声和不知是什么的一种哭嚎似的歌声。昨夜我借得的一辆脚踏车放在边门窗前，忘记拿进屋子来了，今天刚醒就听见卖水果的邻人和有儿子当巡官的女邻人底议论，说是这车子夜里不取进去，是故意的；卖水果的邻人说，这是我使的一计，就像诸葛孔明底一计似的，为了车子不见了好吵闹，诬赖他们——你看这是多么滑稽！滑稽啊！滑稽啊！就是如此。

祝平安！

嗣兴

八月二十二日夜

## （202）1947年8月25日自南京

晓谷兄：

另卷寄上四篇，不知到否？其中两篇两份的是为北平抄的。尚有几篇，改好后再寄。

梅兄已来，今日大约可开始工作。

《乡下女儿》，本不预备要了的，暂时就摆在你那里罢。现在心情被一个较长的东西吸引，内容是这个时代的各样的知识分子，失意了，没落了，回到破烂的地主底故园去的。可惜一时不能做起来。

《云雀》也交若海兄找人抄几份。他说这两天要来沪一走。《希望》登记证事，大约不行了。

祝安！

嗣兴

八月二十五日

## (203) 1947年9月15日南京

晓谷兄：

信都收到。日来稍定，这才想及一些应做的事情。在开始改去年写的一个长的东西了。这工作将颇为笨重，但这是好的，我可以多多地再去感觉到各样的事情。

登泰兄来信提到北平朱君[1]对于《呼吸》的意见，梅兄也说到你曾有信说到这个。我觉得那意见是实际的。看了最近的《天堂的地板》，就有这个感觉：有些东西，比方方兄底文字，就纯然是出气的做法。出出气有时自然是痛快的，但却把自己底存在漏掉了，没有了广阔的信念。好像挡住自己底路的只是文坛上的这一批人；好像是他们挡住自己底“文学之路”的，其实这些首先是社会的存在，单是知识份子式的厌恶和高傲的感情不能把握什么东西的。认真的说，这是颇为冤枉的：那些家伙其实又何曾挡住什么路！但自己不走，或自己希望得到和别人同样的“效果”时，却喜欢觉得是别人挡住了路！

而梅兄的文字，是太老成、单调了！

桐城陷落，不知管兄如何，但大约没有能够出来。这真是颇狼狈的事情。

你们近来好否？登泰来信，说你底心情还好。事情大约是更难做了。长篇[2]纸型不知寄到了没有？没有钱，只有暂时搁下来再说罢。欠起债，拖累起来是很苦的。已经是秋天，很怀念四川的乡野。这里看得见红顶、白窗的美丽的洋房，然而感觉不到生活。

祝好！

嗣兴

九月十五日晨

---

① “朱君”即朱谷怀(1922—1992)，原名朱振生，是胡风的友人。

② “长篇”即《财主底女儿们》下部。

## (204) 1947 年 9 月 25 日自南京

晓谷兄：

两信，汇款，并书都收到。

和梅兄们常常见面谈谈。他近来的情绪似乎好一些了。我在重写去年的东西，此刻还充满犹豫。剧本已抄好，但我还未得空再看一次。想起来，是还有很多地方不能满意的。若海兄去沪回来后曾见两面，但都没有谈什么。他说现在剧团处境更坏，要辞职了，但余上沅又拖着他。如能走脱，他预备到香港去。剧本当最近给你寄来。

生活是机械，粘滞的。住在这样的房子里，还得跟古代的东西相周旋。

植兄的事情[①]，与你们有影响么？桐城情况还不明白，管兄不知怎样。你给梅兄信，耽心他在故人那里遭到什么，我们想还不至于。那里大约没有什么故人。[②] 此外，他与当地上流人们有些来往，是以“名流”的身份回去的。离此前曾接到“安徽省文物保管委员会”的公函，要他寄自传和照片去。

挂念你们！

翎草

九月廿五日

## (205) 1947 年 9 月 30 日自南京

晓谷兄：

信到，但守梅说，姓陈的现在似无职务，但不知道是否在南

---

① “植兄的事情”指贾植芳被国民党当局逮捕一事。

② 此处“故人”，1989 年漓江出版社《路翎书信集》作“故人”，2004 年大象出版社《致胡风书信全编》作“故人”。按，胡风 1947 年 9 月 16 日致阿垅信有“故人”之语，兹从后者。——编注

京。如在南京，就比较好办，他预备再访一下。寄守梅的《泥土》一本见到。守梅的诗论嫌单纯了。在馨兄那里看到他最近写的一些旧诗。他底情绪底隐僻的一面，我们似乎很难捉摸的。我极想好好做事，但我底东西现在要从一个低沉的暗境里慢慢显露出来。且最初总是显得荒唐无稽的。我要写对于生活的倦厌，流氓的利己主义在人们里面产生了什么，以及古旧的迟钝，避世"故有道德"在农人里面产生了什么。在我底面前，有一个农人底形象，他"长跪"在祖先底面前，"长跪"在中国底面前！

这一冬天能写成这个东西，还有另外的一篇现在还很暗淡的故事，再开始一篇关于"知识分子"的，这些"知识分子"怎样地渴望"田园"，回到故园，在那里死去——似乎跟你说过的。我希望能够写成。整一夏天在朦胧的状态里，能够脱出来就好了。我多么希望充裕的时间！

剧本收到了否？你看怎样？如可以出版，或想写一点东西在后面。如北平要上演，也想写一点解释去。抄了三份，守梅一份。

祝好！

嗣兴

九月三十日

## (206) 1947年10月11日自南京

晓谷兄：

前信收到颇久。这几天颇忙，但有时只是忙着玩。

关于《云雀》的意见，王品群那一点已无法。关于《枪毙的兵》和《偷人》那两点或者可以加进去的，你看如何？待能印的时候我再看看我这里的底稿罢。梅兄说，他底在燕大（北平）的姨妹来信要演这戏，他已经把我给他的那一份寄去了。

前次德馨兄一信系从我这里发的。那信感情太浓了，所以我就没有加写什么。现在每星期大家见见面，但也谈不了什么话，只是玩玩。守梅看事情太简单了，而且现在的这公务员生活也是一个重累。我们现在都是颇沉重。至少，突不破目前的灰色的烦闷是不行的。

桐城究竟收复了没有，也不知道。如收复了，我想至少管兄的母亲会来的。但也许不通邮，那就要用电报试试看。

祝安好！

嗣兴

十月十一日夜

## （207）1947年10月23日自南京

谷兄：

声兄出来了，找找工作看，现在住在他伯父家里。钱小姐[①]和孩子仍在安庆。听他谈到《财主》纸型的情形，大约是印好了，但没有寄费寄。说是等寄费来即可寄出。不知究竟是怎样的情形？寄费是否汇去了？需要多少？告诉我地址，我这里也可以寄给他的。

声兄情绪尚好，能够看得开似的。

我这些时不忙，却颇乱，总是不断地有杂事。管兄过些时来能多谈，所以对他的情况还不大了解。现在已可以成行了吧。

祝好。

嗣兴

十月二十三日

## （208）1947年10月28日自南京

谷兄：

两信均得。声兄两日前已回安庆，十七万即寄他。重庆钱

---

① “钱小姐”即方然妻钱瑛。

君[1]地址盼速告，好寄寄费去。我这里有钱，不必担心的。

梅志兄安否？小孩安否？念念。

祝安！

嗣兴

十月二十八日

## (209) 1947年10月30日自南京

晓谷兄：

廿九日来信收到。朱兄已去安庆，《论具体》稿费及重庆钱君二十万均已汇出。钱君那里是那样告诉他的，希望他即刻将纸型寄给你，这两笔钱你不必再寄给我了，我这里不缺钱用的。望一定不必寄。闻生产颇顺利，甚喜。[2] 只是这兵荒马乱不知如何是好，还有另一种兵荒马乱，也是颇为恼火的。新生者总要吃许多苦才能生长起来，最坏的是多少时候那并且是没有价值的。都安好否，念念。

朱兄是突然决定回去的，因为安庆一度骚乱，他颇不放心。说是预备住到乡间去再看，随波逐流也就算了。

我近来颇好，在做事，能够有一点收获，只是还凌乱得很。

管兄过京时只见一面，坐二十分钟的样子，而且那是一个颇为奇特的会面，只是讥嘲似地谈了他经历的和听来的一点故事。好像是对于我有颇大的戒备和怨痛似的。

还有植兄事不知如何了？梅兄说要等蔡君出来才能找找人看。

祝安！

嗣兴

十月三十日下午

---

① "钱君"即方然妻弟钱方仁，帮着在重庆排印《财主底儿女们》。

② 1947年10月胡风的幼子张晓山出生。

## (210) 1947年11月6日自南京

晓谷兄：

来信收到。这两天又忙乱起来，在乱七八糟的事情里面打旋。

关于《云雀》的那些话，我想是并无其事的：因为根本没有提到要来上海。前日若海兄来，也以为，大约是冼群仁兄跟英雄们讲故事，提到这几句台词的事情，转了一个圈子就变成那样的话了。冼群仁兄先前曾来信给若海兄说，你在上海挨骂，心情一定孤寂，要若海多写信安慰你云。可见得他是很高兴同情你的，更可见得，他是很高兴同情英雄们的。如果让英雄们叫喊一阵就觉得孤寂，要找人安慰，那真是秃子希望和尚安慰了。但人们就是那样看自己和人事的，和他讲究不得，他们也除了这些小把戏以外耍不出什么花样来，因为时间已不早，大家就要睡觉了，到那时候，还是催眠曲愉快些呢——不是已经到处在唱着了么？说了一大堆——你们还安好么？已经出院了罢。

若海兄正要改《祖父》。《文丛》事定否？如可以，就印《祖父》罢。

嗣兴<br>十一月六日

## (211) 1947年11月15日自南京

谷兄：

信收到。想你的忙乱一时难过去吧。登泰来信说到你们底情形，并且说杨兄可以恢复健康了[①]，不知究竟如何？我底长的东西已写成，但凌乱得很，隔些时再看，现在写短的。无奈的也是噪杂：亲戚，小孩，各样的小事。做公务员一直做到今天，也是

① 疑指贾植芳（杨力）将出狱恢复自由。

无谓之至的。

和梅兄们常常玩玩，到郊外去玩玩。

纸型听泰兄说还完好，但不知错的多否。声兄是为这事发了他内弟的脾气的，但实在，这样就很难得了。纸头不知还缺多少？是不是可以找到承印的地方，销售后再折一部分收益给他呢？现在再要来找这么一笔钱是很难的吧？没有再流浪了吧？念念。

祝好！

嗣兴

十一月十五日

《云雀》就那样改好了。诗人们和剧作家们底呻吟叫喊，已略有所闻了。但要提防的，还是黄色的伎俩。

此地晚报上有一篇没有味道的小玩意，指《作家》上的那论文的。不在手边，隔两天寄你看吧。还有北平的《骆驼》文艺上有一点点，在书店里看到的。

## (212) 1947年11月24日自南京

谷兄：

另卷寄上《儿女们》校样书及勘误表。第六章以前是我看的，有错误而可以在纸型上改正的(即不更动字数的)，都在书本上用墨笔改了，没有列表。要照着书页查下去。六章以下梅兄和馨兄看的，可以改正的除了在书页上涂了以外还列了那几张表，可以参照着看下去，另外的牵动字数，无法更正的，则列了勘误表，不多。

这次再一看，于心颇有不安。有些地方简直不行的，看的时候颇有一齐改掉的念头，但看来这是一时做不到了。

我是匆匆忙忙地在生活，差不多等于麻木。你们近来安否？再有流浪否？杨兄近况如何？念甚。

祝好！

嗣兴

十一月二十四日

## (213) 1947年11月28日自南京

晓谷兄：

信收到。我的所谓乱，不过是孩子们和老人每晚的吵叫，难得安宁而已。这没有什么，不过事情做得慢些。倒是过着这机械式的生活，感受着新旧的幽灵和黑影底冷气，心情逐渐地空冷起来，是一件难过的事情。办公室的生活又是那么消磨人底生命，我现在才明显地感觉到。经常地就变得这么沉重，话也说不出来。生活是很平安，是很平静的，但在这平安和平静下面究竟有着什么呢？你如果是渴望着绝对的事物底来临的，这个世界却要和你慢慢地消磨。那么我们就也和它慢慢地消磨罢。然而有时候这却不过是托词。路是愈走愈长的，和我年龄相仿的这一代的人们大约也不能走完了，而在我这混浊的泥塘中，是已经有无数的人在躺卧着和腐臭着。这腐臭早已和我血脉相连，如果我底境遇就是如此，我就得用毕生的精力来对付这个了。

我应该不空虚，因为这泥塘"充实"了。窒息得很，但这也正是强大的呼吸吹动起来的时候。先前，那些建筑底倒塌使我欢喜，但现在我看到，它们倒塌了，但破砖和烂泥却塞满了我底周围。就来清除这些破砖烂泥罢。于是我就可听见它们底哀哭，咬牙切齿的贪婪和疯狂的吼叫。那里面还有被压得半死的幼苗和安宁的草尖。

无论是怎样的英雄性，总得要在得到"结合"以后才能生长和完成的。现在正是清除道路的时候了。

你们如果旅行，那路，想来也是困难的。而我，是坐在这里，看来也得继续地坐下去。我希望能坐成这点工作。

小说集的题名，一时也想不起来。

嗣兴

十一月二十八日

题名为《荒野中的道路》之类如何？

## (214) 1947年12月9日自南京

晓谷兄：

短的，还没有心情整理出来，再隔两天罢。现在又给拖在较长的东西上面了，而且拖得很累。前两个月改的一篇还没有修改，现在看来又觉得不行的地方太多了。这些犹豫，都是从这被压抑的、阴沉的生活来的。总要能突破这样的生活，才能呼吸到新的光明罢。如果对于中国，这是一个充满着力量和希望的时代，我们却在昏沉的惰性中过活，真是罪恶的。

就是琐碎的事像针一般地在刺着。小楼没有能进去，因为弟弟住着了，现在是躲在后房里。讨厌的是有时候不闻不问是不行的。

若海兄那短篇寄你了吧！那是和《祖父》同样纯朴的东西。这两天他们在演戏，常常见到面。

总之我们要好好地做一点事情。

祝好！

嗣兴

十二月九日

字条两张，请选择一下，不知是否太潦草了。

## (215) 1947年12月15日自南京

谷兄：

这里又写了两个，你选一下看罢。前寄一卷，短小说两篇到否？我已搬进小楼，现在是躲一天算一天，看能否有一点进步。为这事情我底妹妹还哭了一场，说是她回来没有地方住了。就是这样！

祝好！

嗣兴

十二月十五日

## (216) 1947年12月23日自南京

晓谷兄：

近日如何？念念。

守梅底《笑着吧，好的！》。这里有两个朋友，就是上次演《云雀》认识的，昨天来找我谈。他们中间发生了这样的疑难，即对于他们认为最好的诗人和战斗者觉得失望，很疑惑那作品里面的无望的颓伤的情调。有一个说，这样的心情是从战斗中脱离了，至少这对于认真的读者是不好的。我只能对他们谈及诗人底大略的遭遇，以及所谓战斗的各种实在的情况。但我也很苦地觉得我的话有一些不过是遁词，且我们都被这样的黑暗的雾重压着。人们怎样看我们，我们就不得不怎样看自己。这责任既不能卸下，我们只有前进了。守梅的那诗，实在是绝望得叫我也寒栗的，恐怕写作的时候他的心情特别危险罢。想到认真而单纯的读者和信仰者，这样的诗似乎可以不发表的。

他近来好像平静，也总是谈谈时局什么，或者来下下棋玩玩。但那样的心情恐怕是还没有离开。想要跟他说说，但也乏力，不知如何说好。

不过，也许那样的读者倒是想着爱抚的，那么这样的诗也应该给他们看看的吧。但要笑的是自己们底情况。想孤注一掷而不可能，人生就会被消灭掉的。

祝好！

嗣兴

十二月二十三日

## (217) 1947年12月24日自南京

谷兄：

我们这机关发了一笔年终奖金，现在从这“横财”里寄上一百万元，给小谷、小风买糖果，给小弟弟买奶粉。今天是平安夜！……小谷、小风大约也是不喜欢什么圣诞老人的，不过却也得玩玩，像那些幸福的孩子们一样！

但我却忘记，小谷现在已经是中学生和英勇的青年了。他好吗？

嗣兴

十二月二十四日

## (218) 1947年12月29日自南京

晓谷兄：

信收到。见到你寄给若海兄的《儿女们》底广告，其中有一点，即没有说明预约到何时截止。现在的情形，下月十五日恐怕不能出书罢。被骗掉了一千多万，真是如何是好？不知印出来能有多少销路，还不还得清债。

汸兄来信说杭州艺专想演《云雀》，但我这里没有了。过些时再说罢。先前是有写一点的意思的，但近来却没有想到了。看能不能写一点。《乡人》底结尾一句多少带一点"开心的"讥刺的意思，但那不明确罢。再看看原稿，改来给你。三五千字的，现在没有能整理。现在的心思被一篇较长的拖住了。是关于乡村都市之间的生意人，年轻的小资产者，这时代的某一尖锐的东西的形象的，它似乎才开始形成。下个月大约可以弄完它，但还得再抄改。先前的一篇写了，也搁住了，也要再改。那题目是《英雄郭子龙》，有十八万字，是写下级军官、流浪者、暴徒和人生底暴乱者底"归来"的。[1] 这两篇较长的，总要在明年三四月间才能完全弄成。我底时间太少了，认真地想起来，有多少工作啊！

但今天还和守梅约好了去吃羊肉去——昨天星期，我们就玩了一天，一直到夜里十二点钟。玩得很累。

---

① 《英雄郭子龙》后改名为《燃烧的荒地》，1950年9月由上海作家书屋初版。

一九四七年就要成为历史上的存在了。这些年头将要为中国人民永远记忆!

嗣兴

十二月二十九日

稿费不必寄来了。

## (219) 1948年1月22日自南京[1]

晓谷兄:

信收到。晚上的时候守梅来过,淋着雨而回到他底洞穴里去了。他底心力是集中在鲜明的战斗上面,他底疲劳和他底至诚是多么感人啊! 我和我的疲劳奋斗着,要从混乱而灰暗的现实里找出我底形象来,一次又一次地,现在总算能找够掌握住了一点。从过去的硬壳里脱出来真是困难的,要不是我底工作也能不断地有一点意义,我实在首先就对不住你们,为了印一本书,你们竟吃这样大的苦! 在大火和洪流中我们所做的这一切自然是微小的,可是也付出了这样多的生命。"英雄"们不足畏,他们中间是没有真的斗士的,问题是我们也能守得住我们底阵地吗?

若海兄说的在小刊上登被告的事,因为现在连刊物都不能确知,不过是说由有关系的印刷所随便塞到什么小刊物上去——这自然就作罢了。煤炭可有回答否? 我再去信问问,官们的事情,也许不大可靠的。

祝好!

嗣兴

一月二十二日

---

① 此信原判为1949年,今订为1948年。——编注

## (220) 1948 年 1 月 30 日南京

晓谷兄：

两信俱收到，前信要短文事，已转告梅兄，这信即转告他。他在写一篇关于形式的东西，我们看到顾尔希望[坦]的《论文学中的人民性》也谈到所谓人民的形式这个问题。那个，想来可以堵塞扯淡家底嘴巴的罢。

《儿女们》能终于印出来，在我是非常高兴的事情。感谢你们的劳苦。这总算是一个段落了，虽然路程是一天天地艰难起来。就托性忠兄来时带来吧。我大约需要八套，精装平装各一半，否则六套也行的，这里还有一两个朋友要送。

短文，因为没有读那一类的书，没有具体的对象，写来很难。现在只泛泛地写了千把字，看这两天能续写否。另外有两篇短小说，两天内一同寄你。我底第二个较长的初稿已完，但那东西实在艰难了。连那次说的《英雄郭子龙》一起，这两个东西都是写在历史负担下的否定的形象的，这第二个是写的彷徨而腐败的都市青年。旧历年前，预备继续写短的，关于这城市人生底斑驳的色彩的。这以后，再来把它们都重弄一次。这样的东西是必须伴着作者长久地生活下去才行的。

馨兄诗再看过否？那诗底不成功，我想就在思想底纷杂上面了。所有的从西欧文化里接受来的思想观念，都必得在我们中国底庞大的生活里受过审判才行。指希望不时地能够突破前进。

祝好！

嗣兴

一月三十日

就先寄一篇短的和一个片断似的东西给你。如那片断不能用，就丢掉罢。能写就再写来。

## (221) 1948年2月14—16日南京

晓谷兄：

寄来的书并信都收到。上海他们那里，不必送去——无此必要。前一时有一亲戚青年来此吃饭，我没有怎么理他，他到上海就跟我母亲他们说，我是谁，写了什么书，以及他“从前也干这一行”等等，我听了很不快。这回又听说有亲戚出来说了，说是我把亲戚家的事情都写出来卖钱。还故意地说：“不晓得是哪个写的，外人怎么会写得这样清楚呢？”于是我底妹妹，就跑来警告我，要我不要把书给她底未婚夫及弟弟看见。

所以就不送。讨厌的是这书里面的一部分人名都是直接借过来的，当时我是以为不会再见到这一批人们的。其余的一切本不相干，但人名却找了麻烦了。我还见到这一批人们，并且负担着他们，这使我颇有点觉得悲惨。在我，是本该已经与过去告别的了，但现在却连我底孩子也生活在这“过去”的重压中。我和过去已经两不相欠，我在寻求一条从这些障碍里走出去的路。

对面的楼上死去了一个可怜的老女人。在冷雨中一切都显得悲惨。

刘兄已经来上海了。那大城市的生活，不知与他会有利否？

管兄一信，附上你看看。

书，这回要好好校一下，把错字都弄出来。

祝好！

嗣兴

二月十四日夜

上次我母亲回来，不过提到你有书要他们带来，说是也没有听清楚，不知究竟是不是要他们带来。大概是没有听清楚你底送他们一部的话。所以，就算了。

上次寄的短稿《在一个冬天的早晨》，收到没有？

十六日

## (222) 1948年3月12日自南京

晓谷兄：

一连两天有雷雨，今夜仍有轰轰的雷声，这气候真是不正常的。一个巨雷劈坏了电厂的总开关并且使它燃烧起来，以至于全城黑暗了两天。这也是奇异的事情。晨十时仍然天黑如夜，更是奇特，隆重。大约这就是真命天子出世了的兆头罢。

梅兄想已去杭州了。不知何时回来，他底事情是很麻烦的。如果再要奔波起来，是会使他底身体受到更大的伤害的。而且精神上首先就难以忍受。但愿能够平安罢。

这里的丛刊[①]的事，想梅兄已和你谈过。他们原是说油印的，突然改为铅印了，临时要交排(因为印刷所要涨价)所以稿件并不整齐。

我底办公处里又办移交了，而且要改革，依照着洋场上的各色规矩，讲效率呀，守时间呀。所以我忙乱了。最近恐怕还要加夜班之类，这是使我万分痛恶的，所以常常想和人家打架。

你们安否？念念。

握手！

嗣兴

三月十二日夜

## (223) 1948年3月17日自南京

晓谷兄：

信收到。平装望先寄来。精装，现不好包装，等两天看看，也许有人来的。此地的小刊说今天可以印好，他们或许有人来

---

① “丛刊”即地下文艺刊物《蚂蚁小集》，由路翎协助化铁、欧阳庄编印，创刊于1948年3月，终刊于1949年7月1日，后多处称“这里小刊”、“此地蚂蚁”、“马刊”。

上海送书店的。发售的地方，想托联合发行所，不知是否先要你介绍一下？价钱大涨，第二期不知能不能弄得出来。

《儿女们》印出来了，却变成一种物质上的重累。纸头如不能弄到，如何是好？此地书店刚到就卖六十万，前两天八十万，如果是照二十几万给他们的，那他们就赚了双倍以上。这样贵，实在也少有人买得起的。

前些时，关于诗论，和梅兄谈过，但那时看了的东西都是已发表过的。他时常提到一些论点，我也说过零碎的意见，不过写出来以后，关于那论点本身的感觉力往往不强。大众化、政治内容，甚至于技巧——表现方法，我们实在都应该先给它们以基本意义上的大的肯定才是。

再有就是，被英雄好汉们底叫嚷一骚扰，多少显出一点失措的样子来了。我们底目光，本来的注意到英雄好汉们，并不是为了他们的，所以现在也仍然不必把目光专注在他们身上。实际上东西还要大得多。这样也才能使得英雄好汉"各归各位"。他们之所以憎恨我们，原是为了我们防碍了他们的"吃糖果"。他们不是已在吃着糖果了么？

声兄好久不见面。钱瑛安庆住不下去了，又要生产，他心情很坏。前些时写了一《论人蛆》的杂文，灰暗得很。

香港的胡大爷的批评[①]，你那里见到了没有？怎样的玩意？

祝好！

嗣兴

三月十七日

此地小刊，也想寄一些托朱谷怀们销售，不知他的地址怎样写法，盼告。

---

① "香港的胡大爷的批评"指香港《大众文艺丛刊》第一期上胡绳的文章《评路翎的短篇小说》。

## (224) 1948年3月23日自南京

谷兄：

港刊已见到。前天星期声兄、梅、汸兄们来，谈了一下，但似乎也不得要领。我以为，问题是存在的，但不是胡老爷所提出的那样问题。那头一篇更是混乱，好像是闭着眼睛说胡话似的。

本来我想尽详地写一点我的意思给你，但这两天太忙说不出头绪来。声兄说要写一点，但我们希望他先把意见写给你，而不要去直接揪着打。对付那种"训令"，这不是个聪明办法。文艺底道路，也如人生底道路一般的困难。看起来，愈空虚，绝望的人们，愈会喊得响亮，并且害怕思索。中国这些年的情形里面不有很多例子么？躲在"训令"面孔后面的人们，我以为就都是的。一个作家，到了不能再创作的时候，就用这些来骗取读者并且保存自己，这实在也是一种很可怜的状态。

人民现在崇拜文字，有大的知识——识字的饥渴。这并不就是那文字是怎样的东西。我相信，人民将来会爱读如丁玲的《夜》这样的作品的。那里才是他们底真正的现实。《李香香》只能是初级课程。这还是包含着妥协因素最少的一篇。

我们要为了自己底前进。我们底容量必须比他们所提出的要大。

我近来很不快，脾气很大，心情迟笨而又迫切。办公室里也忙得很。

祝好！

嗣兴

三月二十三日

## (225) 1948年4月9日自南京

谷兄：

八日信中午收到。梅兄事，上级机关已复文到学校里去了，据说是要把先前的事情办理清楚。这样，情形就使人很不舒服。他说今天找原来的那同学，托他去看看那学校上司的态度。如果态度不好，自然绝不去。但如果态度好，或者模糊呢？

待遇大约不会好的，所以还是以不去为妙。而且麻烦起来，此地的职业也干不下去。前次听任敏说的上海的学校有办法否？

他还在急忙地写着关于方言的文章，但总归是很不安了。两天内看情形如何。诗论，除了寄给你的那以外，都还没有整理。

关于北平李教授的纠纷，实在令人气愤得很。他甚至还不能算是一个典型的存在。实在，他算是“什么东西”！但要梅兄写，须待这事情过去。这些人的书我都很少读过，这也不能写；但只要看一看那“回家”的“浪子”的丑态，也就足够了。

我写了一篇关于大众化的，从原则上谈了美学的问题，并牵涉到“王贵香香”。隔两天寄来给你看一看。还想写关于主观，个人主义的。

欧阳的地址是：广州路随家仓七号。

祝好！

嗣兴

四月九日午

## (226) 1948年4月12日自南京

谷兄：

寄上《大众化》及《方之宁论》[《方言论》]，你看看。“宁论”[《方言论》]内“由外输入”的说法，是否应该扩张些？如没有什么不妥而暂时无外用的话，就寄回来用在《蚂蚁》上，如何？靳以退回的《预言》，及你那里的可用的短稿，可能时都望寄来，他们准备就印，但稿子尚缺。

梅兄事，据说校长徐君预备为他挺一挺。但却有另一面的麻烦了。

祝好！

嗣兴

四月十二日

## （227）1948年4月26日自南京

谷兄：

汇款和《大众化》都收到了。《大众化》改了一改，给了《蚂蚁》。本来还有犹豫的地方，但欧阳急着要。梅兄诗论已整理，我和他都还预备再看一看。只是时间少，很难从容地做事。

我们周围的生活真是悲惨啊！要有击退这悲惨的力量。

祝好！

嗣兴

四月二十六日

## （228）1948年4月28日自南京

谷兄：

信收到。那文章已经用了。我本来也是不想在这些题目上讲交涉的，但觉得重复地讲一讲也必要，没有别的作用，不过要人们多听几回这些话。他们如要扭住叫，也得多花一点心思。自然，我们底工作要贯注在实践上，我们试着一切能走得过去的路罢。

汉口原兄来信，说也要弄一个小刊。但是也是没有稿子。这些小刊，如果没有收外稿的机会，怕都是很难弄得好的。都是这几个人的文字也不大好。但要恢复正式的刊物，现在更是无从谈起了吧。

《云雀》现在排，不知纸头如何了？《儿女们》最近销路怎样？梅兄诗论，再看了几篇。改起来，在他是很难的，因为他底感觉原是在那些重点上。他本来不是谈理论的人，现在又是这样的时代。真的能够洞察诗人底胸怀的，怕是很少。前两天说，弄好了这个，预备写写从前军队生活里的事情。我劝他去写出来。用报告的方式写，或者，用回忆录的方式写。那是将掘出很多东西来的。但为难的，我担心他底感觉会放在政治的重点上。

祝好！

嗣兴

四月二十八日

## (229) 1948年×月×日自南京[①]

谷兄：

信收到。刊，今明可出，这里欧阳拿来的《大众化》校稿，先寄你看看。自己再看了两遍，觉得有一些地方不太妥，但观念还没有明晰，没有想出来究竟是怎样的。既然印出了，也只有姑且由它罢！

小启事，这回来不及了。

梅兄也许还要迟些来的，还不一定。今天当打电话问问他。

祝好！

嗣兴

## (230) 1948年5月12日自南京

谷兄：

成都他们寄给梅兄的这个信笺，你见到过没有？

《中国作家》、《诗刊》，都由汸兄那边拿到；看到你的《从〈狂

---

① 此信未署日期，今订为1948年4—5月之交。胡风5月5日在上海收到此信。——编注

人日记〉说起》的那一篇。昨天见到港刊二期，读了乔君的关于主观的文字。发昏以至于此，令人切齿！但不知此一乔君是“南乔”还是“北乔”。如系“南乔”，那么这文字中所引的于潮的文字，我记得就是他自己的。那么就不知他对自己底这“发表过程”如何解释。未必想厮混过去么？这文字，大约你已经见到了。暂时写不写点东西？这里学生“五四”纪念，是抬着他们底招牌的。

文艺运动弄到现在这种局面，真叫人不知从何救起。中国在流血，已流了这样多，还要流更多，但他们却唱着这种无耻的甜蜜的歌。

梅兄事新发展颇不愉快。大约早迟得丢掉这个职业，因为如果累病了，进医院，是不划算的。朱兄去杭，预备去港[沪]一趟，想你可以见到他了。希望他底学校能够成功才好。

祝好！

嗣兴

五月十二日

## (231) 1948年5月20日自南京

晓谷兄：

信收到。梅兄去杭转沪，不知见到否？托他带上《郭子龙》，请你先看一看。

《云雀》后记，就把原来那东西改写了，这里附上。中间刺了南乔先生一下。但不知那烂文章你现在看到了没有？后面的那个附记，也是颇为难的。或者就“气派”一点，不作声算了吧。那就望涂掉。只保留一句“谢谢上演的……剧团诸位先生”，你看看如何。

文字，想写一点。但港刊第一期有人拿去了，须得找回来。要隔几天。

关于涂掉那三个宝贝名字，我想涂不涂都可以的。小刘的意思我懂得,他是说:“难道我们就怕他们么?”我也颇有这意思。不过,又顾到在这小文坛上的生机,因为我们是苟活,他们随时会泼水来淹死你的。顾到将来的工作和路,须得慢慢地挤上前去。说起来,也令人悲怆的。我想这就是你底心情罢。不过那三个活宝名字,大约也“无啥要紧”。

《云雀》的解释,看来还不够。你去年写的那小文章可附上去否?或者有心情另写一点?我最近又想写剧本,但是头脑里还是盘旋着“知识分子”灰色的。又,纸头解决了没有?

嗣兴

五月二十日

## (232)1948年5月28日自南京

谷兄:

论文已写成,但想想仍然觉得冒失。这批好汉,是必须以其人之道还治其人之身的。最近他们致北平学生的信里有“我们饱食安居……觉得惭愧”之类的昏话;但“饱食安居”这几个字倒恰恰倒出了他们底真实……现在寄上,你看看,如果不必发表,就作为我写给你的意见罢。

祝好!

嗣兴

五月二十八日

## (233)1948年6月5日自南京

晓谷兄:

来信收到。《郭子龙》,也觉得那些缺点,过些时再改一改。这星期已着手写剧本,草稿已写两幕。这里的主题是叙写灭亡,但我心里却盘旋着贝多芬底《欢乐颂》,那庄严的言词,极想把它引进去,灌溉龟裂的田地。我久有这个想头,每年能写一个剧本，这是极好的事情。非常地喜爱这种行动迅速的形式。但太热切了，使得身体颇有点吃不消。那回敬老爷们的论文就弄得我很疲惫，不想和他们再闹什么最好，朱兄前晚来，曾和他谈过，要他把先前写的弄起来。不过他现在心情颇焦，没有安定的住处。成都罗君[①]已来，见到一面，也许要到上海来。

《蚂蚁》，稿子困难。这一期弄的时候想多着一点力。曾写信小刘，要他写点关于龙华、市镇、大街、海边、洋人之类的随笔散文，见到他的时候望提一提。《铁链》没有地方用，就寄来用，我这里还有几篇小的。庄兄朋友们实在已不仅敬而远之，原来在走着路的，因这一来，步调已乱了。从他们那里得不到稿子了。如果复旦的人们能写一点，也好，但是也没有，这里学生们又不认识。

宣告"破产"，成了幽魂，让他们在空地上称王，真是老爷们求之不得的事情。论点之外，我是做什么的，但总想打他们一巴掌——却不料打得自己吃力了。

祝好！

兴

六月五日

## (234) 1948年6月10日自南京

晓谷兄：

剧本已成初稿，隔些天再改写。短小说附上一篇，你看可写北平否？那文章不知已托逯兄抄好没有。欧阳兄也想用。他的意思，如寄北平，就也给《蚂蚁》同时发表，好使看到的人较多一些。不知你觉得如何？如可以这样，就望逯兄抄后寄回来，或托他们有空再抄一份寄来。

梅兄这两天未见，明天想找到他。声兄要我问你，他由安徽给你寄的慕[墓]志铭稿收到没有。

---

① "罗君"即罗洛(1927—1998)，原名罗泽浦，诗人。1955年被定为"胡风分子"。

若海兄日前来，偶尔提及，想把《祖父》及预备写的一篇小说寄文协征文。当时我没有好明显地反对。我想那没有什么样道理。《祖父》前日改过，后两幕就它内容本身说仍有不合适的地方，大家谈谈，他最近又改了：尚未看到，大概改得很简单。他很想排一排，但要看有没有机会到上海来演。他们想在上海租园子。这里是完全不行似的，一个场子也没有了。他的老板答应他再过五个月让他辞职，看样子颇彷徨的。关于应征的事情，你以为如何？我在做拾到黄金的梦，梦想买他一大堆纸头来印一切东西。我们对面新盖洋楼，前两天汽车拖来几十大捆白报纸，不知干什么的？穷小孩们围抢包皮纸和木头板，打得在泥地上滚。就是如此。这里满街都是过端午节的气象，人们为了争取欢笑而不绝地啼哭。

祝好！

嗣兴

六月十日夜

前去看过若海兄，似颇犹豫。也有了一点戒心似的。不知海燕等能想想办法否？

十日夜

## (235) 1948年7月19—20日自南京

谷兄：

两个小孩疹子已好，只是还有些吵闹。

梅兄事，他的意思是，目前走了，得罪人，会不大愉快的，要么就高飞。好在这听讲也只有五个星期，每天上午有课，下午就可以休息。已经能够住在外面似的。他想趁这机会清醒一下，且看看病，如真有病，也就可以辞职了。到现在已上课一星期，洋人在上面开机器，下面却打瞌睡，据说是“这样洋鬼子的琐琐碎碎的把戏有啥稀奇”云。还没有遇到什么麻烦，看来心情已稍好些。你和他谈的那文字，他预备写长一点。

能得到纸头也好。本来所经受的奴隶的遭遇已经不止这一桩，好像已无从悲愤了似的。而听说可以有纸，倒实在有些觉得欢喜。不过不知道会不会有实际的麻烦。

《蚂蚁》几天内就可以弄好，排下来有三十二面了。

管兄来信，已生一女孩。你近来有信给他否？

祝好！

嗣兴

七月十九日

平刊已收到一本。

我们这机关通知撤销，大约还可混两个月。

二十日

## (236) 1948年8月9日自南京

晓谷兄：

久未得信，念念。想像事忙，不知现在弄成否？《蚂蚁》现已由我们几人集资近一亿，预备买纸；同时印募捐册子进行募捐。赶得及的话，下月初想出第四期。朱兄论文已去信催，望你去信也催一催，要他能在二十号以前把续篇弄好，寄你看后转来。梅兄文正在改写，寄你看后，如篇幅够，就也在《蚂蚁》上刊出也好。天热事杂，难以做事，但有时愤怒于这样的生活，心愿极高。和梅兄们谈谈，看见了《统一战线》上的以群的文字，说茅公《腐蚀》是十年来的健康作品，颇为激怒，就写了一篇，挖苦了这茅公一下。改抄后当寄你看过。我想，现在非反击不可，这样才争得到主动地位的。

小刘送他哥哥小孩来京，玩了一晚上。看来他身体还是那样。

庄兄接北大田君来信，说要开一座谈会，讨论《泥土》上的文字，不知这会开成结果如何，你知道否？又，《蚂蚁》以后要托三联总经售，不知可托罗兄们去谈谈条件否？因为这样就可以由他们转信件了。

祝安好！

嗣兴

八月九日

再有孙诗[①]及其他稿子否？望寄一点庄兄处。

## （237）1948年8月11日左右自南京[②]

谷兄：

九号信收到。编法、启事，这回一定要有。生活报告之类这回已有了一篇。但打狗的文字却还没有。我写了一篇《爱民大会》的小说[③]，颇为尖锐，想可以调和一下和老爷们对打的空气。谣言攻势不知是否津贴之类。态度问题，庄兄朋友处已有说的；自然，态度也可以“好”一点的，就是更正面、更严厉一点，但这必须自己首先负担起来，且多用一点时间和力气。

若海的心情似颇隔膜，近来话也没什么谈的了。有空当要找他玩玩，不过关于朗诵会之类，恐怕他也没有什么办法。

机关撤销尚未得确息，大约拖到本月底吧。但也不知是撤销还是改组。我也有那个打算的。困难的是我□□家庭的内容。

祝好！

嗣兴

## （238）1948年8月15日自南京

晓谷兄：

评《腐蚀》寄你看看。（另寄）我想能在《蚂蚁》上发表它。短

---

① “孙诗”指孙钿的诗。

② 本信原判为1948年10月2日，今订为8月11日左右。——编注

③ 路翎的短篇小说《爱民大会》，写于1948年8月。

的隔两天寄一点你，那小说集，也一时想不出名字来。当再想想。募捐簿另寄。

《大众化》的创刊，很想做，但事实上真有困难。首先是稿子，要慢慢地试验。在这种环境下，也不能确切地弄清这东西的基本对象，因为城市的文化关系是如此的，我想大约是以普通的中学生水准的年轻的民众为对象。文学上的各方面的形式都可以有，比方小说、诗、批评、散文。看我能试写一两篇故事否。批评，现在大约要向黄色及封建进攻，我就想到一个，比方评《牛郎织女》的故事等等。事实上，社会科学的东西恐怕要比文学还可做些的，文学这一方面在这里太力弱了。首先要有稿子，才能谈其他的。弄这个，是很容易套到形式主义里面去的。

还听说清华有个会，不知知道否？

土纸也涨了。我们现有合法币一亿多的钱，前两天和庄兄一路去访，商人太厉害，一定要三千万一令。和庄兄说好了第二天就去订四令，大约已定下。如果三十二页，就可以勉强对付两期。但排工还得等收回价款及捐款。

祝好！

嗣兴

八月十五日

评《腐蚀》，这里尚抄有一份。题目，那样如何？

## (239) 1948年8月18—20日自南京

晓谷兄：

关于《大众化》的做法，想了，也试写了一篇小说，待抄好后寄你看看。所能做到的，不过是某些地方对读者用直接谈话的活泼的口吻，但这却有一个危机，失之表面化和油滑。此外，用字和表现方法都竭力简单、浅显。不过还是要说明并且表现内容的，内容较深的地方，就有困难。结构上面，看来和普通短小说没有大不同。但自己再念念，倒还可以上口。我讨厌旧小说笔法。我们的工作在基本上也是要和这些慢慢争夺的。

约好梅兄也写一点，此外给信原兄，看他能否写一点。待有了稿子，大家有点自信了，再计划排印等等事情。这方面，也还要听取你的意见。

前寄评茅公小说文，及短稿子两篇，都收到否？还有募捐册五本收到否？共印了二十五本，现在分出去了十九本，我想大概两三亿总可以募到的。不过讨厌的是钱到手时又不值价了。顶好经手募的人得到一点钱就把它交换成有固定值价的东西，比如银元美钞之类。

那在排的集子，想不出名字来。先前题的那个不好。或者把《在铁链中》也加进去，就叫它《在铁链中》吧。想到《燃烧的荆棘》、《荒野》，这一类的，但都不好。你觉得如何？

管兄文不知寄到否？梅兄的有四万字。朱兄则无消息。

祝好！

嗣兴

八月十八日晚上

二十日寄

## (240) 1948年8月23日自南京

晓谷兄：

廿一日信收到。这两天牙痛，要去拔牙，在休息。神经颇不宁。

所说的没有注意到的两点，不知是否指“飘飘然的‘缺点’”之类的话，因为后来翻书，那话是出自《问题》里的，不过语气不同。

听庄兄说，《蚂蚁》在三联出了毛病，没收且退款，有所闻否？为此自然颇有点恼人的。

庄兄朋友均无法有稿。海兄，也无法。两月来，大约他写了几篇，但都默默地给了别处了。一篇小说拿来看过后即寄了你。

写了一封给曹公的公开信，给一个小文人骗了去，发表在《戏剧春秋》那些半黄色刊物上了。现在听说在为金山的公司写一农村故事的电影剧本。

梅兄文在抄写，要有五万字。写好了，约他试试《大众化》的。

祝好！

嗣兴

八月二十三日

## (241) 1948年9月11—12日自南京

谷兄：

庄兄告我你募到五十元，且事情几天内可以告一段落。小刊当等你的来信再策划。朱兄稿大约仍然没有写，那么这一期可自梅兄文内摘一段，你看如何？评茅文，《大众化》等等，也要你斟酌。

近来气闷，曾跑到镇江去玩了一天，却惹了梅兄不安了一阵。他预备中秋前后去玩，并拢上海走走。□兄学校想未能考取，也是麻烦的。

祝好！

嗣兴

九月十一日

《云雀》后记寄来发表在四期上，你看如何？

又：二十元已收到，当天已有二信寄上，谅已收。

庄

九月十二日

## (242) 1948年10月13日自南京

谷兄：

寄我三十元，庄兄处二十五元均收到。小集已付印，现只担心印所会不会有麻烦，大致还不会。

龙兄又奉调至中州[训]团受训，预备去会见上司。声明不去，并想请假休养，但看来恐怕很难顺利。至于别的麻烦这两天倒静下来了。

短集已编好，另卷寄上。共二十七篇，约十八万字。目次上做了记号的三篇，《爱民大会》在《蚂蚁》，其余在你处，待刊出后补进。《张刘氏敬香记》目次排在后面，但却贴在前面了，因为和另一两篇分不开来。还有三四篇新写的，在手边，这次不编进了。有几篇不好的已去掉。但《天堂地狱之间》《初恋》等，也觉得不好的，却又犹豫着没有去掉，希望你能看看决定。编法也请你看看。

现准备静下来改写《郭子龙》和其他的一篇。

祝好！

嗣兴

十月十三日

书名就叫《平原》也好，但或者要生意眼一点，由你看吧。新写的有一篇《出嫁》，如整理了加进去也可以做书名的。

寄庄兄处信收到，还是先寄上短集，长的，改好就寄来，但如他等不及，就给他短的。但大概不会太久的。现在就在弄。又，刊要稿前再告我一声，好抽出时间来整理短的。什么时候出第一期？

## (243) 1949年4月30日自南京

风兄：

这信不知你能否收到。

我在三月廿二日曾去上海，因这里宪兵特务曾来盘问，是去避避锋的。到了上海的第二天，庄兄及小刘兄即被捕。因六期《蚂蚁》刚出，庄兄携至龙华访小刘，在机场上被搜查到了。因而也暴露了我底地址。幸好小刘兄亲戚有力，本月初两人都被保释了出来，小刘兄在家休养，庄兄回苏州。梅兄曾去沪，与我及屠先生奔忙多天。我四月九日回来料理的，赶上了南京的解放。

现解放军向上海进军，看来那里会有战事，此地民间谣言亦多。甚罣念屠先生。在沪曾看见你的家信，屠先生并寄了《论现实主义的路》数包及《蚂蚁》数包，不知收到否？府上均旺健的，生活也还好，只是屠先生每日奔波，颇为劳累。现在围城中，想要辛苦些了。

南京解放，新天地于数日炮火后突然出现，感觉上似乎还一时不能适应。瞎子突然睁了眼，大约就是如此罢。现在整理旧务，也看能否做点新事。只是现在此地一个熟人也没有。存在我这里的《蚂》刊，都在紧急的时候销毁了。

梅兄已回沪，曾说解放军渡江后即去杭，但不知究竟去了没有。看来或者杭州可能先解放的。朱、陈、胡等兄均在杭；但亦因有所暴露，不大安定。罗洛弟已避难去沪。

你何时可以南下？希望你沿津浦路一路来南京。

我们生活还好，目前也可以维持。明英社中即接收，她大约可以照常工作。南京方面已大致恢复。

祝安好！

翎

四月三十日夜

## (244) 1949年5月4日自南京

风兄：

前信未知收到否？不知道你底通讯址，在上海的时候没有抄下来。

在沪时曾和冼群见面数次，谈论关于《郭素娥》的改编。他给我介绍了在南京的原演剧七队的队长李世仪，意思是李君关系多，紧急时可照应一下。前些天，解放以后了，他来过。因他的关系，这里解放军文工团茶会招待文化界的时候也邀了我，去了，是关于《白毛女》的上演的。在那里遇到了罗荪、吴组缃[①]等人，他们告诉我已经发了一个宣言，知道我在南京，签了我的名字，并邀今天留京的文协会员聚会一下。去了，一共十几个人，好一些是不大相干的。谈了两件事，一是要出一个小刊物，一是要成立文协南京支会，并推举六月初在平召开的大会底代表。选的结果，是吴、罗、萧亦五和陈中凡教授四人。就是这样的一个情形，并大家捐了一点钱预备出刊物。

我看做不出什么事情来。但刊物，还是预备写一点，因为不然就要大家不舒服，这几位先生，我都不大知道详情。据他们说宣言是由新华社发到北平来了的。文协南京本无分会，这几个人，也成立不了什么分会似的；推举的代表，也不过是他们的心切。他们将有电文之类来平，想你已经知道了。

庄君在苏州，来信说，通车后即来京一走。但我们底资财和稿子都在上海，一时无法做了。我也想看看再说。现在这里，各个角落里都跑出人来，在文化活动和政治活动上面，手痒的人多得很。有的还想当“接收大员”哩。

我底旧事大概已清理完毕。现如做一点新的事情，大约还是短的。也想再写剧本。

望来信。祝好！

嗣兴

五月四日晨

## (245) 1949年5月14日自南京

风兄：

四月廿六日信昨天(十三)收到。我有两信，一为四月下旬发，寄张副市长友渔转，一为五月六号发，寄市府交际科转，料想可能收到。电报贵得凶，不打了。

---

① 罗荪即孔罗荪(1912—1996)，作家。吴组缃(1908—1994)，教授、作家。

庄兄及小刘兄在沪曾被捕，后释出，前信已述及。庄兄五月六号从苏州来京，现已恢复了关系，在财政经济组协助人事方面的事务，暂住我处。因他的关系新近恢复，关于《蚂蚁》的事先前又曾有不了解，现在也还没有弄清，故我没有托他去谈我的事。他去工作前，我曾和他谈过两点：一、做实际工作，最好在工厂里面；二、暂不谈文艺，关于这些问题，应先听别人的，我也准备如此。但此外的熟人，我只有几个不相干的所谓文艺界，是他们来找的，去开过两次会。冼群兄曾给我介绍前演剧七队队长李世仪君，现在负责南京文艺工作团，但他忙于交际，我目前又不拟干文艺。杭州解放后，即去信给方、陈诸兄，尚未得回信；即再去一信。怀兄已不在杭，去年底回广州去了。

(上略)。屠兄四月初所寄之信及书籍，不知你可收到。据我知道，《论现实主义的路》那时还卖了一点钱，存粮她说也还有两个月。

我在这破楼里闷得久了，是极想走过广大的新生的平原，见到新的事和新的人的。所以，如接到通知[1]，我一定来。如来不成，即去找寻工作。柏山[2]的二十四军不在南京。

明英大约仍然可以继续。家里面的生活，也还可以维持两三个月。这半个多月，也试着做一点短东西，但无论如何，旧的规模是不行的了。闹牙痛也闹了多天，昨天拔去，这才可以写几个字。

现在同一个太阳照耀着我们，照耀着我们伟大的国家，和英雄的人民了。我底屋子周围就荡漾着粗嘎的愉快的歌声，但从我底邻人们看，要拔去旧中国，还需要很多时间。我现在也还被这旧中国压着。……我希望不久就能和你见面。

握手！

翎

五月十四日晨

---

① 参加第一次文代会的通知。

② 彭柏山(1910—1968)，原名彭冰山，20世纪30年代即从事创作，并参加左联，与胡风结识，当时任解放军第二十四军政治部主任。1955年由于“胡风反革命集团”案被错误处理，1968年含冤去世。

# （246）1949年5月23—25日自南京

风兄：

有一快信，并一电报，谅皆收到。因欲进行工作，不知来平事究竟如何，不能决定，故电报中询你以来平事。今日已二十三号，报到期在即，尚未接获通知，大约是改变了。你当然不必去说什么，我底原意不过是要你告诉我情况，使我能进行自己的事情和这边的工作。

今日已去柏山处，他是随部队追击至广德附近，才又转回南京的。闲谈了一些，他并介绍我去此地文教会徐平羽[①]先生处。今天赶了一点手边的事，预备明天就去。

我希望能朴素地工作，只要明英还能做事，生活是不会有什么问题的。本来也想去军队，但柏山告我以军队底特殊艰苦情形，并劝我不去。

此地文协会员，罗荪、吴组缃诸位即动身来平。他们原编的一文艺报，第一期已可出，第二期因他们离开就硬要托我代理。我很为难，并且丧气，但终于推却不掉。看已有的稿子，烂得很，中学生程度。怎么办呢？那么，只有拖，尽量地等他们回来，其次，就有什么编什么。不能做得好就照他们原样。

这些天写一剧本，关于工人的。关于工人的生活矛盾、负担、及斗争的。时间仍然取自解放前，题为《人民万岁》。我是想试一试，看这斗争的形象能上舞台否。我希望能给你看过，听取你的意见之后再说。

朱声及梅兄有信来。他们因为看见了南京文协的宣言，就也想在杭州做一做。事实上自然很难，你的意思我已转告他们了。

上海成围城，屠兄将艰苦了。我的家里人住在虹口，靠近军

---

① 徐平羽，即白丁，胡风在左联时的友人，此时在南京军管会任文教会主任。

事地区，也颇糟的。

你大约开过了会就可以下来罢。望来信。祝好！

嗣兴

五月二十三日夜

闻上海已于今晨四时解放，即去信屠兄。今日才会到了文教会徐平羽主任，匆匆谈过，他的意思要我在文教会文艺处工作。下午要再去会文艺处的人谈谈。望来信。又及。

二十五日下午

## (247) 1949年6月7日自南京

风兄：

两信，上月十九日和三十日的，都收到。我已分配在此地文教会文艺处工作，只是目前还没有什么具体工作。[1] 经常地谈了谈，我在写一剧本，他们就叫我写好给他们。办公的地点在文化剧院，离我处很近。

柏山介绍我会见徐平羽（大约就是白丁吧），他觉得，将来文化工作很重要，还是干文化部门的罢。他很忙，对这边情形还不太熟，所以没有谈多少。和柏山倒是谈了一下午，他完全是军人的样子了，给了我不少的意见。接洽了工作后，就写了一封信给他，还没有空再去找他。梅兄们的事，我曾提及，他说你也提及的，但没有说下去。大约他不在杭，也没有什么法子。

周而复们过此时，曾邀我，未见到。前两天有事去上海，在雷米路恰巧碰到了。他告诉我文协代表的事，说一切由他们统筹办理。[2] 罗荪他们也曾通知我的。和周君见面时，恰好小刘在，就向他提了一提小刘参加工作的事，但回答得不很具体。

此地编新华副刊的人曾来谈过，给了他们一篇报告性的短

---

① 1949年6月，路翎调到南京军管会文艺处工作。

② 1949年7月2日，路翎作为南京文协代表到北平参加第一届文代会。

文。另写了几篇短东西，都没有什么大道理。但剧本却想好好弄一弄，大约几天内可以完成了。以后写短的，当给他们。《蚂蚁》事，屠兄及小刘兄意要再弄一弄，因为第七期先前已排了两、三万字，丢掉可惜。姚老板[1]愿意做。现他们预备登记一下再说。你有短文可寄来用否？

另外，此地剧专找我明天去演讲，就"座谈会的体会"说一说。这些事情以前没有做过，很觉得困难。但也不好不去的。须得准备一下。

你提的，关于作品的几点，我想可以做到的。和北方来的一些人们接触，碰到的还是这个问题，但已摸到关键了，而且，都不如那些理论家的空和泛，这是好事情。

明英事尚未定，但大致可以继续。和她个别谈话时，谈到我们的。

剧本，如来得及，来平时当带给你看。

你的那剪来的短文，即寄梅兄们。

敬礼！

嗣兴

六月七日

## (248) 1949年8月6日自南京

风兄：

南京的情形，也如总的局面一样地困难。和负责的人谈了，到工厂去他们原则上同意，并且已拟了计划，但要我先干组织工作之类，又成立了一个很不具体的编创组，要我负责。我想没[设]法使这个东西不着重于形式，而大家到实际工作中间去，但还没有机会更深入地谈。

明英社中精简，又去掉一半的人，去学习或转移。她也在被

① "姚老板"即姚蓬子，经办作家书屋。

去掉之列，现正替她谋一个小学教书的工作，不知能否成功。[①]

过两天，安静下来，就改剧本。

还没有见到庄兄。梅兄事情如何了？

祝好！

嗣兴

八月六日

## (249) 1949年8月15日自南京

风兄：

信收到。我的情形如此：文艺处将改组，或将直属军管会宣传部，现处内仍只做一点形式上的事情，例如欢迎文代会之类。以后不知如何。派我负责编创组，共六人，其中主要的是郑造[②]、邹霆[③]们。在争取入厂，已和总工会接过头，预备从后天晚上起先到附近的厂里（被服厂之类）去参加他们工作组的工作。但领导人现在的心思似不在这里，虽然表示过赞词，但又不置可否。较远较大的厂原已选定马鞍山□厂及铁厂，但要过些时，处内问题具体解决后才能提出。

中大文学院长胡小石拉我去兼教小说写作之类，原已拒绝，今天又找去谈，一定要去，我就提出文艺处的工作和入厂的计划及工作来，但这位老先生说，可以机动的，去了回来再补也可以。我说，如去，也许一两个月不能回来。他说，这也没有什么困难。最后我回答他看具体的情形再考虑，因为这是要对同学负责任的，而自己也不能放弃主要的工作。兼任的课程，每星期大约三个钟点，但实际上恐怕要花费不少。你看这事情如何？望给我

① 据新华社南京1949年6月28日电，原中央通讯社留存人员已全部处理。——编注

② 郑造（已故），当年与路翎在南京市军管会文艺处共事。

③ 邹霆，当年曾在南京市军管会文艺处与路翎共事。后进入北京外文出版局《中国建设》担任高级记者，现已离休。

意见。

剧本已改过,现交李君看。曾想写一通俗故事试试,但一想到内容,就舍不得。也还是只有由它。

明英现正进行小学校的事情,但不知能成否。现在学校又精简不办,连学习都困难,蹲在家里不是事情,还有就是生活的问题。

姚老板那里,不知是否会犯毛病?我们的不快的情形,在这块小土地上也有模糊的反映了,所以非得争取去做实际的事情不可。以现在的文艺处而论,就颇浪费人。

庄兄已调入电厂工作,负一部份责任,这倒是极好的。

如遇德馨兄,请他便中送一本《云雀》给"同嘉路九十二号蒋行",就在我家的隔壁。

祝好!

嗣兴

八月十五日

## (250) 1949年8月18日自南京

风兄:

从江北回来,接到你底信。我已在此地自作主张地通过总工会参加了几个工人活动。自作主张,是因为领导人不置可否,因为即将改组。前天参加了市内的工人干训班的"诉苦大会",今天和处里两个人去参加了浦镇铁路机厂的工人干训班学习。总工会的一位同志,颇好的人。和工人们个别地接触了一下,并且去看了机厂底各个部门。这机厂是相当庞大的,但据一位工人说比戚墅堰还要小三分之一;有三四千工人。说是可以造火车头,但设备还不全。我们看到从绘图到装备的全部景象。有五、六个车头在修理。工人们情绪高,但诚如你所说,在受着试炼。我厌恶"诉苦",那是勉强的,至少是不好的。前天,一位司机说着他的苦,情绪激动,一直说到解放后的苦,似乎现在更苦,哭了起来。这个简直就压杀了工人阶级底战斗气魄和英雄气魄。工人们见面时常带有小市民性和少爷性，封建的手工业性：而诉苦正发扬了这个。今天接触的有几个工人就是“学生式”的。但他们不喜欢《板话》。

我们准备等处里的情况定了，到个别的厂里去住些时。工会是帮忙的。问题在领导上。不知今后会如何。具体的问题，例如去厂里吃饭，比较难解决。听说可能有薪给制，那就要好些。

剧本，李君大约尚未看完。他看后当再改一改。当尽力地抄几份。在南京上演，看情形不可能，仅此一个文工团，现已落入公式主义之手了，李君也无办法；他也没有什么看法。

我们很好，也准备忍受艰苦，自然，麻烦是要有的。明英事仍是那样，但她愿意继续参加社里的学习。思想上已经“搞通”，不过情绪上还不稳定。

庄兄在那被炸了好些洞的电厂里做工，我也想争取一个机会去电厂里住住。

《蚂蚁》各期收到一万零二百多元，如不好在老板的版税里扣下，当寄来。

好！

翎

八月十八日

## （251）1949年8月22日自南京

风兄：

信收到，书寄来二十本，鲁藜、鲁煤、康濯处已寄出；款尚未收到，想是老板尚未寄。[1] 前信要你方便的话扣下一万零四百元的，收到否？

---

① 路翎的短篇小说集《在铁链中》，1949年8月由上海海燕书店出版。

剧本，李君拆了小烂污，要他看，看了一个星期还未拿来，今天找他找了一天都未见人。现在处里无头，他也简直不来，不知搅些什么。这人似不太真诚，难以期望的。明天一定得捉到他，找回来抄。但二十七号以前恐怕寄不到了。如你急着动身，可否先与黄佐临谈谈，然后再由我寄去。自然，我要尽力赶快抄。托几个人抄。

书，如有便人就来取。你们有便人来南京也望托一下。中大事，如可以有办法维持生活当不考虑。文化圈子和文艺圈子都腻透了。

那长的印五百，也好吧。名符其实的“交换文学”。大约是要“献给少数有福的人”的，阿弥陀佛！

在写一中篇，因为处里工作未展开，就写写。但是很难。

小刘如何？没有写信给他。快乐！

翎

八月二十二日夜

## (252) 1949年8月30日自南京

风兄：

海燕的钱已收到。寄来的二十本书，送得只剩七八本了。预备过两天先尽远处寄出去(上次鲁煤等已寄了的)。剧本前几天寄上了两份，想已收到，看出过否？这两天又想到一点似乎需要强调的东西，例如工人们在这时间里的饿饥窘迫的状况。这是斗争的基础。里面原来写了的，但不侧重。前天李君和我谈了一下，他的意思是也要把“反饥饿”写出来。我还在考虑这应该做怎样的一种活的解释。你觉得这一点如何？想要再改一改，改动的地方当再写信详细抄给你。

限于物质条件，现在较大的厂是去不成(都太远)，只有把重心放在不太远的被服厂里。下个星期起就要开办工人夜校，从识字班做起。都是手工业式的，但也有很多东西的。

守梅来信，情绪不很好，工作也还无头绪。这个时期确实为难，但我们是需要撑持的，即使目前还是手工业式地撑持，很多东西在新生，很多东西在腐烂，都快得很。

明英的小学教员事大约不成了，现在进行别的，不知是否有希望。听守梅说你们要全家迁平，不知确否？

祝好！

嗣兴

八月三十日

## （253）1949年8月31日自南京

风兄：

现在把要添改的部份抄给你。又要花费你的时间了，我觉得很不安。你觉得这些添加的部分有没有必要？主要的是增加饥饿困苦的气氛。一共抄两份给你。

前信收到否？你是不是五号左右动身。望动身前能来信。

好！

嗣兴

八月三十一日

## （254）1949年9月2日自南京

风兄：

三十一号来信收到了，也许这信你还未来得及见到罢。你这信给我启发很多，剧本，决定重新改过。此地李君，除了告诉过你的那意见以外，别的没有什么。今天碰到他又找他谈起来，他说希望我给地下党干工运的同志看看。我说很好。但他说的那工会同志，是干码头工人的，不知如何。至于上演，李君只是一般地提过一句，说："这剧本可以上演的。"不知他究竟意思怎样，我想慢慢地多争取一下。一方面，他们文工团在整编，条件现在似不太够。

我们处内开会。提出生活的问题来，领导的同志和李君同意了明英参加文艺处工作，去管理图书资料。是别人提出的。不知能不能被批准。但我却考虑到文艺处的工作会与她不太适合，而两个人都是供给制，也比较困难。在我自己，是已经对文艺家们觉得一种困苦，那空气差不多是腐蚀人的，每走进去都要觉得一种困苦。所以，生活问题倘能基本解决，我当到厂里去，无论怎样都好。我现在倒是觉得，在从前的摸索中，我倒能够从生活多取得一点东西。半死不活的这样的"文艺"实在是不要再干了。

你和白丁谈的有没有一点结果？

现在写东西的时间不多。在断断续续地试着写一篇小说。能写短小说，当寄到天津去，但这些天还不行。

祝好！

嗣兴

九月二日夜

## (255) 1949年9月12日自南京

风兄：

我已经找白丁夫妇谈过，谈得很好。明英的事情正在设法解决中，但恢复技术工作大约是很困难的。白丁跟我提到，想办法跟我解决生活问题，叫明英就在家中做点事，我说，这是不行的。她也不十分愿意教小学。那么，就设法看能否到华大去工作，一面学习。这办法较好。中大的事，也跟他谈了，他劝我还是去，一方面对付旧东西，一方面解决一点生活问题。因为仅仅明英参加工作，生活问题还是不能全部解决的。

也谈了文艺问题。剧本，已经改了，正在抄，抄好就拿一份给他。

这些时主要地在干被服厂的夜校，[①]有一点收获了。记一点

---

① 此时路翎在南京被服厂体验生活。

印象之类留着，但要发表，也是有与政策矛盾的地方的。

到平后好否？

好！

嗣兴

九月十二日

## (256) 1949年9月22日自南京

风兄：

两信均收到。我有一信，想已收到。政协已开会，很忙罢。剧本已基本上改过，你后来提示的关于爱国主义的一点，本来是必有的东西。给了一份白丁夫妇，一份文艺处现在的副处长，一份(旧稿)工会同志。到白丁夫妇那里去玩过两次，和林果单独地也谈了一上午，她很单纯似的。昨晚和白丁打电话，他说看过了，客气了一番，说再看一看就提意见。工会的同志则还未看过。争取上演，要看这几方面的反映。

明英的工作，还未具体决定，大约进文艺处，两个小孩取得供给，解决基本问题。白丁倒热心，但是此地领导人忙乱得很。

往后半个月，一个月，要展开各色宣传活动：游园会，游行，开会，诸如此类的。工厂里面，现在教补习班，所付代价颇不小，但非得住进去才行的。现在厂里面也是各种活动，忙乱之至。这忙，时常是空洞的，但大家都觉得是极大的工作，真没有办法。我就躲着写一点短东西，等明英的问题解决了，就进厂去住。

你好否，望来信。剧本，在又抄一份，再等等各方面的反映，就寄你。

握手！

嗣兴

九月廿二日

附短稿，看可以转《天津日报》否？

## (257) 1949年10月4日自南京

风兄：

今晨寄上了剧本。是零零碎碎地又改过，主要地是等这里几方面的意见，但一直到今天，白丁尚未看，工会同志无消息，我们处里现在的副处长似乎也未看。愈改愈是不大心安，现姑且寄你了。此外，这些时忙着宣传工作。此地为庆祝开国及保卫世界和平，要一小剧本上演，找来找去没有合适的，后来拉上我，就"自告奋勇"地给弄了一个小的讽刺剧①。现在正在排，过两天就演出，演员有黄宗江②们。我是也想借这个机会夺取一份公民权，为我们的文学斗争争取一条路子，自然"有些人"会要不高兴；有一些人提了意见的，我就拉他们"集体创作"。但也管不得。排下来看，还马马虎虎。

就是忙着这个，工厂里的事也暂时中断了。工厂里也在忙。

明英已来文艺处。现又正进行气象研究所的电台，成了就调去。白丁很卖力的。

小剧本过两天寄一份你看看。

握手！

翎

十月四日夜

## (258) 1949年10月17日自南京

玘华兄：

托人带来的书，德馨兄的信和梅志寄来的信都有收到了。这些时候忙乱之至，直到今天还没有静下来。南京举行游湖会，临时

---

① "小讽刺剧"即《反动派一团糟》。

② 黄宗江(1921—2010)，剧作家，演员，即下文的"黄少爷""电影明星黄君"。

没有剧本,就拉我"突击"了一个小讽刺剧。后来连演员都叫拉上台去了。因而也就叫几个"大明星"例如黄少爷,觉得不舒服。这黄少爷就是很著名的《大周园[团圆]》的编剧,他们认为他们的艺术水准极高,叫他们演这种戏是委屈了他们,"砸"了他们的招牌。搞这个工作,我最初的念头,是也想借此为我们的文学斗争打通一点路子,而后来我却站在一个很有趣的地位上,这就是,我做了配合政策的普及工作了,而"大明星"之流却和我来唱对台。

这大约也是一种不幸,我的时间就在这些的里面扰去了不少。现在告一段落了,预备收拾收拾,到什么宽阔而猛烈的场所去,到厂里去。南京大学,早就和我谈过要我去教书,后来看见里面人事杂乱,拒绝了,但负责人又非常之用力地来拉,这样,就决定每星期去一次或两次。明英的工作,现已调到气象研究所的电台。……我的情形就是如此。短稿子也就说没有写。

《人民万岁》此地也不容易上演的,因为形式主义者还占极大的优势。徐平羽还一直没有看。

风兄不知已回来了没有?没有再写信给他了。梅兄工作成功否?

中华书局那小册子和姚老板那里的长篇,不知命运如何,听见说没有?

祝你们安好!有机会我想到上海来跑一次的。

嗣兴

十月十七日夜

## (259) 1949 年 10 月 22 日自南京

风兄:

得屠兄来信,知你在京尚有些时间勾留,所以再写一信。前寄短小说一则,方纪兄来信说将编到一个丛刊里去,那就由他去罢。那实在写得不好。又写了一篇也不成功。今天写了一则,却比较好了。在这个现实里来找寻文学的路,比过去要艰苦些了。《人民万岁》收到了没有?此地无声息,过两天想找白丁去谈谈。但也许仍未看。

忙"游湖大会"忙了近一个月。配合政策写了一个小的讽刺剧,由黄宗江们演了。但他们对结局却不满,因为这不合他们的"艺术"水平,由此会"砸"了他们的招牌云。但领导上却表示满意。所以我这回是站在一个很有趣的地位上。和明星少爷们如此地搞了一通,颇获得一点经验。

赖少其来了,但不常见到。没有谈什么。方式也是一般的。我只能从实际入手,争取入厂。如无其他麻烦,下星期就预备搬到被服厂里去住下来再说。明英的工作已解决,在气象所电台。但和白丁夫妇最近却没有机会谈谈。也颇难似的。

现在我们又要搞学习,又要开会,又要弄文联。总要想办法做事才好。纪念鲁迅,孔老爷要了一文,我就从你的文字里摘了几个论点(自然是不说明),写了一篇,但却叫先生们删得莫名其妙,被剩下人人都会说的几句话,而后又挤了出来,退回来了。这小事也是一个记号,说明了现在的情形的。孔老爷红通通,如此如此。

姚老板那里的书无消息。屠兄提议我写一稍强硬的信去催。预备试试,自然还是很客气,你看如何?

久未得信了,望来信!祝好!

嗣兴

十月二十二日

## (260) 1949年10月28日自南京

风兄:

剧本一定改一改看。想四、五天内改好寄出。多寄一份也没有问题。只是也想,等审查的意见下来再改还要好些。但还是就改罢。昨天搬到厂里去住了,白天里有事回来一下,以后没事就不回来，以逃避文化阵。预备干一个月再说。也就因此，写东西时间少了一点。前一短篇已寄你，收到否？正在写一个，剧本弄好后再寄。小剧本，是讽刺反动派的，没有什么道理，有一底稿很乱，过些时寄你看看。这厂是被服厂，生产的性质不够理想，但东西还是有的。只是同去的一位朋友有些油。不过他去的时间不多。南大，曾经拒绝又被拉住，一波一折的。决定每星期去一次，下午，两个钟头。今天下午就去了。① 也可以做一点文学斗争的宣传工作。是的，我们打这个仗。这一回打不响也不要紧，我们要继续打下去的。

祝好！

嗣兴

十月二十八日

## (261) 1949年10月30日自南京

风兄：

寄上剧本。做了“V”的记号的(也有用墨笔改的)是台词上或说明上改动了的(或者和那一本不同的)但和那一本总有些不一样，那一本临时也改了些，记不得了。要发表的话，依这一本罢。第四幕有三页蓝墨水写的，是完全改了的两场。改动的主要的内容，一是加强张的领导的决断，并且他的领导在基本上获得了成功。一是说明了，错误大部分犯在李迎财的身上。你看这样可以否？关于爱国主义的，原来改的时候没有全篇仔细看出过，现在只保留在黄的一段表现上。另外，台词和说明上面或者还有不妥的，望你斟酌。在我，是觉得党的领导已经相当地强了。第四幕黄贵成的“感情用事”，我以为倒可以显出张的力量来，所以基本上还留着。

如果他们能提具体的意见，小场面自然还可以有再改的地

① 1949年10月，路翎到南京大学中文系讲授小说写作课。

方。鲁煤回来了没有？问候他！没有给他写信！希望他这次能有好收获。

握手！

路翎

十月三十日

这一本是从我们处里负责人那里取回的。搁了一个多月，他都没有看完。白丁处，过些时要去谈谈。

第四幕，台词里和说明里，把郑老“死”了改成“伤”了，被捕的四个人改成“三”个人，以减少“牺牲”。可以这样提示给他们：这里面批判了小资产阶级的过“左”的东西。由于李迎财的过“左”，遭受了“牺牲”，但党的领导却和这过“左”的斗争而纠正了。

## (262) 1949年11月3日自南京

风兄：

寄到华文学校的一信，内附短稿，叫退回来了。说是：“此人他去。”不知何故？现寄一信由《人民日报》转，看可能收到否。剧本上月底已寄华文学校，担心因此而收不到。望来信。短稿，就直接寄方纪去了。

好！

翎

十一月三日

## (263) 1949年11月14日自南京

风兄：

十一日信收到。我们到厂里去，是得到同意的，不过上级是无可无不可的样子。现在倒是大家在注意平剧台和夫子庙，那些的里面是“光明”而放射着异彩。住在厂里，每天大半的时间都要回来，因为最近在积极地搞学习，准备党的公开。又有这样那样的会。和工人们搞熟了几个，谈得不少。有点念头，想写一个关于解放前后封建组织（帮会）和党，和群众之间的斗争及发展的剧本。想了一想，可以有颇大的内容，极尖锐的问题。曾经和电影明星黄君聊过，他说："好！这个内容还没有人写，而且又不会出毛病。"就是这样。但自然，现在还无法动手。

《小说月刊》几次索稿，很客气。有一篇写小市民性的女工的短篇[1]，给寄去了。

剧本，张瑞芳的意思也是实在的，我就想过。还有一些东西可以想一想，例如，第二幕加进一个罢工的初步胜利去。过些时当抽功夫整个看一看。如再有什么反应，望即来信告诉我。但我看，上演是不大容易的。

小剧本，也得整理一下。但要抄起来恐怕不易。实在写得蹩扭，过些天寄你看看吧。

白丁处，去了一信谈了谈近况，并问他有没有时间可以去找他。他大约从上海刚回来，很忙的。

这里文联本月内要成立了。我大约要挂一个"文学部副部长"的名字。和×先生们周旋周旋，我没有表示什么。

祝好！

路翎

十一月十四日

## （264）1949年11月15日自南京

风兄：

小剧本寄上。这是又改了一下的。但基本上的那些玩意，是没有办法像样的。寄给你看看而已（改过的本子，就这一份了）。如果有什么戏剧刊物可以发表的话，就要注明这是怎样写

---

① "短篇"即《女工赵梅英》。

出来的东西，例如："这个剧本是为南京市各界庆祝中央人民政府成立暨保卫世界和平大会游湖会演出写的。对这个剧本给了基本上的指导或积极地提供了意见的，有郑山尊、李世仪、孔罗荪、丁尼、黄宗江、朱嘉琛、徐明、齐衡诸位同志。"曾经在南京《新民报游湖会特刊》上发表的最初的故事大纲，就是这样在前面说明的。依照习惯，是要"集体创作"才痛快，但是我还没有这个好习惯，虽然这东西实在蹩扭。演出后又改写，预备进城来公演的，因别的工作来了未能演成。你看看就是。

握手！

嗣兴

十一月十五日

## （265）1949年12月5日自南京

风兄：

来信收到了。上次的附剪报的信也收到了。当时，因为不大懂你所说的"统一战线"的事情是指什么，以为是由那诗而引起的，所以就想把那诗再好好地读几次。后来附会到了一点，是不是"清流""浊流"的问题呢？但你那诗，是真挚而气魄雄大的，我们见了都很兴奋。要培养出和那诗一样的心境，才能好好地读它。但它总也可以震动麻木的人们。为难的是，好汉们仍然抱着那一套"理论"——虽然自己也感觉到说不通了。在现在的局面下，我感觉到真实是一定会获得胜利的，我就希望我自己能更好地工作而接近真实。

我乐意上北京来工作。但看你的信，似乎要我现在就动身。那么，要收拾一下这里的事情，文艺处还不知同意不同意，我想先请一点假，就说是为剧本上演的事上北京。确定了之后再正式提出，也许要正式的文件他们才肯放，但这是我的估计，也许不至于的。路费，来的钱，过两天也许可以筹到的，因为天津有点稿费，汇票上写错成北京，已转到北京来调了。如他们方便，能汇一点来，就更好。大概我要等你的回信来了再动身，但如果处内能方便（目前一星期尚无任务，任务来了就麻烦些）就早一点动身。

是不是金山他们愿意上演《人民万岁》？我在来京之前，还要到徐平羽那里去谈一次。南京文工团长李君，前次主动地向我提出，他愿意上演。不过我看他权力不大，内心有矛盾的。

小刘来南京工作了。在气象干部训练班。昨天碰到的。

握手！望即来信。

路翎

十二月五日晨

## (266) 1950年1月1日自南京

风兄：

吴雪的信，大约没有什么用，所以暂不拿出去了。现在就等徐平羽来解决问题罢。不知道剧院里写了信没有？我写了一短信给金山他们，告诉这里的情况，并问这□件的事情。也请他们把剧本快一点油印出来。

南京方面，李团长和我谈他们预备“郑重地”上演——五月一号上演，说过几天开个小会谈谈，等我最后地改定剧本。是这么说了，但确实意向不知如何——由它去吧。

我每次见到你，都从你得到新的力量。这个仗我们不仅要打下去，而且一定要胜利的。我随时都感觉到，我们有力量，能够走进这现实的宏大的英雄世界里面去。你的诗完成的时候，你就立起了一座巨大的碑，将来的暴风雨要使它更发光的。我们要和这个碑一道生活几百年！

接到胡征[1]一信，说是去汉口看绿原，未见到，在忙生孩子。

---

① 胡征（1917—2007），原名胡秋平，七月派诗人。

又说，听曾卓[1]说，绿原正在受着苦，而且为了我也受了一些苦。这不知是怎样的。胡征的诗集，你有空看能选一下吧。他问到这个。

祝好！

兴

一月一日晨

## (267) 1950年1月13—15日自南京

风兄：

今天打电话找了徐平羽。他说，团中央的信给他带来了，但是是写给此地青年团的，也不够有力和肯定。他说他将在一个星期以内办一办，他估计不致于有什么问题。回来后十几天在搞一个剧本，现在是弄得头脑里尽是刺，有了三四个性格，但还没有好结果。[2] 解放后的这些事件，是极难处理的。大约要一遍一遍地再写过了，但我始终想能在离此前弄出一点样子来。旧的稿子，也想在离此前整理一下。排戏我看不至于很快开始的，那么我就想过了旧历年再动身了。这里的手续弄定了，当写信给金山他们商量看。不知他们剧本油印了没有？方便的话请你问一下。

守梅已去天津，我邀他来玩的信去迟了。上海小刊[3]的登记证听说已可发下，但恐怕很难弄的。

祝好！

嗣兴

一月十三日

12日信收到。前两天写的信还没有发，再写一点。

金山他们没有信来。我想，这里解决后就去信问他们。

---

① 曾卓(1922—2002)，原名曾庆冠，七月派诗人。

② 路翎开始写新剧本《英雄母亲》。

③ “小刊”指《起点》。

我看天津那边不久会封起来的。上次《朱桂花》，方纪后来就来过信，说赞同一些人的意见，军事代表神经质什么的。我简直到处搞些神经质，他妈的！如果不是我害了病，那就是这个世界在打摆子了。但这又算得什么呢？这条路就是再艰难，用了一切神圣的名来布置障碍，我们也要用了一切神圣的名走过去的。如果不是你的存在，我会走更多的歪路的；在一切艰苦的时候我就想到你。我们是得做这一份工作，使得这个大地上的要求少受一点损失的。这么些年来，我们都是往荆棘里面冲的，我们也没有想过有什么平坦的路摆在面前，这一点又算得了什么？

我在努力搞剧本。《人民万岁》，是得等他们确定了，油印来了，我再整理一下。我还在努力，希望能很"愉快"地离开文艺处。但最近我在南大却攻击了形式主义这个死敌，震动震动他们。

翎

十五日下午

## (268) 1950年1月23日自南京

风兄：

20日信收到。昨天和赖少其谈过一下，他说，青年团要求市委调我，宣传部长希望我不走。我就希望他转告宣传部，放我走，他说再去谈谈。今天打电话给徐平羽，他说，宣传部大约没有什么问题的，只要我自己再提一提意见就行的，现在处里面已确信，我的走是一定的事情，没有说什么了。也没有什么不愉快。那么，脱离文艺处的手续最近就可以弄好罢。赖少其并告诉我，前些天宣传部长还接到一通要调我的电报，他未看见。大约是团中央打来的。

但我却没有接到剧院的信。不知他们究竟怎么进行的。我还是预备，这里一结束，就去信金山院长。并告诉他，我要迟几天来。我现在还没有最后地去向赖少其提意见，想等你的信或剧院的信再说。这些情况和意思，你来得及转告李之华同志或金山否？

你大约来不及拢南京玩两天了罢。

祝好！

路翎

一月二十三日下午

## (269) 1950年1月28日自南京

风兄：

二十五日信收到。你离京前也许可能收到我这信吧。我没有接到剧院的信，一直没有接到。今天我写了一封信给金山、吴雪，告诉他们，组织问题拖延了一下，因为市委不愿我走，但现在基本上已经没有问题，大约不久就有回答。我并跟他们说，我现在有几件事尚未来得及处理完，如果剧院方面同意，剧本又暂时不会排的话，我就迟些天来，希望他们回复我。

我现在主要要耽搁的原因是，回来一月完全没有处理家里的事情。明英担夜班，工作地点离此太远，又荒僻，所以预备搬家到北极阁那边的宿舍里去。家里堆满了烂东烂西，一看就头痛。将来如迁北京，也得先料理一下，该"消灭"的"消灭"掉。现在还没有决定搬，大约要过几天才能收拾一下。佣人回乡一时期，家中无人，我就得看些天小孩。剧本，写了个生硬的初稿搁下了。想写点短的给《起点》三期①。

《人民》那稿，如各处都不可能要，就给《起点》吧。你看如何？

嗣兴

一月二十八日

① 此处"三期"，1994年安徽文艺出版社《胡风路翎文学书简》作"三期"，2004年大象出版社《致胡风书信全编》作"二期"，兹从初出。——编注

## (270) 1950年2月24日自南京

风兄：

青年剧院尚未有信来。前天发一快信，告诉他们这里一切均结束，仅待他们来信和寄路费。并告诉他们，我得到回信即动身。

已经算脱离了文艺处。听处里负责人说，一星期前青年团曾有电话和他们谈调动我的事情。想必是北京又有信给此地青年团了。但我却不知道，不知道为什么没有跟我直接写信。

真有点恼人。搞成了这样，想起那剧院来就颇头痛：那里的菩萨比这里的要大些，香火大约也颇不容易烧吧。

这些天就是玩，没有做事情了。

小刊可出否？你们怎样？如来信，一个星期以内总是可以接到的罢。

祝好！

嗣兴

二月二十四日

## (271) 1950年3月7日自北京

风兄：

昨天到此。[①] 算是落到这个“圈子”里来了。情形大致是如此：一、演员们提了一些公式主义的意见，这些大约都是年轻的，完全不了解剧本。这些意见，例如：主题不明显，不积极。刘冬姑[②]之类性格不可捉摸，玄妙莫测。介绍太多。党的领导不够。没有戏，没有主线。写这个是什么意义？写这些人物是从知识份

---

① 1950年3月6日，路翎从南京调至北京中国青年艺术剧院工作。

② “刘冬姑”为剧本《人民万岁》的女主人公。

子的好奇心来的。等等，等等。二、李之华说，他们不同意这些意见，已解释了一下。三、金山吞吞吐吐，好像是，即使上演这戏，也是一种恩赐。四、廖承志看了，石羽说，廖很喜欢，指定要路曦演冬姑。昨晚遇到廖，他说看了两遍，觉得也没有什么可修改的了，只有刘冬姑兄妹一点小地方。我没听清楚。看来廖是直爽而肯定的。

究竟如何，还不得而知。看演员们的意见，我就觉得，即使演也不会好的。昨天上演了宋之的的《爱国者》，公式主义的东西，真诚者和平常人都不满意。李之华的戏听说要大加修改，要再上小丰满去收集材料。那么，第二个节目不成了。现在金山也很苦的。

离开南京时，南京开欢送会，群众的谈话意外地肯定，于是有领导不满了(不是赖，是又一个叫陈山的)，最后站起来说：说优点也要说缺点。缺点是什么呢？他还不敢肯定，不了解，但听见有人说，我从文代会回来后说过今后要“看一看”的话！又因《新华日报》没有发表我的一篇东西而批评过《新华日报》。还有就是，和香港的论争，也算是缺点。

但这对我也是好教训。我一向还不够沉着。到这里来，是抱了这么一份斗争的决心的，必须沉着起来。

昨天看戏时碰到李亚群，话很多似的。过两天去找他。

《起点》二期，离宁前收到了。小剧本，李之华说交团中央《中国青年》去了，他们可能印单行本。如不印，我当拿回来。

祝好！

嗣兴

三月七日下午

我住在栖凤楼十四号。听说以后要搬新租的房子。

听说《莫斯科性格》苏联禁演，此地也禁演了。我没有来得及看到。听廖承志们说，禁的原因是，一、工厂与工厂之间的关系不正确，不通过领导而订货，无组织，不符事实。二、区党部的权力过分夸大。三、夫妇关系写得反常。这就考了我们的文艺家一课。大家相顾失色。大约更要胆小，害怕起来的。

## (272) 1950年3月12日自北京

风兄：

我现在正努力工作，写短小说，天津的那一篇已要回来，在改写。一想，这里面有很多东西，也可以丰富我那正预备写的剧本的。一件工作，即使再小，如果不下苦功，总不会得到什么的。

那《锄地》，已改了寄天津了。那一点点简单的东西，他们倒反而说"明朗""喜欢"。

今天的《人民日报》，《人民文学》[《人民日报·人民文艺》]里有批评守梅的《论倾向性》的。陈涌写的。站在街头匆匆看过。守梅那篇我没有细看，但大约是用语、说法上叫人抓毛病了。帽子扣得还不小，不过，那洋洋洒洒的文章，除了强调政治性以外，也还是什么也没有说。守梅叫抓住的是"艺术就是政治"这一看法。另外，今天的《人民园地》上有读者投来批评方纪的一篇小说的信，"编者按"写得很严厉，李亚群说，是胡乔木写的。看那说明，大约那小说也确实有毛病。

我手边没有报，你可以找到看否？这对于天津的人们，大约也是一个打击吧。

李亚群在害病。今天去看他；徐放①却不在，没见着。

剧院的老爷们还在拖着。过两天总得表示什么了的，因为没有戏演了。《爱国者》极坏，大家摇头。

祝好！

嗣兴

三月十二日

---

① 徐放(1921—2011)，原名徐德锦，七月派诗人，胡风友人。后多处称"徐兄"。

## （273）1950年3月16日自北京

风兄：

十四号信收到。这两天正在修改剧本。那天谈剧本的有廖、石羽、金山、李之华几个人。金山的意见多，有些我还摸不清底细。主要的是：一、刘冬姑表现得坏，那样的人，不配占斗争中重要地位，因此，要使她“好”一点。第三幕刘冬姑接刘包牙的钱，简直是“叛徒”行为了，应该不接。这一点，廖也似乎如此看，李也如此。二、第四幕[1]，张胡子对冬姑太宽容了，有失立场。这具体的两点，是谈了很久，从中间归纳出来的。这意见我以为还可以接受，在今天可能也有必要，所以这修改，就在努力去掉冬姑的“坏”，而显出她的斗争中的真来。也只能如此，贴什么上去是办不到的。现在修改告一段落，再要听意见了。因此，剧本，得两天之后抄一份修改的寄来。现在这样改，于内容上倒无妨的。

大约会提成第二个戏——说大约，因为这剧院是一切都不可肯定的——演员重新派了，石羽、路曦，可能也有张瑞芳。导演，可能金山自己。但也不肯定。前一次的演员，推翻了，我也不认识是哪些人（人太多）。工厂是去过两天似的，但是是一般地去的。像打摆子似的。和石羽、路曦谈了好些次，他们都对此头痛，急于工作，也高兴这个戏。

总之，金山的态度还不够明朗。

守梅前天来听周扬的报告了。我没有听。但听说，报告里提到了《论倾向性》、《正面与反面人物》。认为是思想问题。听了的人都紧张，但也不着边际。这详情，大约守梅会告诉你的。

---

① 此处“第四幕”，1992年《胡风、路翎来往书信选》作“第二幕”，1994年安徽文艺出版社《胡风路翎文学书简》、2004年大象出版社《致胡风书信全编》作“第四幕”，据上下文兹从后者。——编注

他有颓衰退阵之意，我和芦甸[1]（和他同来的）劝他下工厂，写报告。周扬曾说过，要展开思想斗争。不错，这是思想斗争。但要看怎么个斗法。

鲁煤那里未去。电话里，怕我去似的。约他明天来。等手边事情松了，再各处走走。

有一短篇，托守梅带天津叫方纪选择去了。原来的一篇，这一篇，要他选一篇好用的，不好用的再由守梅寄小刊。我再写信催守梅去。

我耽心"同志们"的眼光会探到我这小角落里来。所以，剧本先发表，会不会刺激吧？

好！

嗣兴

三月十六日

晚上谈了剧本。金山又有意见，但被廖拦回去了。廖说，这样的工人是存在的，批评这些是对的。可见情形了。明天晚上要念剧本了。还要找工人来再念一次。我想这是受了外界影响，在慎重着的。

苏汛在文艺处还是原名。

## (274) 1950年3月20日自北京

风兄：

现在情形渐渐分明了：这剧本大约是不能上演了。金山是一直反对的，总是说，"我怀疑，我耽心犯错误，虽然这剧本非常好"。廖大约也受了他的影响，虽然，昨天下午见面，还表示得肯定，只是要我再加强"正面"的东西。昨晚弄到团中央去读了。这一举动，我原来就猜想是金山搞出来的。听这剧本的，是团中

---

① 芦甸（1926—1973），诗人，剧作家，原名刘振声。以下信中的"甸兄""刘兄"，均指芦甸。

央宣传部长，和别的一个人；他们说也要找陈家康的，但未来。宣传部长说：不合政策。要写解放前的东西，只有写护厂胜利这一点。又说：刘冬姑是没有道理的。要写落后工人的改造，只有写解放后，如《红旗歌》。男女关系是不好的。最后的牺牲是完全不好的，等等，等等。完全和上次演员所提的差不多。那么，妙得很，以"群众反映"始，以上级意见结束。中间这一段的肯定就是白费。做得真妙极了，因为前天已经公开宣布要上演了。

今天下午，想见见廖，看他怎么说了。具体的决定还没有。大约会婉转地要我修改。但我要声明——已经声明——细节的修改是完全可以的，主题的撤消是没有办法的。我要声明，这主题，这人物，这原来的动机和思想要求，我是不准备放弃的，至少我现在搞不通这个。

看来我将陷在这八阵图里面了。文坛上的火枪烟雾，自然不会放过我这角落的。情形显然而又显然。

以后怎么做，真的就没法知道了。我就带着我的李迎财刘冬姑到地底下去罢。

附给你一颗炮弹，恶劣的，冒牌兵工厂的炮弹，那标题，恰巧成了讽刺。

又曾抽空见过李亚群，谈了一下午。徐放未见着，向李亚群问了，李似乎未找他，或者找他而不愿见。

小说一篇，梅兄寄你了么？

中午，金山碰见我说：戏，还是要演的。就这么一句。

好！

嗣兴

三月二十日

## （275）1950年3月27日自北京

风兄：

来信收到。梅兄来京谈话后，在我这里写了一信给你的。

情形大致就是那样。他那“自我批评”，昨天报上登出来了。

他说，周扬同志向他问到我，并说很想见见，要我有空上他那里谈谈。但我暂时还不预备去。

这次的剧本事情，确实是得到了不少益处，虽然这些益处对于我在某种程度上是一件苦痛的事情。大约是廖仍然坚持这剧本吧，就要我再修改。并且也同意了，这主题，这人物，仍然保留着。想来想去，就把第四幕重写了，写成了罢工完全胜利，并且在胜利中继续坚持，仅是李迎财被杀和刘冬姑受伤。第三幕里面，也改去了冬姑的那种过于刺激的行为，改成了不拿刘包牙的钱。这样一改，基本上表示同意了。今天金山告诉我，因为时间和演员的关系，这戏决定为第三个节目。第二个是苏联剧《保尔柯察金》（《钢铁是怎样炼成的？》），五四上演。这第三个戏则六月中旬以后开排。第三、四幕在重新油印，印好后再念一遍，确定了，就着手新工作[①]。新工作，这些天来陆续谈过：还是申新九厂的那个斗争，廖很赞成。那么，短期内把这剧本念过，再无什么意见时，我们可能到上海来下厂。开排时再回来。

我说的苦痛，就是在再修改这剧本时，一定要改成那样，我有一种受摧残的感觉。我竭力不使整个的东西弄成虚伪的，只能如此做，否则就受不了。我一时还不能知道我的这种感觉究竟有多少是真实的。我们也只有这样慢慢地走下去。

过两天就去看雷加[②]。新剧本印好了，就带一份给他。

李亚群没有什么新的意见。他不赞成你在《光荣赞》里对文

① “着手新工作”指路翎已着手写的剧本《英雄母亲》。

② 雷加(1915—2009)，原名刘涤、刘天达，辽宁丹东人。肄业于东北大学，曾参加“一二·八”淞沪抗战。1937年开始发表作品，1938年入延安抗大学习，同年加入中国共产党。曾任延安边区文化协会秘书长、中华全国文艺界抗敌协会延安分会理事、安东造纸厂厂长。1949后历任中国作协北京分会副主席，中国文联第四届委员，中国作协第三、四届理事等职。著有长篇小说《潜力三部曲》，短篇小说集《水塔》《青春的召唤》等。

坛发“牢骚”。他说，在伟大的革命中，这些算不得什么。也不赞成你那《小草》。

这意见也是很有道理的吧。不过我想，当人被毒蛇缠住的时候，却告诉他说，在这个伟大的世界中，一条毒蛇算不得什么，也不是怎么确当的。鲁煤则始终未见面。

天气暖了。你们好吗？

嗣兴

三月二十七日

## (276) 1950年4月8日自北京

风兄：

三号的信收到。朱兄已来过，书，已由我带交谢兄[①]了。《希望》是两份，谢兄只要一份，另一份我留下了。两份都没有一卷一期，谢兄却想要看看《论主观》。不知你那里还有没有？

昨晚见到谢兄的。他的论争的事情，已近尾声，他都认错了，他说，现在还不是彻底解决战役的时候。他高兴梅兄在报上发表的那检讨，说那样把自己摊出来是有利的。他们那里的人印象都很好。我告诉他，梅兄前天曾来，他们要他写一点思想上的批评，他预备写。我的意思是，具体地说明自己哪些论点是错误的（例如翻译的文字的问题，论政治性时没有注意到一定程度的政治与艺术的游离性，说到观念和现实的“敌对性”时太偏了，说到阶级立场与现实主义时没有把握好那矛盾统一的关系，等等），但也要在中间指出，对方的哪些论点（例如蒋天佐的关于生活的胡说）也是不对的。把批评对方包在对自己的批评里。这个，谢兄觉得很好，但他认为，即令这样，对方也一定不会甘心收场，因为他们正是不想收场的。他认为最好还是不谈，因为现在还不是能够把问题都摊在群众面前的时候。

---

① 谢韬（1921—2010），胡风友人，1955年被定为“胡风分子”，遭不公正待遇。

梅兄前天来，是参加茶会的。周和马凡陀[①]都要他写一点，他想回去就写。我觉得谢兄的看法也有道理，预备写信给他，把这些再研究一下。我觉得，主要的是要来一个清楚明白，把对于对方的批评包在自我检查的方式中。

昨天也去会到×××[②]了。赠剧院人们的书，我拿来了。他说，没有寄出的原因，是发现了错字，正在补勘误表。他说他是不怕什么风尾巴的。但总之，看起来这个人是一个精明的好角色，闪烁得很。提到要我的稿子，我说愿意把短小说给他，谈了一下，他的意思是数量太多了，最多只能分两本书，他的丛书，每本是四万字。看样子他最多只愿出四万字。没有怎么具体谈下去，但我预备，过几天把东西带给他时再看。四万字一本的玩意，有些恼火的，你看如何？我也真幼稚，和这些精明的绅士是不会打交道的。

听说何其公[③]要批评《时间》了，但绅士说，他不在乎。有些事故他假装不知道，但后来又说，他以为文坛上的这些纠葛总该有弄明白的一天的。我现在也学会了这个假装不知道。他问："这些麻烦现在也落在你身上吗？"我回答，我是很"平安"的。

本来预备最近到上海申九来下厂了，昨天听石羽说，《人》剧又"基本上"决定了最近开排。但他也说，这剧院的事难说得很。那么过两天再见分晓罢。

听朱兄说，小刊三期不出了。那么你那边那短的，随便给哪里好了。别处都不要就再寄回给方纪，他曾说了愿留用的。我又写了一篇短的，还是预备给天津。这些时候大半看看书。

周曾跟梅兄说，愿我去见他。你看这事如何？走衙门的勇气，我现在还很不够。

---

① "周和马凡陀"，周即周扬，马凡陀即袁水拍。

② 葛一虹——编注

③ "何其公"即何其芳。

好！

胡风

四月八日

## （277）1950年4月13日自北京

谷兄：

前信[收]到否？

《人》剧，说是最近开排。但又念了一遍，找了一些部队里来的同志听，结果可想而知——轰了一顿。金兄组织得极好。轰了之后，我向廖表示，算了吧，再弄别的吧，但廖表示惋惜，勉励我再改。我也就只有努力完成任务。但自然，拖来拖去，已经快拖得没有气了，非要拖到成为僵尸化石不止的。这样，廖的惋惜和良好的意向也就没有用。有些问题他也有另外的看法，昨晚和他谈了有一个多钟点，他跟我出主意，我表示我的看法，并且也向他攻击了一下公式主义，使得他只有苦笑。现在是，只有完成"任务"再说。希望能干脆些，快些。但自然，望你放心，虚伪的东西我是写不下去的。而且，这次的事情也真很有益，使我明白了"群众"底具体内容，学习到了不少东西。今后的工作，得下更大的功夫了。

廖说，周总理跟他谈：写活生生的现实的东西是困难的，而且现在是差不多不能写的。没有办法的时候，写写过去，演演历史的东西。又说：现在需要愉快一点的东西。从大家都不满意于刘冬姑李迎财的悲痛的斗争的这事实对照来看，这意思是很有价值的。

廖曾根据上述的意见，叫我把这改成"二七大罢工"的历史剧，以避难关。我说，二七的时代和我有距离，感触不到具体的东西。现在的改，还是减少冬姑迎财的否定的一面，加强总的肯定的一面。不过，看来对这两个人物，除了廖以外，都是同意不了的。而廖，也无法不尊重群众意见。

祝好！

嗣兴

四月十三日

## (278) 1950年4月27日自北京

谷兄：

两信都收到，因为情形浑浑沌沌，不知说什么好，没有写信。剧本上星期六又念过，意见不统一，没有作决定。这两天苏联代表团要来京，院里接受了任务，忙得不可开交，所以又搁着了。今天才拉住廖，表明了我的看法和要求，他颇为难地回答说，等两星期后目前的任务过去了，再请大家谈一次，设法得到统一的意见。我告诉他，我看，统一的意见是不可能的，他却认为必须得到。他以为这是对全国都有影响的问题，必须如此。所谓全国都有影响，又不知他是从哪一个侧面看的。总之，他很匆忙，谈得不多。我告诉他，没有时间好好谈，我要写一点对于这个问题的我的见解供他参考，他也赞成。那么，等着再说。我想现在也是得闯一下了。大约是无法见到观众的了。但我的工作态度却一定得如此。他们也负担得很沉重，不知如何是好似的。

……

总之，我就在这里消耗着时光。看看书。来了突击任务，也分配我一点小工作。劳动部那里，总要等告一段落再去看看。

这里天气已经暖了。

祝好！

嗣兴

四月二十七日夜

## (279) 1950年5月6日自北京

谷兄：

好些时未得信了，近来如何？我这些天，在忙着欢迎苏联代表团的工作。——拖得恼火得很。什么事都没有做。

短集子，和方纪写信谈了一下，他要我寄去，读者书店的十月文丛甲种可以出版。我已寄梅兄转他们看看。不过我看那书店印的东西粗糙得很，发行关系也不知好不好。但不管怎样，在这四面八方都关门的时候，也只好如此吧。前次寄你处的那篇《英雄事业》怎样处置了？如能发表一下，也想收集进去。照现在的数量，是十万字。

听说五月三日左右的《光明日报》上有批评《安魂曲》的，我还没有看到。昨天苏联某作家座谈会，曾去文协参加，遇到诸公，心情不快之余，就没有上前"致敬"。他们望了我两次，大约认得我的。

祝好！

嗣兴

五月六日

## （280）1950年6月10日自北京

甫兄：

回来几天了。[①] 信是在南京就收到的。

回来到处听听，就觉得似乎不必早回来，似乎包围已经完成。只有之华君还在说些老实话，说是不必介意那些意见。但还未能和廖谈谈或提出问题来。他事忙，我已托之华君转告，好在我现在很"清闲"，预备写写比较长的小说。

给《文艺报》编者写了一信，大意就是那样，指责作者认识现实错误，对待具体作品机械，态度不诚恳，要求通信。看怎么回答罢。此地没有人提那个，显然有所默契。和金兄只握手点头一次，这两天都未说话，什么也没有谈。

去见面的事，等和廖接触接触再看罢。

---

① 1950年5月，路翎在上海申新九厂体验生活。

听说一个叫做《内蒙春光》的电影禁了。因总理看了，深夜召开座谈会，指出对待蒙古王公的政策错误。周扬同志承认自己负最大责任，于是叫作者暂时不要再写云。借用一句话，就是，很多人都因此而“神经质”。

《大众诗歌》六期上，黄××的评《时间》，你看到没有？臭气熏天。之华君说，你看了大概会生气吧，因为态度不好，要求也不实际。我说，没有听说什么生气的。我想，那样的“论文”，现在是很“需要”的，因为那是极好地暴露了批评者们自己。

我想用点力气做事。现在只有打滚到底罢！

祝你们好！去了杭州没有？

《小青蛙》①跳出来了没有？

嗣兴

六月十日

## (281) 1950年6月15日自北京

甫兄：

昨天碰到廖，匆匆谈几句，他说：不必再讨论什么了，决定演，八、九月就开始工作，或者在老舍的剧本②以后上。他附带地解释说，最近看了几部苏联电影，人家连《愤怒的火焰》那样“不现实的浪漫主义”的东西都演，我们自然可以演《人民万岁》。他思想搞过来了。这就算是一个决定之类的吧，我没有说什么。情形究竟会如何，慢慢再看吧。看他的说法，例如“不现实的浪漫主义”等等，虽然是闲谈，情形就仍然不会太好的。他总算是这个圈子里难得的人，但我现在想，如果演员不好，排不好，我就不同意。

老舍的剧本昨天念了。很坏。我想这也是他底头痛问题之

---

① 《小青蛙》即梅志的童话长诗《小青蛙苦斗记》。

② 《方珍珠》。

一。但当然,演是会演的。昨天听了这剧本的朗诵,我就颇有点幸灾乐祸地高兴,我想,可以给喜剧之说打一棍子了。这就是“喜剧”呀!但拿到真实的观众面前试试看去,喜不喜得起来?

鲁煤星期天曾来,谈天一下午另一晚上。他说曾想写长信给我们,很关心这些问题。但关于政策之类,想要说服我。他说,他们那些人也有对的。在那范围内仍然可以做事情的。希望我多写新社会,不要太“沉重”。所谓新社会,他指的是新的组织领导。希望顾及“群众的要求”。他批评我写“自发性”太多。“现实意义”、“时代意义”,——实际上就是说,现实上的意义不够。关于《人民万岁》,他也有这个看法。我后来反问了他一连串的问题:群众是什么?现实是什么?……他说没有好好想过。他说:我们光写所谓历史要求的东西,而不顾及“现实要求”,这是不好的。……

我甚至以为他是负有任务来谈的。当然,我这想法有些过敏。他说他们正在赶任务,写一批评“辛辛苦苦的官僚主义”的剧本。

金山夫妇都和我偶尔谈及,他们颇同意黄市侩的对《时间》的批评。据说这本杂志在北京文代会上每人发了一本。你看!……

得《文艺报》一回信:“关于你信里所提的问题,丁玲同志欢迎你来面谈。”看来这一下倒敲中了一点,他们交不出批评家来。我准备搁它两天,下星期去,就跟他们那么谈!

曾给守梅信,问他小说集的事,未得复。不知他搞得怎样了。

祝好!

嗣兴

六月十五日夜

附上两篇《平原》集的旧稿,连在你那边的《学徒刘景顺》一起,都是未放进去的。不过也许《屈辱》有了,请他们查查。

## (282) 1950年6月22日自北京

晓谷兄：

信收到。一切情况如旧。主编[①]大人处，昨天打了电话邀了今天，今天又来电话说暂时没有空，所以还没有去。一定会很客气的。回来半月，写一两、三万字的小说，没有什么开展似的。这以后，就该写剧本了。

梅兄曾来，他小孩来了，玩了两天，带去天津了。那小孩真调皮至极，到一处都翻天覆地，极该打屁股的。但梅兄却显得不知如何是好。他的文章已退回。我们曾去谢韬处，并会到徐放，谈了很久，他们认为这文章应该态度好才行。我曾建议梅兄，再写一稍稍有力的信，再把文章寄去。或者改一改再寄去，看他怎么办？弄在小刊里发表是不好的。如果他再不理，就真的弄到上面去。

我们曾考虑到一切可能，就仅仅没有考虑到这个简简单单的退回来，可见得我们是还有些“天真”的。但也由此可见，他们是不敢正面上阵打仗的了。我和梅兄说笑话：人家是绅士，穿的绸衫子，和你个光棍打架，划得来么？撕破了绸衣服怎么办？自然划不来的。

小说集，梅兄说天津方面已通过了。曾有一短篇寄《文艺学习》，四月里就排好，后来鲁兄压下，又压下，说是这次可以编进去了。以后会很窘的。

……老作家的剧本就要开排，角色已定，因为统战，改都不改。这样的工作态度，如何是好呢。石、路二君都演主角，两个都叫苦，但实际上什么也不能说的。

和谢、徐谈了一些问题，例如公式主义、政策之类。徐比较模糊些，但人是很好的。以后邀了多谈谈。他很苦恼，想到别处

---

① “主编”指丁玲，此时任《文艺报》主编。

去工作。他听说有要我上文学研究所（即文学院）的消息，我说，我不想去的。

前两信大约忘了告诉你了，离南京前一天参加了欢送徐平羽的会（他调华东军政委员会），谈了一下。谈到你的诗，说有些人有意见，《安魂曲》里面是不是故意写“无名英雄”呢？他又说，他的见解和他们那些人不同，但认为你不必急于发表。又跟我说了一个大汽车与小汽车的故事，大汽车走在前面，小汽车赶不上去，在后面按喇叭，大汽车又笨又慢，不让小汽车通过，愈按喇叭愈不行，终于小汽车撞在大汽车上面，两个人都撞坏了，云云。意思是，路太窄，不应该按喇叭。我说，不是路窄，是人的问题，他仍然说路太窄。

我觉得他很世故。我说，你这是政治家的看法。他笑起来了。

再见！祝安好！

嗣兴

六月二十二日夜

## （283）1950年6月29日自北京

晓谷兄：

廿五日信收到。今晚月色很好，还有琴声，颇有些“怀古”了。当然，我们这里也并不是没有“看月亮”的人，但大抵属于满足现状派。工作之余，休息休息，走走公园，这生活是极“好”的。

我抓住了几个人物，剧本的进展还快。以反轰炸为背景的——大约还是要有“牺牲”。没有把这内容详细和谁淡，只是和之华君谈了一下。他也在写，为了不能构成“戏剧冲突”而苦恼。《人民万岁》，听他说，院部开会，廖把它的问题提了出来，似乎是希望通过。结果，仍有分歧意见。廖说，那么，就请每个人把意见都写下来，他也写。写了以后，开展讨论，再做结论。而他，似乎是不赞同那些意见的。说是写了的都要给我看过。我说，好的，看了以后我也写。但还无下文。大约是有些人写不出吧。

牛汉[1]曾来玩，他是很健旺似的。听徐放说一小事：他们最近把《新事新办》的那作者的新作发表，因主编加了好的按语，结果来信十余封，群众各式各样地反对。——到了什么东西都没有的地步了，现在就来糟塌幼稚的年青作者。

和张瑞芳君谈过。她的意见动摇而混乱。对剧院的这种普遍的“自给自足”“丰衣足食”的气味，我提了一些见解。大约会反映上去的罢。我也对她坦白地表示我不满意老舍的剧本。我说，以我看，它在观众面前不会有什么成功的，那时候剧院就又要挑一个难受的担子了。

祝安好！

嗣兴

六月廿九日夜

遇到之华，他说，有些意见已写来了，过后再给我看。廖写了，大意是，这个剧，这样处理主题是可以的，但人物又有些和“主题”不合。人物生动，但今天工人戏少，表现工人的“缺点”，时机不太成熟——又转了弯了。

## (284) 1950年7月8日自北京

晓谷兄：

五日的信收到。廖兄的意见，今天由之华正式交给我了，想是昨天他们开会的结果。这意见，以及别的意见，我都预备抄下来，仔细地研究一下，给以答复。现在先抄一份你看看。望把你的具体意见也告诉我。我的答复写好后想先寄你看看。

不谈人事，就论点而论，廖的论点是很巧妙的，不涉及文艺问题。我想，他底“自我意识”论，是机械的。原剧本的目的是和

---

[1] 牛汉(1923—2013)，原名史成汉，七月派诗人，此时在沈阳空军部队工作。

人物的斗争及反抗过程同时产生的，这才是真正的“目的”。第二，他底“积极因素时机未成熟”等看法，是不符现实要求的。也和斯大林的回答某苏联作家的信的精神不符（《人民日报》上《星期文艺》看到否？）。我想就这两点来从历史要求的立场谈一谈。你看，提出斯大林那文件的精神来合适否？看情形，也许不提。

新的剧本，含有那主题。但不能是形式上的，所以也不会合胃口的。草稿写至结尾，想要“轻松”一点，终于还是给出了流血牺牲。草稿已写完，但还很不成熟。下星期六此地有一青年夏令营至秦皇岛，决定跟着去玩玩，看看我们祖国的大海。回来再改。弄成了，想先给你看。可能过一两月再来上海一趟，住一较长时期。

我看，之华倒不是看错了，而是“安慰”我的。今天，他把廖的文章交我，我简单地谈，有一些东西，我不能同意。他就说应该谈谈。我是很愉快，我也想尽力好好工作，可是有时候忍不住要说两句。关于喜剧，是因为他们有人自己也说，我才说的。这自然有些失言，但我是想，借以表明我的立场，也是应有的革命态度。廖这两天见了我都要问“怎么样？”我也望他笑笑，说些笑话。

那回答，我想秦皇岛回来了再交出去。下星期六去，为时十二天左右。——我是想到海里游泳去。你如有意见，望一星期内来信。

和主编可能有关系。

徐放曾来玩，建议我们要争取□者。他说你有时候会过火地在谈话中得罪某些趋炎附势者，是不必要的。我说，这很难。把我前些天写的小说给他看去了。明天约了去刘天达处玩玩。

我们这里准备整风，要大家批评并自我批评，所以我和他们说了关于剧院的意见。我说，这剧院里，我很少见到对自己的工作怀有理想的人。一部份是雇佣意识，一部份是安居乐业的满足。我说，无论任何时代，文艺工作都不可能如此。这是对张说的。有些问题，她采取“自然发展”论：将来一切都要好了，云。

我就攻击她的这个。这自然发展论真可恶，我就会挖苦几句。所以最近她就认为我是会开玩笑的。别的组每天学习两点钟，我们这组每星期一次——这机动的方法是我提出来，大家赞成的。

《小青蛙》捏死了么？小说集，梅兄说还有些问题，不大确定。他的文章究竟如何处理了，也没有提及。

只要不想到个人什么的，一切就都很愉快。拥抱你！

嗣兴

七月八日夜

黄若海一家从香港来了。在电影局干编剧。前天来玩。我说了最近的一些情形。我说，这编剧，是一件大苦事。——他还是很诚朴的样子。

你如和主编们写信，是否真实地把正面的一切给他们揭开一下呢。应该到时候了。群众条件慢慢在成熟的。

## (285) 1950年7月12日自北京

甫兄：

把意见的草稿寄你看看。大约还应该写得简单些，有些地方也不得体。望你看过后寄还我，并把意见先告诉我。后面的那几句话，究竟说不说，也在考虑。去秦皇岛事，延迟到二十五号，那么还有十几天，可以再做一点工作了。和之华们谈谈，偶然接触到一点创作方法的问题，感觉得很难，因为大家都很敏感似的。因此就觉得这意见有再考虑的必要。之华说，暂时不能演，先发表是应该可以的。我说，没有那么容易罢。但假如可以，怎样发表法，也得考虑一下，要再整理一次。

写了四万字的小说草稿，徐放看了以后涂去了我的名字，给王朝闻看去了。他说看王的意见，送《人民文学》去。我没有表示意见，只说要再改一次。他是热心的，简直要为新诗而哭。他说，给有些退稿写回信，想到写作者的艰苦，就要淌眼泪。鲁藜曾来，据他自己说是来听报告的，误了一下午，并和徐放一道玩公园，谈得是很欢的，他有些见解也不错，但也有闪烁的地方。关于守梅检讨事，我暗示了比较强烈的态度，他没有作声。

祝好！

嗣兴

七月十二日夜

## (286) 1950年7月15日自北京

甫兄：

十二日信收到。“游泳”延期，二十五号去。寄你的我的对廖等的意见是否收到？当然，那是要再考虑过的。我当找他去单独谈。所以未谈，有两个原因，一是他时间少，难于有机会，二是我想多考虑考虑，冷他一下，一面在碰面的时候说些笑话之类，表示我是一个也有些力气的“动物”——依照原始的亚里士多德的定义。我甚至想，等把第二个弄成了，一起给他交去，再给他一个决定的表示，不惜回到“家乡”，参加土改去。这“过激”的想法，现在倒为我也不知道具体原因的乐观的想法冲淡了。我之所以说时机有些成熟，就是因为看到了窘相。“喜剧”之类，也是窘相之一。……

因为“游泳”延期，在重写第二个了。这回似乎占的阵地比较有利些。我曾想，人民的英雄主义和革命的浪漫主义，才是我们底正面的、最有力的武器。但自然，无论怎样的胜利，总是要拿出最高的东西来换取的罢。

和主编有关系。听报告时碰到，和她打招呼，她说希望过两天去谈谈。那自然是敷衍话。随后康濯问我地址，说他们要来看我。鲁藜兄这次来，我都暗想他是因某种原因及某种动摇而来的。我仍然赞美了他底最近的一首较好的诗，并表示快活。

圣兄，是不是因为小孩牵累呢。鲁兄这次来，就说小孩很麻烦，他们机关经费少，托儿所只能供给一半。这个星期才能送托儿所。鲁兄并且表示说，关于他的文章，他不大懂，头都搞昏了，但认为，周主编的回信，说发表了反而于作者不利，也是一种照顾，也是对的。

祝好！

兴

七月十五日夜

## (287) 1950年7月20日自北京

甫兄：

遇廖谈话约一小时，后来他有事，邀了以后再谈。很显然的，他不大愿意谈。提出了关于创作的原则性的意见。他的见解是混乱的。真是混乱啊，令人丧气。他说，同志们都认为主题不明显，没有正面的主题。又说，困难的问题是连干部都如此看，不好拿给观众了。问他他的看法是最后的么？回答说，经过动摇的。又问他，领导上最初决定演的时候，是从什么观点出发的？到现在为止不过肯定了一个人物生动，难道这么大的一件工作，决定一个剧本，仅能从“人物生动”出发么？他回答得很模糊。又对他表示说，对于目前的困难和“做法”，我自然不能有什么意见，但领导上的“看法”与“做法”是不是统一的？他的“看法”如何？承认不承认这普遍意义的反旧意识斗争的主题。他说承认的。我的意思是：如果他表示“做法”和他的“看法”完全一致，我就要说出我的工作的难以进行的问题来了。问他，是不是今年不必提出剧本了？回答说：你不是正在写么？提到了主编的“不正常”论，问我同意否？我说，不同意。我说，从常识上提问题，不从现实主义的原则和现实斗争及思想要求提问题，不能解决什么的。又问他，你以为“阿Q”正常么？你以为“堂吉诃德”正常么？他混乱了。原来他说过：迎财冬姑不仅工人，城市贫民也可以。我说社会的东西有普遍性的，后来他自己提出吉诃德先生来，我就拿这个回答他了。我说，阿Q的精神，旧中国人都有的，那不是“歪曲”了农民么？他终于表示，现在很难，他写文章，干部如不了解，他就不发表。我又说“看法”和“做法”的问题，他避免回答了。很多问题他避免回答。关于金兄等的问题，人事之类，来不及提出。

前天告诉他要谈的，他大约准备了一下。谈得空气很愉快的。开头的时候他夸奖我一大顿，我不作声。

对了，还有一点。他开头提到鲁迅，说鲁迅说过，不必一定写什么大题目，革命人就一定会写革命文。他说，这个说法，鲁迅自己后来否定了。我说：否定的我没看到，记不清了。但鲁迅那样提问题，在思想斗争及现实主义的原则上我以为完全对的，今天仍然如此。问他对不对，他不答，说别的了。

我提到同志们底看法的机械，从观念出发等等，他就马上辩护。但言谈中又流露出来，大家只看得到这一点，没有法子的。提到“目的意识”在日本的清算，他承认的，他说他也不赞成公式主义。……总之，混乱！再谈下去，他就没有什么防御的，只能拿出一点来，即《人》剧的内容他赞成的，但提得不正面。公式主义不好，我这个也不行。

预备“游泳”回来再找他谈了。但这窘相和混乱，是一时解决不了的。这一大堆工作都陷到泥坑里去了，但是连这最明晰者也在为这泥坑辩护，他们是不愿意走出来的。

我想下一次在可能范围内要对他提得更尖锐，看怎么的。新剧本不久可寄你看，看情形，得改行了。

前次寄你的我的意见书的草稿收到否？自然现在暂不交去，可不必寄回来了。曾去谢兄处。听说周主编和艾诗人要出国。你们近来如何？望来信。

祝好！

嗣兴

七月二十日夜

今天做了《半年工作总结》的短文交回去。是行政上需要的。冷静地叙述了讨论、修改、领导上改变意见、我的接受意见及不接受意见的经过，并针对廖的意见里对我的“夸奖”而表示说：“……特别是讨论这剧本的过程，领导上表示了最大的耐心，慎重和善于听取意见的精神，教育了我。”

## (288) 1950年7月25日自北京

甫兄：

去秦皇岛事又延期，大约月底吧。新作即整理，想几天内先跟你寄来，待你看过后再说。曾和廖同玩，路途中简单谈话，说到公式主义，说到观众问题。他说：这样下去，五年内恐怕就要什么都没有了。我说：岂要五年，现在就没有了。我并把青年学生中的一些反应讲给他听。又说：要降低思想水平争取观众才好。我说，这是走不通的路，小市民的思想要求和革命的思想要求，是两个本质，不是降低与否的问题。他说，苏联革命后，五六年内也是什么都搞不出的。我说，应该接受人家的教训。并提到那时候的“拉普”、“唯物创作法”、“同路人”等。我说，问题是要属于时代的活的东西。

苦恼的现象大家都感觉到了的，但是一碰到实践，就混乱起来，宁可走旧路。不愿知道问题的症结是失去了现实主义。所以，很难的。

梅兄来信，小孩未解决，鲁兄在写文，拿他来洗手，等等。我建议他：一、小孩要请组织上解决，应该提出来，否则不能工作。想调工作是不对的。暂时还不必。二、那两文，即附一诚恳的信，要求观点上批评，寄去。改不改现在倒是次要的了。

鲁煤曾来，说很动摇，但又希望说服我。

梅兄说姚老板那边的汸兄小说出来了。[1] 我尚未收到。《荒地》[2]不知如何？

---

① 冀汸的长篇小说《走夜路的人们》，由作家书屋出版。

② 《荒地》即路翎当时新出版的长篇小说《燃烧的荒地》。

预备去秦皇岛回来再找廖谈。祝好！

兴

七月二十五日

## (289) 1950年7月28日自北京

甫兄：

另卷寄上剧本草稿。现在是预定三十或三十一日去秦皇岛，回来前当给你信，望你那时连意见一同寄来，再修改它或重写它。现在自己觉得的弱点是，有些形象还不够，第四幕稍嫌无力。没有完整的故事——这个没有什么办法了。有些场面，如果用小说来写，就有更多的内容显出来，但写在剧本里却这么简单，一被忽略就没有什么道理了。

《人》剧问题，还是等回来后再和他谈。但实际结果看来是不会有的。我想，这一个，或者再写一个——顶多再写一个——就可以做一个决定，就可以去“土改”了。

文化部曾有一开展创作的座谈会，两位部长主持，到有新老作家二十余人。我是接了电话糊里糊涂地跑去坐在那里的。和部长们握了一下手。主题是，急迫地需要创作，希望各位“母鸡”生蛋；如果没有鸡窝者，可以帮助找到鸡窝。于是老作家诉苦：批评太凶，空气太严厉，怕。新作家诉苦：批评过左，怕。后来聚餐，大家一齐骂“批评家”——其实又找不出一个批评家来。周部长说：有一个问题，包括对传统的看法问题，是重要的。不要割断历史。新文艺究竟是从秧歌来的呢还是继承了五四的和“祖宗”的传统的？这倒是从现象上触到了问题的一部分的，但作家们关于这个却不发言，没有什么兴趣似的。看来是，现实的迫力使他不得不感到这样的问题。但这我看也不一定是好的现象。

大家都觉得这个会很成功的。我们剧院里参加的还有之华。鲁藜和芦甸从天津来参加。鲁兄告我说，写了一检讨阿垅的文章，下期发表。看了《论倾向性》四遍，发现那果然错误。我只是说：你这样做法，是有事实上的困难罢，我了解的；但你的看法应该并不如此的。他说：是阿垅错的。我就没有再说了。又告我，小说集要抽去《赵梅英》那一篇。我即提出抗议，说，以今天这个会的周部长的精神来看，也没有一分理由如此的。他说他没有法子，曾经因这而和别人争过。

芦甸先来找过我，他很愤激。建议梅兄，现在非得把那两文交出去了。

我正在写的这剧本，不知怎的列入文化部的“计划”里去了。可能是偶而和之华谈谈，他汇报去的。“计划”里有一小堆东西，我的这个是“以反轰炸为题材的”。

周、艾、张庚、波儿，还有别的几个吧，出国去了。为期三个月。是各部份文艺工作的领导人，大约是去研究文艺问题的。

首都正演巴金的电影。胡乔木下了条子要请巴金写散文，说，这是一热情作家。昨天，《人民日报》的很多人都在看《家》——连主编在内。

我想，这《家》之类，是会使一些文艺者迷惑的。一般的，除了一层硬壳以外，在这些地方就全无什么武装。

听说《小青蛙》跳上《文汇报》了。这里文联全国委员会听说快开会了。不知你是否来北京一行？

祝好！

兴

七月二十八日上午

## （290）1950年8月4日自秦皇岛

甫兄：

到秦皇岛已四天了。很疲劳，但也玩得很痛快，变成小孩子一样，“文艺”、“戏剧”类几乎完全忘记了。也很少想到那些虔诚的信徒们！

动身前几天寄你的剧本草稿想已收到。如能看完，望在十五六号以前寄到北京。我十号以后回去。

和这大海一道，问你们安好！

兴

八月四日

## （291）1950年8月12日自北京

甫兄：

前天晚上从秦皇岛回来。玩得很痛快。但来后，我的住处却被一个回来养病的同志占领，而把我塞在一个破烂角落里，因此不痛快。我一句话都不说，热心的同志说要解决问题，现在就正在解决的“过程”中，因此我也在“流浪”的过程中。

在秦皇岛寄你的信想收到了。希望即把剧本的草稿和意见寄来。自然，如果你忙的话，迟两天也无妨。明英在和我闹意见，因此我想较快地把工作告一段落，回南京去一趟。如果能调她来，就调她来。预计这些天要做的工作是：和廖谈话，改写剧本。或者回南京去改写。这闹意见，也不止一天了，几年来使她牺牲得太多，因而现在创口好像在流血了。想你们是了解的。

如果继续“流浪”，工作不起来，就更是不耐烦人。我一向不计较这些事情，因此就倒霉——真是再不要做“老实人”了，他妈妈的！

《文艺学习》二卷一期想已见到。目前的情况就是如此。我们是一些私生子！不过，如莎士比亚老头子所说，这私生子是在最大的爱情里产生的。活在瞌睡虫们的世界上，真是一件奇妙的事情！

祝你们安好！

嗣兴

八月十二日

## (292) 1950年8月21日自北京

甫兄：

剧稿和意见收到。前天才搬了房子，暂时算是安定了下来；今天就开始改写了。弄完后或在弄的过程中，预备找他谈一次，看情形再把关于《人》剧的意见交出去。然后再把这个交出去。《人》剧现在大家都不提，看情形，活命的希望是很小很小的。所以，交出这个，对《人》剧似不会有影响。至于说争取在留学前见天日，似也不大可能，因为目前两个戏正要上演，一忙一停就要年底了。但问题自然还是照你所说的那样去提。

生活上这里大家都搞得还亲切似的，但一碰到工作，就会有一种冷淡的空气。和这相比，例如，之华君剧本尚未写成，大家就说要上演要上演了。所以，是要打仗的。

门兄两文寄报馆，徐放兄来提到：正研究中。但大约在留学回来前不会有结果的。

看戏遇康濯，抱歉说未来找我，又说：是否愿意上他们那里去呢？意思是，愿意我上"所"里去。我说：目前的工作放不下来，过了这一个阶段再说。

徐放拿给王朝闻的那小说拿回来了，说了一点敷衍的意见；但徐兄仍很热心。

汸兄书，他已寄我一本，看了大半。觉得还是没有抓住人物和内容。印得很敷衍，纸头不好，看出来出版家是心情很"恶劣"的。

"半年工作"之类，是一般的。后来经另一同志的综合，原稿似乎并未拿上去；也就算了。不过是历述了来剧院的目的，修改剧本的反复过程，以及我的基本的不同意。

祝好！

嗣兴

八月二十一日

刚才康来，还是那几句话。不过很闪烁，说这都是他个人的意见，由丁主编赞成的。从他的口里还猜到，批评《赵梅英》的那文字大约是由编委会提供材料和见解由作者写的；因为他在解释“并非这几个人”的时候，提到了“现在也可能有这种做法”，并举了另外的例子。我说：这方法是很好的，不然这几个人太忙了。谈得很沉闷。问到你，我说，很好。

## (293) 1950年8月25日自北京

甫兄：

改写工作已基本完毕。一般的是，几个人物都加强些；二幕四幕的结尾用的语言都较生活化；四幕，加强了朱和赵师傅，以和年青人对比。添了朱和赵的一场。荣誉纠察队，由老金报告出来，都是年青人。本来朱和赵都要讲话的，现在朱要求参加纠察队，拉赵参加，——很简明的一小场。刘宝珠再出来一次，摆在群众上场之前。群众场面，处理得有条理些，半幕后。但有些地方还是麻烦。演起来，是只有靠导演的。

前天晚上谈了一些时。是用了解我、体会我的口气来谈的，关于《人》剧，表示同意我的见解，但因为怕今天许多干部不接受，尤其是估计工会会有意见，所以如此办了。但说，了解我过去长期在地下，接触苦难的人们，所以感受太深；而今天一般人不是这么感受的。我说，和过去的环境自然有关系，但中国社会性质却又是一个问题；今天的斗争也正是这个。他又承认了。我说，说不正常是不对的；但如果说中国社会本身不正常——他笑了。有较好的见解：认为过去解放区直接的任务观点行不通了。主题是要广泛。但是呢——又说——不能急。和他争目的意识问题、时机问题。他也说不能是公式主义。说，周总理说过，通过一个小角落的生活来表现大时代，是应当的。又说，李迎财们实在不少，他过去也接触过。今天工会虽然是为这斗争，但总是把表扬正面放第一位，有时候自然会窄，所以时机不成熟。但又说,要大胆写,大胆演。最后承认了预备做实验演出。

用这种口气谈,和以前似稍不同些。他既不否定我的见解,也不积极地肯定,但表明了一切是一个不得不如此做的问题。这样看来,那书面的似无交出去的必要了,你以为如何?预备过两天就交出《英》剧去,再谈一点要求之类。也问问《人》剧何时实验演出。

人事的,看机会再谈谈。现在金对一切都不管,只是演戏和恋爱。和吴雪夫妇们倒是常常一起玩,这些人倒是单纯些也好些的。

雷加曾来玩,带来一剧本我们看过(他也认得吴雪夫妇),是过去写的,工厂反特务的,但没有什么内容。他提到他托你介绍出集子事。

如无别的事情,预备九月初把剧本交出去并谈过后回南京一次。祝好!

嗣兴

八月二十五日夜

## (294)1950年8月31日自北京

甫兄:

二十四日信收到好几天了。剧本交出去了,匆忙中未谈什么;说是,三两天内看完,那么就看他看完后怎么说再讲罢。

昨天和徐放一道去谢兄处,谈了一些闲天。徐兄预备在“五十年代”出一诗丛,原则是广泛地收罗好的作者。但我看,这个工作是很难做,也不会有多大的结果的。因而我没有表示什么意见。他提到你有信要他有心情写点文坛“花絮”,他不知有什么好写的。不过他昨晚却谈了一些有趣的故事,例如,座谈会上李广田反对田间,老舍直率表示大鼓词之类不过如此,没有啥道理,并且还说着说着就唱起来,等等。

冼群导演女作家同志的《女司机》,在大连遭到困难,大家批评剧本，于是回北京来请示修改。算是逼着女作家，替她修改了。据说她的丈夫很不平，议论道：现在领导上正在反对两种东西，进行两条战线的斗争，一条是真人真事自然主义，一条是胡某的主观主义，云。由此可见，大家忙得很。

康所举的具体的例子是：他们杂志上，有时是把材料、意见等提给通讯员们去写的，例如批评范泉的那篇就是。

这里天气凉了，你们那里呢？祝好！

兴

八月三十一日

## （295）1950年9月9—10日自北京

甫兄：

明确的结果的难于获得，好像是一定的了。这除了心理的原因以外，大约也还有环境的原因：事务纷忙。交给他一个多星期，一直催他，都是嘻嘻哈哈。昨天说，看到了第二幕的一半，并决定今天一定看完，今晚就念给大家听听。并随便地提了两点意见，主要的一个是：大年后来死了么？怎么样，可不可以不死呢？我说：你看完了再说吧，那是必须的，是思想意义上所需要的。他又说："哈，我现在明白你了。原来你把我们对于《人民万岁》的意见都用在这剧本里了。"意思不明确，不过这一点很明白：在那里周详地考虑着。我预备在念剧本之前对他，并对评审会提出来，先决定大的东西，即在政治和艺术上能否成立，再谈其余的。可能的情况是：念完后，大家模模胡胡地说一通，于是拖下去。

《保尔》马上要演了，排得不好，意见非常之多。这两天这圈子里的生活似乎是在这一点上沸腾了起来。昨天开评审会，我也举了一下手，"同意"了这剧本的演出；提了一些意见，女导演同志表示非常赞赏，说是妙极了，拖我到她家里去谈了两个钟点。但男主角大约是不会高兴我这意见的。他们现在是一对爱人。昨晚又为这戏而开会到深夜。不几天之后世青代表团要来，恐怕更要纷忙的，那么，《英》剧就会托福拖下去了罢。

我就周旋在这漩涡里，有时候颇有一点与世隔绝的感觉，哪里还谈得到什么“工农兵”呢？确实的，在这一群里转转，其中最新鲜的事物也是我所最熟悉的事物，而坐在静悄悄的宿舍里看看书写写字，初秋的太阳晒在桌子上，窗外的街上传来“古国”的叫卖食品的声音和机械的敲击声，就好像那个轰轰的巨大的世界离我远去了。这里真是一个很美丽的岛屿啊！两位女演员是很苦恼的，前天一同出去玩，看了苏联戏剧图片展览，张瑞芳说：“我们再不能这样了。我明天要找我们的头儿去谈，告诉他，我们再不是小孩子，用不着嘻嘻哈哈了。我们是些大人。我们要和许许多多东西做斗争。”这话真好。但是，如果不出现具有组织性的力量，这些人们是都会迷迷糊糊地散失的罢。

祝你们安好！

嗣兴

九月九日

昨夜念剧本。念完后，廖表示了两点意见，并说：同意这个剧本上演，接受这个剧本。意见是：有些地方不紧凑，特别是第四幕。有些地方流露“感伤”。吴雪表示同样地接受剧本。金未表示意见，一半因为听的时候他睡着了。廖于是决定，印出来后，大家仔细读过，再谈细节部份的意见。他的“同意”、“接受”，是很慎重、很沉重地说出来似的。……没有表示意见的那个人，心里大约还是藏着那些东西。究竟如何发展呢？——现在算是又开始了！

十日又及

## (296) 1950年9月15日自南京

甫兄：

回到南京来了。预备月底左右回去。

因为剧本的结果已经比较明确了，而这一阶段内他们又要忙别的事：两个戏的上演和招待世青代表团之类，所以抽空回来看看。告诉过你念完剧本后我说了一些话，要求领导上先谈一谈原则性的意见，于是廖说："我们接受这个剧本。""同意这个剧的上演。"吴雪说："基本上我拥护这个戏。"金山未发言。第二天碰到金，他来找我谈了，解释了一通我对他的误会，并说了很多他为《人》剧所费的苦心。说是，念剧本时因为睡着了没有听完整，所以不能说意见，印出来后一定细看。

一个多月以前，我曾对吴院长的老婆，也就是党委的负责同志之一，说到金山的不诚恳。路曦、石羽也表示同样意见。她把这意见转到小组会上去，并和金谈过。好久以来，金是对我采取一种敷衍的态度的。这回《保尔》彩排，我提了意见导演很同意，因为这些意见似乎可以救她的急：她已经失却主张，不知怎样来处理角色和这些形式主义的演员了。要我到她家里去谈了很久，当时金也表示很诚恳，不断地拿本子出来记。但我觉得他们仍然是敷衍的。他的角色创造在主要的地方是走错了路的。事后，我对吴雪老婆说，我觉得金仍不很诚恳。我又和张瑞芳谈了一些。这些，她们都弄到小组会去了，并似乎都赞成我的意见。张瑞芳认为导演现在只听中了我一个人的意见，于是，找我来支持她，以更变她对角色的处理，和克服导演的许多主观主义。结果我就去参加排演，并代替导演而发表了某些具体意见。我对导演提意见的时候，导演就叫我直接对演员说，等等。金兄更不愉快吧，但因此也不得不来向我解释了，并表示他是一直站在我这边的。

后来吴的老婆又在闲谈中对我提了些意见，认为我一切都不错，只是对党似乎还有点距离，并且似乎没有什么要求，我于是就我的工作的道路等略略回答了一下。

估计剧本要到月底才印得出，他们再看一遍也要很多时间，就回来了。现在调明英的事情正在进行，但她此地的工作环境已熟悉，人们都不肯放她，倒是困难。我的祖母又在前些天一个人偷着爬上火车，溜回南京来玩了。

文联曾有一座谈会，商讨出国庆纪念专刊的，我有事未去。后来丁玲派了一个人来，要我一定写文章。我当时回答手边工作忙，不久又要去南京，所以无法写，很报〔抱〕歉。我想写一信去，表示抱歉一番，你看如何？因为她这样地找我写，一定是有道理的，而我又实在是无法写的——写一信去或可减少她的不愉快吧。

望来信，再谈。

嗣兴

九月十五日

## (297) 1951年2月10日自北京[1]

风兄：

如无变故，当在十三、四动身来上海。和这样的一些人们厮混，情绪至为不佳。昨日讨论剧本，我就简直一言未发，以至张小姐认为作者对自己剧本冷淡。张小姐说，她去周总理家玩，总理问她下个节目什么戏，她答"工人戏"，"谁写的？""某某"，"哦，我知道，就是胡风推崇的那个某某"。于是要一剧本看看，答应提些意见。这剧本大约已送去了。张小姐又说遇到张庚，张同志说："你们那剧本听说有问题，是吗？"她答非原则问题云。

曾去谢兄处，把你的情况和他谈了谈。他说，还是来北京的好。

好久不工作了，真是疲乏。

听吴一铿说，《第三连》[2]，他们这一期要用了，但未通知我，不知是如何。

---

① 此信原判为1951年3月，今据胡风1951年2月15日日记，路翎等人从北京到上海，订为2月。1950年10月至1951年1月之间，二人同在北京，未见有书信往来。——编注

② 《第三连》为路翎所写的报告文学，发表于《天津文艺》1951年1卷6期。

祝你愉快。

嗣兴<br>二月十日

## (298) 1951年3月5—6日自北京

风兄：

第一批下厂的人，大约明天走。张小姐已先去接头。我大约要和《方》剧的演员在一星期之后走，所以如来信，当可以收到的。

情形尚好似的。但看得出来，导演心情沉重，听说昨天谈问题不耐烦，对演员们发了脾气。吴太太气急之余，向我说了一大堆反对剧本的意见，例如英雄不英雄，儿子不必死之类。并说有些意见是陈企霞同志的。我态度很好，但着实训了她一通，给了她一顶“和平思想”的帽子，要她去看看现实斗争。

所以留下来最后下厂，有一原因。冼群、黄朵导演的儿童剧本，原来请大作家写的，结果用不得，僵住了，又急于完成任务，就来找我帮忙，要我写点试试看。我答应了，这两天就背着这个担子。

写了一万多字，两三个儿童人物。跟他们说，只能提供他们做素材，看他们去搞。

鲁兄[①]说，贺君收到你的信了。问我是什么剧本，我说不知。

祝好！

嗣兴<br>三月五日

徐放不知回来否，打电话也找不着。

《光明日报》的文字，未找着，只有一篇侯君的谈鲁迅的文章，提到一下“战斗精神”什么的。

---

① 鲁煤。

今天找到放兄。他尚未遇到林。

他告我，他们报纸收到一篇评《朱桂花》的长文，要我有“思想准备”云。

六日午

## (299) 1951年4月11日自天津[①]

风兄：

信收到。上海人民剧院希望排演《英雄母亲》的事情，我是同意的。但现在第一批油印的剧本没有了，剩下的几本此地演员讨论时要用，一时无法寄出。可否把你那里的一本先给剧院的同志们看看，待新本子油印后，再寄给他们?

祝好！

路翎

四月十一日

## (300) 1951年4月11—19日间自天津[②]

谷兄：

门兄回来，知道了一些事情。这里情况是这样的：到天津以来，导演表示的倾向比较好，表示理解了主题，表示能从实际来看问题。后来作者作了报告，结果似乎是，把大家的神经搞乱了。于是从“积极份子”中间爆发出来一些问题，如作者爱憎不分明，批判与歌颂不够，所写工人“缺点”多，“小资产阶级”，等等。导演就把这些问题归纳为两个问题，一个是所表现的够不够的问题，一个是立场是否对的问题，于是在会场的隆重的空气

---

① 为演出《英雄母亲》，路翎和演员们同赴天津，到工厂去征求工人、劳模、干部等的意见。

② 此信原判为5月11日。据胡风1951年5月11日日记，胡风与路翎同在北京。据此，本信应写于4月11—19日间。——编注

中，路曦激动地发言说，不应该提立场问题，如提立场，就应该追究作者这个人。于是僵住了。三天前，我和导演一同返北京看剧院的节目，和他在具体问题上当着冼群等人起了争论，拦住了他。结果他就偷偷地去请教主编手下的将军去了，车票买了临时又退票，让我和石羽先回来了。他现在仍然在那里请教吧，也许今明天会回来的。厂里的同志们则进入了细节的讨论，慷慨的教条又似乎没有继续搬出来。

我想，这如果不是事先布置的，就是文坛情绪的反映，而导演心里无主，失措了。但这个仗要相当激烈地打下去，是没有问题的。

上海要剧本的事情，是否能先把你那里一本给他们看看。这里本子不够了，又涂得乱七八糟。以后也总要整理一下的。上海剧专也来了一信向剧院要剧本。我向导演说，应由剧院做主。

如上海有人来，我也只有先把手中的一本给他们看看。

在北京听说，文艺上的某些负责人都碰了一些壁，尤以华东的《武训传》问题，毛主席最不满意。

我们大约二十几号回北京，面谈吧。

曾问导演：总理看过剧本有意见吗？回答说：没有送给他看。

嗣兴

五月十一日

## (301) 1951年6月4日自北京

梅志兄：

信收到。风兄能去走走，自然比整天在北京空坐着好，可恨我仍然得在这无可作为的情形中泡下去。[1] 和老板们实在无法再说什么了，现在已经分明地看得出来，这是有目的的作为，非

---

① 此时胡风正在西南地区参加土改。

要叫作者“悔过”不可。这次学得了不少的经验，也明白了目前的所谓“现实要求”是什么一种性质。想来想去，无过可悔，也就坦然吧，只是荒废了时间而什么也做不成，望着前进的现实，是很惭愧的。你的想要好好做点事的愿望，也给了我鼓舞。

《平原》集，原来怎么订的，现在记不得了。但自然希望能照我的目次排。《学徒》一篇，就放在第二辑的后面。本来是依照内容的性质分类的，现在看来，有些内容的性质也差不多，倒反而困难了。

这些烦杂的事情，一直在消耗着你的劳动——我希望我能好好地劳动才好。

两个剧本，要过些时才有时间整理，整理好了即寄上。《荒地》不知他改了封面没有？原来那封面真可恶。

明英再有两个多月生产，现在身体已较好，也暂不担夜班了。[①]

《小黑人》[②]不知发表出来了没有，找到了即寄你。

曾去一航信给重庆西南军区的胡征，看他能否见到风兄，如见到，以后的信由他转。待回信来了再告诉你。

祝好！

嗣兴

六月四日

## (302) 1951年6月16日自北京[③]

梅志兄：

寄上《英雄母亲》一卷，收到否？

改来改去，也疲乏了，就成了这个样。现在这里自然是演不

---

① 余明英已于1950年11月带两个女儿随机关（中国科学院地球物理研究所）从南京到北京。

② 《小黑人》即梅志的一首儿童诗。

③ 此信原判为1950年，现订为1951年。——编注

成了，已经停排，搁下。意见是：人物“不现实”啦，不该“死”啦，太沉重不“乐观”啦，感情不够“健康”啦，等等。给雪华［苇］看看，希望能介绍出版吧。如果嫌“英雄”二字不够资格，那就简单地把题目改为《母亲》——这一神圣的资格想是有的。

另一剧本，现在要改写第一、二幕，使它生动一点。第一幕改在经理办公室里。正在弄，弄好再说吧。

可能参加赴朝慰问团归来的文艺小组的工作，也可能跑一跑朝鲜。现在还不定。

姚老板那边，未去信。你如碰见，望便中跟他说说要书的事情。此地葛老板那边，电话打不通，去了一信，尚未回信。

原兄来信，风兄过汉曾玩了两天。

祝安好！

嗣兴

六月十六日

《小黑人》没找到。想是还没有登吧。

海燕改组，寄来新版税法等，并要换合同。找不到，不知《在铁链中》、《求爱》两书合同在你那里否？算了一算，这所谓新方法，是吃亏的，但也没有两本书了，由它去吧。不知你的书都接受了他们的新方法否？

## （303）1951年6月22日自北京

梅志兄：

前信谅收到。我最近要参加赴朝慰问团文艺组工作，一星期左右即先去东北，然后去朝鲜，为期约三四个月吧。这自然很好，烦人的只是：一、人们的动机是在整我；二、要和某些好汉们在一起。而明英这期间要分娩，也是个难题。风兄不知有信来否？我没有接到信。

另卷寄上剧本，改了这个题目，原题是《祖国在前进》，不知究竟哪个合适些？第一、二幕重写了，也不见好，但现在没有时间再弄它了，就这样找人看看，可能的话，找个地方印印吧。

海燕的契约已找到，寄去了。“作家”的书暂且不要，但如有钱的话，希望他寄到“北京西城锦什坊街王府仓十六号余明英”。拜托你便中告诉姚老板一下，风兄去时留下的一包东西和一百万元，都放在明英那里。可能他回北京后我碰不到的。

祝好！

嗣兴

六月二十二日

《英》剧稿本收到否？

## (304) 1951年6月26日自北京

风兄：

信收到。开了几次隆重的会之后，已宣布停排。没有做出什么特别优美的结论来。廖回来后，没有机会谈。第一次来一电话，问我情绪如何，我说很好。于是说，希望一面整理剧本，一面参加赴朝慰问团文艺小组的工作。我说：很好，没有意见。以后匆匆见到两次，都没有谈什么。现在已确定参加他们文艺组工作，由田汉领导，几天以后就要先到大连，后去朝鲜。目的是集体地搞写作，为期一说三四个月，一说半年。剧院里除了我之外尚增加了李维时及那个四川人。情形如此。现在就等待出发了。

和那些先生们一起，不知道会有什么节目呢。

《英》剧已整理。新剧本[1]也重写了第一幕，改名为《祖国的一角》，都寄给梅志兄了。这题目也不好似的，不知你能否想一个？门兄昨天来，今天回去了。诗稿已带交葛老板。老板大谈了一阵生意经，说是你的意见。《人》剧和诗都印二十八开本，但《人》剧现在看来主题份量不够，二十八开本定价高，销路会少；

① “新剧本”指《祖国在前进》，1952年1月由上海泥土社出版。

印刷所又有困难，所以如果要快些印，只有三十二开。诗集呢，最好是有一个丛书，不知你继续有诗稿否？我说：看情形办吧。诗，我想继续有稿子是没有问题的。他又说牛汉那诗集内长诗《碑》比短诗差，能有新的扩充来更好。……我预备这两天找徐放谈一次。《人》剧，改了题目叫做《迎着明天》，但现在想想又枯燥了些。是否《迎接黎明》更好些呢？但老板说，原来的题目大是大，可以多卖钱自然好，可是改得切合实际些也好。如果刚解放就出版，自然是重点书，可是现在情况“不同”了。

门兄又去找了金长佑，未会见，只听说又排了二百页，现在停着。

《天津文艺》要停罢。

你留下来的钱，也放在明英那里。明英约一个半月后分娩。你这次回来，如果呆的时间不多，怕见不着了。望去信明英，叫她来找你。

胡征来信了，航信也走了十多天。他打电话找你时，你已下乡了。他的地址是：重庆嘉陵新村 112 号。

祝好！

嗣兴

六月二十六日

## (305) 1951 年 7 月 16 日自大连[①]

风兄：

到大连已好几天。原以为可以很快赴朝的，但到此后提出这要求未被田汉公同意，一定要守在这里看材料“编剧本”，两个月以后，写出了初稿之类再去。住得好，吃得好，而且这几天尽在玩——没有什么办法来满足那样的要求，只好慢慢地自己利用着时间再说。看同行者们能做出什么来吧。同行者们有田

---

① 路翎参加田汉领导的赴朝慰问团到了大连。这次未能去朝鲜。

间、黄药眠、刘盛亚等，说说笑话，一路上倒也玩得颇好的。旅行也很好，看到不少新鲜愉快的事。而且已经到海边去游过泳了。

你近来怎样？有空望来信，寄“大连中山广场国际旅行社四楼三三九号赴朝慰问团文艺组”。

祝好！

嗣兴

七月十六日

## (306) 1951 年 7 月 27 日自大连

谷兄：

前信发了平信，想必很慢。到大连已半个月了。如果你这时候是在山野里或点着油灯的小场镇上，那么我倒是在漂亮的城市的漂亮的大楼里了。用了庞大的花费，把我们这队伍拉到这里来了。先到朝鲜去的要求，没有被田团长同意，一定要写了初稿再去。阅读了慰问团上次带回来的四十万字的似是而非的故事和材料，同志们就坐下来编写各色的东西了。我的嘲弄是颇要不得的，但仍然“创作”了这么一篇小玩意，叫做：“公赴大连，公收集材料，公编剧本，不成，改编小说，又不成，改编诗，自以为成，当众朗诵，群情愤慨，公自我批评，改编理论，骂人，公乃成，成为文豪。”这小玩意曾被一个叫做何苦的好事者在饭桌上朗诵，起初大家大笑，但终于其中有人脸色黯然。

不知你有时间笑笑否？在喧嚷、吹牛、昏庸的一片之中，我已开始争取着时间做一点事情。写一个青年工人父女在朝鲜铁路上斗争的剧本[①]。现在开始有了一群人物，使得这个冒险事业稍稍有了一点基础。能写成，就不管先生们怎样了。

幸而这里有很多志愿军伤员，可以做非常自由的访问。访问的内容也渐渐能够丰富起来了。

---

① “剧本”即《祖国儿女》。

大连是美丽的城市。长了不少见闻，也洗了海水澡。没事闲扯一通，也颇为一团和气的。

不知你何时可以回到北京。在泥土里的味道，是和我的这在“创作之宫殿”里的味道大不相同的。想念着你的时候，也想念着乡野间的人们。这次的旅行，看法颇为冷静。现在是鼓起了力量，要做点什么。这好像是新的一步了。在这严酷的现实中做长期的打算吧；有些泥菩萨是一震即碎，但震动却一时没有到来。

可能九月间去前面一行。来信可以收到。寄“大连中山广场国际旅行社 339 号赴朝慰问团文艺组”。

嗣兴<br>七月廿七日夜

## （307）1951 年 8 月 22 日自大连

梅志兄：

《契诃夫的戏剧艺术》收到。替我谢谢植芳兄。我们此地工作基本上九月初结束，能否去朝鲜，现又在不定之中。写了一个剧本。和诸公暂时相安无事。

明英在本月十号生了个女孩。① 都安好。

《人民万岁》改了题目为《迎着明天》已经印出来了。② 刚写信去向老板要剧本。《英雄母亲》，如雪华[苇]没有时间看，就付印算了，看这气候，一天天还要麻烦的。管兄不知有信息否？如来信，九月十五日以前此地可以收到。

祝好！

嗣兴<br>八月二十二日

---

① 1951 年 8 月，路翎的三女儿徐玫出生。

② 路翎剧本《迎着明天》1951 年 8 月由北京天下图书公司出版。

## (308) 1951 年 9 月 1 日自大连

梅志兄：

作家书局寄给明英的款子收到了，你给她的信她也收到了。正在分娩期间，所以嘱我写收条给姚老板。感谢你的关怀。前信不知告诉过你没有，生了一个女孩。北京到东北的火车因淹水断了一些天，最近才恢复吧，所以信件走得很慢。

曾接到风兄一航空信。他的工作快结束了。[1]

我则是又被拖住，总在九月底才能结束。去朝鲜忽然又不可能似的了。不知先生们究竟怎么搞的。写了一个剧本，不很满意，正请大家提意见讨论。

《迎着明天》(《人民万岁》)已出版，嘱寄你一本，不知寄了没有。

在此地已拖得很累人，就希望能及早地告一段落。空闲的时间，在写些短小说。

祝好！

嗣兴

九月一日

手边没有作家书屋地址，收条烦你转了。也没有图章，不知行否？

## (309) 1952 年 1 月 15 日自北京

风兄：

这篇文章寄你看看，改一改，再寄回我，以便改一下，抄一份再寄你。找两位演员看了，他们都同意的。

光同志[2]来了信，说作者的不同意，在此整风期间，他很遗

---

① 1951 年 9 月 27 日，胡风结束土改工作回北京。

② “光同志”即张光年(光未然)。

憾。他基本上同意那批评……但如要讨论，当然可以的，写成后可以寄他或《文艺报》。很客气，称为“亲爱的同志”，说道：“不是的，亲爱的同志……”

我想复一封也是很亲爱的信，有时间就把文章写起来了。

气候是很恶劣的，现在阵势是非常严密的。今天会上轰击了一下小首领，爆发了一场关于理论问题的遭遇战，使会场跑出了常轨，结果是相持不下，以后再谈。

听路曦谈，冼群曾被打得要垮，整整几天。但文艺思想似乎没有解决什么样，也没有牵涉到我。路、石都受到了轰击，很迷惑，有些颓唐。

阎君来了一次，凤姐的问题，被压住了，没有人谈了，而且有“纠偏”之说。[①] 他也害了两天病。说是预备写点材料寄去。过两天看看，把那封信也增加点新内容写一写。

很希望北京能落雪了，但是仍然吹着很干燥的风。

回沪后一切如何？[②] 祝安好！

嗣兴

一月十五日

## （310）1952年1月17日自北京

谷兄：

寄上《平原》后记。有什么不妥的地方，请你斟酌一下。《爱民大会》那篇，总要补上去才好，不知他是不是失落了。

时间过久，有些东西记不清楚了。所以，第二页里关于作品的说法和举例，请你留神一下。

那信，今日写好，预备明天寄去。明英忙得无法回家，所以

---

① “阎君”即严望（阎有太），此时在中华全国文学工作者协会（1953年改名为中国作家协会）工作，以下信中的“太兄”，亦指严望，“凤姐”指丁玲。

② 胡风于1952年初从北京回上海。

是由我用“小书记”的正楷写了一下，看来还可以。

今天未开会。

金山的报告，一直未做出来，看来恐怕要天下太平罢。

前天寄去《评新事物》稿，收到否？如你能改一改，找到人抄一份留在你处，更好。

祝好！

嗣兴

一月十七日

## (311) 1952年1月20日自北京

荒兄：

信收到。

金山今日报告，报告后会场激昂，陆续发言者一二十人，要求开除党籍，并交法律制裁，我发言两次，放了炮。领导上似乎有出乎意外的严重之感，尚不知如何结局。

过两天就要整文艺思想了。当然，轮到我当在春节以后。

阎君曾来，说要写信上去。今日匆匆见到，说是遭了整，不知详情如何。关于反批评的文章，他们的意见，暂时不要拿去。他和放兄都有这意见，说是群众条件现在还很不利，他们会加上“编者按”又加上围攻的。这当然是估计得到的。但文章写成后再说吧。《祖国》收到，当给光局长寄一本去，并复一信，简单地说明一下，待三反整风后有时间就写文章。

《平原》后记想收到。看目录，其中《饥渴的兵士》在后记中误写为《悲愤的兵士》，请改正。那样写，是否恰当，请代为斟酌。

《祖国》尚缺十本左右。当另外写信史华君[1]，预备除了外面的以外，剧院里普遍地送一送。

---

① “史华君”即泥土社经理许史华。

芦甸重新遭“整”[1],大约是方君的反攻吧。这次要谈他的剧本了。《建设》中有关于他“袒护”梅兄的那一套说法发表出来了,想是内部汇报中传上去的。不知已整得如何。但他还颇爽朗的。

嗣兴

一月二十日夜

## (312) 1952年1月30日自北京

谷兄:

廿六日信收到。

我们这里还要继续三反,整风就还得等些天了。起了一点意图,想要写一个关于三反的剧本,但现在还没有什么影子,等手边的事做起来再说罢。

放兄们很主张写这个东西。放兄看了《祖国》后记,有这么一点感觉,耽心是否对民族资产阶级在国家的作用估计较高,但剧本本身他尚未看。我觉得倒不致于那样的。现在希望他看看剧本,过两天谈谈。

关于芦兄的那消息,只是一般的简讯之类吧。我未见到,大约是,某些同志例如谁谁等,袒护了错误的思想。芦兄回天津过年去了,待他回来当找他谈谈。他的讨论会,结果还不太恶劣,领导者转了点弯,他也含蓄了些,滑过去了。看来不致于再有什么。

梅兄的老板那里,不给钱。说是书的问题不解决,钱就不好付云。说是是老板的意见。

放兄很狼狈,纪朵生了小孩后,母子均生病,又不懂。疲于奔命的样子。牛汉兄回来了两三天,恰巧我不在,未见着。今天回去了。想要调回来,但一时还不大可能似的。

---

① 即芦甸剧本《第二个春天》受到批判。

凤姐的事，无下文。阎兄[1]写了信了，但还没有什么反应。

泥土寄来的钱收到，但书只收到三十本。已去信他们再寄一点。《平原》，想已寄出了。预备一道寄去的。

祝好！

嗣兴

一月三十日

## (313) 1952 年 2 月 8 日自北京

荒兄：

三反继续进行，打小老虎，颇为猛烈的。参加了调查组的工作，日以继夜地搞，所以别的事都没法做了。大约总还有些天。参加这个，倒是有意义的。

甸兄写了一个总结，上面仍不满，说要他重写。但最近文艺界催三反剧本《十万火急》，大约要派他到天津“下去”了。关于他和梅兄的事，他说，是关于华北文艺部整风的汇报，中间提到这一项而已。

除了几巨公的，一般都寄出去了。《平原》尚未收到，不知也寄出否？

《解放军》那稿子，这一期未见刊出，但亦未退回。我这些天不想问它，看他们怎样办吧。

便中请转告泥土社，钱收到了。《英雄母亲》字样及后记，一有时间即寄来。安[史]华君要我写短些，我想也不需怎样长的。

上海情形如何？你是否着手做点工作了？谢韬兄处一直未能通消息，不知他们搞得怎样，有空当找找他。

---

① 此处“阎兄”，1994 年安徽文艺出版社《胡风路翎文学书简》、2004 年大象出版社《致胡风书信全编》作“周兄”，据手稿及 1952 年 1 月 15、20 日信判为“阎兄”。——编注

好！

嗣兴<br>二月八日

## (314) 1952年2月10日自北京

荒兄：

八日信收到。《通讯》上的那些玩意，当然是英雄们搞出去的。近来白天黑夜三反，不准会客，所以也无法找阎兄们谈谈。也没有时间。甸兄来过一次，大约即去天津了。门兄的地址，我这里没有，要问他；如明天找不着他，就去信天津。贾文搁下未写，现在想挤点时间写《母亲》后记，但不知一星期内挤得出来否。"赤膊上阵"，倒不至于的，但原兄的意见很对。讨厌的是大家原来就说不到一起，无论说什么，他都有办法来歪曲的。应该慎重起来，将来谈的时候，必须以"字据"为凭。当然，能拖就拖。

《平原》尚未收到。汉口和杭州的，都还未寄，如上海可寄就请书店直接寄也好。

今天才抽空回家一趟。家里颇乱，明英受不住要改行，现已写了东西上去要求调工作或离职。困难是困难的，但能借此机会出来也好。

三反，我是在调查组，恐怕至少总还要一星期这样忙下去的。曾经有一次一直搞了一通宵，但那小老虎仍然没捉牢；颇困难的。

祝好！

嗣兴<br>二月十日夜

## (315) 1952年2月11日自北京

荒兄：

门兄地址是：湖南桃源县委会转三阳区土改工作团二十三

团部。

那信，他是不是写，我想是可以写的，因为那并不牵涉别的麻烦，仅仅提出这一不民主的现象。不过在现在三反期间，收信人是否给以注意，是个问题。要写，就把这当做一种官僚主义现象来控诉，就说明，几个地方都不审查，又不发行。

今天读文件一天，颇伤神的。只能夜间回来做点事。

甸兄尚未去天津。

好！

嗣兴

二月十一日夜

## （316）1952年2月22日自北京

荒兄：

运动正忙，日夜学习、调查、算账，后记一直到今天还未整理好，恐怕要到下个星期了。有时跑出去调查，也颇疲乏的。但这个工作也还生动。现在最少还要搞一个月才能结束。

甸兄到天津参加运动去了。走时送来一信。附了一张《进步日报》，天津文联的副刊上有批评《十月文丛》的，碰了一下《朱桂花》。当然，不必理它。昨日（二十一日）《人民日报》，关于文艺界的浪费贪污的报道里，在一大片事情中，提到这么几句，说是剧院的领导对《英雄母亲》中的"小资产阶级思想"采取迁就妥协，予以通过；两次下厂，直到工人对这个"歪曲工人形象的剧本"提出"尖锐的原则性"的批评，才停排，浪费严重云。显然这是剧院写的材料。也是暂时不提，以后总的再谈罢。

运动中纪律甚严，无法会客，也没有时间出去，所以好久没见到徐兄等了。他们也找不到我。

近日如何？望来信。《平原》及五百本版税九十五万元收到。几本书已寄出。

好！

嗣兴

二月二十二日夜

## (317) 1952年2月26日自北京

荒兄：

信及文稿收到。昨天会到了徐兄等，文稿交他看去了。他说，乔公正生病，且颇重，恐怕不会看，倒不如给陈伯达寄去的好，并建议我也寄两本书去。你看如何？

不过目前仍然一点时间抽不出来，总要隔些天再说了。每日查账到深夜，疲累得很，“后记”一直到今天还没有弄好，看这几天有办法继续弄一弄不。

“事业”寄去也好。徐兄也主张如此。但听阎兄说，主编明天即将出国，参加纪念果戈里和雨果的会，不知什么时候回来。且已经安排了三批人马，到朝鲜，下乡，及下工厂。如上海一时无地方送，寄回来再说吧。《解放军文艺》本期因三反停刊。因而又无下文。我也不去问它。

祝好！

兴

二月二十六日

## (318) 1952年3月11—13日自北京

荒兄：

甸兄昨日返京，商量了一下梅兄寄那封信的事，后又和徐兄商量了一下。觉得，可以慢慢地来，要提就把问题提尖锐些，直接提到宗派主义之类上去。可等梅兄回来后，和金老板一同到各个有关机关去查询，把他们的话实录下来，看情形再寄去。照现在这样，可能效果不大。或者那时连同“倾向性”的事一道提。

甸兄也预备这样问问梅兄意见，并把那稿子给他寄去看看。争取再搞一次土改的事，看来似不可能，因为据说此地全国委员会已经在要这些人回来了。

后记，徐兄甸兄看过，徐兄的意思，也可以现在不发表，待将来一总算。我和甸兄的意思，则以为这再版的机会可能是最近的最后一个机会，发出来摆在那里成一案件是可以做的。再整理一遍即寄你。

三反未完，仍很忙。搞了一些老板、小商人。每天跑来跑去。不谈文艺，和这些人倒有时颇可以相处的。

文艺报上有关于吕荧的文字，黄药眠的"自我检讨"里又提到某某某，看了没有？现在有些调子好玩得很，跟在现实后面打圈圈，就像旋风里的小纸片一样。

柏山接那摊子，实在是很难的。甸兄说：现在不接这些玩意最好！不过我以为，他也可以和那里面的那些现象打一仗，揭露出更多的蝗虫来的。积极的建设，现在是不可能的，那么，就希望他不致于被那黑压压的一大片拖得不能动弹。

祝好！

兴

三月十一日

剧评，我想抄一份由上海寄，登出的可能大。以后再拆穿。但总归要抄改一份起来，现在时间仍没有，积极份子的工作更忙。总还有十天吧。有空就抄，并与徐兄商量一下。

给明英的信也收到。

三月十三日

## (319) 1952年3月20日自北京

荒兄：

剧评抄了一份，寄上。和甸兄、谢兄商量过，觉得由华东随便用个什么名字寄给他们比较好。如果由我直接做现在是困难的。

阎君说，风姐出去之前，曾开了几次会，冯君等都参加的，并买了你的作品两套。前些天他去舒秘书长房内，见一铅印的东西，题目开头是你的名字，末尾是“文件”二字，中间未看清，小标题也未看清。大约是起草出来的关于理论问题的稿子。

甸兄说，他们那里张部长曾在提到你的时候说，你对革命有贡献，但思想上理论上有些问题，最近得讨论讨论。大概是这样的话罢。

甸兄又听一个叫林莽的说，传言你会见了周总理之后回去写《论现实……》续篇去了。似乎是你自己提出来要写的云。又有传言说，改造了一半，回去了，云。

这么看，是有“讨论”要到来的。

谢兄说：现在弄清问题还不可能，要待两三年罢。

我想，自然是会有这些的。待它“来了”再看吧。当然，现在得做起工作来。

我的积极分子工作未能结束，继续打疲劳仗。剧院将排《钦差大臣》，大家都很快乐。什么时候整文艺思想，还无布置。真想能有一点自己的时间。祝好！

嗣兴

三月二十日

## （320）1952年3月25日自北京

荒兄：

十七日信收到。

乔公确实是生病，而且生得重，开了刀，现已脱离危险，须静养三四个月。所以，那文章的退回，大约真的是因为他无法看，而且也不便处理。

但现在情况是不简单的。局势已经形成。放兄以为，现在忙细菌战，乔又生病，此来京不至于有结果，反而重新拖着。他以为，重要的事情是现在就着手准备，充分地准备材料。

也和韬兄大略谈了一下，他觉得，情形困难，如被迫说话，不说也是不行的。目前似不必在华东做什么，因为那样会使柏山将来处于两难之境。

我觉得，可以先写一信，提出单纯的问题来要求一谈；不一定附提纲。不谈理论问题也行，看怎么回答再说。但放兄以为，这办法不妥，要谈就谈理论问题，全面的问题。

但现在局势往下发展，被迫谈出全面问题来的时候就可能到了。二十二日《光明日报·收获》上有一叫石丁的评《祖国》，加以"擅自篡改共同纲领"的大罪名。昨日《文艺报》广告，陈企霞的文章也出来了，题目是《一部明目张胆为资本家捧场的作品》。还未看到，但论点大约是那些，姿态一定是很凶猛。现在看来，关于我的问题，整风时大约要缠到这本书上去了。这罪名真是惊心动魄的。我现在准备找一些材料，找出五〇年末的《人民日报》等等来，指明历史，但不去和他们谈理论。也得写一篇回答，搁着再说。剧院整风，下星期即重新开始。

问题必须在北京解决，但看现在的来势，又不是解决的时候。所以你写信问一问，还是必要的。华东没有可能做什么。放兄的意见也对：充分地准备材料。

前信不知收到否？附了一份《剧评》的。如果华东已有一份，便中把原来那一份寄回给我吧。不知他们能否出面寄去。

本想就陈企霞文章事找冯雪峰一谈，但放兄说，他现在也还是并不负什么责。那还是算了吧。本想找他谈，试一试他的意见的。

金某未管制，也未开除，仍在"反省"。黄兄的话是"乐观"的流言。

这两天略有空闲，读点书。放兄他们仍很忙。过几天再找他们谈谈。祝好！

嗣兴

三月二十五日

总的我觉得，现在是决无回避的余地了，所以倒也乐意直面着人们的。放兄以为现在是怎么对付的问题，我以为现在是真理究竟在哪里的问题。例如对《祖国》，他觉得作品本身虽无问题，在现在出现却成问题了。我还不这样想的。

## (321) 1952年3月27日自北京

荒兄：

前信谅收到。

今天买到了《文艺报》，读了一下那批评。那是一篇声嘶力竭的文章，但在今天的情况下面，却又是很凶恶的。我现在大略考虑了一下：剧院的整风大概主要地现在要扭住这一个了。问题太多，大家都应接不暇了。那么，现在把别的暂且搁一搁，把这一个准备一下。你看了那批评，有些什么意见，望比较具体一点写给我。

我准备对这一个尽可能不谈理论问题，主要谈一个历史问题。找一些材料来，例如一九五〇年的工商业情况，私营工厂情况，《人民日报》上关于"爱国的民族资本家"的登载，毛主席致李烛尘贺电，以及艾思奇等人的理论。抗美援朝初期国家为什么要提出一个争取民族资本家的问题来，并且见诸行动呢？因为时局严重，在一致对外的要求上，资本家是一个离心的力量，严重的问题。而这剧本就是服务于这一具体的目的的，仍然是提出了"改造"的问题，是并不错误的。以这种情况为主来进行讨论，你看如何？

三反在做总结，大家在讨论做个人鉴定，主要的是划分思想界线。我的鉴定不忙做了，因为我的问题是一个创作问题，现在未弄清；这是负责的学委告诉我的。所以我今天又有时间坐在宿舍里。祝好！

兴

三月二十七日

## (322) 1952 年 3 月 31 日自北京

荒兄：

信收到。

太兄匆匆见到那篇东西。没看详细。题目是：××文艺思想研究。小标题：1. 关于公式主义、教条主义、客观主义；2. 关于主观的战斗精神；3. 关于知识分子的改造；4. 关于现实主义；5. 其他。每一小标题后面都摘录了过时[去]的某些论点，这，太兄没看清。后面附着香港《大众文艺》丛刊上的几篇"著名"的文字，荃麟等的。看起来，这是一个研究的材料。目前无法借到。

看情况，关于以上的这些，还得研究研究。现在在对我批评，那是清除外围的做法。

我在继续找一点材料，读一点书。要工作起来的。在整风的时间内，预备一面把两篇反批评的文字写好，然后做别的。

听徐兄及甸兄来信说，三反中杨耳、艾思奇等发表的理论文章都有错误，现已停止学习。错在哪里尚未指出。我都找来看了一下，我想，大约会错到离开共同纲领的要求的。

和徐兄谈了一下，觉得搬不搬，现在自然没有头绪。先写一信是可以的。但信的内容要简单明确，只提一个问题，如搬来的问题或"工作"问题，如提理论，则可能的回答是"讨论讨论"之类，不会有结果的。也提出再见面的要求来。要求谈问题，但不必具体地说谈什么。看怎样回答。不知你看怎样？我觉得，不写信，不闻不问，也不好。

好！

嗣兴

三月三十一日

## （323）1952年4月7日自北京

荒兄：

来信收到。

现在不想去找冯或者聂了，没有必要。徐兄曾见到诗人×君，×君表示："该批评批评了。"

我在看点书，等待着。上一星期比较闲空，但没有能找到谢兄，他很忙。和徐兄谈过。关于写信的问题，我们也是有些踌躇的。他又说，要写，就把提纲也附去。信里明确写明，要求工作，不论什么工作。也主动地要求谈理论问题，并希望能讨论。他觉得这样是主动的办法。

有些书，例如这一两年出版的一些小说，可以看一看。昨天看了《铜墙铁壁》。人物是没有内容的。写的是战役的背景，有些事情，情节颇生动。也写得简单明了，有层有次。也可以看出，作者在研究材料上，研究当时的情况上，是费了力气的。现在大约只需要这样的东西，它代表着"潮流"。它已经很满足似的了，从这些地方再往前走一步，都是困难的。

我将冷静地、很好地来从事谈论。祝好！

嗣兴

四月七日

## （324）1952年4月13日自北京

荒兄：

来信收到。前天曾与韬兄商量了一下，写了一个从事讨论的小小的提纲。本来预备星期六就开始谈的，现在又延期了。剧院很忙，也没有人，参加这次讨论的是一些不怎么相干的人。小组长（文化列车的负责人）曾找我谈，我表示现在正在研究这些问题，他说，他也"把握不定"云云。后来吴君又找我谈，问我对批评如何看法，我说，正在研究，但到现在为止尚未找着批评的理论基础。他说尚未看过剧本。后来他又谈到《英雄母亲》，说：专家有意见，群众有意见，绝大多数人有意见，问题究竟在哪里呢？我说：这也正是我在研究的问题了。他所说的专家，是李伯钊及丁玲，他说他们看过《英》剧的。我未表示意见。

延期讨论，也许是这次谈的结果。看起来，是在“捉摸”。从两个谈话中，摸到了一些小小的陷阱，但他们也还在闪烁，是很明白的。

信里提到的剪报的材料，未收到。《阿达莫诺夫的家事》看过。《苏联文学史》里称之为对资本主义的人道主义的批判，是说得很恰当而又很有意义的。小说里的商人，是精神上走向毁灭，被鞭挞，又被同情着的人物。

听阎兄说，艾等的理论，中央已做了决定，犯了教条主义的典型错误及机会主义的原则错误。冯定的文章，基本上是正确的云。

祝好！

嗣兴<br>四月十三日夜

## (325) 1952年4月18日自北京

荒兄：

十日信并款今天收到。

甸兄尚未将抄件寄我。上次信里给你说明的，阎兄听见的话，那些关于机会主义之类的断语，是阎兄自己的猜测。所以，这里具体情况，还不清楚。现在我了解到这一点：他们是用的“软”办法在谈，先确定资产阶级有其一定的两面性，然后检查剧本，硬说剧本只表现了一面，而未表现另一面，预备从这得出结论，以替批判家圆场。即纵然那些批评有不妥之处，但剧本仍然不对——是这样的目的，昨天谈了一上午，今天一整天，他们希望拉到工人阶级领导的问题上去，并在你文字片语上纠缠着。

我已经谈了当时的情况，要求，和某些素材，他们不否认这个。但他们认为，国家做这个工作是一回事，但是党的作家，不应该写。后又改口，说这不是主要的。纠缠得很疲劳。我预备明天摊开剧本来一页一页地说明、分析。

大约不会谈得太久。谈过了，即写文章。

《胆怯的人》也看了。那当然在今天是不行的。

听阎兄说，默涵到文联去作过报告。但我想，那批评，内部也未必有明确的批评，一来它是像浆糊一样，没有谈什么理论，二来他们必然希望把这根钉子钉住，得滑过去即滑过去的。

徐兄这两天交代社会关系，因介绍牛汉诗集与葛老板的关系引起，他们在整他和你的关系。他说，他尊敬这样一个人，但他并不了解文艺理论问题，等等。他的情况颇有点沉重。叫我不告诉你，当然，这是谈不出什么道理来的。理论问题超出了范围，也无从谈起。

好！

嗣兴

四月十八日夜

《解放军文艺》四期已出，那篇东西仍然不发，也不退。就让它这样吧。

## （326）1952年5月5日自北京

荒兄：

谈了半个月左右了。“五一”、“五四”休息了几天。一个问题一个问题，一个人物一个人物地谈，例如：吴秀华母亲开始为何“落后”，最后她为什么又要安慰郭；工会干部没有斗争性、右倾；董国华并没有彻底被打垮，工会干部为什么不正面和他斗争；郭锡和老婆不可能有某种善良；郭梅青不可能抗美援朝，等等。[1] 还没

---

① 1950年12月路翎创作剧本《祖国在前进》，郭锡和、郭梅青等为剧中人物。

有谈到郭锡和。有些问题，争执不下，我没有同意，搁下了；有些问题，例如黄迈等，我说明了某些片面性及其原因，以及后记所说的，是有意无意地避免了许多斗争过程的。现在大家的态度都还好。李之华也参加了。看能得出什么样的结论来罢。

谈得很疲乏，但也无可奈何。有空就看一点书。

从这些人们，可以对目前情况、群众的情况、环境和理论等等得到一些实际了解，这是有益的。也可以从自己这一方面了解到缺点之所在。但这一点更鲜明：蹲在这种空气中，无论如何"正确"，也是不可能写出什么东西来的。那些正确的理论、原则、公式，在这样的知识分子们，常常只是浮夸的东西，例如夏天戏的花边大草帽之类。很少看到真挚而坚实的劳动者，这就是从这些的里面开不出花来的原因。某些人们，原是不能说是不善良的。

谈完了，料理一下事情，把该写的写一写，就要求到什么地方去做做实际工作了。新鲜的空气和新鲜的人们的名字啊。……

在纪念会上看到周已回来了，不知在上海见到没有？是否写一信？目前从群众条件看来，一个具体的工作岗位似乎是必要的。但当然，这也困难得很。先商谈搬来的事，然后再说，是否比较好些？

这"五一"很热烈。只是想到文艺，就沉重起来。

甸兄来信说，梅兄六月回来。近况如何，望来信。

嗣兴

五月五日

## (327) 1952年5月8日自北京

荒兄：

甸兄昨日来，与放兄等一起谈了一下，仍然觉得，现在需要提出工作、迁京的问题。甚至同时再表示出对组织的要求。这样做可以明确这样的事实：自己是不断地如此要求的。如不回答，再写信，主动地、积极地。

现在一般地是传言着所谓闹独立性等等，这样做可以在上面首先弄清这点。如回答给了具体的关于工作的答复，则对这具体工作提出具体意见。迁京后，就主动地要求谈文艺运动上的意见，同时也写好书面的东西。

如塞在华东，那就困难。但仍然提出要来要谈，看他怎么说。如给一轻描淡写的工作，就站上去再说。只要在时间和其他条件上不太拖住。

抄件寄上。摘录的文字注明了页数和起讫的句子，很容易找到对看一下的。那文件，并未印上党内文件等字样，大约也只是一个资料。都是些旧东西。看起来是并不确信的。

我仍然在与教条们打滚，相持不下，很疲乏。他们也疲乏了的样子。祝好！

嗣兴

五月八日

## （328）1952年5月12日自北京

荒兄：

诚然是布置了一个网。今天又宣布了全院的关于资产阶级问题的学习，其中提到这个剧本的问题，说是初步的意见大家已趋向统一，就待做出结论来，将来要向全院报告云。小组会明后天将做结论。他们大约将由某些片面的地方推论下去的。我将不同意这些推论，并再表明对剧本的主题的看法。看怎样来罢，现在是一下子无法跳出来。看样子提出保留，并着手写起来寄上去。

最近一期《文艺报》，评《朱桂花》的，想见到了。今天《人民日报》上又发了个简讯。《文艺报》上的那篇读者投书大约是九厂的文教干事写的，他是一个文艺青年。这些玩意弄了出来，也并不见得使情况更恶劣的。现在要考虑的是，是否连这一篇一起回答了。我想，这一篇只要稍稍提及就可以了。

前晚和徐、谢、甸兄们谈了一下。大家都觉得，现在得首先争取到北京来，并且谈。把问题一起摊出去。

祝好！

嗣兴

五月十二日

## （329）1952年5月19日自北京

荒兄：

十一日信收到。

现在是在谈总的意见了。希望先做出"积极性写多了"的结论来，我未同意。我只同意某些个别的不够与不妥。看来，月底前总会结束的。纪念《讲话》十周年，布置大家写文章，也是难题。这种情况下，什么也不好谈的，能不写就不写。

门兄回来了，日前来京，大家谈了一下。放兄的意见是：现在赶紧地做起来，决不可有幻想；希望你不断争取，快些来。他是有些急躁的。谢兄认为，要做得稳重些。所以，门兄现在写不写信，他觉得还有些犹豫。他曾遇到和你们一道去土改的于君，谈到某某，说固执，不改造，不参加实际斗争，不检讨等等。可见空气之一斑。详情，谢兄当写信告你的。谢兄觉得，事情是长期的，现在是否可以采取延缓争论发生的时间的办法，值得考虑。但我们觉得，当然能延缓是好的，现在却并不取决于这方面了。谢兄的意思好像是，不要太多的刺戟。放兄的意见则是，多搞几个问题端上去，叫他自己措手不及。我觉得，在这种情况下，当然得避免不必要的刺戟，但顾虑多了也不行的。不过放兄的估计又有些"乐观"了。权力在手的人们，外强中干自然是的，但他办法很多，不至于怎么"措手不及"的。

梅兄将写一信。我的事，看这两天的结果再做起来。对那一个报，当然无法一一作答了。

放兄耽心你那信的结果。但只有走着瞧罢。

梅兄很疲乏。工作很苦，所以也苍老多了。能休息几天当好些。你给甸兄的信，他带来了。那封信，我们觉得那样写比较笼统，不会有什么结果。也许甸兄们照这意思写点寄去，或者过些时再说。将来要写，用另个角度来写。

《报》上大约还要来的。我有时和周围的一般人聊聊天，听听他们的。大家对那些批评都有模糊的不满，且也有了对这些批评的"目的性"的怀疑。

祝好！

嗣兴<br>五月十九日

## (330) 1952年5月20日自北京

荒兄：

昨天一信，谅收到。

现在他们提出总的意见来了：在右的情绪笼罩下写的，因此带着右的偏向。又说，当然，陈的批评那样的结论是过份的。

我说，有些地方我原来也是这么说，同意的，有些地方不同意，要考虑。于是就给我以考虑。往后是，把大家一致同意的结论拿到学习资产阶级问题的大会上去报告，并且要我自己代表小组去报告。后一点，我未同意。

现在势必得考虑最后的做法了。主要的问题是：是否可以说成右的偏向？如果确实是这样，我可以基本上同意，但同时提出来要求讨论陈的批评，要他们在报告的时候连同对陈的批评的看法一齐报告，稍稍转为主动。

或者甚至也可以我自己来"代表"小组报告，用这种方式接近群众。将来写文章或写信的时候，也可以带着这种自我检讨的精神。

或者，仍然不同意，再考虑，脱开。问题是现在脱不开。生硬地脱开影响是不好的。

过两天开始回答的时候，我将首先仍然提出商量的东西来。一、想不通，自己不能勉强；二、现在“看来”右了，但在那时候的具体环境下，这样做法并不错的。

但势必又绕着圈子纠缠起来。所以现在得准备最后的做法了。不得结论，他们是不会止的。现在的“谈”，看来态度不错，也“实事求是”的。但不知后面还有什么文章。

将和放兄谈一下。望即回我一信，寄东单宿舍也可以的。

整天学习，六时起床，讨论“资产阶级问题”。明英那里的小同志们看到批评我的文章了，要她来“帮助”我，结果我又“帮助”了她。她还好。带了一本《朱桂花》去，请那些小同志们看看，批评批评吧。

祝好！

嗣兴

五月廿日晚

## (331) 1952年5月23日自北京

荒兄：

今天又谈了，考虑了两天，摊了出去。不同意结论的主要部份，认为，这剧本虽然是在右的情绪的笼罩下写的，生怕过左，但却是在创作中突破了这右倾情绪，对资产阶级提出了批评与暴露的；只是在若干片断上尚带有这右的残余。并且说，一个月来的反复思考，自己觉得只能如此。他们又坚持了一下，明白这无法统一，就说告一段落。我则说将到实践中去检查这些问题。

他们将把他们的结论写出来，给我看，我将把我不能同意的部份写上去。这些他们都将拿到学习会上去报告。

没有提出陈的批评。但有一个人提出了，说那批评不对，是否因此作者情绪上扭着。我没表示什么，留待以后。

李之华讲了一些鼓励与希望之类的话来收场。态度是好的。

剩下的，看他们怎么报告了。算是告一段落了吧。但糟的是仍然不会有什么时间，继续又得学习文艺方向。当抽时间开始写起来。

今天的《人民日报》的社论，提出“两条战线上的斗争”，提出反公式化的问题来了。这大约也是你所说的那个意思。其他的暗示，到现在还没有看出来。

来信所说小卷稿，是否指的剧评抄件及剪报？如果是那，收到了的。

寄你的抄件收到否？未见提起。

那小说，是否抄寄凤姐处了？现在想起来，那小说的未修改的原稿你曾交《报》给她看过，如果再让她看，会猜得出的——如果贵人不健忘的话。小说题目未变。

好久都未见书店有《平原》出售，是何缘故？是否与《祖国》之类有关呢？

这里来了一个叫杜高的，颇有点才能，大约你知道这人吧。有些要求和见解，很年青。

祝好！

嗣兴

五月二十三日晚

## (332) 1952年6月2日自北京

荒兄：

一星期前寄一信，谈到讨论告一段落的情况的，不知收到没有？前天才见到道兄处的信。现在这讨论没有新发展，小组在写结论，尚无消息。我则开始写关于朱桂花的。关于陈文的，我预备在小组结论写出来时考虑了一并写。

大约我这里还有一个月的文艺整风，然后就下去了。我是这么估计的，实际情况当然还不知道。你能早日来京，就好。道兄也希望你快些来。他以为目前不能全盘解决问题，能争取上面的一点了解就好。

煤君土改回来了，得了土改模范，很有成绩；也很愉快的。昨天大家谈天，他对我提两点：政策。写东西应密切结合现实要求。——他解释，当然，这不是公式主义那样的要求。他说朱桂花之类没有做到这个。关于《英》剧，他说，作者没有注意密切结合现实及政策，并且是旁观的赞美立场，云。我邀他有空再来谈谈。

南宁方君有一文在五月二十五日《长江日报》三版发表，纪念《讲话》[①]的，见到否？这无耻之徒把自己脸上涂了一些黑，然后明枪暗箭地一齐出来了。提到《人民日报》、《文艺报》简讯里关于朱桂花的说法，说是过去"我们"在一起，大家都是这样的。最后说："我希望吕荧、路翎和其他几个人，也要赶快……投身于实际斗争中。……"就是说，像他那样。但我看，他想拿这一点东西来作为他的进身之阶，也是未必有效的。

煤君们也希望你快些来。我告诉他，你在写纪念《讲话》十年的文章。他说，很好，很必要的。

寄明英处的小卷，如果是剧评的抄稿，收到了的。

不知何时可来？如时间不久，文章之类写成后即不必寄你了。

兴

六月二日

## (333) 1952年6月3—5日自北京

荒兄：

二十九日信收到。

---

① 指舒芜的《从头学习〈在延安文艺座谈会上的讲话〉》。

直寄宿舍的信，收到了的。

未提陈文是因为，一、在当时的双方都在试探的情况下不适宜；二、事情还未完，看他们怎样写了以后，我再考虑。如他们的结论口气写得凶，我当提出。他们这两次都未充分估计到我的情况，看来原是做了“乐观”的计划的，现在似为难些了。写的时候，我当全体地写。

现在在写朱桂花。这星期能弄出来吧。《明天》这一问题的性质和朱桂花相似，写两篇似重复，写在一起又不宜，现在暂不写，或者在朱桂花的结尾上提一提，或者将来陆续地弄去。现在当然和《报》先弄着，看情形再准备端上去。

看来是做了三年书生的。特别这次发表的这些文章，这个“当家人自有主张”的感觉很鲜明。但所谓两条战线的斗争，反公式是实际上难办到的，因为这关乎到一层一层的人们的身家性命，名誉地位。不学无术者是一时清除不掉的。这在短时期内不过是由于现实的迫力，应应风景而已。至于反对小资产，那是旗帜分明，不断地会有臆造的战绩，“缴获枪炮子弹若干”的。事实上呢，小资产狡猾得很，都穿上公式的衣服了。只要穿上，也就行了。困难的就是某某等人，即方君的“他们几个人”，因为那实际上是人的问题！

就只有走着再说吧。写好了，来一趟，然后不论怎样干点工作，过几年再说——这是主要的打算。一定可以做出对人民，对革命能够稍稍无愧的一点点事情来的吧。

那无耻之徒，可能陆续会来的。本想写封信去揭一揭他的底，但一想又似无此必要。你看如何？当然，要揭的话，就决不能使得他抓住做本钱，要使他知道一点羞耻！

原兄对这事如何看法？

兴

六月三日夜

今日宣布，剧院将属文化部领导，详情尚未公布。

六月五日

## (334) 1952年6月9日自北京

荒兄：

昨(八日)《人民日报》上转载了方的文字，并有“编者按”，见到了否？[①]此事已使情况明显起来了。这样的做法原因有二：一、找到了缺口，酝酿已久的批评，读者投书之类可能跟着来了，是一种极自信的表现；二、是心虚的表现，因而用了这领导上裁决的方式，下结论的方式：编者按。这做法使情形更麻烦，但我看实际上是不智的，有失领导的严正作风。

和放兄谈了一下。

放兄说，陷于被动了。但我看也不见得。事情本来也就如此，现在估计方君可能余勇可嘉地继续发扬其“主观精神”，甚至会来些汇报之类。不得不防的。放兄说我可以先写信给方君，戳一戳他过去思想的底，我还没有决定。

我们觉得，你是否考虑一下，就这“按”写封信给总理，态度很好地询问：为何下了这些判决？这些判决自己是无法理解的，并要求来。对方君文，当然不必提，但现在得准备一下。记得前年方君来北京时说到他的文章的“错误”，我曾说过两点：一、他自己这么觉得，当然很好；也许他自己当时心里还有别的思想感情，作为朋友，我们也不一定知道，但要提这文章，必须联系当时的思想要求及历史条件，我们是从这地方来看这文章的；二、我们过去曾和他提过意见，我特别说，你曾跟他说过多次，不要把眼光放在文坛上，要注重实际。并且，对他的论文的意见是：现实感很不强。……这个，他当时同意了的。

我们就开始整风，为期一月，文化部领导。

---

① 1952年6月8日，《人民日报》转载了5月25日在《长江日报》上发表的舒芜的《从头学习〈在延安文艺座谈会上的讲话〉》。《人民日报》编者按中指出，存在着“以胡风为首的一个文艺上的小集团”。

《朱桂花》的文章，写了草稿，找放兄们看去了。

兴

九日夜

## (335) 1952年6月×日自北京[①]

荒兄：

另卷寄上关于《朱桂花》的文字。

给鲁、放兄看过了。放兄没有看过小说(只看过一两篇)，觉得就论点而论，是可以的。我要他再看看小说。鲁兄也要再看看小说。但他觉得作者自我检讨的方面很不够。他说表现政策的问题是重要的，小说里面好几处表现政策都不对。我还不能同意他，我认为在基本精神上并无错误之处，但具体的情形，因为那是解放初期，有不确之处。他再三地强调政策，这当然有道理，但我觉得，在他那方面说来是显出了走向教条的危机的。

他们又觉得，是否着重地抓住一篇小说对照着批评来分析要更明白些，但这也有困难，因为批评对于每篇不过说了一两句。现在先寄你看看。当然，现在得更谨慎些。

后一部分的自己的检查，添了两句。恐怕还得再斟酌的。如果满足鲁兄那样的要求，变成缺口就不对了。

我们这里仍然要大大地整风似的。当然我的问题是重点。

听说这期《文艺报》上有批评《英》剧的。

兴

看后望寄回给我。

## (336) 1952年6月15日自北京

荒兄：

9日及13日信俱收到。

---

① 此信只写月份，现根据内容排在此处，据胡风日记，应写于11日左右。——编注

此间整风计划到七月上旬结束，然后我们这些搞创作的就下去了。望你能早些来得成。

由部接管，整风将有新布置。情形是“不言而喻”的。据说创作组将由部直接管思想领导，并和煤兄们合成一起。那么，不仅是在昆乙[1]手里，而且将直接在光君的手里。廖头当然不干了，新院长人选未定，传闻为田老大，也有迹象；但又听说“人选决定很难”。

言君听说下期《报》上有题为《揭穿虚伪的现实主义》的两篇文章。我想，不是关于《英》剧的就是关于某某的。言君的意见，现在得考虑做法问题，写反批评文章去，是否有用或有利。他以为，不利当然是肯定的，且不会有用。现在已经到了死局上。寄文章去，马上就会“按”一下，当作缺口的。所以他以为不必寄去，拖下去，但适当的时候送到上面去。

想找放兄们谈谈，这两天未碰到。我想，讲点方法，在现在是必要的。但究竟怎么弄法，只有一方面写出来，一方面再看一阵再说。不知你觉得如何？关于《朱桂花》的文章，想你已收到了。

看现在的情况，长期打算罢。但关于你的工作问题，却是必须决定一下了，所以问题仍然是争取来。实在这里不行，我觉得在华东似也有点好处的。

李君的《太阳》，昆乙看了，说可以修改的。最近就要修改罢。所以，这一回，我将关于这些一概不提。关于新剧曾谈了一些，人们大半同意，又是当然“基本上肯定”，我就不再说啥了。将把新剧本当个题目，追回来。

××文，暂不揭他吧，也没有时间。今天翻了一翻重庆那时他给我的一些信和旧诗，就觉得事情当然会如此，并也能想到他现在在怎么想。

关于“自信”这一点，我以为还可以估计高些。不仅是××

① “昆乙”即周扬。

文的问题。群众条件，国际情况，组织力量，以及点缀风景的花儿草儿，都是这“自信”的基础。那“按”上所以未号召，我以为是有步骤的做法。大约是“自信”到了以为这样的对象或问题算不上什么的程度了。

嗣兴

六月十五日

## (337) 1952年6月21日自北京

荒兄：

明天预备回王府仓，也许有信吧。

情形仍旧。整风学习在讨论文件中，今天上午为了“语言没有阶级性，文学的形式是语言，因此，文学的形式有无阶级性呢?”吵闹了一上午。认真想来，一、作为工具而言的形式，无阶级性；二、作为美学而言的形式，是一定带着阶级观点的色彩的。还没有想通，顺便告诉你，不知你以为如何?

后天昆乙来做接管的报告。下月初个人整风检查。其中有一天李君做关于《祖国》的批判报告。未给我看过那结论。我也正在写。想过两天提出和他谈一次，并提出陈文。

听说剧院内部有关于批判某某思想的文件，并将请人来做关于这个问题的报告，云。

这两天未和煤兄们谈了。前两次也谈得很乏。煤兄将可能合并到此来，所以也有了那样的心情：先站稳立场对你提点意见，以免将来在一起受累。我看是这样的心情吧。牛汉兄来京玩了两天，谈了一次闲天。他仍很健的，但对“文艺”具有厌恶之感，所以听见我们谈文艺就叹气。我也简直不想谈，所以前天下午跑去游泳了。

他已回沈阳。

你近日如何？柏君来京有消息否？看这情形恐怕不见得要你来的。但仍要争取。

听放兄说，梅志兄小诗受“批”，回答加了“按”。放兄说，这种事情，不必理会的，添麻烦。

祝好！

嗣兴

六月二十一日

这信迟迟未发。信和《朱桂花》收到。尚未有机会找到煤兄们，谢兄也久未见。但遇到了白鲁，是来赶小电影的任务的，他很关心这些问题，约了今天晚上上公园去谈谈。过两天再找谢兄。昆乙尚未报告，这两天如常。关于《祖国》的，已写好，整理一下即寄你。《朱桂花》的，即抄起来，大约还是给他寄去。言兄说，上次说到的那两篇只见题目未见内容的文章，这期未发表。可能是在“按兵”吧。又及。

谢兄看了一部份关于朱桂花的，昨天和放、煤兄们谈了一下，他们都极不主张那些尖锐的词句。我想，待写好后，找大家来再研究一下。现在在“歇斯底里”的问题下对赵梅英之类添了一些分析。

煤兄对《祖国》疑虑颇大，看了我写给你的前一张纸，颇为不了然的样子。又及。

## (338) 1952年6月29日自北京

荒兄：

廿六日信收到。正在抄改《朱桂花》，预备一星期内弄好，寄到《报》里去。煤兄也认为可寄去，但须自己多检讨缺点。我以为只有如此了。辞句上再斟酌一下。抄改的时候，有的地方改得锋利起来了，也不管它。前天寄上关于《祖国……》的，收到否？煤兄又看了剧本，特来谈了一次，以为这剧本是有右倾之类的，和院内人们的见解差不多。和他争论了一阵，未得结果，但因而想到，这篇文章结尾的地方仍要斟酌的，过于简单了。

放兄听了周总理报告的传达，说：资产阶级是朋友，也是敌人。现在是朋友，将来是敌人。改造他们，实际上是斗他们，而无论是改造，发展，都是为了将来的消灭。社会主义仍然有这些人们的一份的；可以给他们工作和消费财产。

我以为这只是说得更明确些，并没有什么变化的。

和白鲁谈过，很关心你，认为你应该来，认为理论问题目前难解决，并说，现在一般都说：某某骂尽了一切，否定一切，态度不好，云。对于态度问题，他似有同感。他说到曾写信给你。他大约不久去北戴河参加修改一关于“一贯道”的小剧本。说是今秋将在农村里展开反“一贯道”。

这两天在对党提意见，群众在上级号召下，又颇激动，又提了一大堆。副院长颇为苦恼的样子。我们小组上，我发言最多，并把新剧本问题提出来了。上级号召不准报复，我指出来，所谓报复，当然不是打人，但除此以外，“报复”是存在着的。

《朱桂花》的书，我这里仅余两本。四处去找找看。

和放兄谈了，信也可以寄东单麻线胡同十二号《人民日报》宿舍纪朵。

嗣兴<br>六月廿九日

## （339）1952年7月6日自北京

荒兄：

三十日、三日两信陆续收到。

一、××文，昨日曾问放兄言兄，均不知道。看能了解一下否。我想主要的当是攻击《儿女们》及诬告。刊物第一期没有，望寄一本。

二、关于《朱桂花》的，放兄看过，觉得后面的一段不要刺激的话，并一般地提一提：自己要深入地检查一下自己……，为好。我觉得这也困难。煤兄仍然以为检讨自己不够。当找谢兄再研究一下，斟酌一下即寄去。煤兄今日回家看看去了，一星期可回。他的心情，似又不至于那么的，但那成份总有一些。

三、昨日剧院接管，昆乙来说了话，没有谈特别的什么。组长李君曾来我处谈天，说，组织上仍然是很“看重”我的。我的问题，他都没有看过书，说不出具体的，但以为“我应该怀疑怀疑”。谈及某某，说，有贡献，但牢骚大，闹不团结，这就不是马列主义者，云。我说，理论上的问题我理解也很浅，但某某的论点，就我自己过去的感受，在今天说来似也无不正确之处。谈及××文，我说，这人品质不好。说了两点。关于院内报告事，他说，现在还找不到合适的人，因为大家都忙，云。

四、宋君如邀谈，当那样谈。事实上自然难办到。他们那里，陈公们也是可怕的似的。冯陈之争听说过，听说《报》仍要弄，下期就有，云。又，下期《报》将有有关某某的读者投书[①]，这以后将有贾爷之类的文章。

五、觉得现在还不须和冯、聂谈。但寄出东西时，当考虑写一信给冯。

近况就是如此。下星期要正式整风了。要忙一阵。七月底能否下去，尚不知道。可能迟一点。来京的人回上海否，情形如何？就“小集团”及××文写一正式的报告，我觉得倒是办法。这世界，还不能大家都那么无耻的。他的起家，也大约极有限，但大约废物利用，还有几个花枪要要。

寄宿舍两本什么书？尚未收到。

一般的信仍可寄王府仓。有什么事的，可寄：“东单麻线胡同十二号人民日报宿舍纪朵”。

嗣兴

七月六日

---

① 《文艺报》1952年第13期上发表了两篇读者来信：《对胡风文艺理论的一些意见》（王戟），《改变对批评的恶劣态度》（苗穗）。

## (340) 1952年7月6日自北京[1]

荒兄：

昨天听了昆乙君的报告。内容与《人民日报》社论相仿。一为思想改造，反对资产阶级与小资产阶级思想问题，提到几种用小资产阶级思想感情来写工农兵，“把工人写成神经病”是其中的一种。一为反对概念化、公式主义问题，比较着重地提出来，公式主义也是一种对现实的歪曲，是反现实主义的。说，过去曾有从资产阶级小资产阶级那方面来的反对概念化，要求小资产阶级的真实，而我们是站在无产阶级的立场来反对，要求无产阶级的真实。这是两条战线的斗争。又说，公式主义是长期地、合法地存在着的，但为了文艺的前进，今天也必须反对了。第三个问题是艺术形式问题，认为大众化问题基本上是一个形式问题，不论什么形式，只要是人民所喜爱的就好。洋八股必须反对。重视民族的和民间的传统。

谈到公式化时，也谈到化装讲演的不对，表面的适应政治的要不得。

这可以看见一点基本情况。这一来，领导上是站得很稳的。

门兄来信对社论所提出的问题很高兴。当然高兴吧。但情形却并不乐观的。

兴

## (341) 1952年7月12日自北京

荒兄：

文稿收到。明天起即改写它。

《报》已出，两篇关于某某的读者投书。如果那个“按”，是组织

---

① 此信不知写于何日，现根据内容订为7月6日。——编注

结论，那么，这个投书，却是“群众意见”了。好像做得很高明的。

关于《朱桂花》的，九日寄出了。附信说，希望由这展开讨论，使作者得到切实的帮助。并提到陈文，说将写一篇寄上。

现在风浪已经掀动起来，是只能跳到风浪里去的。不知北京的人回去了没有？放、谢兄都以为，你得快些来。来了再说。

现已确定，剧院创作组将划出来，由文化部直接管理，和其他的创作组合并成立剧本所。不久就要实现，云。

以上的是两天前写的。得九日寄放兄处信。来了就好，可以多了解些事情的。这几日就该动身了吧。[①]

放兄以为，门兄也该端出来。你看如何？来了再谈吧。

正在抄改答陈爷文。

祝好！

嗣兴

七月十二日

## (342) 1953年1月10日自朝鲜[②]

谷兄：

已经到达第一个目的地五天了。再往前进，还得几天，因为需要办些事情。

心情是颇兴奋的。一路来没碰到什么困难。这几年在沉滞的生活里，这次能到朝鲜来，是大有好处的。

你的情形如何？

此地现在也不大冷。今天就暖了，屋檐都化雪了。我们住在山洞中，但白天里是在外面活动的。洞中也有电灯，空气

---

① 1952年7月19日，胡风应周扬“我们将讨论你的文艺理论问题”的约请到北京，住文化部宿舍。

② 1952年12月，全国文联组织作家去朝鲜前线，路翎也在内。本年度，路翎的工作单位调至中国戏剧家协会。

颇好。

通讯地址是：朝鲜中国人民志愿军政治部三中队转。

前进后再有信给你。此信就寄上海，大约你已经回上海了。希望知道简略的情况。

嗣兴

一月十日

## （343）1953年1月21日[①]自朝鲜

谷兄：

没有寄信到北京的地址，想着你可能已经回上海了。很罣念近况。

我们已经到达朝鲜的又一个山沟。以前住洞，这次是住房子，周围是战士，朝鲜的妇女和儿童。孩子们能唱中国歌。太阳很暖。敌机刚过去一批，但这里的生活是沉静的。过两天就到师里去。军的领导上很热心，对我们帮助很大。每天都能接触到新鲜的东西，情绪常常是兴奋的。我想，慢慢地就能做些工作了。

这次决定到朝鲜来，是完全对的。两年来北京的生活，真有些沉滞。

很少看到报纸，这两天电讯也没看到。但此地对战局很敏锐，一个战士就能谈：这两天艾森豪威尔上台了，杜鲁门滚了，新官上任要有三把火，但两下子一打这王八蛋会老实些，等等。朝鲜土地上，敌我之分极其鲜明。

此地还有很好的洗澡条件，昨天洗了一个澡。合作社也有很好的日用品卖。

---

① 此处“21日”，1992年《胡风、路翎来往书信选》作“22日”，1994年安徽文艺出版社《胡风路翎文学书简》、2004年大象出版社《致胡风书信全编》作“21日”。——编注

我还看到了缴获来的尼龙避弹衣，真是新鲜的玩意。

望有信来。寄：朝鲜中国人民志愿军战字信箱第一五五〇号三排九班转。以后都寄这里。

祝好！上海的朋友们好！

嗣兴

一月二十一日

## （344）1953年2月3日自朝鲜

玘华兄：

谷兄已返沪否？希望得到信。以后信寄：朝鲜中国人民志愿军战字信箱第一五七〇号五支队四分队七一五队。

已下到连队几天。工作和生活都将逐渐紧张起来。连队的干部都是功臣和英雄——一路来印象是丰富的。过了一个阶段的紧张时间，能抽出时间来，就想写点什么了。

精神很好。只是觉得体力差点，须得慢慢练习的。

问朋友们好！

嗣兴

二月三日

## （345）1953年3月20日自朝鲜

谷兄：

工作较忙，少写信，一切均好。

只接到你一封信，不知近况，很念着。守梅亦一直无信来。

我现在住在山上，旁边就是坑道口。和连队已熟了，很愉快。前两天抽空写了一篇关于朝鲜的孩子们的小小的文章，预备明后天寄给林默涵去。内容较多的东西现还不能写，没时间，所以写了这一点印象的素描。以后有时间当抄一份给你。

曾有信给谢韬兄。不知放兄们如何。

望来信。

嗣兴<br>三月二日

朝鲜中国人民志愿军战字信箱一五五〇号二排九班转。

## (346) 1953 年自朝鲜[①]

谷兄：

今天跑到了一个古色古香的山沟里，很像几年前和你一起在杭州照像的那些山，山顶上还有一个中国式的、旧破了的和尚庙，当然，是没有和尚的，我们的勇敢的侦察员住在那里。山腰里在凿着坑道。下午没事，给你写信。

半月来，跑了周围的不少山沟，见到了不少的战士。也点了开山的爆破，挥了三百多下铁锤，是和一个新战士挑战的，现在手臂还有点酸；打了一下靶，成绩是甲。所以很愉快的。和亲切的单纯的人们一起，无忧无虑。渐渐地也能变成一个军人了。这就是收获罢。

相当地忙，所以写信少。望你转告梅兄们，给我写信。很念着大家的近况。

预计过些天即上去一下，小结小结，也写点东西，然后再下来。

……

---

① 此信下佚，不知日期。

# 致余明英[①]

① 余明英(1922—2014),湖北沙市人。曾就读于新沙女中、湖北省立联合中学。1942年到重庆,就职于中央通讯社电台,1944年8月与路翎结婚。战后随中央社迁南京,1949年8月离开中央社,到南京军管会文艺处工作,后借调到中国科学院气象所电台,1950年11月随中国科学院地球物理研究所机关迁往北京,1954年8月辞职,在京生活至2014年11月21日逝世。路翎与余明英之间的通信全部佚失,此信由舒芜抄件保存,采自徐绍羽:《保存在舒芜信中的路翎情书》,《新文学史料》2013年第1期。——编注

## (1) 1944年3月25日自重庆

……

下午，接到你的信后，给你写了一封信。发信后，走到水边去站着，希望能想一想；听到吹四点钟的号，就想马上赶校车到重庆来见你——但身边没有一个钱，并且最近不可能有钱：希望[有]一点稿费，那篇《蜗牛》又莫明其妙的被抽掉了。回来后，想到你底两本日记，但遍寻不着；想是你悄悄地拿走了，或是弄掉了。你想我是如何的痛苦？

没有钱，动弹不得，想明天天亮的时候动身走来，但也不行，因为这还是要钱的。我想，糟也要糟在这上面。

现在，我去喝了酒：我完全涣散了，不能克制自己。我觉得：假如你真的爱我——我确信这个，你不应该如此的残忍。

想下去了，觉得自己现在毁灭的可能性极大。这不比从前了，从前，对人生是无知的，现在经历是较多了，尤其最近，体会到深刻的动摇。无论你能不能，以及想不想实现你的话，我底裂缝已经完全暴露，我来到悬崖底边缘上了。

也许直到现在我才向你说诚实的话。我底盛气凌人的性格伤害了你，又弹回来，击倒了我自己。我底理想是什么？我底准备未来的力量——又是什么？伤残了你底洁白的青春，击毁了我自己。

我总想着未来。一切努力，对你的一切自称的苛求，我觉得是为了未来：现在的冷淡和别离必需忍受，我，被这个社会教育起来的一个作家，要抓住现在去工作，所以，对于你，我总说着那些话。你不是一个作家，你不感觉到这种迫切——我底？理想，包括了我所能看到的一切；我得到了一些赞美，我有能力，我总渴想替这个民族建立一种什么东西，替自己建立永不磨灭的光荣。就是这些。你已经知道，这个力量是如何的强烈，你是从被伤害者的身份知道的。

成功，光荣，艺术的雄壮的渴望，对未来的战战惊惊[兢兢]的信心，构成了这个强烈的力量。近来我发现，我不是在爱里面生活，而是在嫉妒恨里面生活，因为“革命文化界”底蛆虫已钻到了我底心里。我认为拯救我，以及将要拯救我的，是这个世界上的广漠深湛的“人”的生活——但这在哪里？注意“人”！在哪里？近来我深深的动摇。对你，我希望时日的增进，使你感到这一切！

我从来没有说得这样赤裸！我感觉到你底心，我明白你底痛苦，但我故意不说，因为我企图消灭你底痛苦——假装认为它是不存在的。就是这种冷酷的自私。

但你现在这样地说出来了，一切都揭露了！你假如真的要投荒而去，我底一切就破灭了——从前，我是相信光荣，抵御得住的。现在明白自己，又明白社会，我无力抵御了。

帮助我走上一条正直的道路吧，只有你能这样帮助我，你应当明了。

我也渴望脱逃——从光荣，成功等脱逃。现在你想望从我脱逃。你从来不是虚荣和虚假的，你不懂得世故。我想脱逃，于是我考虑现实。必需和你同路，所以你必需懂得这个崩溃的社会。我使你懂得，这一点我认为是诚实的。

现在你比较吧！什么是微小的，什么是重大的。真实的人生在这里工作，为自己作，为民族，在这里。我不放弃这个，我不放弃你，否则是毁灭？

我不再希望什么报酬。生和死，简单得很！

现在是这样：我要看见你，我不能多等一分钟！我企图补救，上帝帮助我，还来得及。我没有钱，不能动，望你接到这封信即刻就来。我想你可以筹到一点钱的。

即刻就来，想想我底可怕的处境，即刻就来，办公的时间，就到传达室找我，一切似乎就系于此，即刻就来。

……

# 致友人

# 致聂绀弩

## (1) 1942年1月20日自重庆

绀弩、燕郊兄：

你们底地址和近况我是从守梅兄那里得知的。在这一长段沉闷的生活里，我异常倾慕南方，倾慕你们底工作。因为不甘寂寞，就这样向你们写起信来，作这忸怩的初次访问了。

张成兄底音讯大概还没有吧。渝刊有一些稿子在我这里，隔几天当整理出一部份来寄给你们底将出世的刊物①。燕郊兄底街头诗和另外几首短的，还是转给渝刊海兄呢，还是直接寄给你们底刊，望告诉我。

有一个写知识份子的三万多字的短篇②，隔几天就可以弄好投给你们底刊物。张成兄曾说有我底一篇《米》以前在渝时交给绀弩兄，不知在否？

我现在在这里当小职员。自然，这种生活你们是知道，不必需要我多说的。我也无法介绍我自己，——详细说起来，尽是一些难堪的臭气。这附近的乡镇“笑话”很多，但因为本身的缘故，所以即使“笑”起来或正确地说沉痛起来，也无法“升华”。臭气

① “将出世的刊物”，指当时聂绀弩、彭燕郊编的“山水文艺丛刊”。

② “短篇”即路翎的小说《谷》。

底低气压太深沉，太重之故也。

很倾慕你们呢。愿意帮助我，和我握手么？

祝好！

路翎

一月二十日

我底通讯地址是：重庆白庙子经济部矿冶研究所徐嗣兴收

## (2) 1942年2月9日自重庆

绀弩、燕郊兄：

郊兄底信收到了。在这样的时候，能得到一点友谊，是极可贵的呢。

不要使我羞赧，逗引我底不良的愿望吧。我是很年青的，在内部还有很多东西没有能确定。我真切地希望你们能严酷地对待我底作品，——友谊，是在这上面建立的。这自然是用不着说的话；你们不会别样的。

《谷》想必收到了。给批评来吧。

郊兄底《绿草的梦》、《太阳上升》，街头诗等，另卷寄。

《米》没有底稿，无法。渝刊由凡海兄负责，现在第一期已送审。给《诗垦地》的稿不怎么多，他们用了一些了。田间底小诗有，当和另外一些隔几天整理寄上，但艾青的却没有。

心绪很坏，每每在晚上，在"办公"之后写一点，但真能有什么成绩的时候却少。

有几个短篇，因为一定通不过，所以没有重写的意思。在港还丢了一个长篇，以后要重写。只要F能平安健在，就好了。

你们底刊什么时候可以出世？听说要弄一个大一点的纪念东平的，不知确否？

我住在这山谷里，不常出去，世面见得少，听见什么文豪跳舞之类的事，总难怪要惊诧一下子的。你们那里也很好玩吧。唉唉，有很多家伙脚步是那么重，跳得连这里的厚笨的苦土山都震动起来了呢。

正在写《恋爱的小屋》一篇东西，也是工人生活一类的，但觉得自己占的位置太大……要能写得像样就好了。

哦，还另外寄了一卷有诗有小说的稿子，你们收到了吗？

这里有人笔已经提好，准备写F底悼文——而且大概因为不小心，已有一大团墨掉在纸上了，就像我上面涂的那墨团团一样。但更其可恶的，是有人企图F“死”得那么干净，竟至于连一篇悼文也不能作。……

祝他活着而且在笑着吧。

握手！

翎

二月九日

前次友人何剑薰提议替F筹款的事，守梅兄说你们已同意，那么拟一个具体的办法罢。假若我底《谷》能刊出来的话，我愿意稿费就首先留作这个用。

## (3) 1942年3月12日自重庆

度、皎兄：

前后两航信皆收到了。要告诉海兄的，由梅兄转。短文和消息则已转告了剑兄。

他底《着魔的日子》，是现成的。梅兄也定有现成的一两个，但我却弄不出来。丢失的东西无底稿，一时重写不出。《谷》，出一本，是不是嫌太薄了呢？

一个月后当可寄出七万字的一篇——现在正在改写[1]。

但无论如何，还是希望先有一个刊好些。渝刊的命运，现在正在不可知之列。存稿在我这里的无多，而且多半还没看。看了多少，就寄多少罢。天蓝、艾漠……的诗都没有，孙钿有一篇，

---

[1] 路翎的中篇小说《饥饿的郭素娥》，后来改写成十万字。

较长，田间底则很多，有一首长的，可惜原稿寄港失落，现在只有在战区印的一半，无法公布了。

短文，我写不出。生活等不丰富之故也。叹气则多得很，但那种文章，可恶！

筹款的事，如杂志不出文章不能印，就束手无策了。这样地闹了一阵，假使无结果，真要在F面前愧煞。

半月文艺[1]，这里看不到，（我这里是乡下，离重庆有一百里）以后如若顺便，望寄一张两张来。

请给我对《谷》的批评！

握手！

宁

三月十二日

# 致彭燕郊

## (1) 1942年3月2日自重庆

燕郊、绀弩兄：

《谷》是一月二十四日寄的，另外，《绿草的梦》、《太阳上升》和街头诗等是两个星期前寄的，都是挂号——一共寄上三卷或四卷稿子，但你们怎么只收到一卷呢？

这是很叫人丧气的。四万字，抄一份不太容易呢。现在只有找寄给一个朋友的另一份了——是在一个县城里，但一个月没有收到回信，不知他收到没有？假若重整旗鼓，是要延宕很久的。

庄涌，不知道他又到哪里去了。他底诗，下降了一些，后来又在改变，现在还不知怎样。

---

① “半月文艺”，是桂林“力报”副刊的文艺专版，对开报第四版全版。最初由邵荃麟编，聂绀弩从重庆回来后和彭燕郊主编，后来又增加一个“半月新诗”，也是四版全版，见报后印成32开小刊。受读者欢迎，总是很快卖光，有一定影响。

近来我在写上回告诉过你们的中篇。写成要在月底，抄又得费去一个月，寄出来，怕是很久以后的事了。

听穆兄说，他听到两个消息，一是F.和M.D[①]等已至广西某处，一是渝刊已被吊销出版证。前一个消息你们知道一些么？

我现在在受着损害，但人是这样的人，是没有理由抱怨的。

在办公室里，写得很焦急，下次再谈吧。

祝好！

翎

三月二日

## (2) 1942年4月5日自重庆

燕郊、今度兄：

上次的信收到，已托梅兄转告海了。我们底东西，今后将一起交给成兄和你们。诗稿已不多，今天下午就去整理整理，能寄多少就寄多少。渝刊用，要等成兄来，是以后的事了，想成兄也是同意的。

我写不出诗来，那次是心里装怪相，瞎涂的。

化铁底诗，这里附上一首。当然，这是不能用的。不过想用来孝敬剪刀将军而已。

其他的，请见给成兄的信。

握手！

翎

四月五日

## (3) 1942年4月14日自重庆

郊兄：

二日的和十日的信同时收到。诗稿已于前几天几乎全部寄

① M.D疑指茅盾。

出了。听到消息，很高兴，希望能全部实现。

曾经托梅兄把短篇《棺材》从海兄那里拿来寄你们，但不知拿来了没有？前天才完成中篇，即预备开始抄，抄后，当寄上。

在诗卷里，曾附上化铁底《精神堡垒颂》，但那是用不得的。玩笑有时候也不作兴开，会妨碍进路。但那却又不是玩笑。的确如此。人当年轻的时候，心胸赤袒，地平线上无障碍，是好呢还是坏？看一看留下罢。

成兄来渝否？前信收到否？三耳好！

握手！

翎

四月十四日

## (4) 1942 年 5 月 1 日自重庆

燕郊兄：

信收到。诗稿，是普通挂号寄的，因为白庙子没有航空，拒绝航空，而我又没有空到离这里较远的市上去。甚歉。上帝大概是会保佑的，那么，现在你大概早已收到了。但假若还没有收到，那才糟！

附上几首诗。化铁底，我看又无法用；他不写“藏”一点的东西，又有什么法子呢？至于政治态度，我以为一般地说，他在这里所表现的是正确的。另外四首，是友人好意译来的，但多流于形式，不急进，不知用得否？不过，它们在就作者的范围说的生活情愫上讲，也是可取的。

成兄不知究竟如何，念念。丛刊等发稿否，何日能印出？近来很干燥，希望能及早见到。今度兄近来怎样了？

《棺材》尚在梅兄处。中篇已完稿，但自觉问题十分多，不便匆促地拿出来。近来在整理短篇集。一切都马马虎虎，可以过得去。但你们不知怎样？

祝好！

翎

五月一日

诗卷里有一篇短论《名词与形容词的关系》，不知今度兄见到否？可以转出去投稿吗？

# 致化铁

## (1) 1944[①]年3月16日自重庆

德馨兄：

不知袁兄为何要到桂林去？诗[②]，看了。觉得是：一种模糊的情愫被束缚在公式主义里：理论的公式主义和诗的公式主义。这种情愫非鲜明地冲出来——不管对于[与]不对——不能有诗。我觉得袁兄要对这个世界冲一冲，重要的是向他底圈子冲一冲。他很有想像力，但目前是拼凑起来的。要有自己的生活，才有自己的诗。

那篇文章一直没有寄，因为信封里容不下，卷起来又太小。怎样弄？

我想日后离开这里[③]——出去一跑，那就算做行猎了。其实猎是随时可行的，目前只是在突破的工作上愈做愈伤脑筋，看来有些糟。管兄在研究哲学——文化的问题；对他的这种研究，我有时失去平衡。[④]

其次是，物价可怕，国不能泰，民不能安了！总要有一个结

---

① 此信原判为1943年，现订为1944年。——编注

② “诗”是袁伯康写的诗。路翎1944年3月17日致胡风信说：“并附上小袁的两首诗：他说要到桂林去了。”——编注

③ 此时路翎在重庆的南温泉。1944年4月，路翎离开南温泉到北碚。——编注

④ 根据舒芜1944年3月13、19日致胡风信，他这时在写《现代中国民主文化论》。——编注

束的罢。

谢兄不知怎样了，真挂的很！

祝好！

翎

三月十六日

## (2) 1949年11月1日自南京

德馨兄：

没有跟你写过信了。这是因为忙，一方面也因为没有写出东西来，就搁到了今天。从北平回来后，除了断断续续地改着剧本[①]以外，简直没有写什么，因为现在写一点实在难，要满足这样那样的要求。这一篇，就是竭力写得轻松的。然而也就单调些了。本来，有些内容，是可以发展起来，写得较多的，但一来忙乱，二来应急，反而搞不好了。这是个毛病。今后能有时间，打算比较冷静地来做。记着这样那样的要求，常常像背了一身刺似的。

风兄有信来，剧本最近又简单地改过寄去，因为有人提了意见，要加强党的领导。

你的近况如何？是否仍在气象局，都念着。不知你的通讯址，也是没有写信的一个原因。这信和稿子就仍寄屠兄处。

这次屠兄不另写信了，问她好！

握手！望来信。

嗣兴

十一月一日

---

① 改写的剧本指《人民万岁》。

## (3) 1953年12月15日自北京[①]

德馨兄：

来信收到好久了，一直很忙，预备着手整理一点东西，梅兄仍在天津，前次来京时曾见到你的信，可能已写信给你了。我从朝鲜回来已近四个月，写了点短东西，目前准备到乡下去走一走。

斗争、工作的道路是很长的，这我们过去曾经说过；近年来，倒是特别地感觉到了这一点。我希望你仍然能抽出点时间来写点什么罢。你对我那短文的意见，我想是有理由的。但从你的来信，我又觉着你似乎被什么样的概念的东西笼罩着了。你的那些意思都是很好的，但有些地方，对于现实，你似乎不知不觉地想得单纯了一点。我这当然只是一点朦胧的感觉，因为你在信里并没有说得很明白。总之，我希望你在这几年的紧张的工作之后、开始坚持着再多写一点。

很怀念你。常和庄兄见面否？好久没有通信了，也不知道他工作有变动否？

好！

嗣兴

12月15日

## (4) 1984年6月14日自北京[②]

德馨兄：

来信收到，多年无音讯，真是感慨。

我的情形，二十年判决，劳动大队七五年出来以后，又当了

---

① 本件采自化铁：《路翎在红庙的时光》，原载《黄河文学》1999年第6期。——编注

② 本件采自《胡风路翎致化铁信》，原载《文教资料简报》1984年第11期。——编注

三年半的扫地工。身体坏下来了，记忆不灵，头脑僵木，譬如北京市的交通，很多路口建筑物标志改变了，我便很难记住车牌。平反以后，生活情形改善了，也分配到了房屋，可是却不能做什么工作，便也于八一年离休了。再便是，明英于八一年夏得了脑溢血，后遗症身体偏瘫，到现在才能扶着伴着上街走走，前年曾针灸医疗了一阵，这些时又继续在附近医疗针灸。顺便说到，她问你好。

我的头脑情形，基本上要写什么有点困难了。现在是抄抄改改旧的稿子，也就是你在《江南》上看到的，还是五四年写的小说，失落了前两章的。

曾听徐爱玉说到你的爱人，在灯泡厂工作的，曾到她们市立医院去看病，现在想你阖家都还好了。我的三个女儿，两个都结婚了，老二则还是个人，年龄已不小，在剧协干校对工作，老大在中学教书。老三你未见过，是在地方工厂当工人。

朋友们中间，这些年过来，身体差、活跃力不大的算是我了。胡风是倒还有时能写些东西。这真是只好是这样。

听说欧阳兄生病，不知你碰到他没有，我也是长久未给他写信了。

说到健康，我这些时倒略好些，只是又生了神经性皮炎，终日发痒，时常跑附近医院看病。北京这两年落雪少，春天过得也很快，现在又是夏季了，望着窗外的绿树，便也想到旧时的生活，空如北极阁。南京我多年未到，是改变得很大了吧。

祝好，阖家好。

嗣兴

一九八四年六月十四日

# 致袁伯康

## (1) 1944 年×月 1 日自重庆[①]

伯康兄：

知道你离校以前，曾寄一信至校中，以为你的同学会转给你的，所以就没有再写。同时我近来仍在纷忙中，情绪有时非常不好。

你的诗都收到。那信说了意见，现在都有点忘记了。我以为《风雨的山林》和其他的一首恋爱诗《亲切的想望》，那情感是逼真的，所以也就是好的。不过我劝你不要发表它们。《涨水季节》那几首，情感膨胀到对象以外，和对象显得不大调和了。感情也是真实的，不过简单了一点。

现在只记起这一点来说。稿，清出来就照寄。在这条路上，只要努力，我以为是不会失望的。

你所遭遇的情况，我因为不大明了，也乏力，所以说不出什么意见来。当然家里可不蹲就不蹲。暂无职业，就再读书也好的，全在自己。至于这一个月，到涪陵去或在"读生"，看哪个方便就行的。

但你是很痛苦。我惭愧也无法安慰你的痛苦。不过，少写信，只是因了忙乱，实在并无什么别的意思的。你只要认真而坚强一点地生活下去，目前的痛苦，大概是会脱开的吧。指望着时间和努力吧！自然这并不光指文学方面。

---

① 此信原判为 1945 年 9 月 1 日，现根据内容排在此处。1943 年秋，袁伯康就读于江北县正中初级中学后开始与路翎有书信来往。1944 年春，袁伯康考取精益中学，但在入学时被训育主任认出是读书生活出版社（简称"读生"）的店员而除名，失学半年，只好回到书店补习功课，这期间同诗人云天（刘家树）去过他的在涪陵的老家。——编注

匆忙，祝好！

翎

九月一日

## (2) 1944年4月25日自重庆[①]

伯康：

听说你进城找我。有什么事？

我在这里，大概比在那里好。比如现在，上午，就很自由。只是贪这一点“自由”，贪得有些昏了。

你看得太严重了。为什么不可以继续下去呢？现在当然不会顶好，但是，契诃夫说：“大狗叫，小狗也得叫！”——我就奉行这个原则的。不要抱着“一举成功”的心情，懂么？孤独的时候，就哼哼歌安慰自己一下，也是好的。要多方考验自己，不要放弃！

音乐，我也不懂的。我觉得它是绝好的东西。需要绝大的艰辛的工作。一切东西是需要每日的劳作，那是非常艰辛的。我想音乐家不一定是忧郁的人，在那一群里面，欢乐和豪放，常常是主要的原素。当然，在这样的社会里，他会常常有些忧郁，像一切人一样。忧郁是生活底忧郁。艺术底目的决不是忧郁。我们要反对被欧洲底往昔的颓废潮流支配着的意见！

不要太夸奖我！我们成为朋友，大家努力就是。

祝好！

翎

四月廿五日

---

① 此信原判为1946年自重庆，现订为1944年自南京。——编注

## (3) 1944 年 5 月 25 日自重庆

伯康兄：

我玩了很多天，今天才得安定。但又嫌有些寂寞，因为，旧的事情做完了，新的则还未开始。

你的信都收到。诗，情境很好，但意思不明确。有些句子，比方“眼中如积云之高空”，不好。有的情境，如“从死底澄清的水里，淋湿着头发……”像有些洋鬼子底诗一样，显得空幻了。那些印象主义，那些象征派，即在今天的进步的文学国土里，也留有不良的影响。另外，我劝你写东西的时候不要专找“自己”写。顶好写社会生活，人生图面[画]，而把自己底理想、热情溶化进去。溶化得愈深就愈好。

紧张地生活着，是好的。不要轻易地放弃什么，正如不要轻易地接受什么。

祝好！

嗣兴

五月二十五日

## (4) 1944[①] 年 6 月 15 日自重庆

伯康兄：

你的信都收到。书好久就收到了。我进城才回来，不能再动弹。[②] 你底《父亲、母亲、未来的母亲》看了一遍，意见，分几点来说。第一，基本的，你还带着求外观的美丽的倾向。那种“平铺直叙”，那种内在的美，内在的剪裁，那种稳健而有力的分析，那种情绪——语言底强烈而鲜明的重音节，是好的作品所教导我们的，我

① 此信原判为 1943 年，现订为 1944 年。——编注

② 1944 年 6 月 15—17 日路翎致胡风信：“我兜了一圈子，刘、周那里和剑兄那里都去了。在梅兄底‘巢’里，留了几个钟点。”——编注

们要注意。但并不是要注意形式。我是说，要注意在饱和的情绪底下，保持着头脑底锋利，按部就班地叙述出来。你写的东西，情绪总显得急迫而凌乱的。第二，由于上面的原因，那些幻想，就和实际的情节纠混了；展开着，好像电影底镜头，这是没有效果的。第三，对待作品里的人物，应该用最严肃的、社会的、战斗的态度，如此才能同情和谴责。我们不喜欢像巴金那样用什么一个字来称呼“女孩子”——作者应该保持人的尊严，不能随便地亲昵和责骂。你底“小康”，是指人物呢，还是指自己？这应该分清楚。《母亲底心》里面也有如此的。第四，你底句子有些很不完整，好像没有能够突破外来的印象似的。也没有能够突破别人底文章底影响。写的时候，不要想到“别人底东西怎样怎样”才好。主要的，要从内部生发出来，这需要多注意生活，多读好的作品，多**批判自己**。

这篇东西内容和情绪都好。能照我底意思想一想，改一改否？比方，在幻想的地方，应该写成“他想到，他觉得，……”等等，才好。保持着明确，是重要的。

小诗也好。但“我听到……月光冷清地哭”、“昏睡的泉水亮不起一个梦”等等，仍然是“外部的美观”，不好的。这种诗句，是生活在动乱时代而又不敢正视现实的人的诗句，就是所谓印象派之类。劳苦的人们，奋斗的人们，不写这样的句子的。我们是认识自己的，是不是？你看吧，你那天写给我看的什么《含笑的坟墓》之类的诗，是只有无聊的人们才喜爱的。

《母亲的心》和这一篇，我还要看一看。有时间，我就再说详细一点。

我希望你不要光写自己了。周围的生活，也有可以写的。能不能在十几天之内写一两篇生活报告（你周围的生活）来给我，两三百字到一千多字都行。但要注意地对待你所写的，好好地想想。不要太急迫、太凌乱。字，也望写清楚一点。

祝好！

嗣兴<br>六月十五日

## (5) 1944 年 7 月 3 日自重庆

伯康兄：

信都收到。刘、周他们前天归去了。

近来，因为要改几十万字的东西，忙得很，同时身体也不适，所以你的那篇东西还未看。《演奏会》的第二篇的确写得好些，主题也鲜明，情境也恰当。但这是小范围的速写之类，不能包藏大的东西。你所接触的生活，并不如此之小，所谓生活报告，是要写社会，写人群，即使写自己，也要反映社会与人群。所谓尊重人物，就是要多多思考，深入内心的意思。你往往写得潦草，这是不好的。要深沉，要多思考。

看看你的周围的生活罢，你的周围是很大的呀。同时，多看，多想。不要急急地写出来。

学校的事，办法不多。又去托了一个人。你自己在青木关一带无法么？比方进修班之类？

下半年，我仍大约无法动弹。

祝好！

嗣兴

七月三日

## (6) 1944 年 8 月 2 日自重庆

伯康兄：

信收到了。我最近准备结婚，忙乱得很，所以不能动弹。如果你不能拢这里，以后见面罢，我想总不会要三年的。要谈的话，都可以写在信里的。

我希望你安心地去生活，接触普通的人和事，以考验自己底理想的热情。我近来心里愤恨于做事情的困难，出版与印刷条件都难——但这又似乎是无可奈何的。

好好地培养自己对文学的爱好，不要随便地浪费它；在困苦中向信心抬起头来。

匆忙中写这点给你。再见了，祝你安好！

嗣兴

八月二日晨

两本小书[①]另卷寄上。

## (7) 1944[②]年8月27日自重庆

伯康兄：

前寄到城里的信不知收到了没有？你说的东西，清出来就寄去。诗要寄小刘那里，但我还弄不清他的地址。

到乡下去以后，不知生活得怎样？暂时找一个简单的工作，也是很好的。局面已经变化了，但大家都难有确定的打算。一时是还要如此地过下去，尽自己的力量做一些，是很要紧的。不要自馁。一定要克服那种失败的情绪。我们都应如此的。

我近来也很杂乱，写东西也不多了。

祝好！

翎

八月廿七日

## (8) 1944[③]年10月13日自重庆

伯康：

---

① 袁伯康曾借路翎看的两本文艺书。路翎看完后，寄还给袁伯康。

② 此信原判为1945年，现订为1944年。1944年秋，袁伯康考取了距离重庆60华里的江北李家（礼嘉）场的懋材中学，1945年春到1946年8月，就读于江苏旅渝临时中学（位于南岸野猫溪）。——编注

③ 此信原判为1945年，现订为1944年。据路翎1944年8月30日—9月28日期间致胡风信，他“发了一个多星期的烧”。又，路翎10月6日致胡风信：“小刘来信，冷冷数句，云十日后即将成行，也不说要到哪里去。诗的事，更没有提。”——编注

好久就想写信给你，迟至今天，无非是因为忙碌和心情不好。

那次你来，我病着，没有能好好地谈话。记得你走的早晨落着雨，不知怎样走了的，又一直没有接到你的信颇为挂念。

学校该已上课好久了，你的情形怎样？我耽心你会觉得某种失望。对这我很觉得歉疚。我们都不能给你什么较好的东西。我恳切地希望你能自己在一切方面去找求，而且不要指望一劳永逸。

近来天冷且湿，我身体总不大好。很多问题牵联着，常常很忧郁，处于目前的复杂的社会人生和沉重的生活下面，一切是特别的艰难。

望来信。

祝好！

嗣兴

十月十三日

德馨他们近来有信给你否？

## (9) 1944年10月22日自重庆

伯康：

寄来的稿子看过了。我觉得很有氛围，你的热情是真实而浑朴的。但可惜没有写出什么来，人物没有写出来，李和赵，都像是作者底混沌的感情的傀儡。主题也没有清楚：你究竟要表达什么？是说在目前的生活下，男女受着压迫么？是说那个女子很坏么？但怎样坏法，为什么坏，你都没有表明。那个男的，是有着一些理想么？然而究竟是什么，你也没有说出来。

你没有看见社会生活，社会的——历史的人们底生活。热情和性格都是这中间的产儿。我觉得你需要多接触**一般的社会生活，如实地去看它们**；在这中间寄托自己底热情。

有些场面你是用了热情的，但看起来却一点都不清楚，恐怕就是这个缘故。既然不能知道你所要表达的是什么,就也不能有一个题目了。如果有,那恐怕就是“某某人的小说”。这不是开玩笑,因为实际上,你所急于表达的只是你自己,而你自己的感情又显得过于混沌。你得从自己走出去,迫进到社会底核心里去。如此,感情也才不混沌。这就要多观察,多思考,多读——不限于文学。看别人和听别人,也不要限于文学。

句子上面,还是有毛病,我用铅笔打了符号,有的就没有打。要看看别人怎样表现的,自然,也不限于文学。你说话,不是也能说清一件东西么?主要的是有东西要说。

望努力。我期待你有好的进步。

我仍住在黄桷树。寄信是:北碚黄桷树中山路66号。前几天给你一信收到否?

近来还好,有时玩玩。余明英仍在渝工作。下了多日的雨,讨厌得很。

祝好!

嗣兴

十月二十二日

句子、标点,都要清楚才好。

## (10) 1945年3月2日自重庆

伯康:

信收到的。近来忙乱得很:生了一个女孩,接着来的就是生病之类。直到今天都不能澄清下来。

又可以读书了,很好。纵然是试读罢,对于自己恐怕是并无妨碍的。

祝努力!

翎

三月二日

六日付邮

## (11) 1945年3月11日自重庆

伯康兄：

信和诗都收到了。诗，就作品本身说，觉得热情了，可是模糊。强烈的感情占领了一切，就读不出对象来了。而且，用来表达这感情的这些句子，其中的组织，形象，都是模糊，而范围又很小的。这不是从生活的感觉上多多搏斗来的。就写作言，我觉得你需要多读好的书，担负吃力的思想工作，多看，多想，多和对象及自己战斗。

至于恋爱——那么去恋爱罢。你有勇气觉得自己是对的，何必怕别的！自然，要使自己觉得对，就必须活在一个宽阔，又深刻的基础上。自然，目前的情形，生活上面的事情，倒是实际的环境应该考虑的——并不是说向环境妥协。

不要害怕自己底缺点。每一个人都要经过复杂的道路的。

在目前的生活里，只要能学习、能工作，就能略略安静的。可是，我目前也是不能。

匆匆祝安好！

翎

三月十一日

## (12) 1945年3[①]月16日自重庆

伯康：

信、稿都收到了。我很想说一点意见，不过近来心情很散漫，怕难说得中肯。我不知道你那散文(……傍晚)是什么意思，但也可以说是知道。如果能在思想上求得胜利，这篇东西将是不坏的。但这里全是一种感觉的发泄。你所写的，一个是那一

① 此信没有写月份，根据内容订为3月。——编注

对爱人散步时的感情，一个是他们所经过的那些痛苦的穷人。这两个东西就能组成一个完整的内容，因为那穷苦，是能批判那“美丽”的爱情的，于是他们就一齐活起来了。但你却是直觉地写下来的，主要的却是沉到爱情的感觉里去了。我要说，假如爱人们不看见穷人，对他们无感觉，那你就应该写出来，怎样地不去看见，如果看见了，你得写，他们怎样地对待这个。这是一个组合。在现实里，这也是如此的。此外，有些句子不明白，虽然不顶重要，却也是要注意的。

所以它最好不必发表，我想这不会使你沮丧。能使人们振作的是这一点：道路是长的，战斗是永久的。慢慢地走下去吧。

《眼睛》和上一首诗是同样的产物。不是没有基础的，不过模糊了，就是说，感觉的流泄以外，没有前面所说的组合——也就是真的歌唱。

要寄回给你么？你说读了《克利斯多夫》，我很想向你借一下。是全的么？否则除了第一本，第二、三、四本，都望你寄我一读。但假如是最近出版的《黎明》就算了。

翎

×月十六日

## (13) 1945年4月17日自重庆

伯康：

信都收到的，近来混乱，少写信。

不管怎样，坚持自己罢。下期如能到较好的地方，自然行的，否则，也不必害怕留级之类。主要的在自己能利用这时间去学、做。

《克利斯多夫》借不借得到？如借得，进城时丢给两路口中央通讯社余明英也好的。

我们的女孩，丢给此地的一个奶妈养了。但近来混乱，仍不能做事。

祝好！

嗣兴<br>四月十七日

## （14）1945年5月20日自重庆

伯康：

《森林里》，看了。

第一，要在社会关系底纠葛里去写人物和世界，没有什么能离开这个的。重要的是，要在行动——人们底行动里去找求人们。你这里只是一种素描。当那个“小学生”说到他的家庭时，那是很好的，因为绘出了他所说的人物底行动和社会性底影子。但后来只是一些对话——性急的对于主旨的表白了。就是普通说的形象缺乏的意思。

第二，感觉得凌乱，也表现得稍嫌急切凌乱了。要选择必要的词，避免用没有意义的、显得是夸大了的词。要和内容完全吻合。自然，是很难的。主要地在于努力地去思想。

但这篇东西，却是严肃、真实的！

望你努力，而且放开眼光去寻求。寻求人间关系底行动的冲突和纠葛。

《盲音乐家》[1]，看过了的。如果借到《克利斯多夫》，最好。

祝好！

嗣兴<br>五月廿日

稿要寄回否？

---

① 《盲音乐家》是俄国作家柯罗连科的著名小说。

## (15) 1945年6月8日自重庆

伯康兄：

信收到几天了。

《小搏斗》，觉得有些模糊。而且，那样的内容，也没有什么意义。倒是那热情是应该保重的。

你的同学的那几篇，实在只是作文本上的东西。就是，美丽的句子和拼凑的观念。还不能有内容。但这或许是受着形式的束缚——并非就是不行的。总之，人们要努力，在生活斗争里找到自己的东西。

如借到《克利斯多夫》（后三本，或全部，商务版）带来的时候，写明（北碚天津路三十七号交）或者在城里交给余明英。你所认识的那些先生们，不必直接找我的。

天热极了，祝好！

嗣兴

六月八日

## (16) 1945年10月27自重庆

伯康：

《窥望》，我以为是感情积压得太多了，它容纳不了。急急地要把感情抒写出来，因此就只看了自己的内心，没有和现实融合。

其余的我就说不出什么了。但这种毛病正是证明了作者是有东西的。要多多地探究，就会活出来。

我近来仍然混乱。曾进城玩了几天。

好！

嗣兴

十.廿七

## (17) 1945 年 11 月 13 日自重庆

伯康兄：

寄来的，都看过了。《窥望》记得已和你说过。《沉落》、《素描》及《音乐会》，都是感情的份量较重的东西，尤其是《音乐会》，那渴望就以直接的倾诉流露出来了。

《沉落》，只是没有把那残废人及其四周的世界写出来。作者是沉醉在感情的气氛之中，这感情，人是觉得到的，但在形象上就缺乏活的血肉了。《素描》虽较朴素，主要的也是如此。《音乐会》，却是一篇抒情的散文了。基本上是很好的。但三篇其实都像抒情的散文，改一改，能够是很好的散文的。希望你注意，写作的时候，常常需要安静的内心力量，深沉的，愉快的力量，使思想受着控制，剔除感情上的纷纭，深入起来，只流露主要的热情。这第一是要在生活里受着训练的。慢慢地，不断地做下去。注意别人所忽视的周围的一切。

而且，不要惧怕罢。什么软弱呢？人不会永久软弱的，在生活里训练独立的思想能力来，就能走上更好的道路的。

我仍然是有点混乱，其实也只有如此。各人的生活都是如此的，当然这生活不好，但要紧的还是自己走。走一步，留一个脚印。不要太急切罢。

祝好！

嗣兴

十一月十三日晚

东西，都暂时放在我这里。

## (18) 1945 年 11 月 30 日自重庆

伯康兄：

《夜的零章》是不错的小诗。有情绪凝结了。要是能更深地感觉，完全脱出自己底情绪来，就更好。脱出，就是使自己底情绪不受任何妨碍。这里他们学校里有一个壁报[1]，诗的，我想先拿去给他们用。如有机会，我当替你寄出去。

是的，孤独。但还要忍受更深的孤独的。这里面也有好的东西。如果是多人的喧哗过市，有什么意思呢？倒不如这样好的。

母亲处，能寄钱就寄钱去。感情是痛苦的，然而又能有什么办法呢？这是一种脱不开的内心的负担，但也不是为人子者一个人所能负责的。你觉得是么？

匆匆祝好！

翎

十一月卅日

## (19) 1945 年 12 月 9 日自重庆

伯康兄：

信和稿收到了。几首小诗都好，真的。

这里是性忠兄们学校里的壁报，一个爱写诗的朋友弄的。这几首我改了一下，删去了几节似乎不明白的，把小题目也删掉先拿给他们。原来可以联成一气的，加上小题目"1""2""3"之类倒不好了。连以前的两篇，我想替你集起来寄给《希望》去。如果一时出不来了，就转给别的刊物去。

这些小诗有了道路。新鲜的，深深的。但只是有时候还抓得不紧，让情绪又散了开去似的。望你努力。

你的那位朋友，看得单纯了，而且意气的很。你那篇《音乐会》，气氛是不坏的，但没有写出什么来，光是幻想音乐会，是没有什么大意思的。暂不必改，弄别的吧。那朋友的责备也可以参考，但不必太理会的。

《儿女们》，这里有，但不好寄。余明英那里恐怕只有一本，

---

① 指复旦大学几位写诗的同学办的一个进步的诗的壁报。

你有机会进城先向她拿拿看，在两路口中央社，或金城别墅二号。拿不到，再想法给你。

（读）书自然还是读着，将来的事，我以为将来再说。如果兴味根本不在自然科学之类，勉强也是无用的。

祝好！

《会议》已收到。

嗣兴

十二月九日晚

## （20）1945年12月30日自重庆

伯康兄：

东西都收到的。

过年我来不成重庆。书，这里没有了，可到张家花园文协胡先生那里去拿，就说是我要你来拿的。我想他那里会有。①

诗，他们壁报高兴的，但都还没有整理出来。

匆匆祝好！

嗣兴

十二.卅

## （21）1945年×月16日自重庆②

伯康兄：

信收好几天了，但急于做事，迟复。现在还很累。

弹风琴脚力不够——我很替你痛苦。但我想风琴并不怎么重要的，假如以后能弹钢琴，就没有这个痛苦了。

所谓人的动机，我觉得不必像你那样解释的。好的人，是多么多啊！但这个世界上又充满了坏事情。宝贵那好的吧。一

---

① “书”即路翎赠袁的《财主底儿女们》。路翎要袁去胡风处拿此书。

② 因为没有写月份排在1945年最后。

切，都要用怎样的尺度去量，这一点是重要的。假如自己是根坏尺，那当然就不能缝出好的衣服来了。

祝你安好！

嗣兴

十六日夜

## (22) 1946年1月5日自重庆

伯康兄：

信到。既不能继续读下去，找事干自然好的，但现在找起来的确非常难。如能找到，至少能安定，读社会大学[①]自然也好的。不过我看那学校恐怕是以讲演为主，而且办不久的。可以去看看，存了很高的希望，倒可能会弄得不舒服了。

恐怕难得有机会进城。最近也不能做什么事。而且职业、行动等等都是问题。

书，不知去拿了没有？

祝好！

嗣兴

元月五日

## (23) 1946年1月15日自重庆

伯康兄：

信收到。书，不知拿到了没有？

情绪自然是不好的，可是如果没有这“不好”，不能感受到加在身上的压迫，也就不会发出声音来了。母亲，原都是如此的，这也只能把它当做历史加给我们的负担来看。既不能逃避，也

---

① “社会大学”指当时重庆陶行知、李公朴等人办的大学。

不可默默地低头。自己的牺牲<u>如有价值</u>,别的就不算什么了。但实际的情形是如此悲苦,怎么说好呢?

不知你的父亲对这怎么说,我以为应该拿给他看的。

前回的小诗,他们壁报上在陆续地用,还没有收集回来。

我不久也许可以有机会进城。

祝好!

嗣兴

元月十五日

## (24) 1946年1月30日自重庆

伯康兄:

你的信收到了,但我已进过城,匆忙中留了一天,实在吃不消,回来了。没有到你那里去,觉得很抱歉。跑得没有道理得很。

社会大学的事,我看并没有什么道理。就这样好了。学校开学后能进,还是进学校罢。

祝好!

嗣兴

元月卅日

## (25) 1946年3月21日自重庆

伯康兄:

信都收到了。《权威》,用了力量的,因此有某些点写得颇深切。但整个地却嫌模糊。那位权威大汉的内心动机,应该不光是那外表的样子的。也许他"快乐地"拼命和小家伙开玩笑,也许他老羞成怒得很激烈,这两样的或一样都会使作品鲜明的。要紧的是切实地把握住过程。

我近来很安静地住着,但也寂寞。至于到南京上海之类的地方去的问题,一时是无从谈起。

又,《母亲的梦》,我很喜爱。很真切。不过意思有的地方似乎不大明显,有的地方,情绪太高,也就单调了一点了。

都放在我这里。

祝好!

嗣兴

三月廿一日

## (26) 1946年4月13日自重庆

伯康兄:

由德馨兄转来的稿,及这次寄的诗,都看了。我很高兴跟你说,坚持地走下去,你是有前途的。你的东西里面有“黄金”,但“砂砾”仍然过多。两篇小说,《炊委》的人物颇能活现了,《两兄弟》底气氛很好。但写法都颇乱,这虽不要紧,却证明了作者还不能在复杂的状况中克服自己。有些人看起来,怕要不愿意,觉得“吃力”的。你现在应该注意(一)、选取内容较集中的对象来写,比方短的《猪油》,较集中了,不过没有更深地表现出东西来。(二)多注意社会上的生活,以及一般的人生感应,体验这些人们底心境。(三)写成后多看两遍,拿出勇气来自己批评,使句子不要太乱,不必要的,就删去。最后,要注意地读更多的好的作品。

诗,有些很好的章节,的确很好。虽然有时也松懈了。主要的热情是很够的,常常照见了真实。

小说先寄还你。有心情,可以改一改的。多半的地方可以节减,使主要的东西更凸出。要多想想。

梅兄前曾去成都,他底妻子张瑞上个月死去了。他现在已回山洞,心情很坏。

我还好!祝努力!

嗣兴

四月十三日

## (27) 1946年5月1日自重庆

伯康兄：

寄来的《少年的心》等等都收到。但我的机关已解散，我最近就要离开这里到南京去，匆忙得很，没有能够好好地读。《少年的心》，有好的小节，但整个的太散漫，情绪不能集中了。小说《少年们的心》则是很模糊，虽然热情可以感到。《历史课》几篇较好，有了印象，但还是没有表露出整体的人生，它们是速写似的。我不反对你写爱情，但总要突破才好。你的这些，都是情绪底表白居多，有时窒息了活的形象。你要认识人生更深，把握更高，多注意比较典型的、社会意义、历史意义强大的才好。我希望你一面经历，一面不放弃热情，一面多读西欧的关于历史、文化之类的书籍。不要光读文学书或时髦书，还是很重要的。

因为要走了，只能匆匆地这么说。你的这一年来的十几篇东西，除了一些小诗给复旦的朋友拿去了，我预备再看看之外，这里的都暂时寄还你。我觉得沉重，没有能够对你尽力。我希望你不屈不挠地努力，你能够做得好的。下学期的事，我无法。再会了，祝你努力，安好！

嗣兴

五月一日

稿另卷寄

我的通讯地是：南京中山东路七二号中央社余明英转

## (28) 1946年8月6日自南京

伯康兄：

信及寄来的诗都收到的。我到南京已两个月，但一直没有找到安身的地方，目前是挤在别人一起，不安而不舒服，故不能做事，也一直到今天没有回你的信。

能安定的时候，我想把一些东西都整理一下。寄来的诗，都颇真实而新颖的。

你究竟入了学校没有？[①] 目前怎样生活呢？望安静点，好好地做下去吧。

祝好！

嗣兴

八月六日

## (29) 1946年12月7日自南京

伯康兄：

我住在亲戚家以来颇久了。事忙，一直没有给你写信。你送我的皮鞋拿到了，真是谢谢你。

近来仍然和先前一样不安。职业尚未有头绪。曾到德馨处去，见到你的信。你们学校是那样子！

你要寄刊物，最近却是什么也没有。你从前的那些诗，有几首我还留着的，但现在也没有办法。

闲着的时候还写一点吗？

祝好！

嗣兴

十二月七日

## (30) 1947年1月13日自南京

伯康兄：

德馨兄给我的你的一些东西看过。觉得都潦草得很。你把同一个感情写得太噜嗦了。《生命》是模糊不清的，看不出什么

---

① 袁伯康后来就读于江苏省立溧阳中学。——编注

来。《希望》里，有好的倾向，比方男孩欺负女孩，第二天早晨下楼又看见女孩而发生同情等。但也只是模糊的倾向，你抓不牢，没有写出主要的来，反而说了太多的不必要的话，不相干，不适合的抒情。你没有考虑到那些句子底真实意义就下笔。诗，也潦草，反而没有以前的好了。总之，你太急于写什么了，你几乎不知道你在写什么，只是不相干地把自己底感情说出来，而自己底感情究竟是怎样，也没有较深的认识。这样是不好的。你必须多注意好的作品，更多注意现实生活形象，多多地思索、感受。一遍又一遍。不要模模糊糊地就以为得到东西了。必须坚强地学习，否则是不好的。

我底职业已暂定，信可寄"南京汉中门外二道埂经济部煤栈"。工作较清闲，只是离城较远。

祝你努力！

嗣兴

元月十三日

在你底环境中，应该沉默地学习才好！

前回给你的信，不知收到了没有？

## (31) 1947年5月13日自南京

伯康兄：

信收到。我没有东西可以给你，近来我没有写短的，即使来写，性质也难适合的。壁报自然应该弄得好，发生作用，但尽可能不必要外来的东西，应该完全是同学们中间的自己的东西，否则，那倒不如看普通的杂志，或剪集杂志上的文字了。剪集的壁报我以为也很好的。但如果不是剪集，则最好完全是自己中间的东西，也不必程度怎样高，主要的是适当和亲切。程度高了，反而叫别人不亲切的吧。

我已经调至城内工作，以后信可寄德馨兄。一月前生一女孩，现在颇吵闹，一时不做什么事了。

祝安好！

嗣兴<br>五月十三日

## (32) 1947年9月30日自南京①

伯康兄：

信和诗都收到了。这诗，和你先前的几首相似，有一种急切而狂暴的感情，渴望和要求是真实的，读的时候感到了。它并不像你自己所想的那样是堆砌的东西；它有生命的。不过，热情膨胀得太高了，不能拥抱活的对象，倒是碰着一点就狂野似地奔了出来，遮住了其余的一切。这就是不成功的地方了。

热情高到只能用抽象的词来写了，内容也就显得抽象了。但这我以为，将深刻地经历到的现实的、历史的生活，与诗相结合，就是好的。

有着要冲破格式的力气、热情，都是极可贵的。诗，是不自觉地从现实生活事象打入内心，经过内心冲激，发酵，又歌唱出来的东西。比如说，光是"这土地是荒凉的"这一句，光是讲土地荒凉，它没有整体，不能成为活的歌唱，如果是"侵略者的马蹄过去了——这土地是荒凉的"，就成为整体的活的歌唱了。光是唱着"生命美丽啊！……"是不能传达活的内容的，如果歌唱了，带着爱生命的情感歌唱了人生底各样的形态，运动，这内容自然就出来了。这正如音乐一样，叫出大声来是一定表示大的感情的，但它不一定是音乐。

所以应该有对象——现实人生的运动和实践——和对于对象的拥抱两者的。光是急迫地拖过去，但没有和现实人生事象一同地燃烧，就不好了。生活哗然碰响时，碰到什么呢？这是要

① 此信原判为1944年自重庆，现订为1947年自南京。1947年，袁伯康高中毕业，报考中央大学和国立剧专，未被录取。——编注

弄明白的。

我说得不好。望你多找胖子的关于诗的文字来时常看看。并望你不要灰心。矿苗，需要艰苦的开发。

都暂时放在我这里吧！

我近来仍然和先前一样的生活着，没有什么变动。做事不易，所以没有什么成绩。

至于你念大学这些，还是将来再看吧！现在我以为只要抓住现在就好。很多人都飘飘然，好像不是活在现在似的。

祝好！

嗣兴

九月卅日夜

## (33) 1948[①]年9月6日自南京

伯康兄：

来信都收到。前寄三期[②]一本想收到，四期准备本月内弄弄看。[③]

诗看过。和以前的你的诗一样，都蕴藏着真的东西的，但没有能好好地抒写出来。有一些片断很好，但被杂乱的东西压住了。你大约写得很快，很草率，写好了也没有搁一搁再改，这是不好的。要有能耐，和那些内容情绪彻底地相搏才行。这一篇，比方《朝天门》等等，可以有很多东西的，但你只是性急地掇取了一些近于表面的事象，以致情绪没有得到解放。

我一直很乱，如有空，当连同以前的再看过，说一点较具体的意见，并且在可能的情形下帮你整理一下看。望你切不要气馁。要认真而又有能耐，多花些时间。句子和字迹也望稍稍

---

① 此信，1989年《路翎书信集》判为1945年，2004年《路翎致友人书信》、2009年《远去的岁月》判为1944年，现订为1948年。——编注

② “三期”指1948年8月《蚂蚁小集》之三《歌唱》。——编注

③ 参见路翎1948年9月11日致胡风信：“小刊当等你的来信再策划”。——编注

注意。

学校考取否?[1] 念念。

祝好!

翎

九月六日

## 致阿垅

### (1) 1944年2月7日自重庆

圣门兄:

晓谷兄大概本星期内要为长篇送审的事进城,如逗留时间较久,你便非临行的那两天到他家里去才能会到了。

你到蓉城的时候,正是阳春。在那平原的多灰尘的街道上和多树的、美丽的河畔,将有"寂寞的歌"寄给我们吧。也替我问候华西坝的跑马的大道和温柔的柳树们!

我现在正堕在一个坑中,什么样的坑,还不明了。长久的寒冷和阴雨,漫长的冬季令人疲倦了,就有些怀念什么似的。希望有阳光破云而照耀出来,希望有新鲜的、温暖的风。希望你特别丰富地经历到我们所希望的这一切,而在旅途中想到我们,给我们寄新鲜的空气来。

祝健康

弟翎

二月七日

淮碧兄寒假回家,不知是否已经回来。他最近发了一点小财!

---

① 袁伯康1948年秋考上相辉学院。——编注

## (2) 1949年1月21日自南京

梅兄：

信收到。庄兄已回。必要时去沪事，在设想中，现在要看明英的机关结局如何，也许可以争取到遣散，拿几个钱的。达明[①]今晨偕他的同学们下乡去了，但不知走不走得成。

听说你的鱼都弄死了，我还颇怀念它们呢。

南京稍乱，但大的变动还没有。现在挨几天再看，我们决定走否，当在旧历年前后。

朱兄们好否，不另。

嗣兴

元月廿一日

## (3) 1949年2月13日自南京

梅兄：

几信都收到。我曾趁空到上海去玩了四天，看看情形，见到刘兄和庄兄。现在是，那边住的和生活的都有问题，决定就留在南京再说了。这局面[②]不知要发展出怎样的一个结果来，拖得颇有点恼人，但幸而没有动，因为"拖"到上海去，更要麻烦了。很多人估计南京是打不起来的，至少不会大打。不知究竟怎样。但管他的！回来，心里上做一个较长的拖的打算，就着手做做手边未了的事情，其一是把那小册子写起来。

你的假期快满了，如何呢？在上海知道你底小孩出麻子，现在大约好了罢。小册子在弄否？"蚂"刊六期，在上海和大家计议可能时出一下。钱和印所大约都办得到，那么问题就在稿子

---

① 路翎的异父弟弟。

② "局面"，指国民党政权崩溃前夕国统区民不聊生的混乱局面。

了。我想这一期仍侧重于生活报告，你们看如何？望写一点，并望朱兄们写，寄到庄兄那里，或者先寄我也行的。

杭州听说住满了兵，那么那局面也比南京好不了多少。此地只是十分的萧条，不过，平稳了几天，“太平气象”之类又忽然钻出头来了。

匆祝安好！

嗣兴

二月十三日

## (4) 1949[①]年3月8日自南京

梅兄：

这里仍旧很太平。有“蒙面大盗”之类四处抢劫，但这更证明了这太平，因为我想，这些家伙大约就是希望抢一笔而又在太平中等得来不及的烂兵们。我也有点等得不耐起来了，但也正好，可以结束一下过去的欠债，改写一些东西。听说你写剧本，[②]很高兴，我想你一定可以写得很好的。这种形式，可能更适合你底性格。形式本身熟悉与否，那倒完全不相干。总之，希望你写出来。不知你底生计在如何维持？听说朱兄学校里学生不多，那么，他们也很为难了。朋友们都好否？[③]

握手！

嗣兴

三月八日

---

① 此信原判为1948年，现订为1949年。——编注

② 1949年7月22日胡风日记：“看亦门剧稿《血账》。”——编注

③ 1948年9月，方然创办安徽中学。——编注

## (5) 1949年3月19日自南京

梅兄：

来信，所谓朱陈[1]二位恋爱之类，不知详情如何。但我这里也很不快，要债者曾临门，看来要避避债似的。以后信望简略，谈谈湖畔的散步吧。亦可寄社中。

大风而且冷，这天气真奇怪，应该已是春天了。

祝好！

宁

三月十九日

## (6) 1949年3月23日自南京

垅兄：

我昨日来上海玩，本预备散散心，多玩两天的，但事不如愿，物价太高了。今日得知，庄、小二兄得病入院[2]，连医药费都无从筹措。是流行的什么缅甸热罢，伤脑筋得很。小兄的有钱的亲戚又太刺刺的，我去找他们，他们认为我是穷光蛋，冷言冷语。真是受不了。但又有什么办法呢。屠兄生活看来也要更困苦起来了。我想玩两天就回去了，唉！真是从来没有如此不快的经历。

你说想来玩玩吗？这种生活，真是一动不如一静了。你的新衣服做好了没有？屠兄说，样子倒可以不改的，别的店家也可以合适。

好！

宁

三月廿三日

---

① “朱”即朱声(方然)，“陈”即陈性忠(冀汸)。

② 指欧阳庄、刘德馨二人因被查抄出《蚂蚁小集》的稿件而被国民党当局逮捕。

## (7) 1949年5月7日自南京

垅兄：

欣闻杭州解放，安好否，甚念。我们是平安的。

庄兄昨日自苏州来此，看看能否找到朋友，做点工作。

朱、陈兄们均安否，盼来信。

祝安！

嗣兴

五月七日

## (8) 1949年6月7日自南京

守梅、亦之、性忠兄：

曾去沪，见到你们的信。不是亦之兄说遇到了周君，可以展开工作的么，怎么现在又不成了？亦之兄提到找雪峰们，但现在上海情形还颇乱，一时不行似的。谷兄来信也说现在一时还难接头，不知你们收到了他的信否？

我已在此地文艺处。柏山在此，他介绍去的。但没有什么具体工作，仍是在家中写一点。你们有稿子望寄点来。此地《新民报》副刊由铁马君编，要出文艺周刊，也可以有点稿费的。你们要弄的小刊如何了？前寄一小稿收到否？

柏山或去沪也不一定。近日未去他处。去找时，当再谈一谈，看他们杭州有关系否？

附谷兄剪来短文你们看。

握手！

翎

六月七日

## (9) 1949年11月20日自南京

守梅兄：

附上芦甸兄信。小刊物则是北大转来的。

好久不写信，曾听说你回杭，大约又回上海了罢。工作确定了没有，念念。

我在厂里做点工作。写一点短东西。另外还要搞搞文联之类，看来总得挂个名。除了忙，倒还好的。就是排在这文化阵里，时时有点遗憾。

我近来想，我们应该感觉到我们的缺点，但也总感觉到，在文学思想和实践上我们是对的。不仅现在的文艺思想上有这样的要求，个别的工作者有这样的要求，群众也有这样的要求。大家势必要找寻一条实践这思想内容的道路，这虽然艰难，有些保守者不愿意，但慢慢地就非得前进不可了。我们的国家和人民是伟大的，这就保证了前进和胜利的可能。

但我们也不能做保守者。伟大的现实的新的迫力我们应该感觉到。我们和过去相通，但不怀念过去。今天所崛起的人民间的新的英雄，比起我们过去的英雄们来是要伟大得多的。我们所可惜的是，现在的文学把这些新英雄们弄得那样子稀薄可怜。

看到你几首诗。但都不及细看。《老朽》那一首，情绪太窒息了，过分地陷在那对象里面了。你以为如何？

祝你好！

嗣兴

十一月二十日

## （10）1952 年 5 月间自北京[①]

门兄：

信收到。很想和你谈一谈。[②] 但最近在学习，整天开会时居多，来后怕又不能好好地谈。过两天，能有点时间得时候，再告诉你。

甸兄返津时，可以了解到我目前的情况的。

现在发生的这些问题，当然是有其历史根源的。对我展开的这些，只是对谷兄的先声而已。想把作者一下子打闷，但又急躁，不自信，这是一面；其次是，抓着权力在手里，对这权力很满足，以为一定会打闷，所以还要接着来。大约每一部作品都要挨些刀枪。机构[③]内部在谈《祖国在前进》问题，布置了一个网；我在慢慢地拖着。那作品是有些弱点，但却决不能得出如批评家所宣布的那种结论的。看谈到几时为止，我将把这些东西写的意见向主席寄去。

半年来，参加了一个三反，此外就搞着这些——长期的消耗。

谷兄已要求来京谈话。

## （11）1954[④] 年 2 月 24 日自北京

守梅兄：

信收到两天。我们都好。念着你们。你的驳默老爷[⑤]的文，

---

① 本件原稿未署落款和写作日期，疑为未完成信稿，兹据内容推定为 1952 年 5 月间所作。——编注

② 1952 年 5 月，阿垅结束湖南的土改工作，回到天津，13 日致信路翎："我打算隔几天来京，当来看你。"路翎 19 日致信胡风说："门兄回来了，日前来京，大家谈了一下。"——编注

③ 中国青年艺术剧院。

④ 此信原判为 1952 年，现订为 1954 年。——编注

⑤ "默老爷"指林默涵，文艺领导干部。

庄兄今日便中转来,[①]要我查一查里面的引文,但记得你的引文都是从这里的两本书里摘去的,这里也没有原文,那么还是查不出了。但我想那是不致有问题的。

其中括号里的关于“投降”的一段,不怎么必要,我意减略一点。我们可以感到在这里面的你的愤怒,但在读者,恐怕要觉得感情的成份太重了。而在前后的分析里,“投降”一点,是自明的。

我的中学教科书还没有弄好。

祝好!

嗣兴

二月二十四日

## (12) 1955年2月22日[②]自北京

梅兄:

我在写篇关于理论的文章,直到今天仍未弄好。[③] 谷兄身体不好,脑神经痛,不大能考虑问题;[④]这两天预备修改一下他的自我批判。[⑤] 我仍然常去谈问题,但最近对问题的研究没有什么新的进展。你给他的信我看到了。[⑥] 我觉得应该是那样的。很念着你,不知在写否?

甸兄近况好么?上星期他来听报告匆匆见了一下。不知他这星期五来否?希望他能来,来时和我约一下,我有些事需要和他谈。

好!

嗣兴

廿二日

---

① 欧阳庄此时在京出差。——编注

② 此信原未定写作月份,现据内容订为2月。——编注

③ 1955年3月18日胡风日记:“看路翎‘批判’。”——编注

④ 胡风1955年2月21日—3月23日间的日记有“神经痛”“完全不能思索问题”的记录。——编注

⑤ 据胡风日记,他在3月2—15日间修改自我批判。——编注

⑥ 胡风1955年2月16日日记:“得守梅信。路翎、遂凡来。”——编注

## (13) 1955年3月22日自北京

门兄：

听谷兄说刘兄已回京，但我尚未见到。

谷兄已写一文寄出，检讨几个要点：贬低理论指导作用；阶级观点模糊；立场错误等等。我觉得这样是好的。多年来不曾从这一方面来考虑问题。[①]

谷兄说到你寄上海那篇文章的问题。刘兄意可取回。我们也觉得可取回。理由可以很坦白地说：过去的自己的文字自己正在检查，这篇文字又没有从检查自己的角度看问题的，因此现在看来是不好的，不拟发表了。

我们大家平静下来，镇静下来，积极工作吧——这是应该的。把过去清理一下，从事新的工作吧。

好！

嗣兴

三月二十二日

# 致逯登泰

## (1) 1944年12月12日自重庆

登泰兄：

信收到了，感谢你的厚爱。

你从边地[②]来，这里的情形，似乎不如你所想像的那样简单。精神的东西，在复杂而窒息的生活里受着麻痹、分化、折磨，有的

---

① 1955年4月13日胡风日记："送'自我批判'给刘白羽。"据此，本信应写于这之后。——编注

② 逯登泰是青海省人。

变成好人的无用，有的就堕落、消失。不要太崇拜这一批人罢，他们，躲在幻影里自然好，露出真相来，要使单纯的爱心失望的。我们一切都得联合朋友们自己去找寻。

有机会，当能常谈谈。我住在广生公司对门燃料管理处，你一问就问到的，到广生公司问尔昌中学的人也行。

我星期日如有空，就来找你玩也好。

祝好！

嗣兴

33 年十二月十二日

## (2) 1944[①] 年 12 月 24 日自重庆

登泰兄：

信收到几天了。以后可以寄“中山路 66 号”[②]的。

你的问题，有些我也不甚清楚的。都是在寻找着。你问（一）关于你那首诗的，沥兄说，这样的诗不需要，我以为他是指个人的无聊的感伤和幻想而言，如果其中的抒情是人们都同感的，我以为是不但不多余，反而需要的。所谓人们的同感，自然是愈宽阔愈好，不然的话，少爷的扭扭捏捏，也有人同感的。那抒情，真实而有新鲜的东西的话，也是需要的。你那诗，后一节真实，也新鲜，我读了，就走进去的。这新鲜应该培植。

（二）形象，世界观。这真难说。在艺术里，突出地表现着生活内容的声音、动作、相貌、行为，都可谓形象。但只有抓住其整体的内容（社会生活的），才是活的生活形象。如王亚平他们的形象论，以为画一个脸谱就是形象，我以为是不对的。世界观，是一个人（社会集团的）对世界事物的认识。比方说，你看了覆没的船，觉得惨，进而联想到自己，这就和世界观有关。或者是

① 此信原判为 1947 年，现订为 1944 年。——编注

② 即北碚黄桷树燃料管理处办公处。——编注

人道的，或者是想着自己的，或者是突进的，追求更深的原因的——一个人究竟是怎样做法，是被他底社会集团——世界观决定的。比方说，农民的世界观，就和我们不同。

（三）我说小说里穿插少，那意思是：写人生第一。不必为故事而写，那样，会牺牲很多的人生内容的。

（四）小说的本质部分。沩兄的意思是：行为的场面是本质部分。我的意思是，对于作者，行为的根源、过程，是本质部分。两者都重要的，因此我们的意思并无不同。

匆匆地写了这点，恐怕也没有说清楚。有机会再谈罢。

祝好！

嗣兴

十二月二十四日

## （3）1945[①]年6月25日自重庆

登泰兄：

信收到，觉得很不安。

这点事情怎么能说是做错了呢？说话的夸张，是因为你来找我时很高兴。大家都是这么说的。音乐会的事情，那天我的情绪也不好的，所以没有找你谈天，而且是那么多的人。人在情绪不好的时候并不一定就使气，是不是？

我知道你抱着热忱，但这些时来我的心情总不好，常常会使你失望的吧？我自己觉得不安的。

你是真诚的，苦恼着了。但不必介意吧！

祝好！

嗣兴

六月廿五日

---

① 此信原判为1944年，现订为1945年。逯登泰1944年秋考入复旦大学。——编注

## (4) 1946年6月5日自南京

登泰兄：

我到南京已十天，一切尚未定，连住处都没有，所以没有心情写信。你的由南泉[1]寄北碚的信由沩兄转来了。我十分感激你对我的友情，我们不久以后当会再见，我不会忘记你的。

也许你现在能够回到你的故乡了。蹲一些时，我仍是希望你再出来。南京是一个腐臭的都城，比起你的淳朴的故乡来不同得多了。但人要工作，生活，这些都必得忍受的。

在茶馆里无法多写，再谈。

祝好！

明英问你好！

嗣兴

六月五日

## (5) 1946年10月12日自南京

登泰兄：

到上海时匆忙且心情不好，又不知道路，没有到江湾[2]来看你们。回来看到信，关于诗的东西，现在无法写了，一个字都写不出来了。工作仍是无望。

在现在情形下，自己印未始不可，但一定丢钱的；印了也不会有什么结果；还是不如看点书，或者弄弄壁报好。情形坏得难说得很。有些时候，沉默和不理会是必需的。一切都看不惯。然而暂时有什么办法呢？

---

① 此处"南泉"，1989年《路翎书信集》作"南庄"。疑作"南凉"。此时逯登泰暂返青海，其故乡乐都别名南凉。——编注

② "江湾"指复旦大学上海校园。

匆匆祝好!

沥兄、溏封兄[1]好!

翎

十月十二日

## (6) 1946年11月21日自南京

登泰兄:

信见到。《呼吸》,是如你所说的那样,不过有些小文字油滑了一点。舒芜的几篇论文,发表得没有选择,而方然的文字,带着一点"超然"的作风,这是要不得的。梅兄大约弄得很吃力吧。

对于我的理解,是抽象了一点吧。

我现在仍住在亲戚家里,工作一时还无成。但那里很静,可以自己做一点事。正在写一个关于可怜的农民的中篇。

我底情形大约是"很不愉快",但人总是易于忍受的。总希望不致于长久地如此吧!

望你沉静,努力,多多地思索,时常也写一点。

祝好!

沥兄、枝云、六祥[2]诸君好

翎

十一月廿一日

## (7) 1946年12月7日自南京

登泰兄:

信都收到了,高兴你底来信的。这几天因为事忙,没有复信

---

① "溏封"即郗溏封,诗人,复旦大学学生,与冀汸、逯登泰等人是同学。曾在邹荻帆主编的《诗垦地》上发表过诗。

② 同逯登泰一起编《文艺信》的复旦学生。

了。你底来信也可以寄到“南京升州路柳叶街大胶巷十五号”，我住在这里。职业仍没有弄定，但大约不久可以有一点头绪。

你所提出的问题太大了。我只能就我所想到的简单地说一点。第一，关于巴尔扎克。所谓“政治反动，作品好”，实在是这样的理解：他底对于艺术、人生的忠诚，超越了他底社会地位的限制，使他达到了真实，也就是现实主义。在社会生活和思想上巴尔扎克属于保皇党，但他又是身历了法国革命后的社会激动和精神上升的阶段的。他所面对着的那时的法国新兴资产阶级是一个肯定的东西，其中充满着革命和进步的意义。他底对人生的肯定的追求使他底心灵走进了“人民”（那时是新兴资产阶级所代表的）而否定了他底狭窄的出身。他是非常同情没落的贵族的，但他不得不看出了他们底无能，不得不否定了他们。这种否定就比简单的政治否定有着更大的力量了。他总希望高尚的贵族能够负担历史，但他，经过了痛苦的追求，不得不看出了他们实在是废物。当他们底生活和“人民”矛盾的时候，人民胜利了。所以，“政治”、“作品”不必分开来说，在更深刻的意义上说，巴尔扎克底政治，并不反动的。作品就是政治，比几句政治意见更是政治。其中的矛盾，促成了他底斗争，矛盾愈深，斗争愈强，胜利愈大。所有的大作家都有类似的情形：一方面是出身、社会生活、地位，一方面是“人民”，也就是“人生问题”。托尔斯泰就是如此的。他底《战争与和平》不是有着深刻的“人民意义”吗？但他底“政治思想”却不常常如此。作品和政治的矛盾，应该理解为艺术追求与现实人生的矛盾，把两者作为孤立的、形式上的东西，是不对的。正是这矛盾才促成斗争，才有大艺术的。平庸的东西才是没有矛盾的。

二、罗曼罗兰。新英雄主义也好，理想主义也好，要看怎样的理解。不要被名词眩惑。在任何时代，真的理想主义就是英雄主义，这理想是为人民的理想，这英雄就是人民的英雄。罗兰就是的。而且要注意，我们所要的是这样的壮烈的斗争，斗争是不计名词，不计形式，不计外貌的。罗曼罗兰的内容，是当代的人生追求和当代的人生现实之间的斗争的内容。人生追求决不是“非真实”的一面。

三、新旧现实主义。在文学史的一般的分别上,旧现实主义是指人民底形态未曾明确,也就是人生底理想未曾完全达到历史的真理以前的对现实人生作着批判的作品而言,也就是批判的现实主义。比如巴尔扎克等等的作品。新现实主义则是指人民底形态(现代无产者)已经明确,人生底理想(现代革命的目标)已经达到历史的终极的真理的情形下的新的作品,如高尔基说的:“旧现实主义是没有未来的,它只是现在与过去的斗争,新现实主义,则是未来与过去、现在的斗争”(大意)这就是说,过去,未来只是朦胧地被期望着,现在,未来已经明确而有力地参加行动了。这就是新的人民的出现。

但真的这样的作品,目前还难以指出来。目前的一些自命为“新……”的作家是连“旧……”的基本水准都没有达到。旧现实主义是有伟大的成就的,新的则多半光注视着“未来的光明”,而忽略了对现实的真正的战斗了。加进“政治”去就算好东西,不是办法。

但其实,这所谓新旧,只是文学史上的方法,旧现实主义何尝没有未来在参加着!那些英雄们,本身就是“未来”。

这里,也是名词的玩意占多数。多少人都是爱好形式的,不要理他们!重要的是文学的内容。这个时代有这个时代的内容。巴尔扎克的内容是没落的贵族与新兴的资产者,是“旧”的了,我们的“新”的内容应该是更广泛,更真实的人民吧!但真是谈何容易!

再,你前回的信说到我的东西的“生活细节”等等缺点,这,我以为是的。不过一般人以为生活细节是可以随便拿来的,我却觉得并不是这样。“看”到的东西并不就是“真”的东西。真的东西是人心灵出来的,是要经过一个艰苦的过程的。一切需要一个主流,这主流是作者底精神、人格。否则的话,这世界上这么多的动作、花样,岂不把你底头都打烂了!

祝好！

汸兄、六祥、溏封兄好！

嗣兴

十二月七日夜

## (8) 1946年12月30日自南京

登泰兄：

信收到好几天，近来又稍稍忙乱，回信迟了。我底职业也许下月初就可以成功。这自然是幸运的，但也很倒楣，恐怕很少时间做自己的事了。

我自然高兴朋友们对我的称赞的，不过有时候是把我看得太好，太抽象了。我自然要努力的，实在是，不管怎样的人都得努力，都在努力。有时候是加在人们身上的压力太大了，以致于那努力底结果简直看不出来；或者引导他走了错的路，却不一定是这人没有能力，凡是人，都有能力的。但有时候，能力变成了刽子手的本领，却是颇为可怕的。有些人喜欢躺在温暖里，即使是假的温暖里，只是喜欢谈谈，骂骂，埋怨埋怨，漂亮的话是会说的，对老实人也是很有"面孔"的，这都是些没有出息的家伙。这些家伙是惟恐别人不和他们一样。我们要远离这些角色才好，即使寂寞得死掉都毫不可惜。

感激你底关切和热情。《儿女们》也许明年都可以弄出来。这些事，是都堆在胡先生肩上的。我很想来上海住下来，但一时不成了。

祝好！

汸兄近来好否？并问候溏封、六祥兄。

嗣兴

十二月卅日

## (9) 1947年1月22日自南京

登泰兄：

我住在城外。今晚大雪中回来，接到你的信。我应该给朋友们多写几个字的，但这几天所有的人都在忙着过年，我的情绪也就颇不安定了。加以自己的生活上还有一些杂事不曾解决，这些杂事本来是愈少愈好的，但既然有了，也就没有办法，而且“这也正是生活”。来信说到不安和孤独，这是的确的。这不安和孤独，既是从自己的理想来的，也就只好忍耐住；不但要忍耐住，而且“这也正是生活，”——我们自己所选择的。渐渐地人就会不觉得孤独了，因为世界上本无所谓“热闹”。工作总是要在“不热闹”中进行的，让他们去热闹好了。能够憎厌温暖中的怨声，就是极好的，你当感觉到自己底心与世界相联。更用力地憎恶罢。

《契约》是那样的东西，然而不十分好，因为究竟在那样的写法里只能写到那一面。但你说邵桂英是一个从压榨中解放出来的女人，却不对。她一点都不是解放出来的，这只要看她底心里藏着些什么念头好了。她是受压迫的。她强一点，流氓化一点，这只是为了在可怜的状况中保卫自己。但也许是我写得不大充分。

你的短批评在《青光》上见到。你说得那么恳切，因此是有力的，虽然写得很短。

那些“文学家”们底玩意，不理会好了。

祝好！

翎

元月廿二日

此信廿八日发。我已被调入城内工作，通讯地址是“南京朱雀路七号燃料管理委员会南京办事处”。信收到。你的意见是对的。但《呼吸》我尚未详看。汸兄事，祝福他罢。

## (10) 1947[①]年1月29日自南京

登泰兄：

来信并油印件收到，那批评，大约作者并不懂什么主义是什么，什么又是什么，自然不必理他。那牵强地说出来的倒是听说过的“流行”的意见，“流行”的意见而说得如此笨拙，足见是低能的。作品的好坏，却是另一个问题了。

前信未知到否？

回声，是的，这是“力量”。让我们彼此有声音罢。但却不要理应声虫。不必生气的。再，《文艺信》第一(?)期上有我的一篇《关于绿原》，不知能找到否？找到望寄“重庆观音岩社会局罗良贵转周树凡”，他要看看。如找到两份，也望寄我一份。

信寄如信面地址。

匆祝安好！

翎

元.廿九日

汸兄何时来？

## (11) 1947年1月29日自南京[②]

登泰兄：

未知汸兄离校否？故此信请你转。原兄地址改为重庆邹容路四号附三号李宗杰[③]转。

翎

二十九

---

① 此信原判为1946年，现据1947年1月12日路翎致冀汸信订为1947年。——编注

② 此信为一便条，仅有日期，似附入元月二十九日信中，信和此条中都说到绿原地址，故系于此处。

③ “李宗杰”是绿原的复旦大学同学。

## （12）1947年2月12日自南京

泰兄：

来信忘了贴邮票罢，打了一个“T”。但居然也送到了，的确不错的。

那介绍，我也觉得是这样。《青光》上的文字却没有见到，不知是怎样的？汸兄前来信，说来定了南京了，但何时可动身？我的东西望他带来，书有《儿女们》、《祝福》、《蜗牛》、《求爱》（前三种各带两本，没有就算了，后一种望带四、五本来，我要寄给梅兄们）及《鲁迅全集》，另外有一段呢衣料。

近来又忙着跑来跑去，不能做事。当“公务员”，也的确是讨厌的。

祝好！

嗣兴

二月十二日夜

# 致冀汸

## （1）1947年1月12日自南京

汸、登泰兄：

我来此工作已五天。以后信可寄“南京汉中门外二道埂经济部煤栈”。事情较清闲，也不死坐办公室，所以颇好的。只是离市中心远了点，道路又很坏。

泰兄信中，所说的那篇批评，我看到了。实在是莫名其妙的东西。现在这种“假充大老官”的低能儿真是多得很。

汸兄近来如何？毕业后是否回南洋？想念，振民兄来信说你可能到南京来教书，不知确否？那我们暂时又可以在一道喝酒了。

连日阴雨，真是闷得可以。

祝好！

嗣兴

元.十二日

## (2) 1947年1月22日自南京

汸兄：

大风大雪，念你。去年，我们在一处喝酒的[①]。不知你今年也略能痛快一下否？南京究竟能来成否？去南洋事，必得好好准备罢。但我想，离开了国土，可能更不舒服的。不舒服的事情是和我们同生的，却并不会和我们同亡，这真是大可慨叹的事。

没有能写什么书评，因为根本没有读到新书。马凡陀老爷的玩意，我恐怕并没有看过两篇，所以也不想说什么，自然，要攻打的。人们很容易被花样眩惑罢，但那样的"诗"，本质上只能是投机。而且是小丑意味的投机。如此说来，和他谈理论是不行的了。要把这丑角精神给活画出来才好。

现在人们只接受舒舒服服的东西，不肯费一点力，更说不上打仗了，马老爷自然应运而生。他是有祖坟的。一挖祖坟，恐怕要引起一阵呼叫的罢，但自然不必管。

小说完稿后[②]可做什么否？念念。我觉得，你比较容易发脾气，这也影响你看事物的。对马老爷们尤其宜"心平气和"，抓稳了再发脾气敲打，一下是一下。

祝好！

翎

元，廿二

我已调入城内工作，信寄"南京朱雀路七号燃委会南京办事处"

---

① 路翎1946年离开重庆前，曾在复旦大学附近，与冀汸喝过一次酒。

② 冀汸此时正在写长篇小说《这里没有冬天》。

## (3) 1990年2月自北京

冀汸兄：

你好。

新年来到，祝新的一年好。

你的《故园风雨》收到一阵了，谢谢你寄书来。我看了觉得要比《走夜路的人们》写得好。能写出来，且能出版，是值得庆幸的事。

我一切均好，闲着总写一点，只是很慢。

祝好。

路翎

1990.2.

# 致欧阳庄

## (1) 1947年6月30日自南京①

欧阳庄先生：

你底来信我收到了。你底热忱使我觉得惭愧，我并不能配得上你底赞美的。但我实在很高兴我能在《云雀》底演出中遇到这样的感觉相同的弟兄，你底来信给了我很大的慰藉。这次的演出并不算得是成功的，但在目前的戏剧界，能够认真地演到这样已经很不容易了。

你底关于《云雀》的话是对的。我们所感觉的内容，就正是我们底基础。无论怎样的苦难在这个时代都能达到光明，都正是光明：将来充满希望！这就是我们所要说的。诚然如你所说，

① 本信手稿残缺不全。——编注

大多数的人们是与这不相干的，但我们总是确信着，在这广漠的世界上我们底数量和力量会胜过他们。

我底生活并不如你所说的那样紧张。这一年来我做事极少。生活现在也还匆忙着。我是住在南京，在一个机关里做事，住的地方也离你底地址不远，待稍稍安静了，我想约你见一见。自然，见了面……[不]能谈出什么来：但我们已经能互相了解，这是真的。能来信可暂寄本[市]中山东路七二号余明英转徐嗣兴收。剧本待改一改后印。也许秋间……一演。《财主底儿女们》下部现在托人在安排着，将来或可能两部……

握手！并问候你底朋友们！

路翎

六月卅日

## (2) 1947年7月12日[①]自南京

欧阳庄先生：

信收到好几天，一直因琐事而忙乱着，没有回复你。现在也还为琐碎的事而乱着，且又有朋友来住在我处，故一时还不能约你谈谈，望你原谅。

听到你和你底朋友们底情形，我觉得很亲切。我担心我会使你失望，因为，在目前的情况下，做一点事都很难的。

你住在南京，是在机关里工作，还是怎样的？我就是在这么一个机关里工作，每天必须跑来跑去，鬼混八个钟点，晚上回去的时候，孩子们又很吵闹，生活常常地这样瓜分了。这种情况，看来一时还不会脱出，所以，即使做一点事，也是很难的。

很希望知道你底生活情形。匆匆握手！

路翎

七月十二日

① 此处“12日”，1989年漓江出版社《路翎书信集》作“16日”。——编注

## (3) 1947年7月14日自南京

欧阳庄先生：

上信未发，接到关于《云雀》的信。关于陈芝庆，大家的意见看来都差不多了，只是关于李立人大抵是存着疑问的。不过，唐琪[①]先生在信的末尾说他觉得陈芝庆是不该自杀的，这却牵连着整个的问题。在陈芝庆身上，我以为好的东西和坏的东西是统一的一个东西，一个完整的存在，她大抵不可能变好起来，更不可能变成李立人所期望的那种内容的“好”，这是历史使然，我以为无法可想的。

我不大相信一个人会变好起来，除非他本来是好的；坏的方面，也一样。在陈芝庆，她那并不是什么战斗，而是从历史产生又脱离历史的纯粹个人的挣扎。在李立人，那是可以说是战斗的了。一切战斗都通过“我”，要看这“我”底包容量是如何，以及他究竟为了什么。李立人是为了自己的理想的，也是为了他自己的，但他底自己是属于历史底道路的，因此也有为了历史的气概。这自然不是目前中国最战斗的典型，如唐琪先生所要求的，我也并没有这个意思；我所写的，乃是这个时代的斗争的本质。所以他不是完人，也不是英雄，他是带着缺陷的苦痛在这条道路上走着的一个人，因此才是一个“兵”。有些时候，他是过于软弱才显得过于冷酷的，这正是他所付出代价的地方；这也并不一定被人们喜爱的，他底缺陷是会被人们指摘、痛恶的；但我所要说的，仍然是他非带着这缺陷不可，这是他的光荣也可以说是他的力量的泉源。

所以有人说他“不近人情”、“自私”等，我以为这倒是应该的，正如日常生活里一样，每一种人有每种人的衡量，也有他底斗争的路。

---

① “唐琪”是欧阳庄的朋友，又名许京鲸。

他宁肯牺牲他底妻子，那是他对于现实的近乎绝望的反抗了；但力量是强大的。我不赞成唐琪先生的说法，说是为了战斗才有理想，和李立人是为胜利而战斗的。我以为，人是为了理想而战斗，而战斗、理想、胜利，在这里是一个东西。在精神上，可以说，真正的战斗就是胜利。不必等待那实际的结果，也许是负担了在别人看来是失败的结果，可是战斗即胜利！这样的战斗，才一定胜利，会有其结果的。

李立人喊着"我要杀死他！"他是极端的愤怒了。其实，在他底精神上，他是渴望着让对手活着的战斗的，杀死对手，那是太不相称也太不值得了。他底仇恨是更要阔大更要长远，那负担也更重的。再，陈芝庆底死，不会是王品群底鼓励，自然也不会是怎样的打击，因为王是那样的人。

说是"小资产阶级"，那可以是的罢。但那划分是并不像表面上那样简单的。自然主要的还是环境所给予人们的生活形态。这又牵连着很多问题，以后再谈吧。实在说，我底意思也说得太乱太简略，大家底根本看法是没有多大距离的。

握手！

路翎<br>七月十四日

## （4）1954年8月30日自北京

庄兄：

来信收到。补加的那分析，当然可以的。前曾听晓谷兄说已写信给你，意思是他们如不用即叫退回；请他们转不妥。等他们寄回了，再直寄上去吧。现在部长是陆[1]。

我今日写完长篇[2]，约四十八、九万字。真不知它的命运会

---

① "陆"即陆定一。

② "长篇"即是路翎的长篇小说《战争，为了和平》。

如何了。近日伤风，昏昏沉沉。房子问题尚未解决，贵了的买不起，大约还是住宿舍再说。现在这房子顶棚昨日垮了下来，落在房子中间，一瞬间灰土弥漫，现在我的头顶上就没有了顶棚，时时有灰土簌簌落下。

我的机关曾开两次会谈《洼地》，我未发言。作协是否要开，尚不知道。今日《文艺[月]报》广告有荒草君一文，尚未去买，不知涉及这《战役》否；他是曾在军队干部会上作报告的人之一。

既给黄天戈[1]们看了，也无所谓。他们目前是没有可能说什么的，也不相干。

守梅兄曾来玩数日。晓谷兄已忙起来——代表会就要开了。过两天我将整理整理先生们的各种意见。

好！

路翎

八月三十日

## (5) 1954年11月23日自北京

庄兄：

信收到。前次会很热闹，谷兄信上已大略说过。这次会迄今尚未开，我预备了一书面意见，有可能时也预备在上面念一念。人们预备把这些发言都在《文艺报》上发表，我的大约可能在下月发表，唱对台戏的当然也发表。不过，好像又还要考虑一下似的。总之，现在的情况是，问题算是提出了，看怎样结论吧。

最近偶然听说，我的寄上去的信已交下来了。大约是最近交下来的。谷兄报告的事实部分，到底交下没有，现在难于断定。

因为山歌作者代表报的编辑部来发言以"斥责"谷兄所提关

---

① 黄天戈（已故），当年是南京市军管会文艺处的一名干部，与路翎共事，后进入江苏少年儿童出版社工作。

于门兄问题，就考虑你的作品是否寄给报纸了。然而一想，寄，不发表，退回，也好，那时再另找出路。你看如何？

是等文艺报回信寄呢？还是就寄呢？你斟酌罢。

信稿，文字上斟酌一下，就可以的。有一处，红笔勾了的，意思不明。“我就将它当做一个原则……提出不同意见”，是指的当时写过文章吗？要写明。如不是指的写过文章，那就不用说“提出不同意见”了。

会后当再给你信。我们已生火了，但天还不太冷。

祝好！

嗣兴

十一月二十三日

# 致绿原

## (1) 1948年2月16日自南京

遂凡兄：

一向未曾写信，但总是在悬念着的。梅兄和汸兄都常常谈到你底近况。我的情形，你大约也可以从他们那里知道的吧。我们都算好的。朱兄来此工作已两月，馨兄最近调往上海了。我的两个孩子都好，但在此地住着，亲戚多，有时候叫人烦厌之极。

我们是用着大半的生命忙着“吃饭”的事，有时候想来真是可悲的。一向总是，只要能做一点事，就算好，不幸生活日益复杂，做一点事都很难了。听说你在那兽穴[①]里很困苦，但不知处境如何？不过那种地方也可想而知的。我们和这些还有很长的时间纠缠，如能稍稍突破，这些也并非就不是我们底养料。近来我觉得，在我们大部分人里面，都还保存着原来的那种带着各各

---

① “兽穴”指绿原当时就业的一个外国公司。

的浪漫色彩的观念，这些观念和现实的矛盾叫我们痛苦，这本来是好的，可是实际上，那观念底大部分是应该从现实里得到改变和进展的了。我们时代底活的人生，无论怎样都比我们底观念要辉煌得多。我们一直在负着封建的和殖民地生活底重担，但就是这负担也养育了我们底力量的。在肉眼一下子看不到的社会内部精神的动荡中，是充满着狂风暴雨的气息。即使最腐臭的东西，也能够化为神奇。

但正是如此，我们有时候多困恼啊！我但愿我们能够做到，在本质上，我们是快乐的人们。这里那里的生活都灰暗，无谓，悲苦，但在这些下面有火焰。我们心里要保持这火焰。

挂念你们，你底太太和孩子们！

《儿女们》已出版了。想谷兄已寄你了罢？

握手！

嗣兴

二月十六日

来信可寄：南京红庙四号。

## （2）1948年2月25日自南京

遂凡兄：

来信收到，很高兴。但匆匆忙忙，只能跟你写很短的。这里天气已经暖起来了，总希望好好地做事，却一直颇困难。现在和我住在一起的有家里的好几个人，很杂乱；办公室里又是像店铺一样喧嚣，写信都不安心的。

这里，我底周围，是纯粹的小市民，这大约要比你底周围的那些好看的白脸稍好些——虽然一样的是好看的白脸。我们日常所接触的这些东西，实在也是很平常，“合理”的。你还要这一面的这个中国如何呢？你说的那读历史小说的心境，恐怕还要算是好的，讨厌的却是一种不知道是什么的沾沾自喜——也是一种好看的白脸。你的话是对的。在我们，力量应该在广泛的基础上发生，在一切人生执着里滋长。与它共碎，是的，但首先是得与现实一同生长罢。

我底两个孩子也颇麻烦，但我是很难管到；这责任是很难尽的。明英还在电台工作。

匆匆忙忙地写到这里，要中止了。《儿女们》谷兄要寄的，但预备给大家的是精装本，还没有装订好。

祝好！

嗣兴

二月廿五日

## (3) 1948年4月26日自南京

遂凡兄：

信收到。很高兴你们那边也能有一个[1]。但我近来却没有短的东西，恐怕最近也没有时间弄。时间少，又拖在一个较长的上面了。但如能继续下去，第二期也许可以赶上的罢。

我们这城市里花色繁多，这叫做火山上的跳舞，特别富于刺激性。

祝好！

嗣兴

四、廿六

## (4) 1948年6月14日自南京

凡兄：

寄来小刊收到。这里寄一篇给你们，看合用否？这里小刊也难弄得好，原因就是稿子缺乏，光靠这几个人是不中用的，而且还常常要怠工。你有多的东西，也盼寄一点来。

---

① “有一个”，指绿原和曾卓、邹荻帆在武汉编印的小刊《大江日夜流》。

祝好！

嗣兴

六月十四日

## (5) 1948年7月19日自南京

原兄：

你的信都收到了，但我一直纷乱，没有给你写信。朱兄学校事已成，已去杭料理；泋兄日内也去。梅兄已入他上司指定的研究院念书，但还可以住在外面，只是路远，每日跑路麻烦。此地小刊三期已在印刷中，月底以前总可以出来；邹兄[①]已去职，不知暂时是否离汉，刊物仍可托他代售否？你们那里，还能弄不呢？来信提到下期要去教书，不知怎样，是否目前这事情不想干下去了？我也颇不想干了，拖得非常倦怠；麻烦的自然还是这饭碗问题。两年来就没有好好做成什么事情，在这种生活中，大抵到处都是敌对者，反击无效，有时也妥协一下，时间久了简直就会麻木不仁起来的。我们都还没有那种"自由""清高"的福气，也决不梦想狮子狗的太平，所求者无非是好一点地使用自己而已。总是要碰到内部来的敌人，而且声势日大，而且顽强，厮磨过久，就要倦怠似的。所以非要十倍地顽强于它不可。我们曾经都是一些"绝对主义者"，现在也还是，期待那绝对的战役来临；现实对我们是痛加嘲笑，于是弄得浑身都是疮疤了。但不要紧，还可以往前走的！人要负担这么多，在我们是没有办法的事，尤其是并不能一拳一脚就可以了事。但是，我们如果有力量，这力量就是并非来自我们单个的自己，我们也绝无为单个的自己退避的道理。

祝你安好！

嗣兴

七月十九日

---

① "邹兄"即邹荻帆。

## (6) 1948年7月24日自南京

凡兄：

信收到，关于你的想下来①，我的看法是，如有机会和端绪，下来也好的，但似乎没有冒险的必要。以目前的情形，一家人一起下来自然要非常狼狈的，首先是京沪一带没有地方住。朱兄已去杭，但昨接来信，说经费不够，校董会内且有人为难，已采取背水之战办法，即要求增加经费和改组校董会，否则不干。说两天内会见分晓，不知结果会如何。办不成，那不但他自己要回家，即汸兄也无处可去了。因为汸兄已辞职赴杭。如成，我想你是可以下来的，且杭州也能有地方住的罢。朱兄前写信邀你，后来似乎也对我们提到“划算”的话，但那意思是，一，不知真的能否如意，不然一垮台大家都拖住了；二，京杭一带物价高，也许在生活费用上会发生困难。我看他并没有别的意思。他倒是打算得很实际的。在这里半年，他就常常闹穷，所以颇有一点替你惋惜，如果你要抛弃你的“好待遇”的话。再则，这学校的事一直拖到今天都未能完满，他自然也有点戒惧了。看两天内结局如何罢。我想，如你那边暂且还可以拖着的话，或者还没有找到别的踏脚板的话，暂不要辞职。

我这机关已被立法院通过解散，大约只有一两个月好混了。不知如何办。如朱兄那边成，也想去的。也许这样倒干脆些。

梅兄尚好。此地小刊三期即出，日内寄你。邹兄既走，前次寄他二期五十份(记不清了)代销的结果不知如何。

你的关于(蒋)……的短文②谷兄说寄我了，但一直没有收到。

嗣兴

七月二十四日

---

① “下来”，指绿原当时因邹荻帆、曾卓离开武汉，感觉寂寞，也想移居沪杭一带。

② “短文”，即绿原对《财主底儿女们》的读后感《蒋纯祖底胜利》，后称“胜利”。

## (7) 1948年8月18日自南京

原兄：

久未得信，念念。前寄小刊三期一本，不知收到否？武汉发行事想无办法，但也算了，因此地已分出去了。我前回给你的短小说，如汉地不用，就转寄成都也可以的。

有稿盼仍寄点来。再，谷兄建议此地蚂蚁出一大众化的副页，做为实验，我们想试试看。你能用平易的方式写点什么试试否？对象我想是中学程度的人们，但我们既要做，就必得越过形式主义而前进。盼你能试一点。

曾卓兄在否？此地小刊募款，你那边交游太少，大约无法，想来或可以托托他。望代问问他看。可能，就寄一本册子来。

近况如何，念念。朱兄校事亦不知如何，未接来信。

祝好！

嗣兴

八月十八日

## (8) 1948年8月25日自南京

原兄：

信及两短文收到。读了很兴奋。但"胜利"这一期大约不能用了，因为已经有了两篇稍长的书评，进击茅公和臧诗人的。如用了这个，内容怕不大协调。

现在蚂蚁除了物质问题以外还遭了一点小麻烦，但出总得出下去的。这次募捐，想打完两三期的基础，但也许"金圆"[1]和

① "金圆"，指当时国民党政府为了应付通货膨胀所发行的一种法币，名为"金圆券"。

我辈开玩笑，叫更加狼狈起来。这里能做，主要的还是由于一个肯干的朋友，实在难得的。

捐册，自然不一定二十页一起捐完的。曾兄回汉否？你弄过后也可托托他的。

这期小刊就没有寄武汉。邹兄托朋友经手事这里未有闻，上次寄的一二期也还没有消息。

梅兄安好。在写一关于老爷诸公的较长论文。

大众化，事实上自然困难的。因为不管怎样，这还是一个开创的工作。第一就是要提防形式主义的泥沼，像很多人所陷进去的。我在试写一篇小说。望你能试试，也不拘体裁，且最好在两千字以内。并望你能在下月五号以前寄给我们。

我今天拔了牙，算是在害病。

祝好！

嗣兴

八月二十五日

## (9) 1948年10月23—25日自南京

凡兄：

寄来十五元收到。捐册，如已不能续募，可便中寄下。四期即可出，寄赠的书由你转行否？汉地可直寄那书店。

我已遣散，不知前次告诉你了否？现就在家中“自由”。不过也颇忙，这些天大抵用在忙“抢”物资上去了。此地已是空荡荡的一座大城了。

梅兄近遭麻烦[1]，不过已稍安。只是不能安下心来做做事情。“起点”[2]我们已见到。你要的稿子，俟过几天清理一下再说。你近来做了点什么否？

---

① 指阿垅当时受到国民党政府的迫害性纠缠。

② “起点”指绿原的诗集《又是一个起点》，1948年在上海由海燕书店出版。

念念。

嗣兴

十月廿三日

四集寄上四本

十月二十五日

## (10) 1949年1月13日自南京

遂凡兄：

前信早收到，近日乱得很，未能写信。梅兄曾在此闲玩了几天，昨日已赴沪转杭，暂去家中小住。我们则未有变动，且尚未打算变动。小刊五期已出，但不知道你是否已离原地，能收到否。大包邮件不通，故书店的尚不能寄来。前次在你处二十几元只好做做邮费了，便中买邮票附下即可，免得麻烦。你前信谓下乡小住，不知究竟何往，甚念。谷兄已离港转赴目的地[①]，梅志曾来信提及，说预约半年后再见。我因乱，久未做事，以后打算做一点。望来信。

祝安好。

嗣兴

元月十三日

## (11) 1949年1月31日自南京

原兄：

信收到。梅兄去杭，经营小刊业务之友人去沪，此后小刊如能出，当在沪发行。我亦有去沪打算，但要看看交通情形及时局发展。如变动，当再告诉你。久未得信，以为你已下乡，现既返汉，不知是否仍在原机关工作。此间情形混乱。混乱到已经不

---

① “目的地”，指胡风当时经香港转赴解放区。

能再混乱的样子。但如大炮鸣响,或可如吃了一记耳光一样变得安定的。这可咒诅的情形使得我因之难以做事。

小刊另托人带交汉口联营五十本,现另有信给它,告诉每本售二十元,书款由它直寄上海。如你有空,或原来大报胡君[①]仍在,请代打听一下,究竟收到了没有。

寄来大江副刊[②]均见到。一般的都是模糊的情形,夹缠不清的议论。但新的风暴起来,人们的心情已不暇顾及这些了。我们当希望能迎接苦难,而做到坚实的,更好的工作。

祝好!

嗣兴

元月卅一日

## (12) 1949年2月13日自南京

原兄:

信并邮票收到。

你近有变动否?马刊六期拟集稿,可能时在沪印,望你写点什么。能有生活报告之类的文字最好。

梅兄仍在杭,生活想颇窘。我则不拟动了,因为跑到上海去虽然可以多做一点事,生活却要困难起来的。京中现稍安,这局面不知要拖到何时。

祝好!

嗣兴

二月十三日

---

① “胡君”即当时武汉大刚报副刊编辑胡天风。

② “大江副刊”即大刚报副刊。

## (13) 1950年10月23日自北京

原兄：

信由南京转来好些天了。方管兄来，已见到，前些天回去，过汉时不知见到否？《荒地》是我在南京寄的——前些天回去了一趟。明英和孩子们仍在那里。

我是在北京青年艺术剧院。信寄："北京东单栖凤楼14号路翎"，我是今年三月就调来的。原来一个剧本，因"时机不成熟"，搁着了。现在又写了一个，尚无最后结果。这一行也很不好搞，大约再得下去跑跑，土改或去部队，然后回到小说本行去。不管怎样不好搞罢，工作是一定得做下去的。不知你近来如何？能写点什么否？

胡兄现在京，大约还要住些天。这些天，我们在忙着访问战斗英雄，见识到不少东西——这时代的丰富的英雄内容。可惜写出来的太少了。

相当忙。算是很好的。

祝安！

嗣兴

十月廿三日夜

## (14) 1950年11月27日北京

原兄：

信和照片都收到不少时候了。虽然做的工不多，但总好像一天到晚在抢时间似的，因此一直没写信。你的那卷诗，看过后又交给胡兄，今天到他处去，见到他把它们寄上海了，剔出来的几首寄给你了。那些诗，自然是联着过去的情绪的，但有些还是朦胧了一些，读者不太容易感受到，所以剔出来了吧。听说最近有新的寄来转人民日报，我未见到，看来发表是颇困难的。

我的新剧本现正经历反复讨论的过程。说是要演的，结果如何尚不可知。

管兄过汉，想谈了很多。在此却没有能较多地谈。他的身上确实是有比较多的他的那一情况的教条主义的。你说得很对，我们需要平易的诚恳和日常的勇敢。一年来，我对待工作的态度不够完全好，有时候怠工，有时候贪玩。现在这个环境倒反而容易培养贪玩似的，就是，开会呀，谈话呀，看戏呀，一句话，主观上是懒。反而比从前做的少了。希望我们都能很好，很多地工作。

明英她们已于最近来京。她的机关迁来了，因而又忙乱了一阵。有一本短小说集子，过些时寄你。“荒地”看过否？

祝好！

嗣兴

十一月二十七日

## (15) 1951年1月4日自北京

原兄：

好久没有写信，但在谷兄处看到你几封信，和诗。谷兄大约旧年前要回上海去了，以后是否来京工作，现在也还未最后决定。我近些时没有做什么，第二个剧本说是要排，仍未见动静。明英和孩子们已来北京，工作地点在城外，很苦，所以我的杂事也多了起来。

你的长诗，在谷兄处草草地看了一遍。我觉得，这诗你是在兴奋中写出的，但大约是忙乱中间挤出来的兴奋的时间，所以感情没有能较多地深入。比方关于母亲。这诗里的母亲和对于母亲的感情实感不够强。母亲的生活的广泛、深沉的内容，没有更多地出现。我觉得这诗重写一次，去掉一些比较抽象的观念表白，会更好的。

多少人们都陷在这种情况里：生活纷忙，日常的琐细的劳作艰苦，有时候抢着时间来写，来不及澄清，——于是对于写作一天天地艰苦起来。我的时间算是比大家都多，都自由些的，但仍然经常有这种情形。来不及澄清，有时就只能接触到形式上为止了。这样是很苦恼的。

对于生活的深的感情！——但有时候这被庞杂的东西阻塞住了。你一定很忙，并且对这种情况也了解的。

新的年度开始了。溜了两天冰，回来读点书。天在落雪——静悄悄的严肃的时间，是容易想起远方的朋友来的。祝你们安好！

嗣兴

元月四日

## (16) 1952年7月22日自北京

原兄：

信收到。谷兄到此已数日，正在拜访一些人。情况自然是复杂的，看能解决到什么程度吧。但自然，应该往好的方面争取，判明是非。

我们在整风，一直还没有完。我的问题，一时谈不通。想写点文章回答一下那些批评。如你所说，“祖国……”是有缺点的，这是损失。但我却有前进的信心。基本上，现在是能够判明问题究竟在哪里的。谷兄“改行”之说，某种坚持的心境而已。他的精神仍然颇好的。我整完风之后，大约下个月要下去了。

我是很好的。我希望能做很多的事情。

除了摆在目前的这伟大事业，没有别的。

桐城方君的文章，并非意料之外的事情。倒是希望他真的能进步起来吧。旧知识分子的这一套，在中国原是并不稀奇的。

好！

嗣兴

七月廿二日

## (17) 1952 年 11 月 7 日自北京

惠兄[①]：

寄上原稿两份。那信已投邮了。当然可以的，没有什么不妥之处。而且，既然已经上了那样的报告，写这些自然是合理的。

对于你，问题原就很单纯。过去你与理论问题无关涉，只能有一点普通的心得，而那，应该不是什么否定的东西。吴止先生[②]的那一套，是弄不到你头上来的。在创作上，自己应该是凭着真诚的要求，当然会有自己的弱点和缺点，但那时候的花花绿绿的东西不是太多了么，为什么倒来要抹去真诚的声音呢。这不是什么包袱。今天是可以跨过它前进，毫无留恋，而且满怀信心的。

我也有过惶惑。过于抽象的理论问题，我也弄不清楚。但过去也并未弄那些，只能就自己的实践来看问题。那些玄妙的大道理之类，请吴止先生弄下去吧。惶惑的时候，很多问题常常也乱得很，但现在也能跨过一点了。我的过去的作品，缺点是有的，而且都是很不成熟的东西；无论形式和内容都不成熟；要表现今天的伟大的现实，需要前进。但却不能像吴止先生那样来看问题。不能从人们所下的“结论”开始，而应该从实践开始。对于今天和将来，对于自己的一点要求，我都有信心。

现在在写一点，看能否就此告一段落。如果人们一定要从结论开始，那就没有什么办法，慢慢地工作下去再说了。说胡话是无论如何不行的。此外再写一关于那“公开信”的“理论”的几点分析，指出其机会主义的实质。谷兄也在写一点，一半解释，一半谈点可能的问题。在目前的情况下，已是艰难的工作。不会达到人们所要求的结论，但表示一点明朗的意见也似乎有用。看情形吧。

不久要下去了。去朝鲜。可能月底左右走。但看那时问题

---

① “惠兄”即绿原夫人罗惠。这个“抬头”实际上指绿原。

② “吴止”即舒芜。

发展得如何。这一年是什么工作也没有做，以后大约艰难，但前进是必须的。那就前进，慢慢地再做起不论怎样的工作来吧。

你能下去土改倒不错。慢慢地也得写起来，歌唱起来吧。

门兄曾来开会见到，精神颇好。

嗣兴

十一月七日

## （18）1952年12月27日自北京

原兄：

我尚未走。二十九号出发。此次赴朝，自己是有所期待的。半年以后回来罢。

谷兄会已完。吴君已南归①，并不见得是“荣归”的。今后如何演变，尚不可知。但我们觉得谷兄以先主动地要求工作，工作起来，迁家来京为宜。他大约要谈一谈这问题，两星期左右回去了。这期间来信给他寄“文化部东二楼”吧。明英那里太远，她又经常不在家，怕送不到。

祝好！

嗣兴

十二月廿七日

## （19）1989年1月21日自北京

绿原兄：

你好。

上海文艺出版社出版的《1987年全国短篇小说佳作集》，收入了我的一篇《画廊前》，将作者的照片错成别人的，不是作者我自身

① 指舒芜开完“胡风思想讨论会”之后，仍然回到他原来的工作地点南宁去；他随后请调，不久被调到北京工作。

的了。此件事我很痛心。特写这信给你，望你能有机会助我于各处叫呐[喊]叫呐[喊]，减少不良影响。不知你看到此书否？

祝好。

路翎

1989，1，21.

## (20) 1989年11月21日自北京

绿原兄：

来信收到。

我近来尚好，在整理两年来做的一长篇，凌凌乱乱地，抄很多混乱的页，所以也算是有些忙。其实，每天也只做几个时间的事情。

你的在文学史料上的忆风兄的一文，我看了，觉得很好，并且，材料很仔细。

来信说有血压高，望好好保重。

祝好！

嗣兴

1989，11，21.

罗惠兄及全家好！又明英问好

# 致方然

## (1) 1949年11月20日自南京

方然、冀汸兄：

简直没有通信了。你们好否？近来如何？搞些什么？一点都不知道。我仍然在文艺处。到一个工厂里去做一点工作，也干干文联的事情。因此忙，写东西很少。但我们大家总得写，沉默也不必的。

看什么报，好像提到方然兄在浙大教书，究竟如何？风兄有信给你们否？他在京，大约还有一个月才回。等着和一位负责人谈话。说，自从苏联代表团到中国来以后，文艺上的情况有些变化了。他希望能谈一个究竟。

这诗刊，是北大寄来的。

望来信。

好！

嗣兴

十一月二十日

# 致鲁藜

## (1) 1949年11月20日自南京[①]

鲁藜、芦甸兄：

来信收到。胡风兄已来信了，那退回来的信是误会。

我这个月在厂里做点工作。但是又要搞文联，所以写写东西的时间仍然不多。工作岗位则仍然是文艺处。南京人手少，脱不开。

不过慢慢地我想多写一点。我仍感觉到我们的缺点，但也感觉到，在文学思想和实践上我们是对的。不仅现在的文艺思想上有这样的要求，个别的工作者有这样的要求，群众也有这样的要求。大家都得找寻一条实践思想内容的道路，这虽然艰苦，有些保守者不愿意，但慢慢地就非得前进不可了。我们的国家和人民是伟大的，这就保证了前进和胜利的可能。

很怀念你们。曾给方纪兄寄了两稿，但未给你们写信。鲁藜兄是什么病，全好了罢。最近都写了一点什么没有？

守梅兄近来没有通讯。曾听说他回杭，不知又来上海了没

---

① 本信除收入1989年漓江出版社《路翎书信集》外，亦见于《胡风集团冤案始末》，李辉著，人民日报出版社，1989年，第26—27页。——编注

有？小刊物，他们准备出的，但不知能不能实现。

握手！

路翎

四九，十一月二十日

# 致徐放

## (1) 1950年9月20日自南京[①]

徐放兄：

我匆匆来南京，临行时未及告诉你。[②]

风兄由人民日报邀请至北京参加大会，[③]想你已见到，请你抽空把附信转给他。

回京后面谈！

祝好！

九月廿日

路翎

# 致芦甸

## (1) 1951年5月15日自北京

甸兄：

信收到。

---

① 本信大致写作年份系据内容推定。

② 1950年9月15日路翎致胡风信："回到南京来了。预备月底左右回去。"——编注

③ 1950年9月16日胡风日记："袁水拍来电话，《人民日报》约去参加英模大会。"17日日记："得路翎信，即复。他回到南京了。"18日日记："下关下车，路翎、明英、欧阳庄、苏凡来。"——编注

剧本尚未排，麻烦甚多，现在是布置了各种的阵地，且听下回分解吧。

我的书，《云雀》、《郭素娥》、《祝福》等此地还有，当留给你。《儿女们》手边有一部，已有别人要过，尚未给他，如过些时他仍不拿，就给你，上次本想多带一份到天津去的，匆忙中忘了。有些书也以为你有。

胡兄事尚不具体，无什么接触。

祝好！

门兄好！

翎

五月十五日

# 致罗洛

## (1) 1952年12月22日自北京

洛兄：

来信收到几天了。

现在手边的剧本，重看了一部分，觉得需要修改的地方不少，但行期又在即(一星期左右)，匆匆忙忙，改不成了。所以，暂且不印罢。那篇关于电厂的小说，看了一下，也是需要改的，但目前改不成。所以，我觉得，现在都不印。将来可扩充，改写。也免得引起某些不愉快的情绪。

一年左右未写东西了。去朝鲜回来后，当写一点。

你们好吗？

嗣兴

十二月廿二日

# 致罗飞[①]

## (1) 1980年12月13日自北京

杭行兄：

信收到。有关后记，还是你们写一写便行了，也不用找绿原兄。关于编排的目录，我没有什么意见，是怎样编排都可以的。《记李家福同志》、《鲜花歌声想起的》两篇是《板门店前线散记》里收集了的，这本书我这里却也找不到了。只有零散的半篇这散记：《从七月二廿日……》现附寄给你们。自关[至于]目录编排，出版社安排一下，你看情形跟出版社说一下，我这里便不开列了。

祝好。

路翎

1980年12月13日

## (2) 1981年1月6日自北京

杭行兄：

信收到，耿兄寄你《板门店前线散记》，有关于以前作家出版社出版过的问题，我想，你们出版，加在那几篇小说一起自然是可以，他们现在也不出版。

祝好。

路翎

81.1.6

---

① 罗飞(1925—2017)，原名杭行，江苏东台人。解放初编辑《起点》文学月刊，诗集有《红石竹花》等，曾任宁夏人民出版社编辑部主任，《女作家》文学季刊主编。这25封信是1980年平反后的通信，中间或有佚失，1955年以前路翎给罗飞的信均已不存。杭行系罗飞本名，所以信中，路翎以本名称呼他。本组书信由罗飞先生提供，信末注解和说明为罗飞所作。——编注

## (3) 1981年3月23日自北京

杭行兄

信收到。

匆忙写点《后记》给你们，身体不好，就也不多写了。身体的情形，现在各点[1]也渐好些。

关于散文与小说是否在一起这一点，我还是倾向印在一起，简便些。但看你们考虑了。

关于朝鲜题材的旧长篇，虽找回来，却是丢了前两章。冀汸兄浙江文联《江南》杂志预备刊载，前面的一部分在他们那里了，其余的或在梅志那里没有寄去。我这里并没有，因为一阵子又闹眼睛视力麻烦，所以我也没有拿回看。你可问她看能有可独立[发表]的单位[章节]给你们。搬家还一时不至于。

祝好

路翎

81.3.23

## (4) 1981年6月8日自北京

杭行兄：

来信收到了，知你近况。至于我的情形，一、是搬家，以后信件寄："北京朝阳区团结湖中路南一条一号楼四单元301号"。二、是明英已从德州回来了，病已经恢复期，不需再住医院，可是此种病，右手臂右腿不能活动，这恢复期是很拖拉的，所以近来便也是很忧郁。

剧协组织帮助分配到的这团结湖房子还可以，两间搭点配□。是三楼。

---

① 原文如此。

我是随剧协参观学习团去德州的，[1]明英随同去是组织让她照顾我的身体，不料她却病了。至于我的身体则还好。

祝好

路翎

1981.6.8

## (5) 1981年9月21日自北京

杭行兄：

来信收到。

板门店前线散记以前作家出版社出版过，他们现在也未拟出版，作者个人有出版权，同意你们出版。初雪等小说则是以前没有出版过。牛汉兄前曾来谈到，也正是一样。

祝好。

路翎

1981年9,21。

## (6) 1981年9月21日(下午)自北京[2]

杭行兄：

上午发一信，忘记给编缉部的了。现补上。

路翎

1981,9,21

---

① 1981年5月，路翎参加剧协参观团，赴山东德州参观农村经济改革。

② 这封信内附有给宁夏人民出版社编辑部一信。内容是有关将《初雪》交宁夏人民出版社出版的版权问题。因为当时刚"平反"，路翎身边什么材料也没有，由罗飞和上海的朋友们多方搜集，由罗飞编辑、整理最后由路翎写"后记"定稿而成。特别要提到的是耿庸同志搜寻到一本路翎作品的小册子和《人民文学》1953年7—8期、10期上刊发的《从歌声和鲜花想起的》及《记李家福同志》两文，当时极为珍贵。给编辑部信已存入书稿档案，无法提供。

## (7) 1982年2月21日自北京[1]

杭行兄：

信收到。

寄的稿费早已收到。寄的书，第一次单一本和十本以外，此次只收到30本，并非60本。寄来[2]的字样是“印刷一件”，邮局取出是30本。此则不知是否寄了30本，望你查一查。

此地30本已分完了，故也就没有给梅志的。

祝好。

路翎

一九八二、二、二十一日

## (8) 1982年3月3日自北京[3]

杭行兄：

寄给这月写的三首诗，看你们省的文艺刊物能用否？

《初雪》已给了梅志十本。

罗洛，冀汸处，不知你寄去否？便中望告。祝好。

嗣兴

1982.3.3

## (9) 1983年5月25日自北京

杭行兄：

你好吗？祝你好。

---

① 信中提及的稿费、书，都指的是《初雪》散文小说集的稿酬和样书。

② 包封上。

③ 三首诗未能发表。整理此信时也未能找到，记不起是否已寄回作者。

前信谅已收到,告诉你我已搬到新地址的。

现在有一事托你。搬家到新楼房没有煤气管道,需申请煤气灶,而申请需要送点书给煤气公司,所以便想托你看银川出版社有没有《初雪》存书了。这事很有点焦心,自然没有书送,也不至于怎样,但总以有书为好些。要送十余本的样子。再自己也没有一本存留的了。如能找到三十本,最好,否则十几本二十本。如实在没有,两三本一两本也要。

你找到寄来我把钱寄上。不知这样能行否?倘若需先付钱,请即来信,告知书数钱数,我即寄上。十分麻烦你了,很是歉疚。望你助我尽快办一办。

倘若没有书,也望回一信。

祝好。

路翎

1983,5,25.

我新搬的"北京虎坊路甲15号四单元3—2号"这房子邮箱设备不行,信件易失落,信书件望寄:北京东四八条52号剧协戏剧报徐朗转。

## (10) 1983年7月2日自北京

杭行兄:

寄来五本《初雪》收到了,谢谢你了。

此书尚需要若干本,不知是否能谋到?前说苏州市面有,不知寄来的是否就是从那觅来的。煤气罐的交际需要较多书,颇为麻烦,故再麻烦你了。

寄上五本书的书价二元二角五分,钱少不好汇款,便买了邮票。

祝好。

路翎

1983,7,2.

## （11）1984 年 3 月 17 日自北京

杭行、高嵩[1]同志：

来信及稿件[2]收到一阵了，现正在抄，今日翻你们的信，有嘱回信免悬念语——现在才注意到，故写此简单的信。耽搁了，望你们原谅。

还有一些天可以抄好。

祝好。

路翎

1984，3，17.

## （12）1984 年 3 月 22 日自北京[3]

杭行兄：

我的这《战争，为了和平》长篇，共十六章。托人寄出去投稿至今发表又未能收回尚没有落实下落的有第七章，现得梅志兄信，她忆及相当长久以前这第七章寄给你们这里的《朔方》了。不知在不在《朔方》，请你查一查告诉我。

这第七章，如在《朔方》，他们最近能发表的话，便告知我一下。如果虽预备发表而安排的时间相当长的话，请寄回我抄一抄再寄回。如不拟发表，便请寄回我了。（这第七章如果没有，各处也找不到，便要设法补缀补写给文联出版公司了，这他们想出版时曾谈到过。）

手边的你们寄来的第十三章尚在抄，不日可寄上。

---

① 高嵩（1936—2013），评论员、作家、研究员。当时是宁夏银川市文联副主席，分管文学双月刊《新月》的工作。

② “稿件”，指路翎长篇小说《战争，为了和平》的部分章节，《新月》已决定选刊这部分小说。

③ 此信没有署名也未署日期。此处所用日期 1984 年 3 月 22 日是邮戳的日期。

信寄北京虎坊路甲 15 号 4 单元 3—2 号
挂号件印刷件寄

北京东四八条 52 号剧协戏剧报徐朗转。

## (13) 1984 年 3 月 24 日自北京[①]

杭行兄、高嵩同志:

另挂号寄上抄写成简笔字的第十三章稿。没有找到人抄,是自己找[抄]的,由明英帮忙简笔字,看了两遍,还可以,但遗漏可能在所不免,只好请你们碰到帮助改一下,真是抱歉了,很麻烦你们。你们能发表我这稿我也是感谢和高兴的。这部小说 81 年以来真拖得太久了。

写的后记附上,你们看合用否? 你们也可以不用,算给你们编辑参考。

已发表的各章,计 81 年浙江《江南》二期第三、四章,81 年《江南》三期第五章一半,81 年《江南》4 期第五章的后半及第六章。贵阳《创作》1982 年 3 期第九章,青海《雪莲》第一[十]章,黑龙江《北疆》第八章。后记里这就没有写了,供你们参考。

前一信给杭行兄,问到这长篇的七章是否在《朔方》的,收到否?

再,杭行兄来信有抄后"再退回"之语,大概不是指原底稿退回吧! 这寄上的抄件,按原稿没有改动,只动了不多几个似有点需要动的字句。来信说可精炼一些,则是精炼了若干字,也不多。总起来是减少了一些字。原底稿就不寄上了,也怕邮寄遗失,但如果你们欲再参考看看,便请来信,再将原稿寄上。总之,没有改动几个字,精炼的一些小点也不影响原来的,也校读了一次。

---

① 这封信内容仍是商谈关于《战争,为了和平》长篇小说部分章节在《新月》上刊发的事。信内数字使用悉照原信,未作统一,为之存真。

祝好！

路翎

1984.3.24

## （14）1984年4月18日自北京

杭行兄：

前信及挂号寄给你的小说第十三章的简化字抄稿收到否？未见来信，甚悬念，望回我一信。

日昨梅志兄来，已知你给她信，我这小说的第七章并不在《朔方》。想你已了解了情形了。那么这一章真是难以找到了。

祝好。

路翎

1984.4.18

## （15）1985年1月6日自北京[1]

杭行兄：

寄来的稿费及新月两本俱收到，很是麻烦你了，很歉很歉。这几天我在参加作家代表大会，是昨日回了一趟家，拿到寄来的刊物的，款则前几天收到了。

祝近好！

路翎

1985.1.6

---

① 信中提及的《新月》是当时银川市文联出版的一本文艺双月刊。该刊刊发了路翎长篇小说《战争，为了和平》中的部分章节。这是路翎接到稿酬和样刊后的回信。

## （16）1985 年 5 月 4 日自北京

杭行兄：

寄来《女作家》[①]一本已收到。

我们近来还好。

《蜗牛在荆棘上》复印本，不知你找到没有，希望你找到寄回给我，我想没事时校勘一下。

胡风兄近发病，住在我这附近的友谊医院，我曾去探视过，还好。

祝好。

路翎

1985，5，4.

## （17）1986 年 12 月 31 日自北京

杭行兄：

另挂号寄上书三本《战争，为了和平》（长篇小说）、《戏剧选》、《小说选》[②]，赠送你。收到后便中望来信。

前由涂光群[③]寄的《青春的祝福》想收到。前寄你信[④]，回复你关于《罗大斗的一生》见解的。谅收到了。

祝新年好。我们还好。

祝好。

路翎

1986.12.31

---

① 《女作家》为罗飞主编的文学季刊。

② 《戏剧选》、《小说选》系路翎自己作品。

③ “涂光群”是一位经常为《女作家》写评论稿的作家。

④ 此信未找到。

## (18) 1987年12月27日自北京

杭行兄：

你好。

前寄你《战争，为了和平》三书收到否，迄未能见回信。

我因编小说集需要，上次寄你的我的那本《青春的祝福》小说集希即寄还我，切切。如果你不在手边，也希即要回来，想来在手边吧，望即寄来。

祝好

路翎

1987，12，27.

## (19) 1988年1月10日自北京

杭行兄：

来信由徐朗转的收到，你好。

《青春的祝福》一书，可寄"北京虎坊路15号4单元302号"。我们住所虎坊路这里，邮递员送的，不送而乱放那是开初搬来时的事情了。总之，邮递员送的，可直接寄来。

祝好！

新年春节好！

路翎

1988.1.10.

《女作家》、刊物，涂光群曾带来，看到了。

我女儿仍在《戏剧报》。

## (20) 1988年8月23日自北京

杭行兄：

久未通信，你好。

我这半年写了一长篇小说，十七万字很想找地方投稿出版，不知你们这里银川宁夏出版社有没有可能性。

我这小说自觉也还写得可以，题材和主题也有些切合时代。写的是我日常接触的副食品商店。我这些年在家，每日作家事，上街购买物件，有所接触和思想。我写的是商品经济的正确的建设的人物与黑暗的金钱人生势利之间的冲突，借着一对离了婚的夫妇展开的。我写的正面人物妇女父子有着这年代的有着才能的特征，而反面人物也有着历容[历史内容]。也写了现实中的一定的中间性的落后面。简单的故事是旧时田汉老舍诸文人反党案的成份，售货员，平反后改[革]仅此成绩好升经理，与狭隘[1]的官僚上级冲突，很有才情，与其因为街市的文人反党案成份的老友送货的老头相遇，其实她的离了婚的丈夫现贪鄙份子前来敲索[2]，有一凶恶之新恋爱对象相助，逐展开副食店门前之斗，一直到打架的程度。这里说到社会建设的人性与人性的经济与黑良心经济观点之斗争。在这场斗争里，女主人公的离婚的丈夫及其伙友终于进行持刀行凶，但女主人公被一年青女售货员所救，而年青女售货员负伤。这年青女售货员有豪强性格，正与一豪放乐天的送货青年恋爱，送货青年送其去医院。这中间有刚强的警官与暴徒的相斗，危险之斗争中夺其刀将其擒获。参加这副食店的斗争的[，]我尚描写了一热情的、有激烈性情的女干部。还描写了主人公的朋友老头的斗争中流鼻血及其与敲索者的诈骗遗产的讽刺性的相斗。这些描写我想表现今天的建设事业的奋斗者的性格，他们的性格的历史因素，及其精神生活和斗争的激烈——也描写反面人物的黑暗精神状态的深度。我写这女主人公及其朋友老头，及参加的女干部，警官，都是有才华的人物，女主人公且有女诗人性格。而反面几人各有

① 字迹不清。

② 字迹不清。

其历史与时代的错综，我对他们的内心世界作了较多的各侧面的描写。我在结尾写到有坚定有才能有的有性格的建设者因同伴负伤而有的有英雄气魄的伤痛，和感情的展望。

这作[品]我努力写，自觉还可以。之所以噜苏地写这些介绍，是供你及出版社参考。我本想将原稿就寄上的，但现在情况纸张困难，出版业不景气，不知你们这里的情形能不能有条件可以帮助，冒昧寄上了似不合适，故先问问你，你看看我这内容可否推荐给出版社；也请出版社的同志看看这内容是否可以合适。是否可找出版社的同志研究一下这内容？我的意思是，倘若这内容于目前条件中你和出版社的同志认为可以研究一下，你回我信，我便寄上。倘若目前条件根本无法[出版]，自然便算了。

这事情，很麻烦你，也麻烦出版社的同志们，麻烦他们的时间与工作，先研究一下我这内容，假若可以研究一下的话。我觉得十分歉疚，也预先向他们致谢。我这作品是努力写和修改写成的。我自觉还可以，也有社会生活的往来和观察。重复地自己推荐了，也有着歉疚。

再说一遍，我写这信，是为了免于直接就寄来有些冒昧。

祝好，并问你们出版社同志们好，及你合家好。[1]

路翎

1988.8.23

如稿可寄，来信请告知邮局编码，寄挂号需邮政编码。

## (21) 1993年4月11日自北京

罗飞兄：

来信收到，信与书《我与胡风》，由邵燕祥兄转到。

我家通邮可直达，信寄：北京虎坊路甲15号4单元302号。

---

① 这部小说稿没有让路翎寄出，因为他曾寄过几篇新写的小说来，均未能刊出。

书，我就这一本可以了。我这里信，不必要到传达室取，直接到我的信箱即4单元302号码。

祝好

路翎

1993.4.11.

## (22) 1993年8月28日自北京

杭行兄：

来信收到。

我的住址，通讯址，正就是你信封上写的：北京虎坊路甲15号4单元302号。汇款寄这里即行。我的身份证上都是用路翎两个字。

你的心脏病好些否，念念，祝健康。

祝好！

路翎

1993.8.28.

## (23) 1993年9月自北京

罗飞兄：

寄来的《我与胡风》文稿费500元收到，谢谢你。

近来你身体如何，你说心脏不好，真也令人忧虑，希望你保重，好好休息。

我则身体还好。

我的妻余明英的偏瘫病，还是那样。

你说的北京出版社的《路翎研究》[1]，我没有，没有见到。你

---

① 《路翎研究》指《路翎研究资料》，由北京十月文艺出版社于1993年1月出版。而这年9月路翎本人尚不知有此书。

从何处知道有这书的？

祝好，你的爱人好，全家好。

路翎

1993.9.[1]

## (24) 1994年1月3日自北京

杭行兄：

好否？

一九九四年来到了，问好。

前寄你一本路翎研究资料，收到否，收到了望来信。

路翎

1994.1.3.

明英问好。

## (25) 1994年1月9日自北京[2]

罗飞兄：

信收到，你要我的短文有可能出版，但有些怕难找到。现向你问起，便是我这些年间还有小说几篇，如发表在上海文汇月刊的《画廊前》，不知你是否见到，一同收集起来，请看可以否？

路翎明英问好

1994.1.9

① 此信无日期。

② 1993年底罗飞正着手策划一套“火烈鸟丛书”，打算约路翎编一本集子收入该丛书。这是路翎给罗飞的回信，也是他最后一封。此信曾收入罗飞写的《悼路翎》一文中，收入本书时个别字作了更正。

# 致牛汉

## (1) 1981年2月24日

牛汉兄：

近来好否。

一月多前有万平近信，要张照片，直接寄他或由你转他。日前才想起未寄，他已离去，故现寄你转他。

祝好。

路翎

1981,2,24。

## (2) 1982年6月19日

牛汉兄：

久未通信，近来好否。

去年你曾谈到，人民文学出版社预备编辑我的短篇小说集，不知现进行了没有？

我仍在家中，身体比以前好些了，可是仍不能较多活动。明英的病也略好些，只是看来难得再进步了。

祝好。

路翎

1982.6.19

# 致黄济华[①]

## (1) 1982年10月25日自北京

黄济华同志：

来信收到。

有关于我的生平：

我于1923年生于南京，小资产家庭，原名徐嗣兴，在南京读小学和初中，抗日战争后到四川，在四川乡间读高中未毕业，因编县城报纸的副刊，和国文教员冲突被开除。我受抗日战争的激荡接受新思想，热爱文学，于1939年投稿胡风编的《七月》杂志。后便主要地在胡风编的《七月》和《希望》上发表小说。39年以后，我多半在国民党的伪机构当小职员，白天谋生，晚间写作。抗战后回到南京。解放后我先后在南京文艺处，北京青年剧院创作组，剧协剧本创作室。55年胡风集团案件，二十年间住监牢劳动大队等，75年后曾当扫地工三年余。胡风集团错案平反后，现在剧协戏剧出版社，但因病经常在家。是神经记忆头脑的病，故现在写作甚困难。

你的来信给我鼓舞，我当努力养好病，为我热爱的文学事业继续工作。

关于我的作品，现在戏剧出版社预备出版剧本集。小说集等，尚不具体。

《初雪》，我手边尚有一本多余的，另卷寄赠你。

---

① 黄济华(1934— )，湖北黄梅人，1959年毕业于华中师范学院并留校任教，1970年全家下放洪湖农村插队落户，后任教于中学，1980年调回华中师范学院中文系历任讲师、副教授、教授直至退休。本组书信采自作者著作《当代文学审鉴卮言》(华中师范大学出版社2006)第126—130页，其中前3页为手稿影印件。——编注

祝好！

路翎

1982,10,25

通讯址：

北京朝外团结湖中路南一条一号楼四单元301号

我（曾经）在南京读书是莲花桥小学，江宁中学，后在四川是“国立”第二中学。

我曾在国民党三民主义青年团宣传队为队员。那是39年，他们的节目那时也是一般抗战宣传。曾在陶行知的育才学校为艺友，曾在国民党中央政治学校图书馆为助理员。曾在国民党经济部矿[冶]研究所，煤焦管理处等为小职员，时间较长。矿冶研究所是在四川（天府）北碚的煤业区域，故较多地接触煤业生活。其次，我较多地接触四川的乡镇集场生活。

又及

## （2）1982年11月18日自北京

黄济华同志：

来信收到。

很感谢你对于我的关心。我现在是脑神经不健康，工作写作都有困难，住在家中，真有虚度岁月之感。我希望能慢慢地好起来。

我的爱人余明英是患的半身不遂病，右手不能动，现已比去年初得病时好些了。

关于编文集，日昨听到友朋说，人民文学出版社决定了编我的一小说集，另外四川的出版社也决定编一小说集。关于编文集的想法，则我一时说不出什么了。近来也杂事颇忙乱。

祝好。

路翎

1982,11,18

# 致曹明[①]

## (1) 1983年3月31日自北京

曹明兄：

黄天戈来，知道你的地址。

去年曾寄一书，地址错了，退回了。是一本《初雪》，待你来信，看还剩的有再寄给你。

我现已搬家至：北京宣武区虎坊路甲15号4单3—2号。

明英的病略好些。我身体也还好。每日看看书和做做杂事。已离休了。

祝好。

路翎

1983.3.31

明英附候

## (2) 1983年4月9日自北京

曹明兄：

来信收到，我近来还好，健康情况有所增进，明英患半身不遂病，现亦略稍好些。

前寄一本《初雪》退回，是错了地址，现另寄上，上面书的是82年的日期，不涂去另改了，也算纪念，只是寄去寄来书弄旧破了一些，手边另外则是无有了，很是歉歉。

---

① 曹明，解放初在南京军管会文艺处与路翎共事。后调入北京文化部电影局工作，与路翎有长期交往。现为江苏省社科院离休干部。

你来信提到周鉴铭[①]在南宁师范学院学报上的文章，我一直没看到，你能否找到一份寄我看看？

我现在已经离休了，每日均在家中，离休前也相当长期的害病照顾，在家中。搬家到这虎坊路，每日也一样做些家中杂事，看看书。

关于你提的问题，在《七月》和《希望》上的作品，我的《青春的祝福》、《在铁链中》、《求爱》、《平原》里都是的，《祝福》的《求爱》基本上是《七月》，其余的是《希望》。最早在《七月》上发表的是《要塞退出以后》，则是失落了。这些里面的《青春的祝福》一篇，《在铁链中》一篇，则是未发表的原稿付印的。

《财主的儿女们》系完成于44年，在四川北碚黄桷树那里写完的。至于出版，则是48年，回到南京好一阵了，是在四川印的还是上海印刷的，我则此时记不清了。江苏人民出版社曾有出版我的短篇集的想法，来过一封信。后来又听说他们找到了我的中篇《嘉陵江畔传奇》。（题目不是《第七连》。也许是别的人找到这篇在旧《联合晚报》连载的，记不清了。）

人民文学出版社选《〈七月〉、〈希望〉作品》，听说是有选了我的《王兴发夫妇》一篇。

邹霆说的海外发表[②]，是在香港去年《新晚报》上，还有两首诗。现手边我也没有了。详细时间记不清了。

附寄照片一张给你。是在德州照的。

祝　合家好。

路翎

明英问好。

1983，4，9

---

① 周鉴铭，南宁师范学院教师，他在该院学报上发表一篇评论路翎的《朱桂花的故事》的文章。

② “海外发表”是指路翎在香港《新晚报》发表的《阳光灿烂》《鹏程万里》两首诗。

## (3) 1984年2月29日自北京

曹明兄：

来信及寄来我的作品目录收到，很是感谢你。你们那里找得着《七月》合刊本不？我想你留意一下，那篇《要塞退出以后》我想有机会找到一份抄写或复印。这篇一直未编小说集。

我近来还好。近半年时间镶牙齿，现已镶上了。

问好。

路翎

1984.2.29

平信可寄："北京宣武区虎坊路甲15号4单元3—2号"

挂号印刷等件则需寄：北京东四八条52号中国剧协《戏剧报》徐朗转。因此住的地点挂号印刷等件要上邮局去取，麻烦透顶。

又

## (4) 1985年5月3日自北京

曹明兄：

来信收到一阵了，那本有绿原文章的《读书》[1]，托人到市上去找，未找到，故不能寄你了。听说《新华月报》有转载绿原关于我的此文的，则未见到，你可找找看。我日常居家中，闭塞得很。《读书》一刊，也正是要我女儿市上去找，却没买到。

来信说你已搬入新居，谨问好。

我在整理一些旧稿，这些日子又闲着。明英身体较前好些。

祝好。

路翎

1985.5.3

---

① 指绿原的《路翎这个名字》，发表在《读书》一九八五年第二期。

## (5) 1985年7月4日自北京

曹明兄：

你好，来信收到。

回答你的问题。

一、我解放前是在国民党燃料管理委员会南京办事处混到48年，48年曾在南京中央大学当讲师讲了半年小说写作课。后来便混到解放了。我在红庙四号楼上那时写过一本《吹笛子的人》长篇，这些年动乱中在胡风那里丢了。曾写《平原》短篇集一些篇，又曾写《燃烧的荒地》长篇，后来姚蓬子作家书屋出版的。

二、解放后，《朱桂花的故事》各篇，记得不确了，《试探》、《朱桂花的故事》、《劳动模范朱学海》、《替我唱个歌》、《荣材婶的篮子》、《锄地》、《粮食》等篇是南京写的，49年到50年，50年底到北京后写有《祖国号列车》、《林根生夫妇》。还有《英雄事业》一篇也是南京写的。

我到北京，"青艺"的讨论剧本，我那《人民万岁》是南京写好带来北京的。《英雄母亲》是北京写的。

三、解放后在南京军管会文艺处，是和郑造一起到南京被服厂下厂的。南大教书是解放前。对工人做辅导南京没有，北京则是在工人学习文艺班讲过一回我的《英雄母亲》的剧本。

祝好。

路翎

1985.7.4

你的地址"虎距"是否"虎踞"之误？

## (6) 1986年12月15日自北京

曹明兄：

信和刊物《乐园》[1]一本收到，

寄上诗三首，看合用否。

如若不用，望退给我。

你谈到我寄你的书，小说集的序，没有先行发表过。我的情况，明英的身体不强，来南京走走真也困难。将来看吧。

问朋友们好，你爱人好。

明英问好。

路翎

1986.12.15

## (7) 1987年4月9日自北京

曹明兄：

刚才寄一信，忘记了照片上签字，现晚霞这一张赠送你。也是德州照的。那一张自然也请你留下。

祝好。

路翎

明英问好

1987.4.9

## (8) 1988年1月18日自北京

曹明兄：

你好。

寄来的贺年片收到。

祝你新年快乐，百事顺利。

我们还好，过去一年做事不多，希望新的一年能较好些。

---

① 《乐园》指当时在南京出版的一份刊物。

祝你合家快乐,健康。

路翎

1988.1.18

明英问好

## (9) 1989年1月15日自北京

曹明兄:

接到新年寄来卡片。

问你好,新年快乐,万事如意,身体健康,工作顺利。

合家好,夫人好。

祝好。

路翎

明英

1989.1.15

## (10) 1991年1月6日自北京

曹明兄:

寄来贺年片收到。

不觉一年。我合家均好。问你合家好,新年快乐,诸事安康。

祝好!

路翎

余明英问好

1991.1.6

## (11) 1992年1月9日自北京

曹明兄:

寄来的贺年片收到。

一年容易，记得去年收到你的贺年片，今年一切如昔；光阴匆匆，希望诸事均好，祝你长寿、愉快，合家幸福！

路翎

1992.1.9

余明英附候

# 致李辉[①]

## （1）1984年12月7日自北京

李辉同志：

寄上短散文《天亮前的扫地》。看合用否，希望不客气地提出宝贵的意见。

敬礼。

路翎

1984.12.7

## （2）1985年1月10日自北京

李辉同志：

寄上散文《收清洁费》、《愉快的早晨》两篇，看合用否。希望你们不客气地提出意见。

敬礼！

路翎

1985.1.10

---

① 李辉，1956年出生于湖北随县（今随州市）。1974年到乡村插队务农，后任湖北加油泵油嘴厂子弟学校教师。1982年毕业于复旦大学中文系，随后到《北京晚报》担任文艺记者和文学副刊编辑，期间经手发表了路翎的多篇散文、诗歌作品。1987年11月至今，在《人民日报》文艺部担任编辑。1986年加入中国作家协会，以文学传记、随笔写作为主要方向，著有《胡风集团冤案始末》等。本组书信由李辉先生整理提供。——编注

## (3) 1985 年 3 月 10 日自北京

李辉同志：

来信及寄来的《收清洁费》一篇的报纸收到了，谢谢你。

你想来谈谈，如年前那次来所说的，我很欢迎。不过我目前一直到四月中旬，在赶写一篇东西——估计要这多时间，所以你如愿来，希望把时间定为四月中旬以后四月下旬了，你看合适否。如我这工作完成较前，那时再和你联络。

真是抱歉，希望你原谅。

祝好！

路翎

1985.3.10

## (4) 1985 年 4 月 16 日自北京

李辉同志：

我下旬 22 日起，除 25 日下午外，下午均可有时间，望你有空前来吧。一点半钟即欢迎来。若有事不能来，望给我一信。

前月等两短文《收清洁费》、《愉快的早晨》稿费未曾收到，是不寄出了，想顺便托你问一问，麻烦你了。

祝好！

路翎

1985.4.16

## (5) 1985 年 5 月 9 日自北京

李辉同志：

近日好！

寄上短文四则，现时生活感想题材，看晚报副刊合用否？请提出宝贵的意见。

祝好！

路翎

1985.5.9

## (6) 1985年5月16日自北京

李辉同志：

信收到，您好。

你的问题，1，我在写作技巧上，与外国文学有无关系？我那是说的我因受到外国文学的影响，是说到思想上，写作方法上的影响，写作技巧上的影响是有包括在内的，它是属于写作方法的。

2，《洼地上的战役》的写作过程与立意。我是五二年底五三年去朝鲜，回来后想到，在战场上，战争的这一巨大的事件前，战士的个人生活和他们的爱情感情有时是隐去了，但是却许多时候是存在着的；而朝鲜村庄毁于侵略者炮火中，朝鲜人民与志愿军是真正的有着鲜血凝成的友谊，这中间是也生长着有意义的男女爱情的。我这么想，还想到战争与（人们）朝鲜人民和平愿望和他们的坚决奋斗性，这便是《洼地[上]的战役》的立意和构想的过程，在创作过程中，仔细地想着，便也这些立意有更清楚些。

我读苏联作品那本[《]第四十一[》]很久远了，是38年，写的时候，这《洼地[上]的战役》时并没有想到这，没有这的影响。但是，我的描写朝鲜战争题材的作品，在风格和若干语言的情调上，却有着法捷耶夫《青年近卫军》、西蒙诺夫《日日夜夜》等作品的影响，虽然不是直接的。

3. 我过去对西方现代派接触不多，过去接触过一些对法国皮加索的印象派象征派的介绍，大约那也就是现代派或与现代派有关的吧。五五年胡风集团事件之后看书不多，便没有什么接触了，看书刊上的介绍，现代派也还是印象派，形式派的一类的东西。我认为介绍知识是也重要的，但那些没有什么正面可以学习的。

谨此回答你，潦草了，很歉疚。

祝好。

路翎

1985.5.16

## (7) 1985 年 6 月 27 日自北京

李辉同志：

来信收到了，您好，前寄报纸和信也收到的。夏锦乾同志调上海去以前曾来过。

关于你的问题，你说，我的小说《财主的儿女们》里，有不注意景物的客观描写。我在这方面的思想是，我有时觉得罗列多的景物描写可能有些另[零]碎，而又着力想要描写人物，便有很少这种描写，而采取一些人物情绪心理连着的一定的景物描写了。关于人物的外貌，我也是描写不多，我的创作的思想情况是，觉得内心心理社会性格的描写便够了，觉得外貌的描写不很重要。这也是有受外国文学的影响。

我的这长篇的人物，是否有原型。有的是可以找到一些影子的，是有我的一个亲戚的家庭，一些人物为大概的材料的原型。我写这长篇时，是存着批判中国从封建社会出来的激烈的心情的，也激动地想描写年青一些的人们的走向未来。

关于散兵游勇的描写。我倒没有直接的这类的生活经历，不过，在旧年代，有时候见到这些不少。

欢迎你有时间来到。

祝好。

路翎

1985.6.27

## (8) 1985 年 7 月 22 日自北京

李辉同志：

来信收到。您好！

我很欢迎你写我的传记。现没有人在写。

也欢迎你来到。

我近来不好，在改写旧写的小说稿。

祝好。

路翎

1985.7.22

## (9) 1985 年 8 月 10 日自北京

李辉同志：

你好！

寄上短文一篇，纪念胡风的，看合用否。请提出宝贵意见。

什么时候来请把前次拿去的信及照片带来。

祝

好。

路翎

1985.8.10

## (10) 1986 年 1 月 12 日自北京

李辉同志：

人民大学一教员欲编我与胡风等友人往来信件，查信件少了一本，不知你那里还有没有？上次你拿来的一本以外，你那里还有没有，希你找寻一下，如没有，亦请便中回一信（有则请寄来或带来，我的信很乱，也记不清一些情况），你似乎曾拿去两本，你上次说还来了，是否错误吧。总之希望你查查。

祝新年好！

路翎

1986年1月12日

## (11) 1986年6月30日自北京

李辉同志：

寄上短散文《遇雨》等四篇，向你们晚报副刊投稿，看能用否。希望提出宝贵的意见。

你近来好否？你的信收到一阵了。欢迎你有空来玩。

祝好！

路翎

1986.6.30

## (12) 1987年7月12日自北京

李辉同志：

你好！

寄上短篇小说《面人》、《跳羊皮筋》、《告别》、《海》四篇，向你们晚报副刊投稿，麻烦你，请你转去，看合用否，请提出宝贵的意见。请你也提出意见。麻烦你了，甚为歉疚。

祝好！

路翎

1987.7.12

## (13) 1988年1月18日自北京

李辉同志：

你好！

你的信收到很一阵了，知道你离开了北京晚报而到了人民日报。

新年时又收到你的贺年片。

我甚好。近来仍旧整理旧稿。

祝你好，新的一年快乐，各事顺利，并且健康。

祝好！

路翎

1988.1.18

余明英附问好。

## （14）1988年12月15日自北京

李辉同志：

你好。

昨日寄一挂号信，寄上散文《忆团结湖》《到市中心去》与诗三首，因系别人替写的邮政编码，可能写错，不知收到否，收到与否请回我一信。

祝好！

路翎

1988.12.15

请顺便告知邮政编码

## （15）1989年1月31日自北京

李辉同志：

你好。

《百花洲》一本收到，草草看看一篇你的文，预备再看。我觉得是良好的文，你的思辨力和安排的心思和才能都不错，有着深刻。但我觉得你对那舒芜说得含蓄了，客气了，他的《论主观》是错误的文章，根本是唯心论。其余的，有什么其他，我仔细看过再给你信吧。我觉得你这文总之是优良的。

你说在《人民日报》文艺报[版]发表[了]我的诗，寄来一份，我未曾收到。我们这个邮局寄印刷品纸卷大信封常耽搁失纵[踪]，我希望你用普通信封单寄一封刊来，或单一剪报即可。

祝好

路翎

1989.1.31

## 致朱珩青[①]

### (1) 1987年1月24日自北京

朱珩青同志：

你好！

来信收到了，谢谢你的工作。

我下星期一、二在家，我日常不出去，都在家。

祝好。

路翎

1987.1.24

---

① 朱珩青(1938— )，四川眉山人。1983年到北京，供职于作家出版社。此前做过20余年中学教师，甘心做学生和作家成长的沃土。编辑出版过一系列青年作家的第一部长篇小说，如《马桥词典》(韩少功)、《最后一个匈奴》(高建群)、《女山》(黄尧)。闲时也写对熟悉的作家作品的研究和评论，后集为《外部的和内部的世界》(30余万字)，其中一部分是对路翎的研究，后出版了最早的路翎传记作品《路翎：未完成的天才》和《路翎传》。本组书信由朱珩青先生整理提供。——编注

## (2) 1987[①]年5月26日自北京[②]

朱珩青同志：

你好。

来信收到了。

现将所写的《燃烧的荒地》的序寄上，看合用否？

此致

敬礼

路翎

1986.5.26

## (3) 1987年6月28日自北京[③]

朱珩青同志：

你好。

来信收到，知道《燃烧的荒地》已发稿，序做了个别字句的改

---

① 此信原判为1986年，现据《〈燃烧的荒地〉新版自序》写作时间（1987年5月26日）订为1987年。——编注

② 作家出版社有一套"现代作家创作丛书"出版"五四"以来中国文坛上卓有成效的作家的作品。鉴于"胡风集团案"平反时间不久，"七月派"作家的作品很鲜见，作为一名编辑，我建议再版路翎的作品，我从现代文学馆借来《燃烧的荒地》写了"报告"，经"三审"通过后，即与路翎联系。

其实，路翎家搬到虎坊桥时间不久，因多年监禁，家里相当简陋，一床一桌而已，夏天连电扇都没有。我去了，夫人余明英迈着她的不方便的腿给我送来一把扇子，我很感动。他家也没有电话，很长一段时间只能通过书信联系。——朱珩青注（下同）

③ 路翎在信件中说："序做了个别字句的改动，书做了些技术性处理"的话，这里还有一点故事。我的关于出版路翎的书的"报告"送上去之后，负责"三审"的副总编辑龙连辉认真读了书，经过斟酌，决定出版。他将书中的"底"字，比如"财主底儿子"，一律改作"的"，符合当下的要求。当年，作为限制性，说明性的名词、代词后面的"的"字，是用"底"的。还有些不通畅的句子也做了改动，可见龙连辉同志认真。

动，书做了些技术性处理，谢谢出版社和你的工作。

你说过些天有事来谈，很是欢迎。

你的来信，信封上将“虎坊路”错写成“虎房路”了，差一点没有收到。

此致

敬礼

路翎

1987.6.28

本市虎坊路甲十五号4门302室

## (4) 1987年12月10日自北京[1]

朱珩青同志：

你好。

那日你来，我们预备买30本书，算起来少给你四角钱了，特买了邮票寄上，很抱歉了，也十分麻烦你了。

很感谢你们出版社出版我这书，也感谢你的工作。

短小说选，我当立即进行。

此致

敬礼

路翎

1987.12.10

---

① 重看这封信真是感动。买书少付了四角钱，还买了邮票寄我，真太认真了。

其实，出了路翎的长篇后，我与社里商量，再出版一本“短篇小说选”，因为路翎的才华在短篇中多处的展示。为此，我做了较多的研究，经过请示，决定由我来为路翎写“序”。该书在1992年9月出版，其间经过许多困难。比如路翎的早期创作《“要塞”退出以后》，从未收到集中，路翎也以为它“失落了”，后来终于在胡风女儿晓风的帮助下，在众多发黄的杂志中得以重见天日。

为了该书的出版，我做了些宣传工作，如《文学报》1992年7月588期发的《一个奇才和他的奇书》。《海南师院学报》1992年3期发《路翎新论》——《路翎小说选》序。还在《香港文学》1991年11月83期发了《归来吧，路翎》等文。

## (5) 1987年12月28日自北京

朱珩青同志：

你好。

寄上草拟的短篇小说集的目录。

我因没有样书，仅凭记忆和你编的抄目录，抄目录不完全，其余的小的短篇也记忆不很详，这编的目录很不完备。我希望你帮助我，我需要你编辑，找到样书，看依你编者的观点还要哪些适合的，编进来，也将依你看不适合的删去。字数不知是不是这样合适，我是希望能多一些。

我的小说集，四川文艺出版社的一本已经给你了，你可参考。他们只印了三千册，所以看来不妨碍什么。人民文学出版社与香港三联书店联合编的集子，用作者的名字为题目的目录我这里有一份，十五万字，现也抄寄你参考，他们是明年春才发稿。此外，文化艺术与中文社涂光群编一小本书名《祖父的职业》，我手边你的目录遗失了，正在请他抄给我。他的尚未发稿，只十万字，是属于青年丛书的。目录记得有《黑色子孙之一》、《祖父的职业》、《爱民大会》。等，这里所记不详了。也许还有《谷》，《卸煤台下》待他回信当抄给你。

尚有《青春的祝福》一篇，我手边没有样书，记得前几年翻看过一下，觉得有排印脱漏不衔接。这篇，如你找到样书，我想请你看看，如果文章不断落意思衔接，内容可以，我想编入。

我这里的目录，做符号的，都是记得其它小说集大概未编进去的。

尚有平原集中《初恋》、《码头上》、《一个冬天的早晨》此目录中未编，因为记得这种本排印有不衔接，意思断落。也记不清了，请你看，如不断落，亦可编入。

北京大学出版社的现代小说流派，编入了我的《罗大斗的一生》、《两个流浪汉》、《棺材》、《卸煤台下》四篇，他们是学校内部的读物。

当代题材的，记得不属于这范围了。故未编。如果可以，当补上。

我因遭患难之后样书失落，记忆又不很好，很是歉疚。

我希望你编辑，给我相助，我相信由你选择会是不错的。

感谢你的工作。

此致

敬礼

路翎

1987年12月28日

目录上有的给了字数有的没有了。

原文上的□□是尚没有编入小说集。《求爱》一本较多，但尚有关于涂光群的一本记忆不一定完全可靠。他那里我记得《求爱》里的编的很少，只三篇。

我耽心尽快找涂光群寄回目录有困难。我这里目录里记忆也编进《求爱》较少，但假如记错了，而是比现记忆的较多些，那未编过集子的就少了，不知有没有妨碍。总之，雷同了，不知有无碍，不知与出版社等规定有无妨，望便中告知。

又及

再，人民文学出版社的七月希望作品选，尚编了我的《王兴发夫妇》、《滩上》、《感情教育》、《饥渴的兵士》。

又

## (6) 1987年12月28日自北京

朱珩青同志：

你好。

刚发一挂号信，寄上小说集编目草稿。

现想到，这篇目，和人民文学出版社三联书店联合的那本重复得可能多了，虽然他们有当代部分。

我想看你的意见。或可把《求爱》一篇，与《罗大斗的一生》

取消掉，或不取去《罗大斗的一生》，而取去《王兴发夫妇》。看你斟酌情形吧，或许找他们出版社研究，看这样重复是否可以，不可以当然算了。取去了，看你能找到样书助我换别的篇否，找不到自然也算了，很麻烦你了，十分抱歉。

敬礼并祝新年好。

路翎

1987.12.28

## (7) 1987 年 12 月 29 日自北京

朱珩青同志：

你好。

昨发一挂号信寄上小说集目录及一短信。

现想到，我那四川文艺出版社出版的小说选，只印了三千册，已经说过了，但还有一点：他们那时新华书店批发少，作者自购了五百本，因此上市的书不多。似乎以前与你谈过了，这里再说到供你和你们出版社参考。麻烦你了，还应该感谢你们出版社，愿意照顾我，出版我的小说集。

此致

敬礼

路翎

1987.12.29

## (8) 1987 年 12 月 30 日自北京

朱珩青同志：

你好。

前寄编的小说集目录挂号信及两信想收到。现尚有一点，便是目录中《平原》集单位所选小说，我是根据四川文艺出版社出版的我的小说集的目录选下的，而四川文艺出版社当时的目录我是根据该书的复印本。该书的复印本拿来时掉了一些复印页，所以不完全，所选便少与不完全。平原集的原本，则那些页是有的，我记得是这样的，可以马上编了（只是仍然有些篇是排印脱落以至于前后不衔接）。我告诉你四川文艺出版社（涂光群那里也一样），我的小说集中《平原》编写的情形，希望你不要以寄上的目录中所编的这几篇数字为合适，希望你找到原本我看一看，由你选择，再与《平原》单位增加一些篇，重要的，这些篇是新的篇，因为以前只看到复印本，匆忙间没有想到也没有办法找原本，也没有请出版社去找与选，故没有选出较多，所以各集子没有编而又没有排印脱漏了几篇，新的篇是颇长一些的。我希望这些篇能选进去。如数字嫌多了，可删去重复篇，由你斟酌。

平原集里的小说，人民文学出版社与三联书店联合，郗潭封只编了一篇《易学富和他的牛》涂光群那里文学艺术出版社，也是编得缺页的复印本的，不是原本的，除非他自动找原变动了，那还不至于。我待他的目录寄来转给你。

特告诉你，麻烦你了，甚歉。

此致

敬礼　并祝健康

路翎

1987.12.30

## （9）1988年1月24日自北京

朱珩青同志：

你好。

寄来的照片三张和寄来的三包书都收到了。谢谢你和出版社。照片照得很好，三十本书共三包，也麻烦你与出版社了。

我的短篇小说集，文化艺术出版社涂光群来信，说他们因经济困难，给他编的那十来万字不出版了。他已将抄写件及样件给了我。这样，我的短篇集，除了四川文艺出版社的那一本（送你了你一本的)以外,就只有郗潭封编的人民文学出版社与香港三联联合的那十几万字了。目录前次已附给你了。这样,剩下来没有排印的篇便多了起来。我现将涂光群退回给我的目录附你参考。我最近向朋友找回了一本《青春的祝福》,看了一下。里面的中篇《青春的祝福》及三万九千字的《谷》都是各小说集未排的,我看了,觉得还相当的完整,没有什么排印脱漏。我这信就是简单地告诉你,涂光群他们不印了,剩余的未编过的篇多起来了。青春的祝福一书,你如编辑时需用我可以给你,涂光群寄回的那些,也可以你需要时给你使用。此外,我旧样书还找到了一本《求爱》。

祝好。

谢谢你们出版社

路翎

1988.1.24

附上文化艺术出版社目录。

文化艺术出版社的涂光群的信和他作的短说明文也复给你们参政[考]。用完了可便中退回我。他所说的绿原的序,是在以前《读书》上发表的一篇《路翎这个名字》。(八五年左右)。

## (10) 1991 年 1 月 10 日自北京

朱珩青同志:

来信收到,祝你好。

从来信知道你们出版社的变动,希望你们在变动之后,慢慢会宽裕起来。

我每日是在整理旧稿,身体有时不强,工作量便差。

我不大出去,文艺界的情形,一般地隔膜,这样情形不良,但一时还无法改正。

你有愿望写我的传记,我很感谢你。但这事情,都有着困难,因为我头脑不好,记忆不好,而且说话因为头脑的缘故迟钝,没有办法说材料。这事，十分感谢你的愿望，只好不成了。而且我的生活平淡，也没有什么可写的，很是歉疚了。[①]

祝好！

路翎

1991.1.10

## （11）1991年3月3日自北京

朱珩青同志：

你好。

来信收到一些天了。

你说写我的传记，你有很高的兴趣，愿意写，我便自然也愉快你写。祝你获得成功。我的记忆力不强，怕供给你材料困难，但我也会尽量地帮助你。

祝好。

路翎

1991.3.3

## （12）1991年7月27日自北京

朱珩青同志：

我已告诉我的女儿徐绍羽你的通讯址，她将写信给你与你相约。

你的《香港文学》里的湘西乡土的艺术启示与《当代作家评论》、《外部世界与内部世界》读过了。

你要我提意见，我读得也不周密，孙健忠的原文也未看过，但我觉得你的文字是很好的，有力量，有思想性，观念与知识也

① 经过对路翎作品的研究，对“七月”派作品的广泛阅读加上对胡风思想的研究，我有了写《路翎传》的想法。该想法跟路翎汇报后，得到他的支持，不过他又说此事太难，因他本人“头脑不好、记忆不好”“没有办法说材料”，只有靠我自己去采访、寻找了。

很丰富，所以，文笔是有吸引人的地方。

匆匆地就说这些了。[①]

路翎

1991.7.27

## (13) 1991年9月22日自北京[②]

朱珩青同志：

来信均收到。

我以前在南京住处，是新街口附近的红庙四号。现在那四号院的房子已拆了。

化铁的住址：南京双桥门路小铺30—201号

我的妹妹徐爱玉、妹夫高鸿程住址：南京长乐路46号01幢103号

欧阳庄：下关电厂

冀汸：杭州曙光路桃花园新村27幢

你要的，香港刊物的稿，我现照你的意见写一扫地工生活的散文。

好。

路翎

1991.9.22

地图上做记号的是红庙。

小胶巷在下浮桥柳叶街。黄若海死了。他旧时与路曦、石羽一起住南京东半壁街剧专剧团。

我的出生地是暮阏府西门。

---

① 为了交流思想吧，也请路翎了解我写他的传记的诚意，我将近期发表的文章寄给他看。有发在《当代作家评论》上的《外部的和内部的世界》、发表在《香港文学》上的《湘西乡土的艺术启示》，这是路翎的回信，他的赞许鼓舞了我。我要努力作好一切准备，将路翎的传记完成。

② 为了写好路翎的传记，我决心进行实地采访。于是路翎为我开出了他的亲戚朋友的地址，这是其中一部分。

你的详细的住址，现在是农展馆南里10号的？我信暂仍写沙滩北街。

## (14) 1991年12月17日自北京

朱珩青同志：

来信收到。

“要塞”退出以后那小说是失落了。不知你们找得找不到。我并非因为不喜欢没有收集子，是当时失落。杨义所说的不确。“要塞”这篇，是我第一篇寄胡风的小说，那是一九三九年。

最能反映我的创作思想的，是《财主的儿女们》。写财主底儿女们的时候，创作的情况最自如。

青春的祝福我也喜欢，我怀念其中的《黑色子孙之一》，不知你收集了没收？①

你带给我的书，我尚未看。

祝好

路翎

1991.12.17

## (15) 1992年4月21日自北京②

朱珩青同志：

照片在洗印，基本上由我的女儿洗印的，已寄林乐齐了，大

---

① 我在编辑路翎《路翎小说选》集子过程中，他给了我许多的帮助和提示。他认为《“要塞”退出以后》“失落了”，他是喜欢的，他当然希望我们能够找得到。信中说：“不知你们找不找得到”就是一种希望。另外，他说：《青春的祝福》“我也喜欢”，“我怀念其中的《黑色子孙之一》”。这些都已收入。了了作者的希望。

② 多次采访特别有感于路翎的勤奋，他每天上午工作两小时，下午工作两小时。不停地写作，真想为他晚年的创作出版些东西。经过请求，也就读了他晚年的一些东西，如信中说的《英雄时代的诞生》部分章节。该信作者未写日期，查信封的邮戳为92年4月21日。

约是月初六、七日寄出的。

关于年谱，从 87 年起，按月记载，我实在记不清了，自己又没有记笔记。我这些年的情况，反正也极简单。读的书是每日看报，读人民文学与文艺报，基本上写作有一生的忙，趁这时多写些东西。我只能写年度的，供你参考了。

87 年，写《江南春雨》的长篇小说，五十三万字。

87 年，写关于副食品店的题材的十七万字长篇，题名是《吴俊美》。

88 年，写针织厂建设题材的长篇小说，一百万字，题名是《陈勤英夫人》。

89 年，写《英雄时代的诞生》，写胡风集团事件到刘少奇集团事件中的国家建设与□□案中各集团的人们的奋斗的。写华国锋扑灭了四人帮及邓小平时代来临的。

90 年，继续写《英雄时代的诞生》。

91 年，写《早年的欢乐》五万字长篇，写待业青年与当代青年的建设精神的。

92 年，五十万字长篇《表》，写肥皂厂的建设的。

87 年，余明英弟弟余明澄来玩数天。

87 年，我的不同父亲的弟弟张达俊病逝。

88 年，余明英的妹妹余明俐来玩几天。

88、89、90、91、92 各年，我的不同父亲的弟弟张达明每年都来北京开会等，住两天。

## (16) 1992 年 10 月 30 日自北京

朱珩青同志：

你好。

胡风十一月十一日诞辰九十周年，你曾说你来到和我一同去到，我现在写这信给你，希望你准时来到，能来到与否，希望你均即复我一信。我因不认识路，行动困难，故盼望你。你如不来，我好另设法。他的诞辰是九时半，我等你，盼你八时左右到来。[1]

路翎

1992.10.30

## (17) 1994年1月3日自北京

朱珩青同志：

收到了你的年历的卡片。谢谢你的关心。特向你问好。旧的一年过去了，特祝你，和你全家，一九九四年各事顺利，身心愉快。

祝好。

路翎、余明英

1994.1.3

# 致雷加[2]

## (1) 1989年1月21日自北京

雷加兄：

你好！

有一事请你相助。上海文艺出版社出版的《1987年全国短篇小说佳作集》，收入了我的一篇《画廊前》，将作者的照片错成别人的了，不是作者我自己的了。此事很令我痛心。我写这信

---

① 胡风先生九十年诞辰之前，路翎写信给我，希望我去接他，他说他不认识路，行动困难。我知道他心理还有些紧张，他已经不大习惯于这样的场面了，于是我早早地找车去接他，在开会期间也尽量地坐在他旁边。

② 此信采自中国现代文学馆（http：//www.wxg.org.cn）影印手稿电子档案。——编注

给你，希望你能助我于有机会时呐喊呐喊，斥责此种错误，减少不良影响。

祝好

路翎

1989.1.21

## 致梅志

### (1) 1991年6月21日自北京

梅志兄：

燃烧的荒地的责任编辑朱珩青同志因写我的传记，想访问你一下，她是很诚恳的人，特介绍。①

问好。

路翎

1991.6.21

## 致鲁煤

### (1) 1992年11月12日自北京

鲁煤兄：

寄上小说集两本②

另一本给司空谷兄，因不知地址，请你转去。

---

① 为了帮助我写《路翎传》，路翎给梅志写了信，请她接受我的采访，此番心意我很感激。不过，该信我未交梅志先生，因为此前因编辑《燃烧的荒地》一书已与梅志先生有过交往，她与她的女儿晓风都很热情。介绍信留下了，可见路翎的诚恳。——朱珩青注

② 原件本句及“问好”句末无标点。

问好

路翎

1992.11.12

## 致左克诚

### (1) 1993 年 1 月 28 日

关于我的文集稿酬问题及委托书一事，请晓风先生帮忙处理，但请您拟个稿子给我，我再找晓风先生，使她了解情况后一起把委托书弄好寄给我，来安排后，在重传、发行方面，我可以再托晓风帮理，总之，大家尽力解决。

路翎 1.28.

# 致机构

# 致《文教资料简报》编委[1]

## (1) 1982年11月18日自北京

……我是1937年开始写作，投稿赵清阁主编的《弹花》，题为《在古城上》散文一篇，以后，写了一些散文，发表在重庆《时事新报・青光》等副刊上，1939年写小说《"要塞"退出以后》，寄胡风，在他主编的《七月》发上表了。……

我是1946年夏抗战胜利后回到南京的。抗战前我曾在南京读小学和初中。46年回来，是在国民党的煤焦管理委员会当小职员。49年在南京中央大学任讲师半年，讲文学写作。剧本《云雀》是47年由南京"剧专剧团"上演，导演冼群，演员石羽、路曦、张逸生等，只上演七场，即被迫停演，剧场是"文化会堂"。

《蚂蚁小集》是欧阳庄编的，经费是当时募了一些简单的股份。我帮助他编，并写些小说、短文，因各项条件限制，48年下半年便不能出了，只出了七期即停刊。

我的作品，长篇《财主底儿女们》已在美国翻译出版，1981年美国加利福尼亚州大学汉语系主任季博思来访时曾谈到过。另

---

① 本组书信采自《关于自己生平和创作的一些说明——路翎致本刊编者信(摘要)》，原载南京《文教资料简报》1985年第4期。——编注

外，吴祖光去法国归来，在报上谈到法国文艺界研究中国抗战时期的文学时，也提到了我，但不知是否有翻译。近年我因生病，接触各方面的人不多，知道的很少。

关于我的访问记，有香港“镜”[①]杂志、新晚报等，时间约在1981至1982年。许多材料，我这里也无法收集，真是很抱歉了。

## (2) 1982年12月8日自北京

我是南京人，原名徐嗣兴，1923年1月23日出生。我于1927年左右随家人迁居红庙。抗战前，我在莲花桥小学读书，校址就在红庙附近。后我在中华门外江宁中学读初中。我的国文教师是管雄先生，他现在是南京大学中文系教授。

我1937年在赵清阁主编的《弹花》上发表的散文是《在古城上》。

《财主底儿女们》是美国哪家出版社出版的，翻译者是谁，去年季博思来曾谈到，但我未记下，头脑不好，便也忘了。

## (3) 1985年1月15日自北京

我的散文《在古城上》投寄《弹花》发表，是1937年秋。《弹花》1937年只出版过一期。我那篇散文是写抗战开始时汉口附近的一个小城汉川的。

## (4) 1985年4月2日自北京

赵清阁的《弹花》杂志，38年创刊是不错的，但37年在武汉也曾出过一期，似是单独的一期，我这记忆还不至于错。

---

① 《文教资料简报》注释为《广角镜》。未见。疑指狄思浏(邹霆)：《二十四年重相见　恍若隔世泪沾裳》，香港《镜报月刊》1980年第2期。——编注

## 致《萌芽》杂志社

### （1）1983 年 7 月 11 日自北京

《萌芽》杂志社编辑部：

我的长篇小说《战争——为了和平》中的一章，曾由耿庸、贾植芳或叶孝慎转给你们。但我这是听说，不知是否这稿在你们这里。我探听一下，是因为北京这里的出版社想研究一下这部稿。不知你们现如何措处这稿，你们安排发表否；如安排发表，不知数月内能否付排。如数月内尚不付排，我希望你们先寄回我抄一份再寄回你们。如已付排或数月内将付排，便不必寄了，但望回一信。

曾托叶孝慎向你们问一问情形，因为似乎是他转给你们的。如他尚未来问讯，便请你们直接和我联络。麻烦你们了。

敬礼！

路翎

1983,7,11

通讯址

北京东四八条 52 号剧协《戏剧报》徐朗转。

## 致鲁迅研究室

### （1）1984 年 6 月 27 日自北京

鲁迅研究室《当代作家谈鲁迅》编辑同志：

寄上短文《我读鲁迅的作品》。

由于身体不很健康和能力的限制，只写了这感想式的短文，也很粗糙，不知你们觉得合用否。希不客气地予以指正。

此致

敬礼!

路翎

1984,6,27

通讯址:本市宣武区虎坊路甲15号4单元302号

## 致中国作家协会[①]

### (1) 悼念康濯同志

接到讣告。

知康濯同志因病医治无效,于一九九一年元月十五日逝世,特致悼念。

路翎

1991.1.25.

## 致中国现代文学馆[②]

### (1) 1993年6月3日自北京

中国现代文学馆中华文学基金会负责同志:

我因患有胆脏结石病,在家休养,"胡风文艺思想座谈会"不能来参加,特向你们请假。我是胡风的学生与老友,胡风思想的同道人,值此纪念他的时候,不能来参加,甚为歉疚。

路翎

1993.6.3

---

① 本件采自手稿。——编注

② 采自中国现代文学馆(http://www.wxg.org.cn)影印手稿电子档案。——编注